玄奘西行路線圖

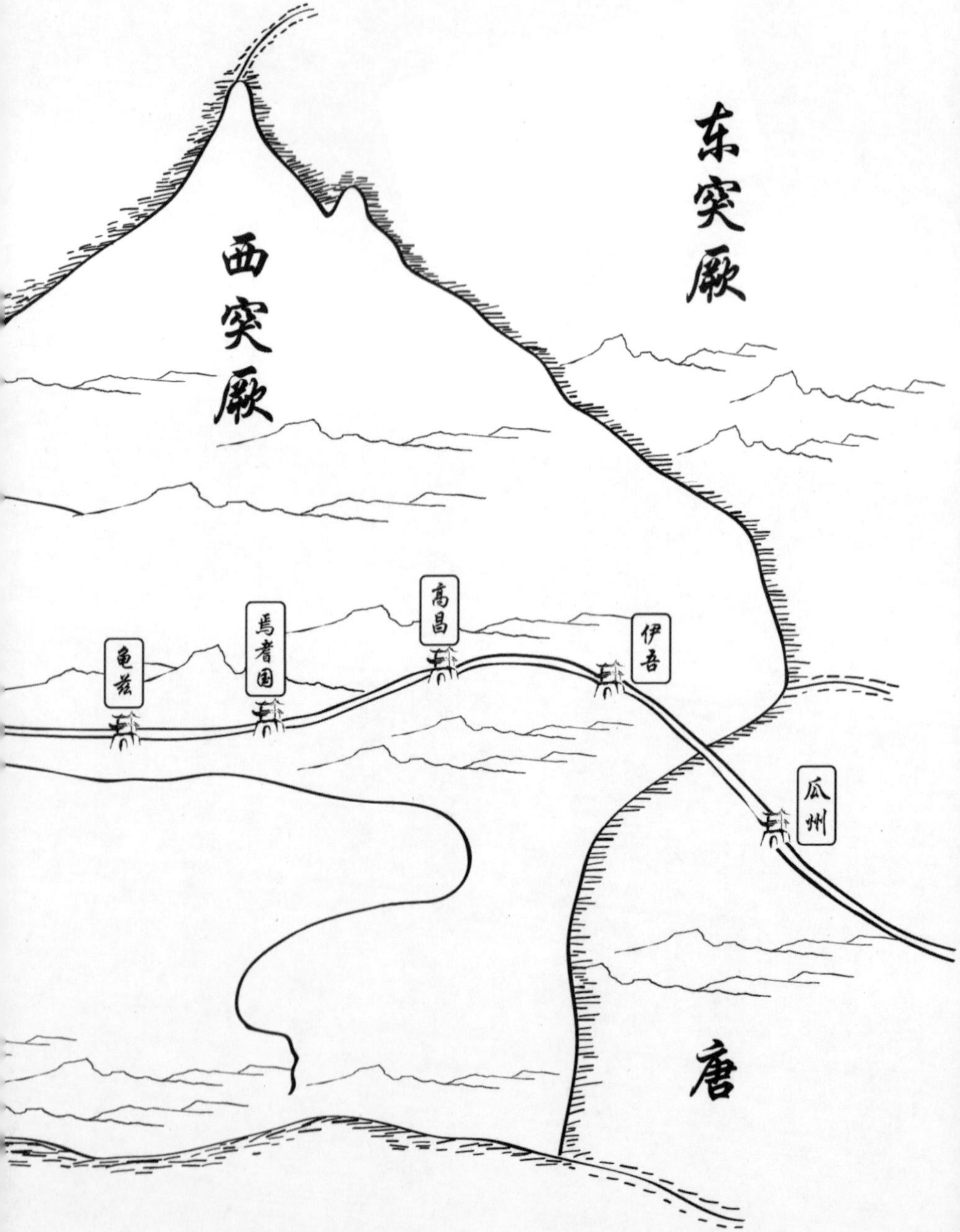

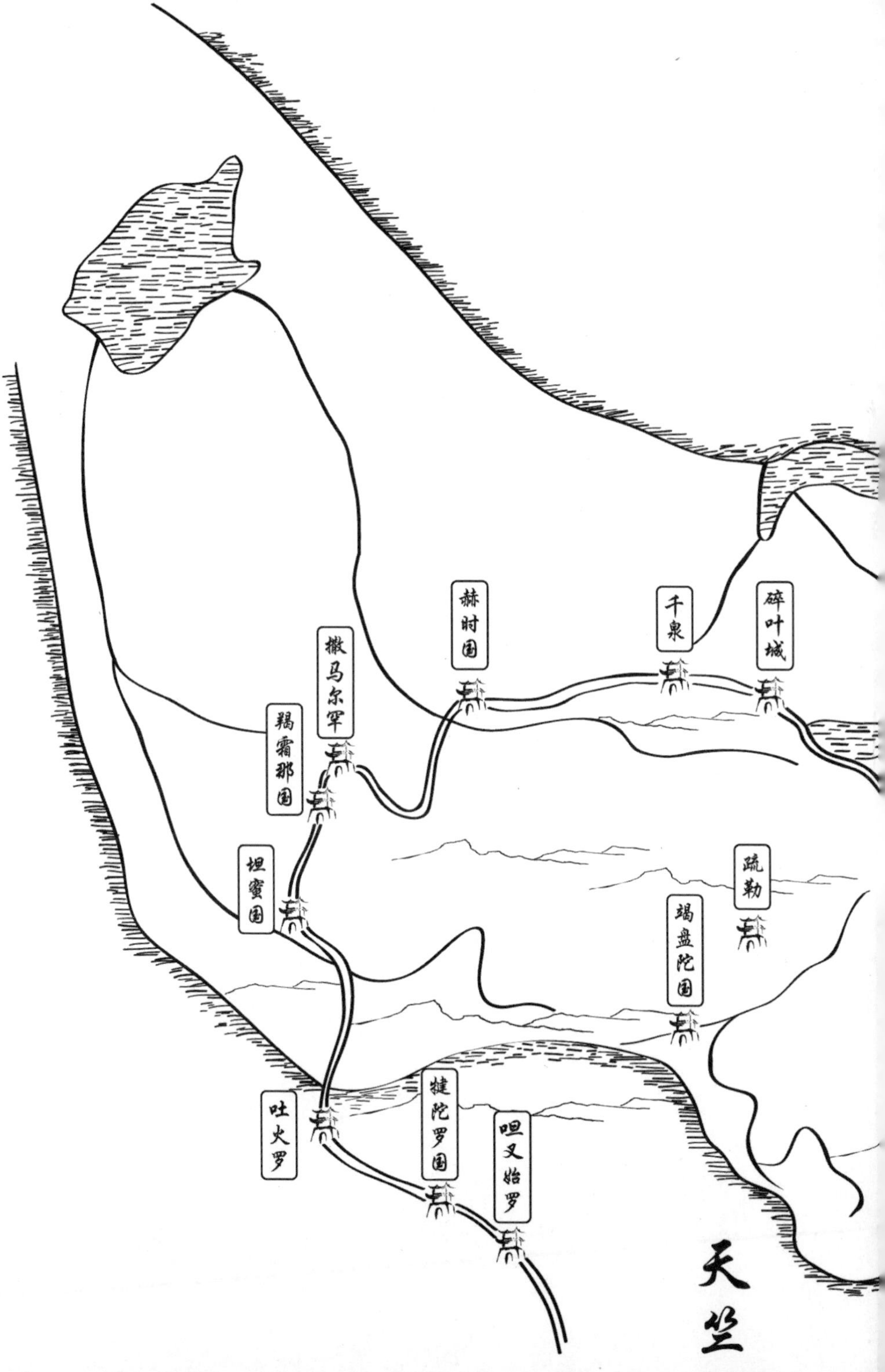

赫时国
千泉
碎叶城
撒马尔罕
羯霜那国
呾蜜国
疏勒
朅盘陀国
吐火罗
揵陀罗国
呾叉始罗
天竺

戲非戲234

西遊八十一案
（二）

西域列王紀

陳漸　作

高寶書版集團

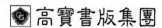

本書根據玄奘《大唐西域記》演義

目錄

楔子一

大唐貞觀二年，春二月。

在長安一萬四千里外的兩河流域，存續四百年的薩珊波斯帝國，正值它最後一個偉大皇帝庫斯魯二世在位的第三十八個年頭。

庫斯魯二世已經老邁腐朽，三十八年前，他廢黜並且弒殺了自己的父親之後，用二十年的時間橫掃拜占庭，征服小亞細亞，洗劫敘利亞，占領安提阿、大馬士革、耶路撒冷和埃及全境[1]，拜占庭的聖物耶穌十字架成了他隨意展覽的戰利品，薩珊波斯在他手裡達到了空前絕後的輝煌盛世。

然而，從頂峰戲劇性地墜落，他只用了兩年。

可惡的拜占庭皇帝希拉克略與該死的突厥人祕密苟合，東西夾攻，希拉克略的大軍勢如破竹，從小亞細亞打到了泰西封[2]。而帝國的都城裡，到處都是心懷異志的貴族，桀驁不馴的將軍，伺機反叛的百姓和那些居心叵測的兒子。

古老的日光照入泰西封的宮殿，琉璃香爐裡的安息香散發出淡淡的青煙，穿透日光，繚繞在金碧輝煌的寢宮。庫斯魯二世疲憊地醒來，但他不想睜開眼。

這兩年皇帝患上了痢疾，嚴重的腹瀉將他的身體徹底拖垮，也使他的脾氣越發暴躁。他在冥思中懷念著海爾旺行宮，那裡讓他想起與愛妃希琳在一起的日子。他為她修築的塔格迪斯樓閣，穹頂用黃金和白玉鑲嵌出日月與繁星，還裝置了複雜的機械，他們躺在床上，就能看到太陽的運行和四時變化。縱然希琳已經年近五旬，他依然認為她是世界上最美麗的女人。

可惜，海爾旺行宮已經被希拉克略皇帝摧毀，此時他還在泰西封城外逡巡不去，伺機給自己的帝國致命一擊。

想起希琳，庫斯魯二世心中立刻充滿了溫情，他決定聽從希琳的勸告，立她所生的瑪律丹沙為太子，雖然他只有六歲，那又如何？我還是薩珊波斯的王，萬王之王，四方宇宙之王！

庫斯魯二世下定決心，掙扎著想坐起來，眼前的安息香霧裡卻出現了一隻手掌，按住他的額頭，把他的身體重重地壓在了床上。皇帝還沒反應過來，無數的手掌又從煙霧中伸出，他的脖子、手腳和四肢均被扣住，呈大字型攤在了床上。

異變發生於一瞬間，似乎有無數人嫻熟地配合，無邊的恐懼席捲而來，但皇帝看不見人影，他張開嘴剛要呼喊，兩腮卻被人捏住，一隻青銅鉗子夾著一塊火紅的安息香塞進了他的嘴裡。皇帝拚命掙扎，發出痛苦的嗚咽，但那鉗子狠狠地向他喉嚨裡塞去，直到安息香堵塞了喉嚨，劇痛與窒息讓庫斯魯二世昏了過去。

也不知過了多久，庫斯魯二世在抽搐中痛醒，發現自己的長子希魯耶恭謹地站在床頭。皇帝瞪大眼睛，一時忘了疼痛，因為他發現希魯耶身穿皇帝袍服，手持權杖，頭戴金冠。皇帝暴怒不已，但喉嚨只能發出呵呵的聲音，劇痛難忍。

「噓——」希魯耶輕輕按住他的嘴唇，朝窗外指了指，「聽——」

這時，皇宮外傳來隱約的海嘯聲，庫斯魯二世仔細傾聽，慢慢地，他的臉色變了，那不是海嘯，是無數人的呼喊。呼喊聲由遠而近，清晰可聞，直到震動了宮殿的屋瓦——

「卡瓦德皇帝！」

「卡瓦德二世，」希魯耶糾正，「就是我，希魯耶。」

庫斯魯二世頹然癱倒，他知道，自己被廢黜了，一如三十八年前，他廢黜了自己的父皇，霍爾莫茲德四世。

「偉大的父皇，波斯的萬王之王，知道我為何燒毀了您的嗓子嗎？」卡瓦德二世微笑著，「因為我不能讓您念出那段咒語。正如您為了奪取我祖父的皇位，先弄瞎了他的雙眼一樣。偉大的薩珊波斯四百年來僅僅靠那只神祕的大衛王瓶在支撐，即使這三十八年來，您窮兵黷武，奢靡荒淫，也沒人敢反對您，大衛王瓶的魔力令萬國震懾，連強大的拜占庭也在其光輝下顫慄，任憑您的軍隊蹂躪。那麼，為何短短兩年，我們就國勢崩頹，在拜占庭和突厥人的刀鋒下瑟瑟發抖？難道是您的咒語用完了嗎？」

庫斯魯二世閉上了眼睛。

「告訴我吧，偉大的父皇。」卡瓦德二世拿來一張裁好的東方麻紙，墊在庫斯魯二世的胸前，遞給他一管鵝毛筆，「大衛王瓶在哪裡？我將是它的新主人，重新擁有三個無所不能的願望。我將帶著薩珊波斯重新到達輝煌的巔峰，開創空前絕後的強大帝國。」

庫斯魯二世臉上露出冷笑，揮筆在麻紙上寫道：大衛王瓶已經離開波斯，你永遠都得不到它。

「它在哪裡？」卡瓦德二世呆住了，忽然間暴怒，「告訴我，它在哪裡？」

庫斯魯二世呵呵笑著，在紙上寫道：這張紙的故鄉。

「這張紙的故鄉？」卡瓦德二世想了想，他知道，這種紙張來自東方的大唐，是大唐宮廷御用的益州麻紙，是那群貪財好利的粟特人經由一萬多里的絲綢之路運到了波斯。

「不……不……」卡瓦德二世難以置信，「這是我薩珊波斯的鎮國之寶，傳承了四百年，您怎麼可能把它送到萬里之外的大唐帝國？」

庫斯魯二世繼續寫道：帝王之謀，你不懂。一年後，大衛王瓶抵達大唐的宮廷，世界格局將會傾覆，薩珊波斯將會重生。而你，兒子，將永世沐浴在我遺留的光輝之下。

「不——」卡瓦德二世發出絕望的吼叫，雙手掐住庫魯斯二世的喉嚨，表情猙獰，肌肉抽搐，「您毀滅了我的根基，我卻要賜給您帝王的尊嚴，讓您不流血地死去！」

庫魯斯二世喉頭咯咯作響，眼前發黑，但臉上卻似乎在笑，笑中有淚。

楔子二

貞觀三年，秋八月。

這一年，長安霜降，莊稼絕收，給貞觀盛世的前夕蒙上一層濃重的陰霾。月初，朝廷詔令，災民可自由遷徙，隨豐就食。三十歲的玄奘背著木箱與行囊，混跡於災民之中，行走在長安市內。

「法師，可是要遠行？」路經何氏相術的店鋪前，占卜師何弘達笑著朝他致意。

玄奘認得此人，長安城內赫赫有名的占卜師，與將仕郎李淳風、火井令袁天罡齊名，占卜預測無一不中。玄奘心中一動，合十施禮：「貧僧正要往西去，路途艱遠，不知是否去得？」

何弘達沉默地看著他，袖中的手指快速掐算，忽然嘆息：「法師一去，萬里之遙，一路雖有險阻，也算去得。去時似乎乘著一匹老且瘦的赤馬，那馬的漆鞍前有鐵。」

玄奘喜悅不已，合十謝過，從西市出了金光門，夾雜在逃荒的人潮中往西北而去。

半個月後，玄奘抵達了涼州。涼州號稱「四涼古都，河西都會」，通一線於廣漠，控五郡之咽喉。絲綢之路上的胡漢商人往來不絕，此時的玄奘已經名貫天下，涼州僧俗兩界聽說玄奘法師西遊求法來到此地，慕名敦請，於是玄奘停留了一個月，開壇講經。那些西域胡商聽說玄奘西遊天竺將要經過自己的國家，便借著回國的機會，紛紛告知國王，玄奘人還未出關，名聲已經遠播西域諸國，國王們紛紛命令沿途商旅打探玄奘法師的行蹤。

但此時玄奘卻遇上了麻煩，大唐立國未久，邊界不寧，於是頒布「禁邊令」，約束百姓，不許出關。涼州都督李大亮得知玄奘打算西遊天竺，當即派人追查，玄奘在佛門勢力的庇護下，逃離涼州，來到了瓜州。李大亮的訪牒[3]隨之下達，要求抓捕玄奘。

瓜州小吏李昌拿到訪牒，大吃一驚，他乃是虔誠的佛教徒，急忙跑來見玄奘，當著玄奘的面將訪牒撕掉，告訴玄奘：「法師務必早日西行，否則訪牒還會下發。」

玄奘感激不已，但又愁悶不已。

瓜州城已是大唐國境的西北盡頭，再往北就是構成邊關哨所的五座烽燧，彼此相隔百里，中間是荒涼戈壁，無水無草，只有烽燧附近才能取水。但烽燧上駐有守邊將士，張弓搭箭，日夜值守，見人則射殺。即使過了第五座烽燧，向西又是大唐與西域伊吾國[4]之間的天然屏障——八百里莫賀延磧[5]。上無飛鳥，下無走獸，中無水草，無數商旅都在這裡迷失道路，屍骨無存。

玄奘日夜發愁，尋找偷渡的途徑，在瓜州逗留了月餘，也無計可施。這一日正在阿育王寺參佛，忽然有一名健壯的胡人進來禮佛，禮完佛卻不走，繞著玄奘行走三匝；這是流行於天竺和西域的尊貴禮節。

玄奘驚訝不已：「施主為何行此大禮？」

「法師，」那胡人躬身道，「小人乃石國的粟特人，姓石，名磐陀。見法師佛光湛然，願求法師為小人授戒。」

玄奘當即為他授了五戒，授完戒，石磐陀供奉胡餅和瓜果。玄奘想起自己的煩惱事，問道：「貧僧想西遊天竺求法，但邊關戒備森嚴，無法偷渡，不知這瓜州附近可有什麼便捷的道路？」

石磐陀想了想，道：「法師，小人曾經往來瓜州和伊吾數次，如果法師不嫌棄，小人願意將法師送過五烽。」

玄奘大喜，兩人約定第二日黃昏時分在寺院門口相會。玄奘興沖沖地買了馬匹、飲水和乾糧，牽著馬在寺廟門口等待石磐陀。黃昏時分，石磐陀如約而至，但同他一起來的，還有一個牽著一匹老馬的胡翁。

玄奘愣了：「難道老丈也要和我們一起前往嗎？」

石磐陀急忙解釋：「法師，這位老丈往來伊吾三十多次，對西行之路熟稔無比，我請他來是想給您講解一二。」

玄奘這才釋然。胡翁幽深的眼眶裡泛出一股笑意：「法師，西行之路險惡重重，沙河阻遠，鬼魅熱風，無有達者。即便物資充裕，結伴而行，尚且會迷失在這西海流沙之中，何況法師孤身一人？還請法師多加考慮，切莫以身試險！」

玄奘沉默片刻，斷然道：「貧僧為求大法，不到婆羅門國，誓不東歸。縱然客死他鄉，也在所不惜。」

胡翁搖搖頭，似乎有些惋惜，又有些讚嘆：「法師既然決定要去，可以換乘我這匹馬。此馬往來伊吾已經十五次，穩健且熟悉道路，必能帶著法師抵達伊吾。」

玄奘這時才注意到他牽的那匹老馬，仔細一看，不禁愣住了——這是一匹又老又瘦的紅馬，漆鞍上，箍有一塊鐵。

一股驚悚寒意頓時湧上脊背。玄奘深深地凝望著胡翁，胡翁毫無所覺地憨笑著。究竟是何弘達的占卜術洞徹天機，如妖似鬼，還是有一股神祕的力量在暗中掌控自己的西遊之路？

第一章 西域有妖，佛子東來

貞觀三年，冬十一月。玄奘孤身一人走進了八百里莫賀延磧，只牽著一匹瘦馬。

這片先秦史籍中的「西海流沙」，後世吳承恩筆下的流沙河，當真稱得上「八百流沙界，三千弱水深。鵝毛飄不定，蘆花定底沉」。但與文人浪漫想像不同的是，這裡是生命禁區，舉目一望，戈壁遍布，黃沙連天，終年大風呼嘯，風沙剝蝕著高原土臺，形成狀如鬼怪的殘丘。白天地面灼熱，眼前始終籠罩著一股煙霧般的空氣，每走一步，四周景物都像是在移動；夜晚則寒冷刺骨，鬼影森森。

更令人絕望的是，進入莫賀延磧的第二天，玄奘失手打翻了水囊，一囊清水快速滲入沙中。至今，他已經四夜五日沒有喝過一滴水，一人一馬僅僅靠著本能，在乾熱的風沙中一步步挪動。腳下沒有路，指引著他的，只有前方騾馬和駱駝的屍骨，偶爾也有人的頭骨半掩在黃沙之中，空洞的眼眶注視著後來者。玄奘四顧茫然，屍骨裡的磷火夜則妖魅舉火，燦若繁星，晝則驚風擁沙，散若時雨。

玄奘的體力終於耗盡，他全身發燙，頭暈目眩，眼前出現了幻覺，恍惚間看見一隊軍旅，數百人騎著駝馬，都作胡人打扮，忽進忽停，滿身沙塵，千變萬化。遠看清晰可見，到了近處卻消散無蹤。

他知道，自己已經到了生命的盡頭，妖魔作祟，侵襲入體，只能連人帶馬倒在沙丘上，等待死亡的來臨，口中默念觀世音菩薩：「弟子天竺取經，既不為財，也非遊訪，只為能求得無上正法，導利群生。求菩薩大慈大悲，尋聲救苦，消除災厄。」

慢慢地，他陷入昏迷，殘夢中卻有一個金甲神人，手持長戟怒喝：「還不快起身遠行！」

玄奘打了個寒顫，猛然驚醒，這時一陣冷風吹來，如沐冰水。一人一馬頓時精神一振，玄奘掙扎起身，趴在馬背上繼續前行。又走了十幾里，那匹瘦馬忽然長嘶一聲，發瘋般地奔跑，一直跑了幾十里，到了一處沙丘邊上，玄奘不禁悚然一驚。

陽光下，一縷刀光映入他的眼簾。

那把彎刀斜插在黃沙中，旁邊是一具屍體。這裡似乎發生過戰爭，屍體枕藉，足有六七十具，被利箭射殺的騾馬和駱駝，被刀劍斬斷的頭顱與四肢，黃沙浸透著鮮血，在陽光下閃耀著驚心的光芒。

玄奘呆呆地望著，翻身下馬，踉踉蹌蹌地跑了過去，一具一具翻找，沒有活人，屍體早已僵硬，鮮血也已凝固。現場狼藉不堪，騾馬背上的羊毛包裹被撕裂，羊毛滿地飄散；整張的羊皮混雜著鮮血，汙穢不堪；黃沙中散落著珍貴的香料和石蜜[6]，玄奘甚至還在沙裡找到兩顆綠色的貓眼石。

從死者的相貌和穿著來看，應該是絲綢之路上的商隊，大多數人相貌與邊塞胡人近似，估計來自西域諸國，另一部分則是高鼻深目，鬚髮鬈曲，應該來自更遙遠的西方世界。這並不奇怪，絲綢之路上險惡重重，商旅們經常成群結隊，相伴而行。

現場一眼看去，似乎是沙漠匪幫搶掠商隊，但玄奘很快發現不對，因為很多羊皮和羊毛包裹仍舊完好無損，甚至一些香料簍都還捆綁在駱駝的背上，匪幫並沒有把這些珍貴的貨物搶走。當然，從波斯、吐火羅和昭武十國[7]來的胡商，因為路途遙遠，大都運輸易於攜帶且價值高的商品，譬如寶石、金銀絲、香料、自然銅，他們到了西突厥才會購買羊毛和羊皮，販運到大唐獲利。但這些羊皮和羊毛在伊吾一帶仍然頗為昂貴，尤其是香料，更是價格高昂，盜匪為何不拿？

「咄……咄……咄……」寂靜的沙漠中，忽然傳來一陣聲響，似乎是輕微的碰撞聲。

玄奘悚然一驚，循著聲音在屍體堆裡翻找。他早已忘掉了疲憊，一連查看了二十多具屍體，才發現在一頭死亡的駱駝身下，壓著一個頭戴羊角形氈帽的胡人老者。那老者胸口幾乎被剖開，肋骨翻捲，已經奄奄一息，但手指卻執著地敲擊著死駱駝背上的木架，發出咄咄的聲音。

「施主，施主！」玄奘急忙抱起他，輕輕在他臉上拍打。

好半天，那老者才微微睜開眼睛，見玄奘是個和尚，精神微微一振，喃喃地說了句什麼，是異國語言，玄奘一個字也聽不懂。老者喘了口氣，眼睛裡露出驚懼的神情，緊緊握著他的手，用漢語喃喃道：「瓶……瓶中……有鬼——」

「什麼？」玄奘訝然，把耳朵附在他唇邊。

那老者用盡渾身精力，嘶聲大叫：「瓶中……有鬼——」

話音未落，身子一軟，手臂垂了下去，雙眼兀自大睜，露出無窮無盡的恐懼，緊緊盯著玄奘。

「瓶中有鬼？這是什麼意思？」

玄奘皺眉想了想，將他平放在沙地上，站起身來失神地望著這片殺戮場。此時，沙丘另一側傳來瘦馬的嘶鳴。玄奘搖搖晃晃地走上沙丘，眼前波光一閃，他幾乎不敢相信自己的眼睛，湖水碧綠，湖草青青，一池清水，一片草原，鑲嵌在黃色的沙漠裡。

玄奘以為是幻覺，不敢伸手觸摸，但那匹瘦馬卻飛撲下沙丘，一頭栽進了湖水。玄奘醒悟過來，連滾帶爬地跑下去。到了湖邊，卻沒有急著喝水，而是從馬背的行囊裡取出濾網。根據佛教戒律，這種水稱為「時水」，必須過濾之後才能喝。

清涼的湖水進入身體，玄奘這才感覺到生命逐漸回來了。他回到屍體堆裡，在死者身上翻了翻，找到幾塊饢餅，填飽了肚子。然後趺坐在沙漠中，念了一段《往生咒》，接著在沙地裡刨坑，將屍體一一掩埋。

這個工程實在浩大，屍體足有六十多具，還有兩百多匹騾馬和駱駝，玄奘氣喘吁吁地幹了三個多時辰，才埋了二十多具。沙漠乾燥酷熱，他累得大汗淋漓，後來實在撐不住了，一跤跌坐在地。

就在這時，沙丘頂上人影一閃，倏忽不見。玄奘吃了一驚，揉揉眼睛，以為是自己眼花，隨即聽到一陣腳步聲急促遠去。他一躍而起，奔上沙丘，頓時瞠目結舌，只見沙漠裡一個赤身裸體的孩子正驚慌失措地奔跑，到了湖邊，縱身跳了進去，游到湖水中央，才轉過頭來看他。

玄奘張大了嘴巴，慢慢走過去，站在湖岸上看著他。那孩子估計有八九歲，膚色慘白，黃色的頭髮鬈曲，鼻梁高挺，眼窩深陷，眼珠竟然是藍色的，有些像粟特人或者吐火羅一帶的雅利安人[8]。

「阿彌陀佛，」玄奘朝他合十拜了拜，「小施主，不要害怕，我是來自大唐的僧人，沒有惡意。」

那孩子膽怯地看著他，雙手撥著水，歪著頭猶疑。玄奘笑了笑，朝他伸出了手，示意他上岸。那孩子卻露出驚懼之意，猛地栽進了水底。玄奘正在詫異，水花一翻，那孩子又冒出了頭，手一揚，一團泥沙扔了過來，啪地打在玄奘臉上。

玄奘怔住了，泥沙從臉上滑落，他苦笑一聲，伸手擦了擦，解釋道：「貧僧確實沒有惡意。那些死者是你的親人嗎？你可否上岸，與貧僧一起埋葬了他們？暴屍荒野，入不得輪迴淨土。」

「你……不能……碰觸屍體……」那孩子忽然大聲說。他說的是漢語，雖然口音怪異，但吐字清晰，顯然受過良好的訓練。

「什麼？」玄奘有些摸不著頭腦。

「你不能碰觸屍體！」那孩子大聲說，「人死後，邪靈侵入，屍體變得骯髒。任何人，包括父母親屬，都不能碰觸。」

玄奘哭笑不得：「那麼，誰能碰觸呢？」

「掮屍者，他們專門處理屍體。」孩子認真地道，「而且不能埋葬入土，屍體太骯髒，火葬會汙染火，水葬會汙染水，土葬會汙染大地。屍體必須先浸入白色公牛的尿液裡清洗淨化，換上正道之衫，繫上聖腰帶，才能和聖先知溝通……」

玄奘恍然大悟，低聲道：「原來你是拜火教徒！」

「瑣羅亞斯德教！」那孩子惱怒地糾正。

玄奘點點頭，作為佛門堪稱最博學的僧人，他對瑣羅亞斯德教並不陌生。瑣羅亞斯德教流行於波斯一帶，中國稱之為祆教、火祆教或者拜火教。因為來往於絲綢之路的粟特人大都信仰拜火教，在長安，就有不少拜火教的寺廟，大唐人稱之為祆祠。

按照他們的教規，屍體的確不能埋葬。無論是搬運或放置屍體，都要使用鐵製或石製的器具，不能使用木製的器具。拜火教認為，木頭接觸屍體會被汙染，石製或鐵製的器具則有抗汙染的能力。因此他們將屍體放置到無蓋石棺中，運到石塊砌成的環形無頂墓地裡，這種墓地稱作「寂靜之塔」，設計的方式可以方便兀鷹來啄食屍體。等到屍體身上的肉被啄食完畢，再把遺骨放到寂靜之塔中心，在陽光照射下，遺骨風化成為粉末。雨季來臨時，遺骨粉末隨著雨水經過石灰過濾，從地底埋設的排水管道流入大海。

想通了這點，玄奘倒有些為難了，於是和那孩子商量：「這沙漠中可沒有石頭，如何安置你族人的屍體？」

那孩子想了想，藍色的眼睛裡閃過一抹哀傷：「就讓他們隨著大漠的風沙散去吧，或許會有兀鷹飛來，把他們的肉帶往天堂。」

話已至此，玄奘也無可奈何了：「生如朝露，死如夏花。或許這天地間也是眾生的大好歸宿吧！」

經過這番對答，這孩子對他不再恐懼，從湖水裡游上岸，就那麼赤條條地站在陽光下。玄奘問：「你的衣服呢？」

那孩子打了個寒顫，似乎充滿恐懼。沒辦法，玄奘只好從商旅們的行囊裡找了件衣服，裁短了，讓他穿上。這孩子很倔強，堅決不穿，認為死者的衣服不潔淨。玄奘苦口婆心地勸，說這是從行囊裡拿出來的，新衣服，沒人穿過，否則你只好穿我的僧袍了。

面對不潔的衣服和異教徒的僧袍，這孩子只能屈服，選擇了前者。但找不到那麼小的靴子，於是玄奘找了一張羊皮，裹住他的腳，用捆紮貨物的牛筋繩子捆得結結實實。

「你叫什麼名字？」玄奘問他。

「阿術。」那孩子神色複雜地看著玄奘埋頭為自己裹腳，道，「我是粟特人，來自康國的撒馬爾罕，隨叔叔到大唐行商，和焉耆國的商人結伴而行。經過伊吾後，昨晚在湖邊宿營，卻遇上盜匪，屠殺了我們整個商隊。我當時偷偷在湖水裡游泳，才倖免於難。」

他哽咽了一聲，輕輕把手搭在玄奘的肩上，露出一絲親近之意。玄奘嘆息不已。阿術道：「我在那湖邊草叢裡藏了一夜，不敢出來，只怕盜匪未走。直到看見你的馬匹，才曉得又來了過路的客商，卻沒想到是個僧侶。」他臉上露出笑容，指了指那瘦馬，「這實在不像是盜匪們會騎的馬。」

玄奘笑了笑，問：「你叔叔是誰？也遇難了嗎？」

阿術指了指先前被駱駝壓著的那名胡人老者：「那就是我叔叔，阿里布．耶茲丁。」

玄奘默然，想起耶茲丁臨死前的那聲呼喊，瓶中有鬼？他百思難解，於是問阿術：「你叔叔臨死前，對貧僧說了一句話：『瓶中有鬼。』你可知道那是什麼意思？」

「瓶中有鬼？」阿術目光一閃，卻搖了搖頭。

玄奘捆好阿術腳上的羊皮，又去把所有屍體一具具擺好，將斷掉的頭顱和四肢都撿回來，安置在軀體旁，盡量讓他們屍身完好。然後趺坐，默念二十一遍《往生咒》，超渡亡靈。

阿術蹲在旁邊，默默看著這個大唐僧人，感覺他有一種動人心魄的力量與慈悲，笑容如山間清泉、大漠日出，讓人自然想親近。事實上，他已經偷偷觀察玄奘許久，見這和尚幾欲倒斃之時仍舊一具具掩埋這些素不相識的商旅，才決定現身。

「師父，您進入這莫賀延磧，打算前往哪裡？」阿術問。

玄奘睜開眼睛，眺望著西方的大漠：「貧僧立志西遊天竺，求取如來大法。阿術，你呢？你孤身一人，打算怎麼辦？」

阿術揉了揉眼睛，有些哽咽：「叔叔死了，我想回撒馬爾罕，回到父親身邊。來時的路，我們走了半年多……師父，撒馬爾罕就在您去天竺的路上，能否帶我回家？」

玄奘良久不語，輕輕撫摸著他的頭：「好，貧僧帶你回家。」

阿術雀躍起來，臉上笑容綻開。玄奘也笑了：「阿術，你們曾路經伊吾，從此處到伊吾還有多遠？你可記得來時的路？」

「記得，記得。」阿術連連道，「西行百餘里，只需一日一夜便可到伊吾。非但伊吾，我隨叔叔一路東來，路經數十國，對每一國的地理、風俗、方言都熟稔無比。」

玄奘沒想到自己竟然撿了個嚮導，異常高興。兩人不再耽擱，從湖裡取了水，灌滿了水囊。阿術又從商旅的行囊裡取來胡餅和肉乾，打了個大包裹，一併馱在瘦馬背上。玄奘扶他上馬，自己牽著馬，兩人相攜西去。

再往西走，就離開了莫賀延磧的中心地帶，沙漠減少，變成了荒涼的戈壁。風沙侵蝕下，戈壁灘上到處聳立著形貌怪異的石頭，狀如城堡、蘑菇，大風颳過，鬼嘯聲聲。兩人一路前行，身邊傳來咯嘣咯嘣的聲響，有如鬼怪嚼食著屍骨，讓人頭皮發麻，猙獰的暗影投射在地面，就像在無數凝固的妖魔鬼怪的腳下穿行。

阿術神情緊張，騎在馬上，還緊緊抓著玄奘的手臂。玄奘告訴他，此乃心魔，想教他念《心經》，阿術卻堅決不學。玄奘這才想起人家是拜火教徒，一時有些尷尬，阿術也咯咯笑了起來。

兩人正逗趣，忽然西北方向傳來急促的馬蹄聲。阿術臉色一變：「師父，是不是盜匪又來了？」

玄奘聽了聽，搖頭：「前後不過三騎，想來並非盜匪。」

話雖如此，玄奘還是提起了心，八百里莫賀延磧，自古以來就是生命的禁區，只有逐利成性的商旅才敢成群結隊，冒險穿越。區區三騎，當然不會是商旅，而這裡距離伊吾還遠，巡哨的將士也不會進來，這幾人進入莫賀延磧究竟是想幹什麼？

馬蹄聲越來越近，只見風沙中奔來三匹駿馬，馬上的三名騎士都穿著罩袍，臉上戴著面罩。這三人彷彿早有目標，徑直奔了過來，但看見前方的玄奘和阿術，還是吃驚不小。

三人勒馬繞著玄奘二人轉了兩圈，當先那人掀開身上的罩袍，露出一張清秀靦腆的面孔。玄奘不禁有些發怔，此人竟然是漢人，身上穿的服飾也與大唐相仿。但阿術一見此人，身子卻是一顫，露出驚悚之色。

玄奘眼下頗為狼狽，孤身穿過莫賀延磧，僧袍髒汙不堪，頭頂長出了寸許短髮，臉上、身上到處是灰塵和血漬，皮膚因乾燥和日晒裂出深深的傷口，甚至滲出了血珠。腳下的千層布鞋也爛得不成樣子，三根腳趾露在外面。但精神依然不減，眸子淡然如水，疲憊中透出一股從容。

那青年愣然半晌，才認出玄奘是個和尚，急忙朝玄奘合掌施禮：「原來是位法師！不知法師從何處來？要往何處去？為何孤身在這莫賀延磧之中？」語言也與大唐一般無二。

玄奘急忙合十：「阿彌陀佛，貧僧玄奘，自大唐來，前往天竺求佛。」

那青年猛然一驚，歡喜道：「原來您就是玄奘法師！神佛保佑，您……竟然獨自穿越了莫賀延磧！」

他急忙跳下馬來，跪倒在玄奘面前禮拜，行的竟然是五輪俱屈之禮。這是在天竺佛教影響下西域盛行的大禮，所謂五輪俱屈，就是雙手、雙膝、額頭著地。這是九禮中的第八等禮節，僅次於第九禮：五體投地。

其餘兩名騎士也紛紛下馬跪拜。玄奘遇見這麼尊貴的禮節，倒有些不知所措，只好按儀式，撫摸他的頭頂，口中以經文祝願他長生如意，然後遲疑道：「施主這是……」

那青年喜笑顏開地站起來：「法師有所不知，在下乃高昌國王的三子，姓麴，名智盛。前些日隨二王兄出使伊吾國，聽往來於絲路的胡商講過，法師欲西遊天竺求法。當時我還與二王兄商議，是否要在伊吾多待幾日等您抵達，沒想到佛祖可憐，讓我在這裡遇見了法師。」

玄奘這才恍然，原來這人竟是高昌國王的三兒子，怪不得相貌衣著與漢人一模一樣。

高昌國乃是西域諸國中的一個異數，從國王到百姓都是漢人，孤懸於西域諸胡之中數百年，雖然歷經波折，卻頑強地生存了下來。

高昌最早是兩漢時期的屯戍區。當時漢朝在此地建設軍事壁壘，且耕且守。因為「地勢高敞，人庶昌盛」，便命名為高昌壁。到了東漢兩晉，內地喪亂，漢人逃避戰火，紛紛逃往河西以至高昌一帶，於是高昌人口日漸眾多，漢人占有七成。五胡亂華時期，柔然攻高昌，立漢人闞伯周為高昌王，高昌從此建國。其後經過幾百年的動盪，柔然、高車、西突厥這些強國先後登場，圍繞高昌歸屬展開了幾百年的爭奪，但高昌國的政權一直掌握在漢人手中。

北魏景明三年，麴氏稱王，至今已傳了八代九王。麴智盛的父親麴文泰，就是這一代的高昌王。高昌國處於中原文化和西域文化的交會點，卻始終以漢語作為官方語言，甚至從上一代高昌王麴伯雅開始，就在麴文泰的主持下進行了漢化改革，要求「棄夷狄之辮髮衽服，行漢化」。結果麴伯雅和麴文泰父子倆受到高昌貴族反撲，發動「義和政變」，父子倆狼狽逃走，直到六年後才平定叛亂，重掌國政。

「不知三王子此番進入莫賀延磧，所為何來？」玄奘問道。

麴智盛猶豫一番，沉聲道：「我在伊吾國中，聽到商旅言及，沙漠中有一隊胡商被盜匪截殺，不知真假，便帶人來看看，不料竟巧遇法師。」

玄奘嘆了口氣說：「此事不假，貧僧正好路過，那商旅一行六十餘人，盡數被殺，慘不忍睹。」他指了指阿術，「這個孩子——」

阿術忽然笑了：「我叫阿術，乃是法師從長安帶來的童僕，見過三王子。」

麴智盛看了阿術一眼，高昌國的胡人太多，他也不以為奇。但玄奘卻猛然一驚，深深凝視著阿術，內心泛起了驚濤駭浪。這孩子，竟然要在麴智盛的面前掩蓋自己的身分！

這是為何？玄奘不敢想下去。

麴智盛沒發現玄奘的異樣，一臉熱忱：「既然法師證實此事，那我也不必再看了。不如這樣，我且陪著法師前往伊吾，讓我這兩名隨從先去現場守候，等到了伊吾，我將此事通報給伊吾王，再讓他派人妥善處理。法師覺得如何？」

「聽憑三王子安排。」玄奘道。經過這番對答，玄奘看得出來，這個麴智盛單純熱忱，性格淳樸，可阿術的反應卻讓他心頭堆積起濃重的不祥之感。不過此時不是問話的場合，只好悶聲不語。

麴智盛很高興，招呼兩名騎士騰出一匹馬，讓給玄奘騎。這裡距離那座湖不遠，兩名騎士合乘一騎，遠遠地去了。麴智盛親自為玄奘牽馬墜鐙，伺候他上馬，自己當前帶路，朝著伊吾而去。

玄奘與阿術隨著麴智盛在莫賀延磧行走了一日，便抵達伊吾城外，行人漸多，頭頂天空湛藍，道路兩旁種植著胡楊與垂柳，紅柳叢茂密無比，有如波濤般覆蓋了荒涼的土地。夯土版築的平房稀稀落落，分布在伊吾城外。伊吾是距離大唐最近的西域國家，也是西域著名的彈丸小國，全國只有七座城池，總人口不過兩萬，胡漢雜居。但伊吾是絲綢之路的重驛，胡商到達此地，下一站就進入中原，因此這個小國頗為富裕。

到了城門口，碰上了交通堵塞。西域諸國的城門一向狹窄，往往一個大隊商旅經過，就會把城門堵得水洩不通，甚至會發生兩輛高車並排卡住、進退不得的窘狀。但這次明顯不是商旅堵路，城門口空無一人，卻有不少胡商躲避在城門外竊竊私語，旁邊還有士兵維持秩序，不讓後來的商旅經過。

麴智盛上前問一名胡商：「怎麼回事？為何不讓進城？」

那胡商見是名衣著考究的漢人，不敢無禮，恭敬道：「漢家少爺，似乎有貴人經過，故此戒嚴。」

「哦，難道是石萬年要出城嗎？」麴智盛驚訝地問。

那胡商嚇了一跳，不敢回答。因為石萬年便是伊吾國王，這漢家少年竟然直呼伊吾王的名字！麴智盛卻不以為意，事實上在高昌王的眼裡，這麼個小小的伊吾國幾乎算是自己的附庸，他乃是高昌王子，當然不必對伊吾王過於恭敬。

「法師，無須理會，您先請入城到館舍休息，稍後我就去見伊吾王，與他一起來拜見您。」麴智盛朝玄奘笑道。

玄奘搖頭：「貧僧乃一介遠遊僧人，如何能干擾國事？既然國中有事，貧僧等待便是。」

麴智盛只好守候在他身邊，等待城中的貴人經過。就在這時，城內馬蹄聲急，悶雷般捲過街道，三十名騎士控著駿馬，手持長矛，腰挎彎刀，背上還背著弓箭，風一般地從眾人眼前奔過。

麴智盛一看這群騎士的服飾，頓時怔住了，失聲道：「焉耆人？」

玄奘好奇地看了他一眼，不曉得他為何如此激動。西遊之前，玄奘曾先了解了一下西域諸國的情況，知道焉耆國在高昌國的西南，也是一個崇佛的國度，但更具體的就不清楚了。莫說是他，只怕大唐朝廷對此時的西域也是兩眼一抹黑。隋末戰亂之後，西域與中原隔絕，至今三十年了，除了往來於絲路的胡商帶來些許異域消息外，大唐禁止百姓出境，朝廷情報來源極為有限。

卻見這麴智盛呆呆地看著焉耆騎士，臉頰潮紅，激動難抑，忽然衝上去，攔住最後一名騎士，大聲道：「龍騎士，且住。」

那名騎士一勒戰馬，長矛一指麴智盛，厲聲道：「你是何人？為何攔路？」

這時先前的幾名騎士也紛紛轉了回來，長矛、弓箭一起對準了麴智盛。麴智盛笑容可掬，連連拱手：「沒有惡意，沒有惡意。在下只想問一問，龍霜公主是否來了伊吾？」

玄奘莫名其妙，阿術扯了扯他，低聲道：「焉耆王姓龍，焉耆騎士號稱龍騎士。兩國相鄰，素來不睦，法師莫讓他惹出事，咱們走不脫。」

玄奘點頭，可還沒來得及說話，麴智盛便惹出了事。那名騎士大怒，揮起長矛抽了過來，怒罵道：「賊胚，你是何人？敢問我國公主的行止！」

麴智盛臉上笑呵呵，毫不躲閃，任憑那長矛桿子抽在身上，啪的一聲，衣衫幾乎裂開。麴智盛疼得臉上一抽搐，但仍恭敬不已，笑道：「不敢，不敢。在下只不過是敬慕公主，特來致上問候之意。」

那群騎士不禁面面相覷，摸不著頭腦，玄奘也不禁啞然。堂堂一個國家，幾個尋常騎士出國，你見面便問候人家公主，這可不是討打嗎？

幾個粗壯的騎士上前便想揍他。其中一名老成的騎士盯了他半天，見他衣衫華貴，又是漢人，便阻止了同袍動粗，喝問：「你是什麼人？」

麴智盛拱手，臉上誠懇無比：「在下姓麴，名智盛，曾經見過公主一面。見幾位兄臺的裝束像是宮廷近衛，因此才貿然相詢。」

「麴智盛……」那名騎士盯著他猶疑半晌，問同伴，「這名字怎麼有些耳熟……哦——」他忽然吃了一驚，臉上驚怒交集，「你便是那高昌國的三王子？」

「他便是那麴智盛！」遠處馬蹄聲響起，一個清脆悅耳的聲音回答道。

玄奘等人抬頭望去，只見城門口奔來十餘匹健馬，都是清一色青春靚麗的胡女，尤其是當先一名少女，膚色白皙，腰肢柔軟，修長的玉腿夾在馬腹上，藍色的眼眸下垂著一層輕紗，罩住了她的容顏。

她身穿白色絲質窄袖襦裙，外面罩著外翻繡花領子長袍，頭上盤著玳瑁和寶石髮髻，一條寬大的紅色絲巾纏繞著頭髮，兩端從背後垂下，在臀部打成繁複的結，垂至腳下。快馬馳騁中，紅色長帶飄揚而起，別有韻味。

麴智盛早已看呆了，張大嘴巴，痴痴地凝視著她，身體都在微微顫抖，好半晌才喃喃地道：「霜月支，妳來啦！我……真的好歡喜！」

「下流！」一名侍女當即變了臉色，一鞭抽了過來，啪的一聲正中麴智盛的臉，頓時泛起一道血痕，血珠滾滾而出。玄奘嚇了一跳，連周圍的龍騎士都是一驚，畢竟眼前這傢伙可是高昌王子，被侍女抽了一鞭，可謂絕大的羞辱。

但麴智盛卻笑咪咪的，從容無比，眼睛望著龍霜公主，雙手朝著那侍女作揖：「是是，在下言語不周，姑娘打得好！」

這回連玄奘也看不下去了，低聲道：「阿彌陀佛，三王子，可需要貧僧為你包紮？」

麴智盛好半天才回過神來，吃驚地問：「包紮？不，我為何要包紮？此鞭乃公主所賜，焉能損壞！也許數年之後，在下撫摸臉上鞭痕，想起公主風采，那何嘗不是佛陀賜予的福祉？」

玄奘澈底無語了。

一旁的阿術低聲道：「師父，這龍霜公主名叫霜月支，是焉耆國王龍突騎支的掌上明珠，權傾朝野，遙控國政。龍突騎支勇而無謀，喜好自誇，這位公主精於權謀，一手創設了焉耆國策，人稱『西域鳳凰』。」

玄奘默默地點頭，他當然看得出來麴智盛喜歡這位公主，簡直銘心刻骨，然而事情似乎沒有那麼美好。

果然，龍霜公主嘲弄地盯著麴智盛，眼神裡露出一絲玩味，忽然一笑：「三王子，可願意為我做一樁事？」

「願意！」麴智盛喜出望外，大聲回答道，連聲音都有些發顫，「公主讓在下做什麼？莫說一樁，就是百樁、千樁，在下也會不惜此身，誓死完成公主心願。」

「沒那麼嚴重。」龍霜公主淡淡地道，「我來得匆忙，未帶奴僕，三王子可願低跪為鐙，引我下馬？」

第二章　高昌王子，焉耆公主

此言一出，連公主的侍女們都有些發怔，城門口圍觀的商旅和伊吾百姓更是鴉雀無聲。

所謂「低跪為鐙」，原本是一種崇高的禮節，跪在地上，弓起脊背，供人踩踏，尤其以天竺這種佛國最為盛行，甚至一些國王禮佛時，也會親自低跪為鐙，請高僧大德踩著自己升上法壇。但在西域貴族家中，一般而言，是奴僕伺候主人上下馬才會這麼做。

所有人都清楚，龍霜公主是借此來羞辱這位高昌王子。連公主的侍女和龍騎士們都覺得有些不妥，麴智盛好歹也是堂堂西域大國的王子，焉耆和高昌關係素來不睦，如此羞辱，一旦高昌王震怒，發動戰爭都有可能。

眾人見麴智盛發呆，暗暗鬆了一口氣，都等著他拒絕，沒想到他發了半天呆，忽然間手舞足蹈，一跤跌下馬背，連滾帶爬地跑到龍霜公主馬前，正色道：「公主，自從三年前在焉耆王宮得見公主，妳的絕世容顏就映刻於小人的腦海。三年來，小人中宵難寐，輾轉思念，無日無之。小人不敢求得公主青睞，但求能日日聽到妳的聲音，望見妳的容顏，小人便是死後入十八泥犁獄，也心甘情願！」然後重重往地上一跪，雙手撐地，拱起脊背，大聲道，「請公主下馬！」

人群一時靜了，呆呆地看著這個跪在地上的高昌王子。

玄奘覺得大為不妥，急忙跳下馬來，走到麴智盛身邊，雙掌合十：「阿彌陀佛。三王子，佛說種種法，為醫眾生病。三界眾生病，病根在我執。依執身是我，才起貪嗔痴。請王子三思！」

麴智盛側過頭，凝視著玄奘，不知何時雙眼之中淚水奔流，哽咽道：「多謝法師教誨。只是……為何三年前，只看了她一眼，我今生便無法忘記？難道不是佛祖為我安排的宿命嗎？身為高昌王子，我生平逍遙自在，不重財貨，不重權勢，也不在乎王宮裡的萬千粉黛。大哥和二哥為了王位勢如水火，可我視之如敝屣。我以為，今生再沒有一事一物可以羈絆我，大唐不是有位梵志法師作有佛偈嗎？『城外土饅頭，餡草在城裡。一人吃一個，莫嫌沒滋味。』我能看破這生死，能猜破這紅塵，可您告訴我，為何三年前只是一眼，便捲走了我的靈魂？」

玄奘苦笑，梵志俗家姓王，乃是他的僧友，大玄奘十歲，他以佛理教義融入佛偈禪詩中，自成一家，頗受玄奘推崇，沒想到他的佛偈竟傳入了西域。

麴智盛擦了擦眼睛，笑了笑道：「法師，我情願為奴僕，也好過這高昌王子，因為，我破不了我的心。」然後恭聲道：「請公主下馬！」

玄奘嘆息一聲，避到了一邊。龍霜公主冷漠地聽完麴智盛的話，絲毫沒有動容，抬起腳，將鹿皮小蠻靴踩在他的脊背上，就要下馬。

就在這時，忽然城內一聲暴喝：「不可——」

隨即響起隆隆的馬蹄聲，數十騎戰馬有如閃電奔雷，席捲而來。到了城門口，當先那名騎士一揚手，三十騎戰馬同時勒住韁繩，嘶鳴聲中，一起停住。所有人動作整齊劃一，氣勢凌厲，一看就是百戰沙場的精銳戰士。

當先是一名滿臉鬍鬚的雄壯男子，四肢魁梧，孔武有力，他身穿皮甲，腰挎長刀。一看見麴智盛跪在地上，龍霜公主正要踩上他的脊背，頓時怒不可遏，甩鐙下馬，大踏步走過來，拎著麴智盛的脖子將他拽了起來。

「三弟，你這是做什麼？」那男子瞠目大喝，「莫要辱了父王和高昌國的尊嚴！」

麴智盛一看見他，不禁有些怯了，低聲道：「二哥……」

玄奘恍然大悟，原來此人便是高昌王的二子，麴德勇。

麴德勇怒視了龍霜公主一眼，看著麴智盛臉上的傷痕和滿身的塵土，又氣又憐：「三弟呀，你怎地又犯痴病呢？你的心思哥哥何嘗不曉得，可……可這女人是你能娶到的嗎？莫說咱們兩國不睦，就是相交莫逆，那老龍要拿她換取焉耆國的百年安康，會將她嫁給你嗎？」

麴智盛卻推開了麴德勇，平淡地道：「哥哥你想錯了，我今生既然無望娶她，便是在她身邊牽馬墜鐙，做個奴僕也是好的。」

「可你是高昌王子！」麴德勇怒不可遏。

「王子又如何？」麴智盛幽幽嘆息，「若奴僕得到的，王子得不到，做王子何如做奴僕？」

麴德勇一時氣急，竟不知該說什麼。麴智盛重新跪倒，大聲道：「請公主下馬！」

「莫要欺人太甚！」麴德勇逼視著龍霜公主，森然道，「若是妳的腳敢踩在我三弟的背上，老子便提雄兵勁旅，擊破妳的焉耆王城！」

龍霜公主冷笑一聲，忽然抬足踢在麴智盛的背上，將他踢得滾倒在地，藍色的眸子裡燃燒著怒火：「麴德勇，到底是你欺人太甚還是我欺人太甚？我問你，莫賀延磧中的焉耆商旅，究竟是誰殺的？」

此言一出，玄奘當場色變，輕輕握住阿術的手，卻發現阿術渾身顫抖，恐懼地盯著狀如巨神的麴德勇。

麴德勇愕然片刻，見麴智盛想說話，立時按住他的肩膀，冷笑道：「我也聽說有一隊商旅在莫賀延磧中被殺，卻不知竟是焉耆人，公主這話問得倒是蹊蹺。」

「蹊蹺？」龍霜公主凝視著他，「那支商隊共有六十三人，除了二十多個粟特人，就是我焉耆人，有弓弩二十副，人人有彎刀，勇武善戰。在這伊吾城左近，有哪方勢力能將他們一舉殺絕？」

麴德勇哈哈大笑：「妳問我，我又問誰去？盜匪？大唐人？突厥人？沙陀人？抑或是葛邏祿人？人人皆有可能，為何就栽到我身上？」

龍霜公主的臉沉了下來：「好，我問你，以你的身分，為何悄無聲息地出使伊吾？」

麴德勇淡淡道：「既然是出使，自然負有使命，如何能告訴妳？但公主妳卻有些稀罕了，突然出現在伊吾，別告訴我，妳也是出使。再說……」他上下打量龍霜公主一眼，「一隊商旅，居然有弓弩二十副，配備如此強大的武力，豈非笑談！眾所周知，進入大唐國境的瓜州，弓弩一律收繳封存。從焉耆到伊吾，值得用這麼強的武力保護嗎？妳那是什麼商旅？」

「很好。」龍霜公主點點頭，「我原不指望你親口承認，只是這筆帳，我焉耆人終將記下。等我查出真凶，希望能與你沙場相見。」

「公主，不是那樣的——」麴智盛忽然叫道。

「閉嘴！」麴德勇和龍霜公主同時喝斥。

麴智盛卻不退，站在兩人中間，仰頭望著龍霜公主，哀求道：「公主，國與國紛爭不息，殺人盈野，百姓塗炭。妳我兩國在大國夾縫中生存，本就不易，何苦再兵戎相加呢？如果公主不棄，我願說服父王，與焉耆修好，妳我兩國共掌絲路，豈不是很好嗎？」

龍霜公主露出嘲諷之色：「然後你就可以向我焉耆提親，讓我以和親的方式嫁入高昌？」

麴智盛臉色漲紅，偏生這話戳中了他心底最深沉的渴望，仰起頭期待地望著公主。

「好！很好！」龍霜公主嫣然一笑，「可是我告訴你，麴智盛，你趁早斷了這個心。我龍霜月支此生此世，便是嫁給渾身流膿、僵臥街頭的乞丐，也絕不會嫁給你麴智盛！」

這番話帶著一絲微笑，一股決絕，透出無窮無盡的鄙夷和憎恨。隨即龍霜公主再也不看他一眼，揚鞭抖韁，挺拔高大的焉耆馬一聲長嘶，潑剌剌地奔向城外。侍女和龍騎士們紛紛跟上，揚起的塵土撲了麴智盛滿頭滿臉。

麴智盛呆呆地凝望著塵灰裡遠去的窈窕背影，嘴角咧開，發出一陣撕心裂肺的大笑，猛然間一口鮮血噴了出來，撲通跪倒在地。玄奘大吃一驚，一把抱住他，才沒讓他摔在地上。

麴智盛推開玄奘，搖搖晃晃地站了起來，清秀的臉上現出可怕的笑容，嘶聲大叫：

「龍霜月支——我，麴智盛，以未來世賢劫千佛發下誓願：此生若不能娶妳為妻，讓我生患惡瘡，腐爛如鬼；死不入土，暴於天日，為惡狗所食；魂入十八泥犁，受萬劫之苦，永不超生；所遺子嗣，千代萬代，男者為閹奴，女者為娼妓……天上地下路經的諸佛啊，請見證我的誓言——」

這種毒誓震驚了所有人，連麴德勇都呆住了。

此時的城門口，聚集的行人商旅越來越多，但西域兩個大國的王子與公主發生衝突，只怕連伊吾王都不敢干涉，因此眾人也只好耐心地等待，卻渾沒想到，自己竟然見證了這個古往今來堪稱最惡毒、最決絕的誓言！

玄奘心中巨震，知道麴智盛已然心神失守，邪魔入侵，急忙伸出手掌，覆蓋他的額頭，念道：「觀影原非有，觀身一是空。如採水中月，似捉樹頭風。攬之不可見，尋之不可窮。眾生隨業轉，恰似寐夢中！咄——」

接著他一聲暴喝，麴智盛兩眼一翻，頹然倒地。玄奘這才鬆了口氣，告訴麴德勇：「二王子，他心神損耗過劇，讓他睡些時日吧，醒來便會好一些。」

麴德勇千恩萬謝地接過三弟，命人找了輛高車，將麴智盛送進伊吾城，然後詢問玄奘：「敢問法師如何稱呼？怎地認識三弟呢？」

「阿彌陀佛，貧僧玄奘，自長安來，路過莫賀延磧時，偶遇三王子。」玄奘道。

麴德勇吃了一驚，急忙參拜：「原來您就是玄奘法師！早在一個月前，您的聲名就已傳遍西域，我和三弟出使伊吾時，父王還命我們打聽法師的行蹤。法師，您請隨我去高昌吧！」

玄奘婉言謝絕，他的目的地雖然是天竺，但他並非要馬不停蹄地跑到天竺，而是打算一路考察各國佛法，拾遺補缺，探究源流。

麴德勇也沒有勉強，弟弟的事令他焦頭爛額，只好暫別玄奘，臨行前說道：「伊吾城中有大覺寺，寺中有漢僧，想必法師住宿會方便一些。在下有些許急事，先行處理，之後再來拜謁法師。」

玄奘連稱不敢，兩人別過，這時城門口才總算恢復暢通，玄奘和阿術牽著馬走進城門。在西域，入城需要繳納入城稅，數目不等，商旅繳納的更多些，但僧侶免稅。

伊吾城內街道逼仄，兩側都是版築的土坯房，土坯厚達幾尺，堅固無比。與中原不同，西域乾旱，不需要考慮雨季排水問題，因此房屋都是平頂。臨街的房屋都充作店鋪，厚實的房頂還能再往上蓋一兩層，供家人居住。

街道上亂糟糟的，時序進入了十一月，但陽光依舊灼熱，兩側的店鋪都在外面搭起棚子，架上攤子，擠占了大半條街。攤位上充斥著東西方的各種貨物，來自中原的絲綢、紙張、生鐵、乾海魚、珍珠、扇子，來自西方的羊毛、皮革、寶石、金銀製品、彎刀，應有盡有。語言更是繁雜，玄奘雖然學過梵語，到了這裡卻遠遠不夠用了。在阿術的講解下，才分清楚了波斯語、回紇語、吐火羅語、突厥語以及梵語演變出來的西亞各類方言。

阿術告訴他，粟特人為了做生意，兒時就要學習多種語言，必須掌握的有波斯語、漢語、梵語，因為絲綢之路上的諸國語言，大都是根據這些語言變化而來的。玄奘不禁感慨，若說絲綢之路是波斯到大唐的動脈，那麼粟特人就是這條動脈中的血液。

在西域諸國，佛寺很好找，只要找到集市，旁邊一定是佛寺。

佛教和商人的關係源遠流長，自釋迦牟尼以來，僧侶傳教就是跟隨商人的路線前進，僧侶靠商人一路上布施與保護，商人則靠僧侶的免稅特權多賺些錢。即便佛門興盛之後，佛教也常常給予商人最大的庇護，提供住宿與飲食，因此市集往往圍繞著佛寺。

玄奘和阿術掩著鼻子跑過一個騾馬市場，就看見了大覺寺。

西域佛寺與中原不同，充滿了異域風情，沒有中原的青磚碧瓦，拱簷翹頂，而是根據所在區域的地域特徵建造。這座大覺寺占地二三十畝，分成兩部分，前面是厚重的版築土坯建築，窗戶狹窄，從拱形的大門進去，正中一座長長的主廳，兩側都是各類僧房；後院則有一座宏偉的佛塔，土坯結構，高聳十餘丈，充滿天竺風情。

玄奘和阿術到了大覺寺，剛到門口，就見三名老僧提著僧袍從寺廟裡跑了出來，連鞋也沒來得及穿。這三名老僧的相貌依稀是中原人，一看見玄奘頓時放聲痛哭：「沒想到今生今世，還能見著故鄉人！」

這一句話說得玄奘也潸然淚下。

一名老僧哭泣片刻，慚愧地道：「法師莫笑。西域已經脫離中原太久了，即便大隋曾經短暫控制西域，也禁止尋常百姓出關。萬里絲路上，只見胡商往來，哪能見到漢人蹤影？」

眾人聊了片刻，便請玄奘去洗漱用齋。

一路走過莫賀延磧，險死還生，體力早已耗盡，這時玄奘才感覺到疲累。阿術看起來也累壞了，兩人休息了一番，到了傍晚時分總算恢復了體力。老僧安排人送來齋飯，都是一些瓜果和麵食，還有一壺葡萄汁。

玄奘看著狼吞虎嚥的阿術，低聲問：「阿術，沙漠裡那場截殺究竟是怎麼回事？龍霜公主的指控可是真的？你叔叔他們當真是被高昌人殺死的？」

阿術猝不及防，頓時噎著，咳嗽了半天，灌了一口葡萄汁，才總算緩過來。他默默凝視著桌上的燈花，臉上露出一絲恐懼：「師父，那群盜匪，就是高昌人！那一晚，我看見了麴德勇的臉！」

原來，那一夜，商隊駐紮在湖水旁邊的沙丘下，阿術偷偷跑去湖裡游泳，幾個時辰之後，他返回營地睡覺，剛爬上那座沙丘，就看到遠處的沙堆裡影影綽綽冒出無數個人影。他們口中銜著彎刀，手中張著弓箭，有如鬼魅般摸進了營地。

幾個守夜人被暗中射殺，其中一人瀕死前吹響了手裡的牛角號，商旅們紛紛驚醒，奮起反抗。就在此時，大隊的騎兵馳騁而來，箭鏃如雨，他們策馬繞著營地奔馳，肆意射殺，無數人被利箭穿身，慘叫著死去。

阿術急忙把身子埋進沙堆，只露出腦袋觀望。這是叔叔行走絲路以來從血與火中得到的經驗，很好地保護了自己的姪兒，但叔叔自己卻被騎兵一刀劈翻。商旅們雖然有弓弩，可在騎兵的突襲之下，根本無法抵抗，無論粟特人還是焉耆人，很快被格殺殆盡。

這時，麴德勇才走進營盤，他魁梧雄壯如巨神的身軀給阿術留下了刻骨銘心的印象，麴智盛則跟在他的後面，似乎嚇得手腳發軟，不停被麴德勇喝斥：「三弟，父王命你跟著我來，就是要見識血與火的戰場。你這般膽顫心驚的，回去如何向父王交代？去那邊，看看誰還未死，補上一劍。」

在火光的映照下，麴智盛滿臉通紅，提著劍翻找活人。

麴德勇也逐個翻找，他發下嚴令，斬盡殺絕，不能留下一個活口。然而就在此時，一名焉耆人忽然從屍體堆裡跳起來，舉刀向麴德勇砍了過去。麴德勇閃身躲過，手中彎刀順勢一拖，那人一條手臂被斬落，慘叫聲中，被麴德勇踹翻在地。

阿術認識他，是焉耆人的首領。沒想到麴德勇竟然也認識他，踩著他的胸膛哈哈大笑：「原來是龍占婆大人。哼哼，堂堂焉耆國的禮部長史，卻來做商賈。」

「麴德勇，」龍占婆嘶聲叫道，「你襲殺焉耆使者，莫非要挑起兩國戰爭？」

「焉耆使者？」麴德勇冷笑，「在哪裡？老子只看到一群粟特人和焉耆人組成的商旅！」他蹲下去，用刀背拍了拍龍占婆的臉，「這麼說，龍大人你竟然是使者？說說看，出使哪裡？負有什麼使命？」

龍占婆哼了一聲，強忍劇痛，一言不發。麴德勇伸手在他懷中摸索一番，掏出一卷帛書，龍占婆嘶吼道：「給我——」

麴德勇冷笑一聲，重重踩在他的臉上，將帛書打開，挑在刀尖上，命人掌著火把觀看。看了半晌，倒抽了一口冷氣，咬牙切齒：「果然如此！焉耆人竟然暗中請大唐撐腰，重開絲路舊道！好歹毒的心腸，這是要讓我高昌亡國滅種啊！呸，怪不得你堂堂禮部長史，要偷偷摸摸裝作商旅出使大唐！你還有何話可說？」

龍占婆慘笑一聲：「要殺要剮你動手便是，但我焉耆龍族，絕不會就此罷手，定要將絲綢之路爭奪到手，重開舊道！」

「做夢！」麴德勇當即一刀殺了龍占婆，搶走了焉耆使者的國書、貢品等物，趁著夜色，帶領騎士們揚長而去。

阿術把身子埋在沙中，望著殺人者離去，他到底是個才九歲的孩子，早已被嚇呆了，遲遲不敢露頭。

聽到此處，玄奘有些不解：「何謂絲路舊道？」

「這個我很清楚。」阿術解釋道，「絲綢之路並非一成不變，很多時候，因為地理環境變化，或者戰爭爆發，商旅們會改變路線。原本商旅們走的路線是貼著塔克拉瑪干大沙漠北部邊緣，經過姑墨、龜茲、焉耆的博斯騰湖南端、樓蘭，再經過菖蒲海[9]到達玉門關。後來中原的漢家控制伊吾之後，變更了道路，經過姑墨、龜茲，從博斯騰湖北端進入高昌，再到伊吾，通過莫賀延磧到達瓜州。也就是師父您這次走的路線，被稱為新道。」

「哦。」玄奘點頭，「那麼新道舊道，為何對焉耆和高昌來說竟如此重要，甚至有亡國的危險？」

阿術咧嘴：「師父，對絲綢之路東西兩端的大國，譬如中原漢家王朝和波斯、拜占庭而言，只要不封閉，走哪條路都沒關係。但對於絲路上的小國而言，一改道，他們的國家就會消失於歷史的塵埃之中。因為他們依靠絲路上的商旅生存，有了商旅，就有了財富，有了人煙，否則，他們的國家就會被淡忘，百姓無法生存，國家無法維持。」

玄奘驚嘆不已，這種小國的生存之難，當真是中原人聞所未聞。

「對焉耆而言，雖然兩條道都經過他們的國家，本質上卻有不同，因為走舊道，經過博斯騰湖南端的話，就在焉耆王城邊上，那裡是他們完全控制的領土；可是走新道，一則距離王城甚遠，更重要的是，那是高昌實際控制的範圍。上百年來，絲路上的財富源源不斷地湧入高昌，使其成為絲路上獲利最多的富國，而焉耆人卻日漸被冷落，所以獲得絲路控制權，對焉耆來說至關重要。」

玄奘這才明白，嘆息道：「那麼一旦絲路改成舊道，高昌國就會遠離絲路，消失於大漠的風沙之中。」

阿術點頭，玄奘終於明白高昌人為何要祕密截殺焉耆使者了。焉耆派遣使者朝貢大唐，請求絲路改道，一旦大唐准許，這對高昌人而言簡直就是滅頂之災。可是玄奘又奇怪：「絲路新道存在了上百年，焉耆人請求改道，大唐朝廷就會允許嗎？可高昌人必然是篤定大唐會允許，所以才會害怕，不惜截殺使者。」

阿術讚嘆道：「師父當真目光如炬，一眼就看到癥結所在。沒錯，換成別的時候大唐是否允許實在不好說，但此時焉耆人懇求的話，大唐朝廷十有八九會准！」

「這是為何？」玄奘吃驚道。

「師父再想想。」阿術眨了眨眼，笑嘻嘻地道。

玄奘苦笑不已，眼前這孩子說是九歲，但若只是聽他說話，說他三四十歲也有人信。這孩子太老成了，思維敏捷，博學廣聞，尤其是說話和看問題的方式，與成人無異。看來粟特人能夠掌控絲路數百年，自然有其道理。讀萬卷書不如行萬里路，一個孩子從小培養，無論對政治變革、生意商機的敏銳，還是思考問題、接人待物的方法，都能讓他的心智快速成長。

玄奘想了半天，忽然想起大唐國內的一樁大事，不禁悚然：「難道和大唐出兵攻打東突厥有關？」

阿術這回真的吃驚了：「師父，您真是神人也！」

玄奘汗顏無比，他是猜的。經過阿術講解，他才明白其中的關竅。貞觀三年秋，也就是他離開長安前，李世民派李靖、李勣、柴紹等率領十萬大軍北上，打算一戰攻滅東突厥。此時，估計雙方正在大草原上廝殺吧。

西域諸國如今都控制在西突厥的手裡，雖然東西突厥素來不睦，但新道靠北，距離東突厥太近，東突厥可以隨時掐斷絲綢之路；若是改成舊道，不但東突厥鞭長莫及，連西突厥的影響力也會逐漸低微，這是大唐朝廷樂於見到的。

「更重要的是，高昌王與西突厥的統葉護可汗是親家！」阿術道，「麴文泰的女兒嫁給了統葉護可汗的長子呾度設，因此在西域諸國的紛爭中，西突厥往往偏向高昌，令其他西域諸國很是不滿。大唐雖然和西突厥目前關係良好，但若是能削弱西突厥，又何樂不為？」

「原來如此！」玄奘恍然大悟，「怪不得高昌如此驚懼，怕焉耆使者抵達長安。」

阿術露出落寞的神情，顯然想起自己的族人牽扯到兩國對抗，無辜喪命的慘狀。兩人對著燈花久久不語，許久後玄奘才嘆息道：「看來焉耆使團出使大唐的計畫，是出自那龍霜公主的策劃。如此善於把握時機與政局，這位西域鳳凰果然不是浪得虛名，麴智盛愛上她，實在是一場冤孽。」

「他們都該死！」阿術憤然道。

玄奘苦笑，這時，大覺寺的僧人來見玄奘：「法師，伊吾王和高昌國的二王子前來拜見法師，正在僧房恭候。」

玄奘點了點頭，阿術卻道：「我不去。」

玄奘笑著摸了摸他的腦袋，叮囑僧人帶阿術去用餐，然後從行囊中取出一套乾淨的僧袍換上，還有那雙磨爛的芒鞋也換了。他是愛潔之人，渾身上下收拾停當，才出門去見伊吾王。

伊吾王石萬年有一半的粟特血統，祖先來自粟特地區的石國，便是玄奘在瓜州遇見的石磐陀的故鄉。後來這個家族定居伊吾，與當地漢人通婚，成了當地大族。伊吾原本是隋朝的伊吾郡，後來隋末大亂，與中原隔絕，石萬年趁勢而起，率領伊吾七城獨立建國，說起來也是西域的梟雄人物。

到了僧房，玄奘不禁吃了一驚，不但伊吾王和麴德勇來了，還有十幾名伊吾各寺的住持，眾人見到玄奘，一起見禮。伊吾王邀請他明日去自己的王宮開壇講法，玄奘欣然應允。

聊了幾句後，麴德勇道：「法師，弟子來是向法師辭行的，一則使命完成，要回去向父王覆命，二則三弟身子仍不見好，須得帶他回國診治。弟子明日就走，請法師多多保重。過得幾日，還請法師一定要到高昌去。」

麴德勇雖然殺人如麻，勇武暴烈，對玄奘卻恭敬無比，不只是崇敬他高僧的身分，更因為這個僧人竟孤身一人穿越莫賀延磧，帶給他極大的震撼。西域人太清楚莫賀延磧的恐怖了，這僧人在他們眼中不但神祕，而且值得敬畏。

玄奘知道麴德勇出使伊吾的真正使命，臉上卻依然風輕雲淡，合掌道：「那就祝二王子一路順利了。但貧僧在伊吾待些時日，可能會往西北取道可汗浮圖城，只怕無法前往高昌了。」

「法師去可汗浮圖城做什麼？」伊吾王奇道。

玄奘笑了：「可汗浮圖城乃西突厥的王庭，西域諸國都是西突厥的轄地，貧僧若不取西突厥的關防，如何能自由往來於西域？」

眾人啞然，麴德勇想了想，笑道：「這的確是個問題，待弟子回國後和父王商議一番。」

便在此時，兩名高昌戰士急匆匆地闖了進來：「啟稟二王子，有刺客闖入驛館，刺殺三王子！」

麴德勇和伊吾王大吃一驚，麴德勇怒喝道：「三弟有沒有事？」

「三王子安然無恙，但護衛卻有三人斃命，也不知那刺客使了什麼妖法，護衛渾身無傷，卻倒地而亡。」高昌戰士道。

伊吾王坐不住了，在自己的王城刺殺一國王子，實在太惡劣了。兩人急忙向玄奘告辭。一出了大覺寺，伊吾王就下令封鎖城門，搜捕凶手，然後隨麴德勇去驛館查看現場。外交無小事，在小國雲集的西域更是如此，有時候甚至為了搶水都能爆發戰爭，何況這種惡意事件。

這種事玄奘自然是不參與的，伊吾王和麴德勇離開後，他又與各寺的住持們聊了片刻，才回自己的僧房休息。回到僧房卻不見阿術，玄奘沒在意，趺坐在床榻上打坐，過了許久，仍不見阿術回來，頓時心就有些慌了。

這孩子雖然人小鬼大，但畢竟才八九歲，此時已是戌時，夜色深重，他能去哪裡？玄奘心中不安，出去尋找，問了不少人都沒有見到。他正要請住持幫忙尋找，卻見阿術一臉陰鬱地從廊道上走了過來，渾身髒兮兮的。

「阿術，這麼晚了怎麼不在房間裡休息？」玄奘放下了心，問道。

阿術搖搖頭：「去找叔叔認識的一個粟特人，沒想到那人遠出行商了。回來的路上剛好看見麴德勇的騎兵從街上奔過，揚了我一身灰土，哼！」

玄奘笑了笑，溫言道：「你還是個孩子，晚上不要亂闖。」

阿術低下了頭，隨著玄奘回僧房睡覺。

第二天，伊吾王送別麴德勇和麴智盛兄弟後，便派人到大覺寺延請，玄奘帶著阿術進入王宮為他說法。西域崇佛，時人稱為「西域三十六佛國」，當然，西域遠不止三十六國，卻可見佛教之興盛，有些國家面積雖然不大，佛寺數量卻比長安還多。

伊吾王非但請來了伊吾各寺院的僧人，甚至開放王宮前的廣場，任由國民前來聽講，一時間，大唐名僧前往天竺求法，孤身穿越莫賀延磧的奇蹟在伊吾傳開，信徒們紛紛湧入，一萬多人口的伊吾國，半日之內廣場上竟然聚集了三千多人，堪稱隋末以來伊吾佛教的第一大盛況。

玄奘開講《攝大乘論》和《俱舍論》，共講了三日，日日盛況空前。之後，伊吾其他各寺紛紛請玄奘前去，於是玄奘又進行了一場巡迴講座，同時也研究伊吾佛寺中的各種佛經抄本，一連半個多月流連於各座寺廟。

這一日，玄奘正在玉佛寺的一座洞窟內欣賞北朝時期的壁畫，忽然洞窟外人喊馬嘶，吵鬧異常。洞窟內昏暗無比，玄奘掌著燈和阿術走出來，卻見玉佛寺的住持領著一個身穿漢服但頭戴胡帽之人急匆匆走過來。

那胡人年約四旬，精瘦幹練，嘴角兩撇髭鬚，一見玄奘，納頭便拜：「弟子高昌國使者歡信，見過法師。」

玄奘把油燈遞給阿術，急忙扶起他：「大人請起，貧僧如何敢當。不知貴使來此，有何要事？」

玉佛寺住持笑了：「法師，歡信大人是專程為您而來的。」

玄奘詫異不已，歡信笑道：「法師，二王子和三王子回到高昌之後，向我王說起法師已穿越莫賀延磧，抵達伊吾。我王驚喜不已，當即派弟子前來恭迎法師前往高昌。本來弟子早該到的，只是路上荒僻，我王擔心法師休息不好，命弟子每隔百里便置下驛站，專供法師休憩，因此才耽誤了些時日。」

玄奘頓時為難起來：「貧僧深感高昌王盛情，可是貧僧打算前往可汗浮圖城，求取西突厥的關防，與高昌是兩個方向……」

「呵呵，此事二王子已經向我王提過。」歡信笑咪咪地道，「這些事法師全不用操心，一應事宜皆由我高昌國來解決。法師想必不知道，我高昌乃是西突厥王庭的姻親之國，我國長公主嫁給了統葉護可汗的長子，些許小事自然可以解決。而且，法師即使到了可汗浮圖城也見不到統葉護可汗，這個時節，統葉護可汗的王庭遷到了大清池西岸的碎葉。我王言道，他將派人護送法師到達碎葉，拜謁統葉護可汗。」

「呃……」玄奘完全不知道該說些什麼了，這位尚未謀面的高昌王已經把他所有的理由都推翻了，「那……貧僧先向伊吾王請辭吧！」

「不用。」歡信依然笑咪咪的，「我王已經修好了國書遞交伊吾王，伊吾王也答應了，如今正在城外等候，為法師送行。」

「這……」玄奘乾脆什麼話也不說了。

看來高昌王派歡信來是有道理的，這人細緻、謹慎，安排事情周到妥帖，先說服了玄奘，然後就去安排馬匹、侍從、食物，包括玄奘的行囊，一切都妥妥帖帖，鉅細靡遺。趁著歡信忙碌的時候，玉佛寺住持告訴玄奘：「法師莫要奇怪，在這西域，每一位高僧大德經過，都會引起各國的爭奪，有時候甚至不惜發動戰爭。」

「哦？」玄奘真是驚到了，「這是為何？」

「法師有所不知。」住持解釋，「西域崇佛之風興盛，各國的面積、人口、財富也都差不多，於是比拚的就是影響力。哪一國能供養到高僧大德，莫說國王威信暴漲，便是國民的臉上也有榮光。如果高僧大德能在國中常駐，甚至會有其他國家的百姓不惜脫離原本的戶籍，遷居到這個國家。連商旅也不惜繞行千里，專程來供養。絲路上曾有不少高僧都打算遠行天竺求法，卻在中途被一些國家強行留納。尋常高僧尚且如此，何況您這種有神佛菩薩庇佑的大德？」

玄奘沒想到還有這種內情，心頓時提了起來，高昌王這架勢，未必不是安著這個心思，看著忙碌且快樂的歡信，他不禁煩惱起來。

第三章　大衛王瓶：一千零一夜的傳說

歡信的安排非常周密，玄奘跟隨他抵達伊吾城，就見伊吾王在城門口候著。伊吾王也捨不得玄奘走，但高昌國強大，非他所能抗衡，只好戀戀不捨地送別了玄奘。

歡信帶著二十多名隨從和數十匹駱駝、馬匹，馱著一應物資，陪同玄奘前往高昌。高昌人騎的都是產自焉耆的龍馬，又稱海馬，這種馬與大宛馬並稱，不但高大健壯，日行六百里，而且擅長游泳，馱著人和行李鳧遊數十里也不覺疲累。

歡信自己騎在高頭大馬上，看玄奘仍舊騎著那匹老瘦紅馬，有些不自在：「法師，您這匹馬又矮又瘦，不如換乘弟子的良馬吧！」

玄奘笑了，撫摸著瘦馬：「這匹馬可是貧僧的寶貝，若非牠，貧僧早就喪命莫賀延磧了。」

歡信無奈，只好依了玄奘。

從伊吾到高昌，八百多里，中間都是荒漠戈壁。不過這裡處於絲路商道，只要不迷路，每隔百餘里就會有一口水井。原本有水井處就有人煙，但多年的風沙侵襲，很多地方已經不適合居住，於是村落廢棄，圍繞水井的，變成了一座座斷壁殘垣，還有些生命力旺盛的胡楊，為荒漠增添一絲綠色。

然而玄奘一路走來，卻發現水井邊紮下了一座座營帳。他們一行人還沒到，駐守的高昌人就燒好了熱水，煮好了食物。此時是十一月，大漠晝夜溫差極大，除了供給玄奘替換的僧袍和上好的羊皮袍子，高昌人甚至還給阿術量身做了幾套粟特人的小衣裳，皮毛外套、內衫、牛皮靴、襪子，一應俱全。玄奘不禁暗暗感嘆，高昌王如此周到細緻，這個人情可當真不好還。

高昌位於天山東部的盆地之中，從伊吾過去，一直向上攀緣，到了高原的山腰又開始順著河流沖刷的山谷向下行。正值冬日，一路上天山的峰巒高聳入雲，積雪皚皚，青翠的松柏交相映襯。

六天之後，他們抵達盆地內的白力城，這裡是高昌的東部邊境。高昌實行郡縣制，共四郡二十一縣，白力城是其中一縣，置有縣令。到了白力城，玄奘才知道，麴文泰竟然派了他的長子，尚書令、交河公麴仁恕親自來迎接。

高昌國深受中原儒家文化薰陶，實行嫡長子繼承制，麴仁恕生來便是世子，在高昌國可以說是一人之下，萬人之上。玄奘沒想到麴文泰竟會派世子來迎接，頗有些惶恐。

麴仁恕笑道：「今日見到法師，真是弟子的福氣。弟子本打算親自到伊吾去迎接您，但身為世子，到異國有些不便，因此歡信去了之後，弟子就等候在這白力城，只望在所有高昌人中，第一個見到法師的就是弟子。」

玄奘見這麴仁恕年齡三十多歲，長身玉立，相貌儒雅，談吐也極為斯文，完全就是中原名士的風範，不禁稱許。如今高昌王麴文泰的三個兒子他都見過了，世子斯文儒雅，二王子粗豪英武，三王子熾熱坦誠，竟是各有各的風采，也不禁對這麴文泰頗為推崇。

兩人聊了片刻，天近黃昏，玄奘本打算在城中休息一晚，明天出發。不料麴仁恕尷尬地告訴玄奘：「法師，白力城距離王城已經不遠，父王急於見您，還請法師換了馬匹，咱們到王城再休息！」

玄奘對地理不熟悉，以為「不遠」也就是幾十里路，既然如此，那就去吧。麴仁恕很高興，當即把自己的坐騎讓給玄奘，玄奘的瘦馬沒有休息，他不忍帶著牠連夜趕路，便委託白力縣令隨後送來，自己則隨著麴仁恕趕往王城。

這一走，玄奘才知道，不遠只是相對而言，眾人策馬奔行，一直到了三更時分才抵達天山腳下的新興谷，眾人順著峽谷中的道路出來，眼前便是一望無際的盆地綠洲，道路兩側全是連綿的葡萄園。

從新興谷往南二十里便是高昌王城。夜幕下，雄偉的城池宛如巨獸般靜靜地伏在大地之上，城門落鎖，燈火俱無。不料到了城下，忽然間城門大開，無數火把燈籠照亮了城池，高昌王麴文泰帶著次子麴德勇，王公、貴族、侍從、宮女悉數出迎，每人手持一枝蠟燭，分列兩行。原來他們竟一夜未睡，只為了等待玄奘到來。

麴文泰年有五旬，臉龐方正，雙眸炯炯有神，頷下一撮短髯，舉止從容，氣度不凡。他頭頂戴著王冠，身上穿的紫色王袍一如中原規制。一見到玄奘，麴文泰不禁為他的風采折服，疾步衝過來，牽著馬韁繩，拜倒在地：「法師風采，真乃神佛轉世！弟子盼望法師，有如這乾旱的沙漠盼望天神的甘霖，有如迷途的眾生盼望未來劫的彌勒菩薩！」

隨從沒想到麴文泰會當場跪拜，一時手忙腳亂，卻找不到鋪地的氈子。麴仁恕眼疾手快，當即脫下自己的衣袍鋪在地上，才免得麴文泰的膝蓋染上塵埃。

玄奘也沒想到，帝王跪拜，這在中原幾乎是無法想像的。他想趕緊跳下馬，卻沒想到麴文泰跪倒之後，脊背一拱：「法師，請允許弟子以此身供養，恭請法師下馬！」

玄奘頓時呆住了，這場景歷歷在目，可不是當初麴智盛搞的那套低跪為鐙嗎？這等大禮他如何能受？於是立時從馬腹的另一側跳下，繞過馬頭，將麴文泰攙扶起來：「陛下，貧僧實在當不得。帝王安撫百姓，僧侶教化民心，國無佛不穩，佛無國不昌。陛下甘為我佛護法，已得諸佛、眾菩薩庇佑，將來必定有無量福慧，貧僧怎麼當得起陛下如此大禮呢？」

麴文泰心花怒放，玄奘這番話可真搔著他的癢處了。首先，玄奘承認了王權對國家的統治，佛教只是為了幫助他教化百姓，兩者相輔相成，誰也缺不得誰。其次，玄奘當眾告訴他，也即是告訴諸國，高昌王推行佛教，得到了諸佛的庇佑，也就是諸佛的承認，而且會得到福報。

「法師，」麴文泰熱淚盈眶，「弟子知道法師今晚就能到王城，一早就與王妃焚香讀經，敬候法師到來，宮中已經安排妥當，這就請法師入宮。」

旁邊有大轎伺候著，麴文泰親自掀開簾子，請玄奘進城。兩側奏響了佛家樂曲，大轎在國王和文武百官的簇擁下進入王宮。王宮後院早就打掃好了閣樓，樓內安置了法帳，裡面鑲嵌著象牙、珠玉、瓔珞等吉祥之物，在燈光的映照下，顯得金碧輝煌。不久後王妃帶著幾十名宮女又來禮拜。這位王妃三十多歲，身體看來頗為不佳，神情也有些陰鬱，但貌美如花，姿容婀娜，看相貌也是中原人。王妃並沒有多待，禮拜完畢，麴文泰便讓她回宮休息。

玄奘見到麴文泰之前，對他派遣麴德勇截殺焉耆使者一事頗有不滿，覺得他定然是個心狠手辣的梟雄，不想來高昌就是這個原因。但今夜見到麴文泰，卻覺得此人宅心仁厚，崇佛也很是虔誠，並不是那種狠辣無情之人。看來，身為國王，為了國家生存，當真也不得不如此。

此時已是寅時，再一個時辰就天亮了。玄奘發現阿術坐在床上，腦袋歪著，樣子像在聽他們談話，其實人早已經睡著了，長長的唾液淌了出來。玄奘見麴文泰也略有疲憊之色，便道：「陛下，今日累您久候實在過意不去，陛下國事繁多，還是早些休息吧。」

麴文泰精神亢奮，擺手道：「不急，弟子不睏。能和法師長談，在佛法的籠罩下，哪裡還有睡魔的容身之地？哈哈。」

玄奘也笑了。麴文泰躊躇一陣，彷彿有話想說，卻無法出口，玄奘自幼漫遊，洞察人情世故，當即道：「陛下可有什麼隱憂嗎？」

「唉。」麴文泰揮手命身邊的侍者出去，口中嘆著氣，臉上陰晴不定，卻遲遲不語。玄奘也不問，含笑望著。

麴文泰彷彿下定了決心，霍然起身跪在地上，叩首道：「請法師救我！」

玄奘大吃一驚，急忙跳下胡床，用雙手將他攙扶起來：「陛下，何必如此？究竟發生了什麼事？」

麴文泰閉目長嘆，苦笑道：「有一樁家事，本不想外揚，可此事偏偏牽扯到我高昌的國運……唉！」他猶豫半晌，終於低聲道，「弟子一時也不知該從何說起，根源在弟子的小兒子身上，法師既然與他在伊吾時就相識，那弟子便從伊吾講起吧！」

「你是說三王子？」玄奘霍然一驚，二十多天前，麴智盛才在伊吾城外吐血昏迷，他不禁擔心起來，「難道三王子出事了嗎？」

「他出事？」不想麴文泰卻惱怒起來，「哼，哪怕我高昌國的人死絕了，他也不會有事！這孽子……這孽子他快活得很哪！」

玄奘見這麴文泰咬牙切齒的樣子，不禁一陣茫然。在他心目中，麴智盛淳樸、自然，卻為何會讓麴文泰如此憤恨？

麴文泰定了定神，開始講述：「前些日子，弟子命次子德勇出使伊吾。本來這趟不需要老三智盛隨行，不過這孩子自幼性格綿弱，與世無爭，弟子也是想讓他出去鍛鍊一番，於是就逼迫他跟著老二前去，不想，這一去，卻給弟子惹來無窮無盡的麻煩，幾乎要帶給高昌國滅亡之災！」

「三王子在伊吾城昏迷時貧僧也在場，」玄奘吃驚，「第二天他就被二王子送回來了，似乎沒有惹出什麼事端吧？」

「法師有所不知，」麴文泰苦笑，「出使伊吾順順當當的，沒有什麼波折。可是，老三回來的時候，卻不知從哪裡帶回來一個銅瓶。那銅瓶……瓶身上還用黃金箍著一行波斯文字：大衛王瓶！」

玄奘深深吸了一口冷氣，頓時想起當日在莫賀延磧中，焉耆使者被截殺的修羅場。瀕死的耶茲丁攥緊自己的手，喃喃地說出了四個字：「瓶中有鬼——」

玄奘看了一眼熟睡中的阿術，卻見阿術長長的睫毛微微顫動，顯然是裝睡，他嘆了口氣，皺眉問：「那銅瓶什麼模樣？」

「高約兩尺，重三十多斤，大肚細頸，通體密封，瓶身鏤刻著繁複的花紋，瓶口焊錫，錫上蓋著六芒星印鑑。」麴文泰眼裡露出一絲恐懼，「瓶口的錫堅硬無比，刀劍也撬不開。然而搖動銅瓶，瓶中空空如也。智盛回來後，就迷上了這瓶子，用馬匹馱著四處找人打聽。高昌王城之中，胡漢雜處，不乏從波斯一帶來的商賈，後來有一個商賈告訴他，這只瓶，便是波斯帝國傳說中的大衛王瓶！」

「哦？」玄奘越發好奇，「這只大衛王瓶還有傳說？」

「沒錯！」麴文泰更加恐懼，額頭甚至滲出了汗珠，「這只大衛王瓶的傳說在薩珊波斯廣為流傳，極為詭異。說是在薩珊波斯開國皇帝阿爾達希爾一世的時代，大海邊住著一個老漁翁，他家中有衰老的妻子和三個兒女，都靠他養活，家徒四壁，貧寒交加。他雖然以打魚為生，卻有個古怪的習慣，每天只打四網魚，從不肯多打。一天，老漁翁來到海上，撒網打魚，第一網，只打上來一頭死驢；老漁翁沮喪無比，又撒下第二網，卻只打上來一個灌滿泥沙的瓦缸；老漁翁感到絕望，但第三網更糟糕，打上來的是一堆破骨片和爛貝殼；於是老漁翁邊哭泣邊撒下了最後一網，沒想到這一網，卻打上來一只黃銅瓶，瓶口用錫封住，蓋著所羅門的印章。」

玄奘靜靜地聽著，忍不住問：「這個所羅門是誰？」

「弟子特意找那些波斯人詢問過，據說所羅門是上古時以色列王國的第三任國王、大衛家族的第二任國王，也是以色列歷史上最偉大的國王。」麴文泰道，「他是一個偉大的國王，偉大的軍事統帥，也是最偉大的智者，在他的手中，以色列王國達到了輝煌盛世。他才華出眾，一生寫了上千首詩歌，是一個得到神眷顧的人，他的智慧充滿了神性。傳說他有一枚戒指，上面刻有六芒星符號和上帝的真名，使他擁有號令魔界的力量。」

玄奘驚嘆：「三千大世界，果然多姿多彩。陛下請繼續講吧！」

麴文泰點點頭，繼續講述：「老漁翁打上來大衛王瓶之後，剜開瓶口的錫封，想看看裡面有什麼東西，沒想到瓶中卻冒出一股青煙，化作一頭高大如山嶽的魔鬼，披頭散髮，醜陋凶惡。老漁翁被這個魔鬼嚇呆了，正害怕間，沒想到魔鬼卻向他求饒，說：『偉大的所羅門，饒恕我吧，我再也不敢違背您的旨意了。』老漁翁說：『所羅門已經去世一千多年了，如今是他身後的末世紀。你這個魔鬼是怎麼鑽進瓶子裡的？』魔鬼一聽，當即道：『漁夫啊，我向你報喜，因為我要殺死你。』老漁翁問：『你為何要殺我？難道我把你救出來，反而犯了罪？』魔鬼解釋道，說他本是魔王阿里曼手下的魔神，名叫阿卡瑪納，神通廣大，被他掌控的人將會失去分辨正邪善惡的能力。因為與所羅門作對，被捉了起來，封印在這瓶中，蓋上六芒星印鑑，投入大海，永世不得超生。他在海底度過了無數年，第一個世紀，他發下誓願：誰要救了我，我就讓他終身榮華富貴。可是沒人來救他。第二個世紀，他發下誓願：誰能救我，我就送給他地下所有的寶藏。但仍沒人救他。第三個世紀，他發下誓願：誰能救我，我就滿足他三個願望。結果還是沒人救他。到了第四個世紀，他憤怒了，發誓：誰來救我，我就殺死他。而老漁翁恰好在這個時候救了他。」

「阿彌陀佛，世界萬有，生滅變化。未曾有一事，不被無常吞。老漁翁福禍悲喜彈指百變，當真是我佛真法的絕妙註釋。」玄奘也被這個異域傳說震驚了，當然他感受到的不是恐懼，而是這個故事裡飽含的深意，「那麼，後來呢？」

「後來，老漁翁說，看在我救了你的分上，你要我死，也要讓我死個明白。你這偌大的身軀，如何鑽進這麼小的瓶子裡？那魔鬼頗為得意，為了展示神通，他將身子化作一縷青煙，鑽進了瓶中。老漁翁手急眼快，撿起錫封蓋住了瓶口。那魔鬼知道上當，想要出來，卻被六芒星封印阻擋。老漁翁立時將瓶子重新扔進了大海。」

麴文泰說完，唏噓不已，玄奘嘆道：「人人都有佛性啊！正是這老漁翁的急智拯救了自己。」

兩人正聊著，忽然聽到一陣輕微的哽咽聲，兩人詫異回頭，卻見正在睡覺的阿術閉著眼睛，臉上卻淌滿了淚水。

麴文泰原本沒在意這個孩子，此時卻禁不住愕然：「法師，這孩子怎麼了？」

玄奘心知肚明，皺眉想了想，走到阿術身邊低聲道：「阿術，莫要憋在心裡了。陛下並非惡人，你可以向他原原本本講述清楚，相信陛下一定會還你一個公道的。」

阿術慢慢睜開眼，蔚藍的眼睛裡滿是淚水。

麴文泰更摸不著頭腦：「法師，這到底怎麼回事？」

阿術忽然嘶聲尖叫：「是你……是你殺死了我的叔叔，我的族人！」

麴文泰大吃一驚：「法師……」

玄奘搖頭嘆息：「陛下，阿術這孩子不是我從長安帶來的，而是在莫賀延磧撿來的。他本是粟特人，和叔叔、族人一起行商前往長安，路經焉耆的時候，與一群焉耆商隊同行，不料到了莫賀延磧……」

麴文泰猛然站起，臉上露出難以置信的神色，指著阿術：「難道……難道……」

玄奘點頭，深深凝視著他：「二王子在莫賀延磧中殺死的商旅，就是他的族人，當時他藏在沙底，才倖免於難。後來貧僧恰好經過，可憐他孤苦，就隨身帶著他，打算將他送回撒馬爾罕的故鄉。」

麴文泰頹然坐下，臉上一陣紅一陣白，嘴脣嚅動：「法師，弟子……」那模樣，就像做了錯事的孩子被當場抓住一般。

「陛下，」玄奘低聲道，「貧僧雖然知道高昌與焉耆的爭端，理解陛下的苦衷，可如此屠殺商旅，是否違犯了我佛戒律？」

麴文泰呆呆地坐著，心中劇烈翻騰，濃濃的悔意和羞愧使他無法抬起頭。他生平好名，立志要做高昌國史上最賢明的國王，這才費盡心機從伊吾王手中將玄奘「強搶」了過來，沒想到自己政治角逐中最黑暗、最血腥的一幕，被這位大唐名僧親眼看見，並將受害者帶到了自己面前。

「法師……」麴文泰呆呆地看著玄奘，臉上淚水淌了下來，「弟子是受過五戒的居士，怎敢無故殺生！只是，弟子想為善業，國王卻是樁惡業，在這國與國的爭端中，絲毫沒有天理人情可講，法師也知道，絲路控制權乃是西域小國的生存命脈，焉耆人想更改絲路，若是弟子心存善念，我整個高昌國就會被大漠的風沙所淘汰，百姓離散，國家崩潰！」

「難道國與國之間就不能和睦相處嗎？」玄奘問，「陛下可有法子與焉耆和平相處，不再殺戮？」

麴文泰苦笑：「這不是願不願的問題，就拿我高昌國來說，絲路一旦改道，商旅斷絕，商稅枯竭，僅靠我高昌國內這塊綠洲的耕地草原，遠遠不足以養活三萬國民，百姓們就會逃往他國了。」

「那麼人口減少，國家雖然小了，生存是否能維持呢？」玄奘問。他倒不是質問，而是確實想了解西域諸國面臨的問題。

麴文泰連連搖頭：「法師，您不知道，沙漠中的綠洲國家，是靠人力來維持的。因為在這大漠中，綠洲內的水源遠遠不夠，我們必須修建複雜的水利系統來灌溉莊稼。就拿高昌國來說，我們從城北二十里外的天山腳下修渠引水，再透過支渠引入高昌王城周邊。除了一條主渠之外，城西有水渠十六條，城東有十七條，城南城北各九條。如此繁複的水利系統，需要多少人維持？」

玄奘吃驚：「竟然有這麼多水渠？可是貧僧來的路上，卻所見不多啊！」

「呵呵。」麴文泰苦笑，「法師當然見不到，大多數都是井渠。所謂井渠，就是隱藏在地下的水渠。大漠中氣候乾旱，水渠如果露在地面就會蒸發殆盡或者滲入沙地，所以我們便利用天山地勢高、城中地勢低的條件，在地底掏挖水渠，穿過戈壁灘，進入灌溉區。在灌溉區，每隔百步，就在地下暗渠的上方打出垂直豎井，來提水灌溉。僅僅高昌王城，井渠總長就達七八百里。法師請想，這麼繁複的水利工程，需要多少人維持？人口一旦流失，水利系統就無法維持，農田被風沙侵蝕，綠洲漸漸變成荒漠，我高昌就會於大地上消失！絲路舊道上，菖蒲海之畔曾有樓蘭國，就是因為絲路改道，商旅斷絕，人口流失，樓蘭國的水利系統崩潰，幾十年間便成了一座無人居住的廢城。」

樓蘭國中原人很熟悉，史書記載的漢朝和樓蘭的衝突家喻戶曉，樓蘭在中原人的心目中是典型桀驁不馴的邪惡小國。百餘年後，王昌齡還借此抒懷：黃沙百戰穿金甲，不破樓蘭終不還。那時候，樓蘭已經掩埋於大漠中四百年了。

「在這個世上，大家都拚盡全力。大國爭霸要拚盡全力，小國生存也要拚盡全力，彌勒淨土，真不知何時能到來。」玄奘感慨不已。

見阿術充滿仇恨地望著自己，麴文泰長嘆：「無論如何，弟子屠殺無辜也是罪孽深重。人死不能復生，弟子明日就派人前往莫賀延磧，收攏那群粟特商旅的屍骨，運到高昌國的祆祠，將他們好生安葬在寂靜之塔中。弟子會親自前往祭祀。」他和藹地望著阿術，「若是你可以原諒本王，本王希望能厚恤你的叔叔和族人，每人金幣一百，銀幣一千，派人送到撒馬爾罕，讓他們的家人生活無憂。」

話說到了這個分上，玄奘也無話可說。作為一國之主，麴文泰擺出這種低姿態，足見他的誠摯了。

阿術不說話，默默地發了一會兒呆，翻身躺回床上，蓋上被子獨自啜泣。

麴文泰和玄奘一時沉默無語，兩人朝窗外看了看，天色已經略微透亮，玄奘挑了挑燈芯：「陛下，天快亮了，方才那個大衛王瓶的傳說是否講完了？」

麴文泰一拍腦袋，露出懊惱的神色，阿術這麼一打岔，他幾乎把正事給忘了，於是抓緊時間繼續說道：「方才弟子講的，就是這大衛王瓶的來歷。據說老漁翁後來不慎說出了此事，被阿爾達希爾得知，阿爾達希爾當時還沒當上波斯皇帝，仍在帕提亞帝國的法爾斯城當總督，他取得權貴和宗教祭司的支持之後，打算起兵反叛。聽說大衛王瓶的神異，便派人祕密查訪，果然從大海裡又撈了出來。他與那瓶中的魔鬼達成了契約，只要魔鬼滿足他三個願望，他就將魔鬼釋放出來。他的第一個願望就是滅亡帕提亞帝國。果然，兩年時間便勢如破竹，攻殺了帕提亞的末代帝王，創建了薩珊波斯至今四百年的江山。」

「竟然如此神異？」玄奘震驚了，因為現在麴文泰講的，可不是傳說，而是歷史，「他的第二個願望是什麼？」

「當時，立國不久的薩珊波斯，碰上的第一大敵就是大亞美尼亞王國，這個王國幅員遼闊，實力強大。阿爾達希爾許下的第二個願望，就是征服大亞美尼亞。三年後，他便達成了願望，讓大亞美尼亞國王臣服。」麴文泰道。

玄奘越發好奇：「那麼第三個願望是什麼？」

「沒有第三個願望。」麴文泰苦笑，「第三個願望達成之後，他就要打開大衛王瓶，釋放魔鬼。可阿爾達希爾是何等人物，怎會做這等殺雞取卵之事？他從此不再許願，終其一生，他與魔鬼的契約都沒有完成。因為他要把大衛王瓶永世留在薩珊波斯，讓自己的子孫世世代代傳承下去。」

玄奘啞然，這等梟雄手段，連魔鬼也不是對手：「那麼這大衛王瓶後來果真就留在了波斯，由歷代波斯皇帝傳承下來了？」

「沒錯。」麴文泰道，「弟子親自詢問過高昌國內幾乎所有的波斯人，據他們說，大衛王瓶的確祕藏在波斯宮廷，為歷代波斯皇帝所掌握。每一代皇帝，只能對大衛王瓶許下兩個願望，靠著這兩個願望，薩珊波斯安安穩穩地統治了四百年。四百年來，曾經出過無數的梟雄、豪傑，對皇帝之位虎視眈眈，卻一一被大衛王瓶鎮壓、消滅。呵呵，弟子還打聽到了一樁風流韻事。據說眼下的波斯皇帝庫斯魯二世年輕的時候，風流輕佻，他不相信大衛王瓶的魔力，於是許下心願，希望得到世上最完美的女人，結果他遇上了格魯吉亞的希琳公主，驚為天人，娶她做了皇后。到如今，那位希琳皇后已經年逾五旬了吧，庫斯魯二世對她仍是言聽計從，恩寵如昔。」

玄奘皺起了眉頭：「大衛王瓶既然是波斯帝國的傳國之寶，為何會隨著一群粟特商人到了東方？」

麴文泰也搖頭不解，玄奘問阿術：「你可曾聽你叔叔說過？」

「不曾。」阿術把頭蒙在被子裡，聲音沉悶地說，「叔叔從沒到過波斯，他把東方的貨物運到撒馬爾罕後，就倒賣給那裡的波斯商人。」

玄奘深思一番，沒有絲毫線索。不過耶茲丁和波斯人搭上關係是確鑿無疑的了，至於大衛王瓶怎麼流出波斯，又如何到了耶茲丁手裡，只怕中間還有曲折。但眼前來說，似乎並不重要。

玄奘沒想到，恰恰是他忽略的這個曲折，隱藏著大衛王瓶最驚人的祕密，使他在這場西域之旅中靈魂烤灼，如墮地獄。

「陛下，之後呢？到底發生了什麼事？」玄奘問。

「之後……」麴文泰臉上露出恐懼之色，嗓子也似乎有些乾澀，「老三知道了大衛王瓶的傳說後，就開始琢磨，如何與瓶中的魔鬼溝通。他日日在宮中擺弄這東西，弟子當時並沒有當真，只認為是異域傳說，不料，有一天，弟子的王宮總管朱貴來稟報……這孽子，他……他當真破解了大衛王瓶的祕密，與魔鬼達成了契約！」

「什麼？」玄奘張大了嘴巴，兩眼發直，怎麼也合不攏。連被窩裡的阿術都霍地坐起來，望著麴文泰發愣。之前雖然這個故事跌宕起伏，驚心動魄，但玄奘只當作是異域傳聞來聽，沒有切身的體會，沒想到轉瞬間，故事就從萬里之外的波斯宮廷到了自己的身邊。

「沒錯，」麴文泰似哭似笑，「他的確達成了契約，這是朱貴親眼所見。非但朱貴，弟子的王宮之中，不下十幾人都親眼看見。這孽子取出自己心頭的熱血，澆在大衛王瓶的瓶口，而那大衛王瓶就像活人一般吞噬著鮮血。瓶身上有不少鏤刻的花紋，鮮血灌滿了每一條紋理，金絲與銀絲嵌埋的花紋，就像人類肌膚下的血管。隨後，從瓶口冒出縷縷煙霧，凝聚在王宮上空，久久不散，有如實體。更詭異的是，煙霧中發出隆隆人語，與那孽子對答！」

「瓶中有鬼……果然是真……」玄奘錚亮的腦門上全是汗水，想起那晚耶茲丁臨死前說的四個字，當真是不寒而慄。

「瓶中有鬼?那是什麼意思?」麴文泰問。

玄奘便將耶茲丁臨死前的話講述了一番，阿術想起叔叔的慘狀，失聲哭泣。麴文泰滿臉羞慚，走到胡床邊坐下，輕輕安撫著他，以示歉意。阿術似乎也被這個大衛王瓶的故事吸引，擦乾了眼淚，認真地聽他們講述。

「三王子可曾許下了什麼心願嗎？」玄奘問道。

「當然許了。」麴文泰苦笑，「只要是人，誰能拒絕這種誘惑?他許的心願……法師猜一猜，想必能猜到。」

玄奘怔了怔，腦中靈光一閃，失聲道：「莫非是……焉耆公主?」

麴文泰想笑，臉上的表情卻比哭還難看：「法師果然智慧驚人，一猜即中。」

玄奘啞然，凡是稍微對麴智盛了解一些的人，恐怕都猜得出他的心願。麴文泰道：

「據朱貴和其他宮人回報，這孽子向魔鬼承諾，自己今生必定會許下三個心願，釋放魔鬼；

而魔鬼也承諾，會幫他達成任何願望。隨後，這孽子就說：我苦戀焉耆國的龍霜月支公主，我的第一個願望就是得到公主的愛，一生廝守。」

這麴智盛人品、天性都是上上之選，就是過於執著，玄奘一直擔心他因我執而墮入魔道，不想今日果然成真：「那麼之後呢？他這個心願達成了嗎？」

「達成了。」麴文泰臉色鐵青。

「不可能啊！」玄奘有些奇怪，「貴國和焉耆勢如水火，先不說陛下願不願三王子迎娶焉耆公主，就是焉耆王，只怕也不願公主嫁給高昌王子吧？」

「何止不願，簡直絕無可能！」麴文泰冷笑，「龍突騎支那老傢伙自大成狂，空有匹夫之勇，和弟子鬥了幾十年，屢屢被弟子壓得喘不過氣來。若非他生了個好女兒，早被弟子驅逐到大漠裡喝風沙了。不過，弟子真是羨慕他生的好女兒，龍霜月支自幼聰穎，精通七國語言，尤其擅長治國謀劃，長得又美貌無比，人稱『西域鳳凰』。嘿嘿，她若想當弟子的兒媳，弟子倒也樂意，問題是龍突騎支把霜月支當成了寶，一心想把她嫁給西突厥的可汗，哪裡會看上麴智盛這個沒有繼承權的王子？」

玄奘點頭：「那三王子的願望，又如何能達成呢？」

「嘿！妖術！魔法！簡直是荒誕，怪異！」麴文泰忍不住咒罵起來，耐心講道，「那孽子許下第一個心願之後，魔鬼當場便說：明日申時一刻，你到交河城，立於赭石坡下，不可稍離。不管坡上有什麼東西落下，務必雙手接住。說完之後，那煙霧消散，魔鬼無影無蹤。於是，這孽子第二日就去了交河城。交河是我高昌國四個郡中最大的，在王城西北八十餘里，是絲綢之路的要塞。赭石坡在交河城北的河溝旁，那土坡如懸崖般聳立，高有兩三丈，顏色如同赭石。那孽子到了申時就站在坡下等待。當時弟子聽了朱貴的稟告，就讓他派人跟著去看看，但仍有些不信，便沒有親自去，不想……不想……」

麴文泰臉上肌肉抽搐，顯然極為驚懼，一時說不出話來。

「怎樣？」玄奘低聲問。

「到了申時一刻，」麴文泰忽然大聲道，「那赭石坡頂上傳來蹄聲急促，駿馬嘶鳴，一人一馬從坡頂直墜下來！那孽子躲過墜落的馬匹，衝上去抱住了那人影，兩個人咕嚕嚕地翻倒，滾到了坡下。他往懷中一看，他抱著的人，赫然是焉耆公主霜月支！」

玄奘和阿術面面相覷，作聲不得，這也實在太邪異了。

「那麼……之後呢？」玄奘覺得自己的嗓子也有些乾了。

「霜月支受了些輕傷，那孽子便將她帶回王宮療傷。」麴文泰也知道這事讓人難以置信，可偏偏就是發生了，「原本霜月支對那孽子不假辭色，可傷好之後，竟然性情大變，待他溫柔無比，也不回焉耆了，整日就在宮中和那孽子卿卿我我……」

麴文泰煩惱至極，玄奘卻笑了：「如此豈不甚好？這樣的兒媳也是你想要的，何不就此成全了他們？」

麴文泰愣了愣，半晌才道：「法師，事情沒那麼簡單。想我高昌和焉耆的關係，此事能善了嗎？焉耆人認為是智盛強搶了霜月支，將她霸占在宮中。您想，這龍霜公主對龍突騎支而言何等寶貝，我高昌王子竟然搶了他的公主，他肯善罷甘休嗎？」

玄奘倒沒意識到這個關節，略略一想不禁臉色大變，麴文泰看著他的臉色，苦笑道：「法師想明白了吧？原本我們兩國就是處於一種脆弱的和平，德勇截殺了焉耆使者，讓龍突騎支憤怒不已，但他沒有證據也無可奈何。如今智盛又在眾目睽睽之下，搶了他的公主……第二天，焉耆就發下國書，要我們歸還公主，否則兵戎相見。他又邀請了龜茲、疏勒兩國。這些年，不少西域國家都對我高昌的富裕深感嫉恨，借著這個機會，三國揚言，若是我國不釋放公主，就派遣三國聯軍北上，攻破王城，玉石俱焚。」

玄奘這才感到事態嚴重：「那陛下為何不讓三王子放了龍霜公主呢？然後再婉言解釋，想辦法化解這場戰禍。」

說到這裡，麴文泰頓時氣得臉色鐵青，手足發抖：「弟子何嘗不願意？只是……只是那孽子不肯啊！他將自己的宮殿大門堵上，劃為宮中禁地，揚言誰敢逼迫他歸還公主，他就讓魔鬼收其魂魄，鎮壓在泥犁獄中，永世不得超生！」

第四章　王子與魔鬼的契約

聽到這裡，玄奘完全愣住了：「三王子竟然偏執到這等地步，連國家命運都棄之不顧？」

「嘿，何止如此！」麴文泰顯然提起麴智盛就氣不打一處來，「這孽子……弟子命仁恕去勸他，他竟然用大衛王瓶來威脅仁恕！德勇惱怒無比，率領宮中宿衛去搶人，他也毫不相讓，面對著大衛王瓶，誰都不敢上前。結果……焉耆聯軍厲兵秣馬，他卻在宮中逍遙自在。」

玄奘皺眉不已：「陛下，您去勸他了嗎？」

「去了。」麴文泰黯然傷心，「弟子帶著王妃親自去勸說，那孽子只是不理，卻揚言，他今生要定了霜月支，哪怕天崩地裂、國破家亡也在所不惜。誰敢進去一步，瓶中魔鬼就會夷滅他全族！這孽子……」麴文泰臉色漲紅，拍著大腿憤怒不已，「他這話竟然當著弟子的面說！他敢威脅我！」

「眼下，王宮內人心惶惶，弟子夜不能寐，憂慮焦灼。」麴文泰疲憊地揉了揉眉頭，朝玄奘合十，「弟子聽說法師身在伊吾，才不得已勞煩法師星夜兼程，趕到王城，只望法師能給弟子指點迷津。」

玄奘這才明白，為何到了白力城也不讓他住宿，非要星夜趕到王城，麴文泰更是連夜等候，訴說苦衷。他沉思了片刻：「陛下需要貧僧做什麼呢？」

「法師做什麼都行，只要能幫弟子化解了眼前這場災禍，弟子以及高昌國八代先王，必定感念法師的慈悲。」麴文泰再次禮拜，「法師乃大唐高僧，名震長安，連皇帝都對您持禮甚恭，我西域諸國都是佛國，法師必定能夠以佛法感化焉耆、龜茲等國，順利解決此事。況且，那孽子與法師熟識，對法師也甚是崇敬，以法師的高深佛法，必定能夠鎮壓惡魔，還我高昌朗朗乾坤……」

麴文泰眼淚流淌，聲音哽咽，再也說不下去。玄奘明白了，自己一則是有名望的僧人，在西域地位尊崇；二則來自大唐，且與李世民關係良好，能夠帶來無形的政治壓力，焉耆國又打算投靠大唐，因此由自己出面來解決這個問題，對麴文泰而言實在是最佳人選。至於鎮壓魔鬼……似乎在信徒看來，凡是僧人都擁有無上神通，這點玄奘實在不想再辯解了。

他一時沉默下來，在他心目中，將宗教和王權區分得很清楚，他只是一介求法僧，不願涉足王權紛爭，但此事卻有些特殊，畢竟他不能眼睜睜看著戰亂爆發，百姓塗炭。猶豫半晌，玄奘終於點頭：「好吧，貧僧盡力而為。」

麴文泰大喜，拜倒在地，感激涕零。玄奘急忙將他扶起來，心裡卻沉甸甸的，也不知自己答應下來到底是對是錯。

此時天色已經大亮，玄奘和阿術趕了一天路，又陪著麴文泰聊了一夜，早已困頓不堪。麴文泰連連致歉，讓玄奘好好休息，自己告辭出去。玄奘送到門口，麴文泰帶著侍從轉身離去，到了院門處，卻發現麴仁恕靠著門框打盹。

見麴文泰出來，麴仁恕立刻驚醒，拜服在地：「父王，兒子給您請安了。」

「嗯？」麴文泰愣了，「你怎麼在這裡？」

旁邊有宮人低聲道：「陛下，您和玄奘法師長談，世子擔心您的身子，在這裡守了一夜。」

麴文泰唔了一聲，淡淡道：「起來吧，做好自己的事情就行了，不必擔心本王。」說完看也不看麴仁恕，出門上了肩輿，逕自回了寢宮。

麴仁恕畢恭畢敬地起身，道：「恭送父王。」然後回頭朝玄奘看了一眼，雙手合十，深深地鞠躬，隨後退了出去。

阿術冷眼睨著，道：「看來這位世子很不討高昌王的歡心呀！」

玄奘摸了摸他的頭：「你半夜不就睏了嗎？還是趕緊睡覺吧！」

兩人休息到了午時，麴文泰和王妃親自陪同用膳，即使是宮廷御膳，也極為簡單，因為玄奘不食肉類，便以瓜果葡萄為主，輔以饟餅之類的麵食，飲料則有兩種：白瓷茶壺裡是茶葉，加有鹽和薑絲；銀壺裡則是新鮮的葡萄汁。

用完餐，麴文泰召來王宮總管朱貴，命他陪同玄奘去見麴智盛。

朱貴年近五旬，是個白種人，淡黃色的眼珠，面白無鬚，臉上皮肉鬆弛下垂，一臉愁苦模樣。也許做慣了僕役，總是滿臉的恭順，但偶爾眼神一閃，卻露出精明洞澈的光芒。

朱貴低眉順眼地陪同玄奘和阿術在王宮中穿行，高昌王宮與大唐皇宮當然不可相提並論，但規模卻比伊吾王的王宮要大得多，房屋有數百間，與尋常民居一樣，都是厚厚的夯土版築。但與民居不同的是，門和窗戶周邊鑲嵌著玉石，雕花精美。更與中原宮殿不同的是，這裡的每一座房屋都有兩三層，看起來宏偉異常。

到了王宮的西北角，眼前是一個三座宮殿組成的院落，一丈多高的圍牆將之和其他區域分隔開來。圍牆正中間的拱形大門，如今被厚厚的土坯給堵住了。

朱貴躬身道：「法師，這裡就是三王子的宅邸，您瞧，院子被封住了。」他說話的聲音尖細，來自中原的玄奘當然對此不陌生，毫無疑問，此人是個淨過身的太監。

玄奘驚訝道：「三王子封住院門，那他日常飲食如何解決？」

朱貴苦笑：「他雖對陛下不敬，但陛下卻不能缺了他們的飲食，您看到了嗎？牆角架有梯子，一日三餐和飲水，都命人從牆頭吊進去。」

玄奘搖頭不已，朱貴從那梯子爬上牆頭，朝裡面喊道：「三王子，玄奘法師前來拜訪！」

過了片刻，宮殿的二樓露臺上出現了一條人影，正是麴智盛。他朝外張望，一眼看到站在院牆外的玄奘，頓時大喜，興沖沖地合十作揖：「啊哈，法師，您從伊吾來到高昌了？哎呀呀，您怎麼不早說，智盛該出城迎接的。」

這麴智盛可不是伊吾城外那個灰頭土臉、為情憔悴的傢伙了，他滿面紅光，眼角眉梢都帶著樂孜孜的神氣，只差眼睛裡閃出星星了。玄奘笑道：「不敢當。三王子看起來非但別來無恙，你的心情是越發地好了。」

「那可不是！」麴智盛得意揚揚，朝玄奘身後探了探頭，見沒人在他背後，於是縮回脖子，用手掌攏著嘴脣，低聲道，「霜月支答應嫁給我啦！」他眉開眼笑，樂不可支，彷彿一個孩子終於得到了牽掛許久的玩具，「這些天她一直在宮中陪著我，弟子……弟子當真是如在夢中啊！感謝我佛！感謝菩薩！感謝法師！感謝這無所不能的蒼天大地！」

「恭喜三王子。」玄奘笑道。

「您等會兒，弟子這就讓霜月支出來禮拜您……」他一拍腦門，懊惱地道，「弟子忘了，這院門給砌上了……您等等，弟子這就命人拆掉。朱伴，你去找些人，快拆！快拆！」

朱貴愣了，沒想到玄奘一來，油鹽不進的三王子居然讓人拆掉院門的土坯。他半晌才醒悟過來，忙不迭地找人去了。

「阿彌陀佛，」玄奘問，「三王子，你不怕拆掉之後，有人趁機進去嗎？」

「怕什麼？」麴智盛兩眼一瞪，「弟子手中有大衛王瓶，無所不能，需要怕誰？之所以封住院門，只是不想讓人聒噪，吵著霜月支的清淨。」

這時候，朱貴帶著十幾個宿衛跑過來，七手八腳地把數十斤重的土坯一塊塊搬走。玄奘正要進去，麴智盛已經到了院子裡，吆喝著那些侍衛：「別走別走，把這地上的灰土打掃乾淨。法師愛潔，這地上髒兮兮的，讓他如何經過！」

朱貴無奈，只好帶著宿衛們把地上的塵土都打掃乾淨，又用清水灑了。麴智盛這才滿意，親自到門口迎接玄奘，把他和阿術請到宮中。朱貴站在門口遲疑，不敢進。麴智盛嘆了口氣：「伴伴也請進來吧！你是看著我長大的，若非所有人都與我作對，我又怎麼會將你也拒之門外？」

「三王子，老奴……」朱貴感動得眼眶立時紅了，默默地拭淚。

「來吧，」麴智盛也甚是傷感，拉著朱貴將他拽了進來，「這宮中只有你對我最好，連父王和兩位兄長都不及。」

玄奘和阿術隨著麴智盛進了宮殿，在厚厚的波斯地毯上跪坐，宮裡的侍女立刻奉上各色瓜果。麴智盛跑去內殿請龍霜公主，過了片刻，內殿的廊道裡響起了一陣腳步聲，只聽麴智盛低聲說道：「這位玄奘法師是我見過最有魅力的高僧，妳一見必定歡喜。」

公主的聲音有些憂鬱：「我如今寄居在你的宮中，便是背叛了焉耆，如何有臉拜見法師？」

「唉，」麴智盛長長地嘆息道，「妳莫要憂慮，我必定有解決的辦法，讓妳父王承認咱們的親事。玄奘法師佛法高深，若肯為妳我祈福，咱們必定能得到佛祖庇佑……」

「是嗎……」公主喃喃不語。

兩人不再說話，沉默地走了進來。玄奘在伊吾見過這位公主，當時的龍霜公主驕傲尊貴，不可一世，可眼前的公主，雖然仍舊是那般尊貴美貌，神情中卻帶著一絲憂鬱，一絲怯意，楚楚可憐，溫柔可人。若非相貌一般無二，玄奘幾乎以為是兩個人。

「霜月支拜見法師。」龍霜公主躬身下拜。

玄奘忙起身施禮：「阿彌陀佛，許久未見，公主風采一如往昔。」

龍霜公主淡淡笑了笑，跪坐在麴智盛身邊，湛藍的眸子凝視著玄奘：「法師，您今日來，可是作為高昌王的說客，勸我回去的嗎？」

麴智盛頓時愣住了，懷疑地看著玄奘。玄奘笑了：「阿彌陀佛，假使經百劫，所作業不亡。因緣會遇時，果報還自受。愛別離，怨憎會，無非是一場果報而已。既然有此果，必然有其因，貧僧又怎會不問因果，強行拆散二位呢？」

「對對對，」麴智盛這才鬆了口氣，「我和霜月支就是前世的姻緣，應在今生的。」

龍霜公主卻沒他那麼樂觀：「法師，我與智盛是真心相愛，但兩國關係恩怨難解，每日裡甚為苦惱，求法師指點迷津。」

「對對對，求法師指點迷津。」麴智盛在公主面前，完全成了應聲蟲。

玄奘笑笑：「三王子手裡既然有大衛王瓶，為何不對魔鬼許願，誰敢反對，盡數誅殺？」

麴智盛瞠目結舌：「這怎麼行？弟子只想和霜月支在一起，哪能因為別人反對就肆意殺人呢？這萬萬行不得！」

玄奘又道：「貧僧聽說那瓶中的魔鬼名叫阿卡瑪納，最擅長蠱惑人心，你為何不命令魔鬼，讓這世上無人反對你們的婚姻？這豈不是他所擅長的嗎？」

「這樣啊……」麴智盛有些意動，瞧著公主。

公主卻正色道：「法師，反對我們的恰恰是那些最愛我們的親人。大衛王瓶雖然神異，畢竟是邪物，身為人子人女，我們怎麼能讓魔鬼控制自己的父母兄弟？」

「對對對……」麴智盛恍然大悟，敬佩地望著公主，「還是妳想得透徹。」

「那麼，公主就大可不必理會了。」玄奘淡淡地道，「因為公主愛上三王子之後，滯留王宮不歸，便是對妳焉耆國、對妳父王最有利的事情。」

朱貴的眼中露出一股讚賞，這法師試探著便將霜月支逼到了絕境，之後刀鋒立現，這和尚，當真了得。

龍霜公主卻微微蹙眉：「法師這是什麼意思？」

「無他，焉耆和高昌的關係公主當然清楚無比，兩國因為絲路貿易時有摩擦，焉耆處心積慮想將絲路改道，高昌則不擇手段加以破壞。公主滯留在高昌王宮，對焉耆國而言，就是一個絕佳的藉口，焉耆王就能以高昌王子強搶公主為由，取得各國的支持，名正言順地挑起戰爭，用武力奪回絲路。只要奪回絲路，焉耆國百年興盛，公主對焉耆王乃是大孝啊！何必非要讓妳父王同意你們的婚事呢？」

玄奘說得很平淡，彷彿只是在閒聊天氣，但一字字卻直戳人心，甚至隱約指責龍霜公主故意設計誘騙麴智盛，玩一場遊戲，給焉耆王發動戰爭的口實！

麴智盛目瞪口呆，一會兒瞧瞧玄奘，一會兒瞧瞧龍霜公主，竟不知該如何是好。

龍霜公主怔怔地看著玄奘，湛藍的眸子裡盈盈欲泣，哽咽道：「法師就是這樣看待霜月支的嗎？我承認，當日在焉耆，的確為國事考慮甚多，但那只是身為兒女，見父王操勞國政，時常脾氣暴躁，焦慮難寢，想為父王分憂。若非因為愛上智盛，我會拿自己的名節讓焉耆蒙羞嗎？」

朱貴在一旁插嘴道：「法師有所不知，焉耆王一直想把公主嫁給西突厥的阿史那．泥孰。泥孰乃達頭可汗的曾孫，世世代代任職莫賀設，在西突厥擁有崇高的聲望，受到十姓部落的擁戴。只因公主想輔助焉耆王重振國勢，婚事才耽擱了下來。」

玄奘點點頭，卻沒有說話。也許，這種國與國之間的政治聯姻，反而是這位西域鳳凰最佳的歸宿吧！

龍霜公主淒涼一笑：「法師只是指責霜月支，但您有沒有想過，我若是嫁給泥孰，憑泥孰對我的痴迷，我焉耆在西域諸國興盛一時，又有什麼難的？但我拋棄泥孰，和智盛相愛，焉耆必定受到西突厥的憎惡，便是大軍擊破高昌王城又能如何？要知道，高昌王的長女，嫁給了統葉護可汗的長子，統葉護可汗能眼睜睜看著高昌國被我焉耆滅亡嗎？我何苦為了這麼一個破綻百出的計畫，毀掉自己一世的清白？」

玄奘陷入沉思，朱貴和龍霜公主的說法應該不假，西域各國在政治聯姻方面，利弊得失都計算得清清楚楚，誰也瞞不住誰。無論對焉耆還是龍霜公主本人，與泥孰聯姻都是最佳的選擇，而龍霜公主愛上麴智盛，並不符合焉耆國的利益。那麼問題到底出在哪裡呢？難道果真是魔鬼的誘惑嗎？

「法師，您真是多慮了。」麴智盛見公主傷心，急得抓耳撓腮，若非外人在場，早就抱著她好好撫慰了，「霜月支絕非這等人，您不了解，但我和她朝夕相處，她對我的愛有多深，難道我不清楚嗎？」

玄奘憐憫地望著他，低聲道：「三王子，佛家說因果，除了前因，後果，中間還有個緣，這便是因緣果報。貧僧只信佛，不信魔。這大衛王瓶詭祕重重，難以測度，既然你想讓貧僧設法成全你和龍霜公主，貧僧就必須把這內中的緣由搞清楚。」

「一切都聽法師您的！」麴智盛對玄奘極為敬服，「法師，弟子第一次見到您，就仰慕您了。您身上有一股佛性，只要弟子待在您身邊，就渾身放鬆，如沐佛光。但是法師，您可千萬不能傷了霜月支的心，否則弟子也不想知道什麼因、什麼緣，只要這個結果就夠了！」

玄奘含笑點頭，問：「不知貧僧可否見一見那大衛王瓶？」

「呃……」麴智盛略略猶豫，隨即答應，「好！」

在麴智盛的帶領下，眾人起身，順著長長的廊道進入後宮。後宮的正中間是一座佛堂，也不知麴智盛怎麼想的，把那個藏有魔鬼的大衛王瓶供奉在佛堂上。他不管佛法和魔法是否相沖，也不管瓶中的魔鬼阿卡瑪納大人是否會感到憋悶。

「法師請看，這就是大衛王瓶。」麴智盛撩起黃色的幔帳，露出一只高大的黃銅巨瓶。這大衛王瓶高約二尺二[10]，大肚細頸，瓶體分為兩層，外層鏤刻，花紋繁複精美，內層光可鑑人，在陽光的映照下，外層的花紋彷彿緩緩流動。瓶口焊著錫封，上面印著所羅門王著名的六芒星印鑑。

這就是薩珊波斯帝國四百年傳承的鎮國之寶，一個能滿足任何心願的神物！世人皆有欲念，而這個大衛王瓶正好擊中了人類最柔弱的心底隱私，將他們的欲望放大到極限。眾人一時間呼吸停滯，這只大衛王瓶靜靜地展現在眼前，散發出妖媚的吸引力，瓶身上的花紋彷彿露出蠱惑般的微笑，在對他們說話。

你想獲得天上地下所有的財富？釋放我吧，我可以滿足你！

你想獲得這個大地上至高無上的權力？和我訂下契約吧，我可以滿足你！

你想擁有人世間最美麗的女人嗎？許下誓願吧，我可以滿足你！

你還想要什麼？

天上地下，我無所不能；千秋萬代，我永生不死！

饒是玄奘禪心如同磐石，望著這個妖異的瓶子也禁不住佛心搖曳；再看看朱貴，眼神迷離，彷彿要暈過去；連阿術這個孩子都完全呆住了，眼睛裡露出濃濃的渴望和恐懼。

「阿彌陀佛，」玄奘問，「三王子，大衛王瓶就這樣放在佛堂，你不怕有人偷了去？」

「不怕。」麴智盛道，「瓶中的魔鬼已經和我訂下契約，別人偷去也沒用。不管千里萬里，我心念一動，魔鬼就會出來。」

「你當初是怎麼喚醒魔鬼的？」玄奘問。

麴智盛毫不隱瞞，道：「法師您看，這六芒星印鑑的正中心是個六邊形，微微下凹，並無縫隙，但我將鮮血滴在六邊形之內，居然眨眼間就被吞吸乾淨。然後這外層鏤刻的花紋就會灌滿鮮血，形成一個詭異的圖案，彷彿睜開了無數雙鬼眼。之後，魔鬼就甦醒了。」

玄奘點點頭：「你沒有對公主隱瞞，說是透過與魔鬼的契約，才讓魔鬼控制她的心神愛上了你？」

麴智盛搖搖頭，滿足地看著龍霜公主：「沒有，我怎麼能欺騙霜月支呢？」

「公主，妳不覺得自己是被魔鬼控制了心神嗎？」玄奘又問龍霜公主。

公主也搖頭，露出迷茫之色：「沒有，愛上智盛的感覺很美好，我只望日日夜夜都與他在一起。」

兩人相視一笑，十指緊扣，眼眸裡說不盡的柔情蜜意。但玄奘卻越發感到難以言喻的詭異，頭皮都禁不住有些發緊。他盯著眼前的大衛王瓶，耶茲丁瀕死前的呼喊迴盪在耳際：「瓶中有鬼——」

「法師，可有成效？」玄奘一回來，麴文泰便聞訊而至，急不可待地問。

玄奘思索了一番，搖了搖頭：「陛下，這件事貧僧昨夜想得有些簡單了，內中緣由恐怕非常複雜，需要一些時日和契機。」

「哦。」麴文泰略略失望，但他也知道事情不可能這麼快就解決，苦笑道，「法師莫怪弟子催促，只是……今日凌晨，焉耆三國發來最後通牒，要求三日內釋放公主，否則便揮軍北上。」

玄奘心情沉重，問：「陛下向突厥王庭求助了嗎？貧僧記得您和統葉護可汗是兒女親家吧？」

「是啊！」麴文泰搖頭不已道，「如今是焉耆占了道義，受到廣泛同情，統葉護可汗又不能過於偏袒……法師您看，」他從懷中取出一卷羊皮紙，「這是方才突厥王庭派駐在城內的吐屯[11]送來的王庭詔令，要求弟子妥善處理與焉耆的糾紛，釋放公主。這說明王庭已經表態，若是三國聯軍進攻，突厥最多加以調解，不會出兵干涉。」

玄奘當然明白，像麴文泰和統葉護可汗這種政治聯姻，還是以國家利益至上，統葉護斷不會因為一個高昌，而讓西域諸國離心。

「這樣吧，」玄奘想了想，「貧僧給焉耆王寫一封書信，邀請他派使團來高昌，陛下與他坦誠相見，最好帶著他去見見龍霜公主，讓他親眼看看。若能不訴諸刀兵，無異於築就了七級浮屠啊！」

麴文泰大喜過望：「弟子曾寫國書陳述此事，但焉耆王卻說荒誕十足，一派胡言，他根本不相信，弟子也無可奈何。法師既然肯居中作證，那再好不過了。」

兩人回到大殿，麴文泰親自磨墨，玄奘用漢文和梵文[12]各寫了一份，交給麴文泰。麴文泰正要用國書封了，卻被玄奘阻止：「陛下，還是請一名僧侶送去最好。」

麴文泰頓時醒悟：「還是法師精細！」焉耆也是佛國，以玄奘的地位親自寫了書信，焉耆王即便是出於崇佛的緣故，也不可能置之不理。但兩國如今關係交惡，若是以高昌國書送去，焉耆王就會先入為主地判定，這個大唐來的和尚一屁股坐在麴文泰的椅子上，而心生抵觸。

「法師，您下一步要做些什麼？」麴文泰問。

玄奘想了想：「貧僧打算到交河城、赭石坡去看一看。」

「去那裡做什麼？」麴文泰驚訝地問。

玄奘笑笑：「為了求這因與果之間的緣。」

麴文泰很是聰明，當即不再問了，沉吟道：「交河城距離王城有八十餘里，那裡諸胡雜處，勢力複雜……這樣吧，弟子派大將軍張雄[13]率兵護送您。大將軍勇武過人，乃西域第一名將，有他在，法師必定安然無恙。」他見玄奘要拒絕，立即擺手，「法師，您的安危對弟子極為重要，不僅僅是因為您在幫弟子做事，對高昌國來說，任何一位高僧若有不測，那就是天塌下來的大禍。請法師切勿推辭。」

玄奘只好同意，麴文泰立刻召來張雄，命他率領一隊騎兵陪同玄奘前往交河城，並特意派朱貴陪同，隨行照顧玄奘的飲食起居。

張雄此人年有四旬，相貌儒雅、身軀精壯，走起路來有些羅圈腿，一看就是久在馬背上磨練的軍人。一開始玄奘不知，後來聽麴文泰介紹，才知道張雄可了不得了，絕對是高昌國實力派的強權人物。

張雄，字太歡，祖籍河南南陽，世居高昌，他的姑母是先王麴伯雅的王妃，與麴文泰是姑表兄弟，他的夫人麴氏也出身王族。當年高昌發生「義和政變」，麴文泰父子正是在張雄的保護下才逃出高昌，七年後，也是在張雄的幫助下，麴文泰父子才擊敗叛亂者，奪回王位。

張雄對玄奘甚為恭敬，趁穿過王城之際，不斷向玄奘介紹高昌風物，兩人聊得很是歡暢。昨天玄奘進入王城時已是夜晚，對高昌城並沒有太大的觀感，此刻騎在馬上，才覺得高昌之繁華，果真不是虛言。高昌的王城比伊吾城大了數倍不止，分為宮城、內城、外城三部分，騎兵一路經過南北大街，觸目所見，熙熙攘攘，到處都是南來北往的商旅，操著繁複紛紜的語言，穿著色彩紛呈的服飾，擁擠在大街上激烈地討價還價。

騎兵經過時，會驅逐阻擋道路的商賈，但在王城中，這些商賈也不怎麼怕軍隊，玄奘親眼看見，一個胡商被騎士拿矛桿推開，還兀自張著五指朝賣家叫道：「六百五十斤！這香料我要六百五十斤……硇砂也是我的，二百斤……」

朱貴笑道：「法師，前隋稱我高昌為『西域之門戶』，您看這南來北往的商賈，除了來自粟特地區的康、何、曹、安、石等諸國，還有姓翟的高車人，姓白的龜茲人，姓車的車師人，以及更遙遠的吐火羅、波斯地區的各國商賈。現在大唐和東突厥正在鏖戰，商旅還算少，等到戰事平定下來，只怕人數會激增兩倍。」

「哦？」玄奘想起正在數千里外的大草原上進行的數十萬大軍對決，不禁憂心，他聽李世民講過，要以舉國之兵，一戰攻滅東突厥，澈底解決這個中原王朝百年來的大患。不知李世民到底能否成功，玄奘只好在心中祈禱。

「二位大人，就你們而言，是希望大唐勝，還是東突厥勝？」玄奘笑著問。

他本以為這個問題有些敏感，沒想到張雄毫不猶豫，坦然道：「當然是大唐勝了！我們高昌人祖先都來自河西，乃是堂堂漢人，怎會願意仰這些夷狄的鼻息？況且，對於絲綢之路而言，只有中原王朝強大、富裕，才能生產更多的絲綢和瓷器，購買更多的金銀和香料，絲路才會更加繁華。然而中原內戰頻仍，興衰有如燈滅星垂，我們高昌雖然是漢人，也實在指望不上中原王朝，只好在異族的夾縫中自己求存。」

玄奘悲憫不已，高昌的命運第一次真正牽動了他的心，身為漢人國家，獨自生存於西域，其中艱辛當真是無法想像。

玄奘問朱貴：「總管大人呢？」

朱貴笑了：「老奴不是漢人，也不是西域人，更不是突厥人，只要我高昌安好，陛下康泰，老奴從來不考慮這大國爭鋒。」

玄奘看他的模樣，倒真有些好奇：「總管大人，您是何方人氏？」

張雄笑了：「法師，朱總管是嚈噠人。」

「嚈噠？」玄奘仔細想了想，真沒聽說過這個國家。

朱貴臉上露出了緬懷的神情：「也難怪法師不知道，我的國家早在三十多年前，就被波斯和西突厥給滅了，族人們四下逃散，早像這燈頭的火，香尖的光，消失在黑夜中了。」

張雄對這段歷史知之甚詳，解釋道：「法師，嚈噠人是漢朝時大月氏的一個分支，幾百年前稱霸西域，他們曾經打敗過拜占庭和波斯，甚至擊敗了天竺，在西域建立起最遼闊的帝國。三十年前，嚈噠人國勢衰微，被波斯和西突厥人聯手給滅了。」

玄奘慨然不已，朱貴嘆道：「滅國之後，我們一群族人保護著年幼的公主向東來到了高昌，得到高昌人善待，就此住了下來。後來，公主嫁給了當時的世子，也就是現在的陛下，我為了照顧公主，於是淨身入宮，當了太監。」

玄奘道：「那麼嚈噠公主呢？」

朱貴臉上哀傷不已：「二十年前就已經病逝了。」

「阿彌陀佛，眾生皆苦，諸國亦苦。」玄奘喃喃道，「彌勒淨土，究竟何時能降臨？山河石壁，皆自消滅。百花開放，萬類和宜。粳米成熟，不炊可食，人食長壽，毫無疾苦。衣裳不需人工紡織，地長天衣樹，樹上生出細軟衣裳，任人採取穿著；房屋宮殿，亦多以法化而成，地上沒有絲毫汙濁不淨……」

朱貴默默地聽著，傷感的眼神也漸漸柔和起來，笑道：「法師是否去過王城內的佛寺？」

玄奘搖搖頭：「貧僧昨晚才入城，還沒來得及禮拜佛寺。這高昌王城的佛寺在何處？貧僧從交河回來，定要去一一禮拜才是。」

一聽這話，朱貴先笑了：「法師，這高昌城內城外，共有佛寺三百多座，您要一一禮拜，恐怕一年都拜不完。」

玄奘不禁呆住了。南北朝期間，即使佛教盛極一時，也不過在唐人的詩句裡留下「南朝四百八十寺」的感慨，可這高昌王城才三萬多人口，卻僅僅王城周邊就有佛寺三百座！平均每一百個人就擁有一座佛寺，當真不可思議！

玄奘忽然有種隱憂，他立志要昌盛佛門，因此才不惜冒險前往天竺求佛，可即使他求佛歸來，將佛教昌盛到如同高昌這般，三萬人口三百寺，難道就是佛教之福嗎？他蹙眉深思，這個問題卻不是那麼容易可以思考出答案的。

三人一路聊著從城北的玄德門出去，沿途的綠洲上，到處是綿密聳立的葡萄園，此時正值冬季，葡萄藤光禿禿的，一片蒼黃，一望無際，可以想見收穫季節的盛況。

正走著，忽然看見北面的山巒一片火紅，岩石通紅，山脈沸騰，好似整片天空都在熊熊燃燒。玄奘不禁大吃一驚，勒馬停下，問道：「大將軍，這是怎麼回事？這座山怎麼會……燃燒？」

張雄一愣，和朱貴一起大笑起來，連一旁的阿術都笑得前仰後合。張雄笑道：「嘿，弟子倒忘了，法師是夜晚經過新興谷的，怪不得沒看見這火焰山。」

阿術道：「師父，這山名為火焰山，但並不是真的在燃燒。那山上岩石是赭紅色的，而且山上寸草不生，在紅日照耀下，地氣蒸騰，煙雲繚繞，就像是燃燒一般。我第一次隨叔叔路過此地，也以為是著火了。」

玄奘嘖嘖稱奇，朱貴也笑道：「法師，這山雖然沒有著火，但到了盛夏時分，山上溫度之高，把雞蛋放在地面上，片刻就能烤熟。有些百姓想吃饢餅，只要把麵攤在石頭上，一會兒就能晒得外焦裡嫩。」

從王城到交河城的道路就在這火焰山下，順著山腳向西六七十里。他們出城時已是黃昏，當天走了三十里便已入夜。張雄命令騎兵們搭建營帳，就在山下休息了一夜，第二日上午時分，就到了交河城外。

交河城是兩百年前車師國的都城，位於兩條河交會處的河心洲，在河水的沖刷切割下，這座河心洲的地勢越來越高，形成一座高有十丈的堅固土臺，形狀如一片巨大的柳葉，南北長達五百丈，東西最寬處可達百丈。

由於這裡夏季酷熱、乾燥，交河城的地面上並沒有建築，居民為了避暑，挖開地面，開鑿窯洞式住宅，住戶的院子相通，形成了地下的街道。最奇特的是，這裡的建築不是層層向上，而是層層向下，最早的住宅和院子距離地面近，若想增加住宅，就往地底下掏挖，挖出來的土，築成圍牆和土屋。地底窯洞的透氣孔與水井連通，水井裡的天然涼氣可以調節室內的溫度，防暑降溫。於是乎，這座土臺被人為切割，一出門就是崖壁，頭頂則是地面，天然形成一重重的城牆，整座城市有如一座功能複雜的軍事堡壘。

事實上，這座交河城也是西域最牢固的城市，城下是深深的河溝，無論站在溝底，還是河對岸的高處，都看不清城內的防禦。近兩百年前，強大的匈奴圍困車師國達八年之久，最後還是車師人主動撤離，才總算把這座城堡攻了下來。

因此這座構造繁複的終極性防禦堡壘，對歷代中原王朝而言都是拓展西域的最可靠根據地。眼下，交河城是高昌國最大的郡，歷來都是世子冊封為交河公，管理城市。也就是說，交河城的最高長官，便是麴仁恕。

朱貴帶人先進城去通知交河太守，玄奘和張雄緩緩而行，到了交河城外，張雄忽然問：「法師，據說幾個月前，大唐皇帝陛下出兵東突厥，曾經作詩：『塞外悲風切，交河冰已結。瀚海百重波，陰山千里雪。』這是否暗示朝廷想收我高昌為領土呢？」

「哦？」玄奘愣了愣，張雄含笑望著他，但玄奘卻從他的笑容裡，覺察出了一些對大唐這個龐然大物的驚懼。玄奘想了想：「貧僧只是一介僧人，不懂國事。但對我大唐人而言，詩句乃是抒懷之用，沒有實際指稱。關於交河城的詩，更是屢見不鮮，譬如虞世南大人前幾年就作過一首詩：『焰焰戈霜動，耿耿劍虹浮。天山冬夏雪，交河南北流。』另有詩：『還恐裁縫罷，無信達交河。』貧僧想，大唐朝廷總不會從上到下都一致要求攻占西域、占領交河吧？」

張雄哈哈大笑：「法師辯才無礙，弟子佩服。只是玩笑而已，法師千萬別當真。」

玄奘暗暗感慨，這高昌人，一方面希望得到中原漢人政權的庇護，一邊又希望保持獨立，也真是糾結。

這時朱貴帶著交河太守親自出迎，眾人從南門進城，城門狹窄，進去後更加狹窄，兩側都是高聳的土牆，看不見民居。一行人繞了幾個彎，眼前豁然開朗，一條寬闊的街道貫通全城，但奇的是，兩側仍是土牆，沒有民居。

玄奘等人轉過大道的一個豁口，才看見層層疊疊的民居聚集在街道兩側，裡面行人商旅買賣興旺，客棧、佛寺、官署、市集，區域劃分得極為細緻。只是，看著身邊的土牆懸崖，抬頭望著變成一線的天空，讓玄奘意識到自己正行走於地底，不禁感覺有些怪異。

麴智盛當日去的赭石坡在東門外，這裡已經出了交河城，是河溝的邊緣，上方就是高聳的河岸，形成垂直的崖坎。

「法師，這裡就是赭石坡。」朱貴指著一處深紅色的懸崖，「當初三王子就是站在此處。」

玄奘點點頭，問張雄：「二位和諸位軍士能否離得遠些？」

張雄和朱貴一愣，對視一眼，也不追問，揮手命令騎兵們後退三十丈，自己也去遠處等待。阿術低聲問：「師父，您幹麼讓他們都走了？」

玄奘遲疑了片刻，嘆了口氣：「麴智盛在這裡接住了龍霜公主，貧僧想來，人謀的可能性似乎更大一些。若是人謀，那就必定牽涉國家利益之爭，西域各國的關係錯綜複雜，不得不防。」

阿術奇道：「師父，您似乎篤定那大衛王瓶裡的魔鬼是假的？」

「假的？」玄奘詫異道，「貧僧可沒有這麼認為，畢竟很多東西用人謀無法解釋。對了，阿術，你身子靈活，能否攀上崖坎，看看崖壁上有沒有鑲嵌……木橛或者孔洞之類。嗯，最好帶一截繩子，到時候把貧僧也拽上去。」

阿術答應一聲，去找張雄要了一段繩子盤在腰間，攀爬了上去，這處崖坎高有三四丈，垂直陡峭，很少有可供手扶腳踩的地方，但這卻沒有給阿術造成障礙，他的身子實在靈活，有時候用兩隻手就可以吊起全身，像一隻大壁虎。過了約一炷香的時間，阿術查看完了整座崖壁，朝玄奘喊：「師父，沒有！」

「好，你放下繩子！」玄奘朝他招了招手。

阿術在山崖上找了個枯死的樹樁把繩子繫緊，然後將繩索另一頭扔了下來。玄奘纏在腰間，拽著繩子攀緣而上，不時用手摳摳崖壁上的土層，卻沒有發現任何人工痕跡。玄奘一時犯疑，徑直爬上了崖坎。

崖坎上是一望無際的綠洲平原，兩人眺望著河谷對岸的交河城，玄奘接著趴在地上仔細觀察地面。從龍霜公主騎馬墜下懸崖至今，已有小半個月，但地面上的馬蹄痕跡依然清晰可見。

那馬蹄痕跡時隱時現，長有三四十丈，從馬蹄的分布來看，是以正常的速度馳騁，直到了懸崖邊，蹄痕才雜亂起來，甚至有一條長長的拖痕，似乎公主發現前面是懸崖而拚命勒馬。

玄奘笑了笑，忽然道：「阿術，若是貧僧讓你騎著一匹快馬衝下懸崖，告訴你貧僧在底下接著你，你敢不敢幹？」

阿術一驚，迅速躲得遠遠的：「師父，您不會讓我騎著馬照原樣來一遍吧？那萬萬不行！」

「為何？」玄奘笑著問。

阿術的腦袋搖得跟波浪鼓一般：「師父，您想啊，您站在底下，我騎馬掉下去。崖坎底下這麼大，您能判斷出我落在哪裡嗎？還有啊，我跟馬一起墜下去，恐怕您還沒挨著我，就被馬匹砸扁了！再退一步說，就算您老人家接著我，您是抱著我的腦袋呢，還是抱著雙腿？我要是一個倒栽蔥，只怕腦袋都要撞到腔子裡了。不行不行，堅決不行！」

玄奘從地上站起來，拍拍手上的灰塵：「你不敢，貧僧也不敢！好了，咱們可以回去了！」

阿術怔住了：「師父，您找到真相了。」

玄奘笑了笑，卻不言語，朝著懸崖的方向走去。

便在這時，遠處響起一個淡淡的聲音：「法師這便要走了嗎？」

兩人愕然回頭，卻見身後的平原上，一個少女牽著一匹紅馬，笑吟吟地向他們走來。

玄奘和阿術不禁面面相覷──眼前這少女，竟然是龍霜月支！

第五章　公主與和尚的賭約

龍霜月支嫋嫋婷婷地走著，雖是一臉笑意，但神情中卻透著冷厲。

阿術低聲道：「師父，她是來殺您的！趕緊抓著繩索跳下去吧！」

玄奘苦笑著搖搖頭，朝龍霜月支迎了過去，臉上風輕雲淡：「阿彌陀佛，公主為何來到這裡？」

龍霜月支咯咯地笑了，絕美的臉上，再也見不到高昌宮中的那種孤弱無依、楚楚可憐，又回到了伊吾城外的冷冽與自信：「法師既然認為我藏著天大的陰謀，我又怎敢避而不來？」

龍霜月支牽著馬走到他們面前，拋掉韁繩，眺望著懸崖下。她並沒有站到邊上，底下的張雄等人看不到她。

玄奘平靜地看著她：「公主言重了，貧僧受高昌王委託來查清楚大衛王瓶的真偽，並沒有與公主作對的意思。」

龍霜月支嘲弄地看著他：「那麼，您查清了嗎？」

玄奘道：「貧僧不敢妄言，但有幾個問題想請教公主。」

龍霜月支笑了笑：「問吧，我此番來，就是想與法師開誠布公。」

「當日公主在坡上，馬匹受驚，朝赭石坡衝去，從坡上的馬蹄痕跡看來，您到了懸崖才開始勒馬。」玄奘道，「貧僧的第一個問題是，從遠處已經可以看見前面是懸崖，為何馬匹剛受驚時，您不勒馬呢？」

龍霜月支點點頭：「好問題。第二個。」

「這座坡上溝壑縱橫，土地龜裂，到處都是溝坎。」玄奘指著面前的平原，眼睛卻盯著龍霜月支，「唯獨公主縱馬跑來的這條路線還算平整。貧僧的第二個問題便是，受驚的馬匹為何能選擇這條平整的路線？」

「法師果然名不虛傳！」龍霜月支讚嘆不已，「我在焉耆便聽說過您的故事，傳說您與大唐皇帝同遊地獄，還把皇帝救了出來。當初我還不信，如今才知道，法師天眼通透，我這個小小的計策，果然瞞不過你！」

玄奘笑了笑，阿術卻大吃一驚：「受大衛王瓶蠱惑，竟然是妳的陰謀？」

龍霜月支含笑看著他：「當然。我終日苦思如何奪回絲路，卻苦無對策。沒想到從伊吾回焉耆的途中，聽說了麴智盛這個蠢貨不知從哪裡弄來一個破瓶子，竟然許下心願讓我愛上他！哈哈，好啊！那我就愛上他！那魔瓶讓他到赭石坡底下來接住我，我便縱馬從這懸崖跳下！」

看她提起麴智盛時那種不屑的語氣，相較於昨日在宮中對麴智盛柔情蜜意的模樣，玄奘不禁打了個寒顫，這位公主演戲功力當真是臻於化境，一前一後竟然判若兩人！

玄奘苦笑不已：「公主當真膽量過人，貧僧一想到那場景，自認沒有粉身碎骨的勇氣。」

「哼，為了我焉耆國百年國運，粉身碎骨又如何？」龍霜月支笑道，「若是不將自己的生死置於度外，這個陰謀又如何騙得過麴文泰？」

玄奘嘆道：「公主捨生忘死，假裝被麴智盛蠱惑，只為了讓焉耆謀算高昌顯得名正言順，當真可敬可佩！」

龍霜月支也有些感慨：「絲綢之路如果不改道，我焉耆必將消失在大漠之中。但高昌國力強盛，又有統葉護可汗撐腰，若是不施些陰謀，又如何能滅掉高昌，由我焉耆來掌控絲路？」

玄奘點點頭：「原來如此，沒想到公主竟然是要滅掉高昌，貧僧還以為妳只是要透過武力奪回絲路，看來倒小覷公主了。」

龍霜月支傲然道：「若不滅掉高昌，奪回絲路又如何？到時候兩國陷入長期的消耗戰，唯一的結果便是雙雙敗亡。哼，我身為焉耆的鳳凰，所能做的，就是吞併高昌，掌控絲路，將焉耆變成西域最強大的國家！」

玄奘還有些不解：「公主的志向貧僧很是佩服，可是正如昨日妳在宮中所說，妳父王打算將妳嫁給泥孰。妳深陷高昌王宮，喪失名節，不怕泥孰悔婚嗎？」

龍霜月支咯咯笑了起來：「泥孰嘛，我若是連他都無法征服，又怎麼配稱得上西域鳳凰？法師仔細想想，突厥男兒最重面子，知道未婚妻被擄，哪怕悔婚，也要等他滅了高昌之後！再說了，我只要留著處子之身，他對我只會更加敬重，又如何會悔婚？」

「公主好謀算，此事若真讓貧僧去查，還不知道何年何月才能查明白。」玄奘這回真是嘆服了，「那公主為何不躲藏在暗中顛覆高昌，反而來這裡和盤托出？」

龍霜月支笑了。「你們中原有句話說，與仁者論山，與智者談水。對西域這幫愚人，我自然可以隨意愚弄。」她淡淡地道，「但法師天眼通透，想必早已看出我這點小伎倆了吧？」

玄奘苦笑：「雖然懷疑，卻找不到證據。貧僧來赭石坡之前，早已知道查不出什麼，本只是想攪動一下這背後的風雲，讓他們自露馬腳，沒想到卻引出了公主。」

「好和尚！」龍霜月支不禁驚嘆。

「好公主！」玄奘合十道。

龍霜月支上下打量著玄奘：「方才法師問我為何來到此處，我也不瞞您，願不願與小女子立個賭約？」

玄奘道：「什麼賭約？」

龍霜月支挑釁地看著他：「法師信不信，眼下這高昌國已徹底在我的掌控之中？只要我在高昌王宮一日，無論法師如何干預，我的計畫終將一步步實現。」

玄奘深感意外，仔細打量她一眼：「公主想看到的結局，便是高昌國破家亡，被焉耆吞併，從此消失於大漠？」

龍霜月支淡淡地一笑：「自從我踏入高昌王城，這個結局已經注定。」

「貧僧只信天道，不信人謀。」玄奘平靜地道。

「好！」龍霜月支抬起手掌，似乎想與玄奘擊掌為誓，「那麼小女子就恭候法師來拆穿我的陰謀！但是，您是佛僧，小女子自幼崇佛，也不願法師在這裡受到傷害，當您感到無能為力的時候，便請離開西域，踏上您的西天大道吧！」

玄奘一臉肅穆，合十躬身：「阿彌陀佛。」

龍霜月支悻悻地收回了手掌。

阿術一直在旁邊冷眼旁觀，這時忽然插嘴道：「公主，難道妳不怕我們把這件事告訴高昌王嗎？」

「請便。」龍霜月支傲然道，「哪怕麴文泰對我的計畫瞭若指掌，他也無力破局！」

「這是為何？」阿術驚訝。

龍霜月支笑了：「小弟弟，你還小，不懂大人的事。你不妨請教一下你師父，只要麴智盛相信我，不肯把我交出去，這世上又有誰能讓我離開高昌王宮？只要我不離開高昌王宮，這世上又有誰能阻止三國聯軍大軍壓境？」

玄奘不禁苦笑：「阿術，公主早已將這裡面的關節謀劃得天衣無縫，如果咱們把這件事告訴高昌王，惹得他用激烈的手段驅逐公主，甚至對公主有所損傷，事情就更加不可收拾了。」

阿術不禁啞然，龍霜月支卻笑了：「還是法師看得明白，其實我更希望麴文泰一怒之下將我殺了，如此一來，這個結才真算是死結。」

玄奘皺眉琢磨，一時間毫無辦法。阿術卻不服氣：「那我們告訴麴智盛呢？他若知道妳並不愛他，只是在圖謀他的國家，他還肯對妳如此死心塌地嗎？」

龍霜月支笑吟吟的：「小弟弟，你可以試試啊！」

「試就試！」阿術怒道。

玄奘嘆了口氣，道：「阿術，莫要中了公主的計謀。三王子是什麼脾性，你還不清楚嗎？咱們在他面前說公主的壞話，只怕以後就會失去他的信任了。」

阿術一想，果然，以麴智盛的脾氣，連對老爹和兄長也敢發出死亡威脅，自己在他面前說龍霜月支的壞話，恐怕真會徹底激怒他，當即不禁有些頹然。兩人左思右想，這才駭然發現，龍霜月支的謀略竟然是樁陽謀，哪怕你對她的手段、目的、過程，了解得清清楚楚，也無法破局！

「法師，」龍霜月支見玄奘苦惱不已，甚感得意，於是換了一副坦誠的面孔，「小女子素來對您敬仰無比，並無為難之意。之所以對您和盤托出，實在是不願與大唐高僧為敵，只希望法師知難而退，不要理會這西域紛爭。您求的是佛，何必染上這西域的塵垢呢？」

「公主，」玄奘忽然道，「您可知道前往天竺的路怎麼走嗎？」

「知道！」龍霜月支以為玄奘肯知難而退，不禁大喜，她的國策便是希望焉耆依附大唐，稱霸西域，因此極其不想開罪這位與大唐皇帝關係莫逆的名僧，「倘若法師肯西去，我們焉耆願意為您打通西域，派人將您一路護送到天竺！」

「錯了。」玄奘笑了笑，「天竺的路不在腳下，而在貧僧心中。在我走過的每一個國家，每一座城池，在我見到的一切眾生，和眾生衣衫上的每一粒塵土。公主，無論高昌還是焉耆，無論戰爭還是和平，都是貧僧所要見證的大道，佛祖賜我在修行路上遇見這些人，我又怎麼敢錯過呢？」

龍霜月支的表情漸漸冰冷起來：「如此說來，法師是一定要干涉我的計畫了？」

玄奘笑而不語，一臉風輕雲淡。

「很好！」龍霜月支森然道，「我聽說，大唐最有權勢的宰相裴寂、最有智慧的名僧法雅、最有才華的詩人崔珏統統栽在了法師的手中。雖然是道聽塗說，不知詳情，但霜月支也很想領教一下法師的神通！我的計畫已經對法師和盤托出，毫不隱瞞，既然法師執迷不悟，非要與我焉耆為敵，那麼，小女子可要出手了。」

「請公主賜教。」玄奘合十。

阿術一臉戒備，小小的人兒立刻護在玄奘身前，嗖地從懷中抽出一把短刀，刀尖對準了龍霜月支。龍霜月支譏諷地一笑：「阿術，我教你一句，世上最強大的不是武力，而是智慧。放心吧，我不會親自把尖刀刺進法師的胸膛，我們焉耆也不敢承受殺害大唐名僧的罪孽，但我的局已經為法師布下，請您好自為之！」

玄奘推開了阿術的胳膊：「阿術，收起刀子，公主殺咱們的陷阱不在這赭石坡上。」

阿術這才退了下去。

龍霜月支笑了笑：「那就請法師多多保重吧！」說完轉身騎上紅馬，一聲呼嘯，在平原上疾馳而去，很快便消失在風沙之中。

兩人凝望著龍霜月支離去，心情都有些沉重。阿術囁嚅片刻，想問些什麼，最終也沒說出口。

兩人回到崖底，朱貴和張雄急忙迎了上來。

看玄奘風輕雲淡的樣子，朱貴不禁有些欣喜：「法師，怎麼樣，有發現嗎？」

「阿彌陀佛。」玄奘笑了笑，「此事頗為複雜，貧僧還是見了高昌王一併說吧！」

朱貴凜然，臉色嚴肅起來：「法師說得是，老奴這就護送您回王城！」

眾人回到交河城時，已經過了午時。

交河太守在城內最大的一家漢人酒館內設宴接待玄奘，這家酒館臨著逼仄的街道，只有一個很小的門面，就像洞窟的入口。一進入裡面，才知道空間闊大。

這恐怕是世上最奇特的酒館，整間酒館都掏挖於地下，一進門是個長方形院落，房屋其實就是一座座洞窟，牆壁有些是天然形成，頗為厚實，有些則是夯土版築，只有兩指厚，看來是為了區分空間。

酒館共有四層，順著樓梯能直達交河城頂部的平原。玄奘拉著阿術，隨交河太守等人沿臺階登上四樓，此時是冬季，底層頗冷，頂層房間內開著天窗，日光照下，晒在身上暖洋洋的。

這場宴會可以說是交河城最豪華的宴會，在座的不是大唐高僧，就是大將軍、王宮總管，交河太守的職位反而是最低的。眾人席地坐在羊毛氈上，每個人面前都有一張小几，擺滿了各種酒食。玄奘不飲酒，照例喝葡萄汁，阿術倒是飲食不忌，眾人說著話，他便埋頭大吃，不亦樂乎。

眾人邊吃邊聊，交河太守好奇無比：「法師，這次去赭石坡據說是為了收服大衛王瓶？」

玄奘目光一閃，笑道：「大人也知道大衛王瓶？」

交河太守苦笑道：「如何不知？自從三王子用這魔物搶了龍霜月支，整個西域都轟動了，焉耆三國大軍，如今就離我交河城不到五十里。外有異國入侵，內有魔物作祟，交河城內真是人心惶惶啊！」

玄奘淡淡一笑：「大人，這世上可有任何一個國家，是因為魔物作祟而滅亡的嗎？」

交河太守一怔：「這倒從未聽說。」

「阿彌陀佛。」玄奘道，「既然如此，大人何必擔憂？」

朱貴目光中露出笑意：「法師，您在赭石坡，可有什麼發現嗎？」

玄奘笑了：「佛曰，不可說，不可說，一說即是錯。」

朱貴和交河太守等人面面相覷，張雄大笑不已：「法師的辯才，你們哪裡是對手！」

眾人大笑，正在這時，突然聽見地面轟然一聲巨響，眾人一個個身子趔趄，玄奘更是險些給震得跳了起來。

朱貴瞪大了眼睛：「地龍翻身嗎？」

地龍翻身，便是地震。眾人臉色一變，還沒反應過來，只見玄奘屁股底下的地面忽然崩裂，露出一個大洞，玄奘驚呼一聲，身子呼地就直墜了下去。原本的座位上，出現一個半丈方圓的大洞！

眾人全都驚呆了，這地面是自然形成，掏挖酒樓時特意留下的，厚達數尺，怎麼說裂就裂了？

「師父！」阿術急忙朝下看去，這一看，頓時怔住了。

只見玄奘順著大洞跌到了三樓，這一下摔得甚重，半晌爬不起來，而就在他身邊，站著一名戴著黃金面具的女子！這女子手中握著一柄大鐵錘，抬起頭朝阿術冷冷一看，隨即一錘砸下，地面轟然爆裂出一個大洞，玄奘再次從洞口跌了下去，那女子隨即也跳了進去，落到了二樓！

阿術立刻知道，龍霜月支出手了！但阿術又有些不解，難道這女子便是龍霜月支？可她明明說過不會親自動手！

此時阿術也來不及深思，大聲尖叫道：「有人劫持師父！」

張雄反應極快，飛奔到了洞口，拔出短刀就要往下跳。那女子帶著玄奘已經到了二樓，又是一錘砸下，地面爆裂，玄奘的身子呼地又墜了下去。她輕飄飄地跳進大洞，到了地面！

那女子瞧見張雄想往下跳，隨手抽出一把短刀，刀柄向下，噗地插在了地面上，挑釁地望著張雄，冷冷一笑，提著玄奘就衝到街上。張雄看見倒插在地面上的短刀，頓時一身冷汗，若從四樓順著大洞一下子跳到一樓，別說會不會摔死，便是不死，也會被這短刀插個透心涼。

他一聲怒罵，飛奔到窗口，就見那女子拎著玄奘跳上一匹戰馬，雙腿猛然一夾馬腹，戰馬一聲長嘶，在長街上狂奔而出。

整個過程兔起鶻落，有如電光石火。交河太守和朱貴這時還愣著，誰能想到，就在眾目睽睽下，重重防護中，宴飲酒樓上，竟然有人以這種匪夷所思的手段，將大唐名僧劫持而去！

張雄一想起玄奘在自己保護下丟失的後果，頓時脊背上汗如泉湧，他怒吼一聲，呼地從大洞先跳到三樓，再幾個彈跳，到了一樓，大吼著就要追過去。

忽然背後有人喊：「大將軍，騎馬！」

張雄一回頭，只見阿術站在自己背後，還牽來了一匹戰馬，張雄愣了愣，這孩子怎麼也能如此之快地到了一樓？但此刻他來不及多想，隨手接過韁繩，跳上馬背，阿術也跳了上去。

張雄：「你下去，兩人負重太大！」

阿術：「不，我要跟著你救師父！」

張雄無奈，一抖韁繩，戰馬潑剌剌追了出去。這時，張雄帶的騎兵們也反應過來，紛紛牽過馬匹，跟著張雄追蹤。

張雄和阿術疾馳出城，只見沙漠中，那名戴著黃金面具的女子正騎馬向東而去，玄奘趴在馬背上一動不動，不知是死是活。張雄帶著上百名騎兵呼喝馳騁，緊緊地跟在後面。

從交河城向東行，就是火焰山的南麓，這是一片荒涼的沙磧地，偶有低矮的沙石丘陵，但一人一馬十分顯眼，倒也不虞追丟。此時正是黃昏，夕陽照耀在山上，火焰蒸騰，人彷彿在火中行，火在身外燃。

冬季風沙大，從大漠吹來的風呼嘯而過，帶來的細沙撲打著人的臉，眾人臉上都蒙著頭巾，渾身上下也包裹得嚴嚴實實，卻仍有沙子鑽進衣衫，鑽進口鼻。

疾馳中，阿術問：「大將軍，這女子是什麼人？」

張雄咬牙切齒：「我也不知道，不過她跑不掉！她的戰馬負重比咱們更多，這平原上無遮無攔，待到她馬力困乏，老子必定能把她抓回來！」

陽光照遍大地，上百騎馳騁急行，地面上灰土飛揚，捲起長長的漩渦。

跑了約四五十里，那女子的速度果然慢了下來，但張雄卻越來越覺得怪異，阿術坐在他懷中，轉頭望著他：「大將軍，怎麼了？」

張雄皺眉：「這女子為何往王城的方向跑？」

阿術這才發現，眼下這條路，正是自己和玄奘從高昌王城來時走的路，那女子馳騁的方向，正是王城！

阿術：「難道她想進入王城？」

張雄冷笑：「不可能！她敢進入王城，我的都兵掘地三尺，也會把她挖出來！」

阿術也奇怪不已，這女子若劫持玄奘進入王城，那豈非自投羅網嗎？

這時，雙方人馬已經相距不遠，甚至連那匹馬飛揚的尾巴都看得清。兩人正說話間，沙磧上的風漸漸變大，沙漠中的風可不像大唐，一旦颳起，飛沙走石，一不小心，就能把一張白淨的臉打成麻子。狂風捲著沙塵而來，一瞬間張雄的騎兵連同前面的黃金面具女子，都被裹挾在其中。

西域人人備有面巾，張雄等人急忙遮住臉，眼睛也不敢睜開，卻依然努力打馬馳騁，絲毫不放鬆。

狂風來得快，去得也快，不過短短一瞬間，這陣風就颳了過去。沙磧上塵沙消散，又恢復澄明晴朗。張雄摘下面巾，瞇著眼睛朝前一看，見那匹馬還在跑，這才鬆了口氣。

「師父呢？」阿術突然大叫。

張雄一怔，定睛一看，頓時出了一身冷汗，馬還在跑，但馬上的兩個人已經不翼而飛！張雄急忙轉頭四顧，一眼可以望出去四五里，土地平曠，連個溝坎都沒有，好好兩個大活人怎麼會不見了呢？

「追！包抄過去！」張雄氣急敗壞地大喊。

騎兵們散開隊形，從兩翼包抄過去，馬背上無人，馬速也降低了，很快就追上，騎兵們驅趕著馬匹停了下來。

張雄臉色鐵青地來到這匹戰馬旁邊，阿術跳下馬來，小臉慌張得幾乎變了形，問張雄：「大將軍，你不是一直盯著師父的嗎？」

「是啊！」張雄也極度不解，大冬天裡，汗水滾滾而落，「我眼睛幾乎沒離開過法師，直到剛才那一陣風沙吹來，我才擋了下眼睛，然後再看，法師就無影無蹤了，前後不過呼吸之間！」

張雄臉色鐵青，命令騎兵散開搜索，轉眼間周邊四五里就已搜索完畢，可沒有找到一絲人影。玄奘，就在這空曠的綠洲上憑空消失了！

阿術隨著張雄和朱貴等人回到王城，他們也顧不上阿術，急急忙忙進宮向麴文泰彙報玄奘失蹤之事。一時間，王宮震動，麴文泰暴跳如雷，將高昌國的重臣召進王宮議事。

阿術對麴文泰如何反應並不關心，他心中篤定，玄奘失蹤一事必然與龍霜月支有關，甚至那黃金面具女子便是她本人！此時天色已經晚了，室外溫度陡降，風沙又大，宮女和太監們只要不值勤，就都鑽進了溫暖厚實的屋子裡，王宮中顯得頗為空曠。

阿術隨玄奘來過後宮，大略記得麴智盛宮室的方位。若換成長安的皇宮，東宮和內宮之間除了經過玄福門，別無他路，周圍都是幾丈高的宮牆，但西域王宮的建築高低錯落，有些兩層，有些三層，還是平頂，房舍之間往往有樓梯連接，這就給了阿術很大的便利，他爬上兩尺寬的牆壁，一路小跑，在房舍頂上穿行跳躍，不多時就到了麴智盛的宮室外。

阿術直接來到第二層，在複雜的廊道間東繞西繞，竟然摸到了昨日的那座佛堂！

他的眼睛裡流露出濃烈的渴望，他知道，黃色的帷幔後面，就是那只神祕的大衛王瓶！但阿術很機警，沒有急於行動，而是豎起耳朵傾聽，眼下已是亥時，可廊道深處仍舊燭影搖動，傳來男女的嬉鬧聲。那笑聲憨憨的，一聽就知是麴智盛。佛堂裡一片漆黑，透過帷幔，只有香爐裡插的線香閃耀著隱約的光。

阿術沒敢走樓梯，而是抱著一根廊柱滑下來，輕輕落在了地上。他此行原本是想找龍霜月支探聽玄奘的消息，但到了這佛堂，卻感到一股強烈的吸引力，似乎那大衛王瓶正發出無聲的召喚，充滿誘惑地等待著他。

阿術吞了口唾沫，或許太過緊張，在寂靜的佛堂裡發出咕嘟一聲，倒把他自己嚇了一跳。他歪著腦袋想了想，終於抵不住誘惑，悄悄走上前，掀開了帷幔，然後，他呆住了——黑暗中，閃爍著一雙冰冷的眸子！一條鬼魅般的人影，正盤坐在蒲團上，嘲弄似的凝視著他！

阿術嚇得幾乎叫出來，半晌才看清楚，那人居然是龍霜月支！

「呃……」阿術一頭冷汗，衝她笑笑，「起夜，走錯了……」話沒說完，轉身就跑。

龍霜月支端坐不動，等他跑了兩步，輕輕一拍手，阿術霍然站住。昏暗中，他看見四處布滿了星星點點的寒芒，那是弓箭的箭鏃！

「阿術，來，坐下聊聊。」龍霜月支笑道，「我原本以為你會來找我打探法師的下落，怎麼又看上了大衛王瓶？」

龍霜月支嫋嫋婷婷地站起身，點燃蠟燭，做了個邀請的手勢，阿術露出可憐兮兮的神色，灰溜溜地轉身到她對面坐下：「我……這不是找不著妳嘛，恰好看到這瓶子……」他看看大衛王瓶，咕嘟又吞了口口水。

「也是，」龍霜月支笑了，「只要是人，都會對這個瓶子充滿渴望。只是沒想到，你一個小小的孩子，欲望居然也如此強烈。」她玩味地看著阿術，「說吧，有什麼願望，我來幫你滿足，用不著大衛王瓶。」

阿術想了想：「我要妳放了師父。」

龍霜月支如美人春睡般臥在坐氈上，淡淡地道：「你師父不在我手中。」

「騙人！」阿術大怒，「明明是妳劫走了師父！那個揮鐵錘、戴著黃金面具的女子，不是妳嗎？」

「不是我。」龍霜月支坦然道。

「哼！」阿術絲毫不信，「是妳說了要出手，我師父才出事的。這高昌國，除了妳，還有誰會對我師父不利？」

龍霜月支不住搖頭：「阿術，我說過，你還是個孩子，很多事情看不懂。想知道答案嗎？這樣吧，你隨我來！」

說著她站起身來，朝阿術招了招手，阿術納悶地跟著她過去。

龍霜月支提起一盞燈籠，走出宮殿，順著一條廊道東拐西拐，在後宮裡穿行，甚至還上了幾層臺階。其中一扇角門的門口，站著兩名全副甲冑的宿衛值守，看見龍霜月支過來，兩人叉手行禮，卻不阻攔，任由她帶著阿術進了角門。

阿術一溜小跑跟著：「喂，妳這是要去哪裡呀？難道我師父被妳囚禁在宮中？」

「我說過，你師父不在我手裡。」龍霜月支淡淡地道，「只是很多事情你看不明白，我想讓你看明白而已。」

阿術還要再問，龍霜月支卻伸出玉指在嘴脣上噓了一聲：「到了。你若敢大聲說話，這輩子就別想見到你師父了。」

阿術急忙閉嘴，抬頭一看，猛地嚇了一跳，不知何時，兩人竟然來到王宮的內廷之上！高昌的內廷布局與中原大致一般，正中間是王座，兩側鋪著坐氈，朝中重臣都跪坐在坐氈上議事。只不過高昌的建築一般都有兩三層，這內廷也是，上下兩層，二層挑空，只有一圈迴廊，因此顯得更為空曠高大。

此時，阿術和龍霜月支就站在內廷的二層迴廊上，迴廊上垂著布幔，隱約可以看見麴文泰以及重臣們正在議事，說話的聲音聽得清晰無比。阿術不禁悚然，連這等機密重地都能來去自如，看來龍霜月支宣稱她已澈底掌控了高昌，只怕並非虛言。

「公主，妳帶我來這裡做什麼？」阿術低聲道。

「噓！」龍霜月支指了指下面，「仔細聽。」

阿術將布幔掀開一條縫，詫異地看著麴文泰等人議事。

寬闊的大殿內，麴仁恕、麴德勇、張雄和尚書臺左右僕射、六部郎中悉數在座，大家一個個沉默不語，氣氛凝重。麴文泰怒不可遏，拍著座椅大叫：「說啊！都啞巴啦？我高昌難道成了妖魅之國嗎？先是那孽子用個破瓶子迷惑了焉耆公主，隨後居然是大唐名僧在我高昌鐵騎的環伺下被一陣風給颳走！這讓本王如何向佛門解釋？如何向大唐的皇帝陛下解釋？」

張雄滿臉羞慚，站起身離開坐氈，跪倒在大殿上，連聲道：「臣無能，臣有罪！請陛下治罪！」

「現在本王需要的不是治你的罪！」麴文泰氣得手臂發抖，「大將軍，本王要你一個解釋，要你還來一個玄奘法師！」

「父王，各位大人，」麴德勇冷笑，「難道你們覺得，大將軍這番說詞可信嗎？在大將軍率領上百騎兵的保護下，法師先是在交河城被一個女人劫持，隨後一陣風吹來，法師就消失不見了！嘿，他是上天還是入地了？要知道，城北二十餘里處，四周並無丘陵山巒，土地平曠，大將軍率領著一百精騎，一百多雙眼睛盯著，居然還讓法師憑空失蹤？反正我是不信的！」

阿術聽到這裡，轉頭問龍霜月支：「他這是什麼意思？師父明明就是憑空消失了呀！」

龍霜月支有些著惱：「莫作聲，再說話我不讓你聽了！」

阿術急忙轉回頭，一言不發地看著。

麴文泰也有些詫異，盯著麴德勇催促：「哦？德勇，你說仔細了。」

「諸位都知道，」麴德勇站在大殿中央，環顧著眾人，「咱們高昌此前一直受西突厥庇護，但這些年大唐國力強盛，今年六七月分，更出動十餘萬大軍主動出擊，攻打東突厥，西域諸國震恐，連西突厥都為之膽怯。再加上統葉護可汗老邁，王庭局勢動盪，因此父王定下國策，要向大唐朝廷示好。」

眾人紛紛點頭，這事大家自然都清楚，隨著大唐對東突厥連戰連捷，頡利和突利兩位可汗不敢交戰，大家也越發覺得麴文泰洞察先機，佩服不已。

「自從聽說玄奘法師要前來西域，去天竺求佛之後，父王就打算靠玄奘法師彌補與大唐的關係。一則我們都是漢人，同源同種，只要能得到大唐的支持，就能穩穩立於不敗之地；二則更能挫敗焉耆人打算讓絲路改道的圖謀。」麴德勇道，「可是，咱們朝中卻有人心懷不軌，才暗算玄奘法師，造出這法師被一陣風吹走的荒誕說法！誰都知道，大唐皇帝與玄奘法師交好，他在高昌出事，大唐皇帝必然憎惡高昌，此人狼子野心，就是要破壞父王的國策！」

眾人一片譁然，紛紛看向張雄。張雄怒不可遏，霍然站起：「二王子，您莫要血口噴人，我張雄是漢人，既心慕天朝，又對陛下忠心耿耿，怎會做下這種背棄祖宗、背棄陛下的醜事！」

「哼！」麴德勇看也不看他，「父王，問題恰恰出在這裡。眾所周知，大將軍是漢派，學儒家禮儀，習大乘教法，一心主張投靠漢家王朝。此事高昌國無人不知，連大唐朝廷也十分清楚。」

「對啊！」麴文泰有些糊塗了，「既然如此，大將軍應當保護玄奘法師才對，他怎麼可能對玄奘法師不利，使高昌與大唐對立呢？」

「父王，」麴德勇冷冷一笑，森然盯著張雄，「因此舉而與大唐對立的，不是高昌國，而是父王您啊！」

麴文泰悚然一驚：「慢來，慢來，你說仔細了。」

麴德勇昂然道：「父王您和西突厥的關係無人不知，大姐又嫁給了統葉護的兒子咀度設，這些年來您對西突厥曲意逢迎，雖然說是為了高昌的生存，但在大唐的眼裡，您是靠西突厥扶持的，是死忠於西突厥的！」

麴文泰的臉色漸漸變了，麴德勇睨了麴仁恕一眼：「若是這個時候，有一位渾身上下都浸透著儒家氣息的繼承人，在一位手握軍權的漢派大將軍扶持下，向大唐朝廷示好……而父王您又因為玄奘法師出事，引起皇帝的厭惡，試問，大唐皇帝會怎麼想呢？」

此言一出，所有重臣的臉面同時變色，大殿內一時靜寂無聲，針落可聞。大家都心底沉重，一樁唐朝僧人的失蹤事件，居然牽涉到高昌的世子之爭！麴仁恕和麴德勇的爭奪由來已久，眾人心知肚明，可誰也沒想到，麴德勇竟然借此事一舉挑明，對世子派發動了凌厲的攻勢。

阿術在二樓聽著，恍然大悟，回頭凝視著龍霜月支：「公主，妳真是好手段！竟然要借著師父失蹤，挑起高昌的奪嗣之爭！」

龍霜月支這回沒有阻止他說話，笑吟吟地望著他：「阿術，我還真有些佩服你了，沒想到你一個來自撒馬爾罕的孩子，竟然也知道高昌國最大的危機。」

阿術無言地點點頭，看著內廷裡像烏眼雞一樣對峙的麴德勇和麴仁恕，說：「我們粟特人行走絲路，最留意的便是沿途國家的內亂兵災。叔叔說過，高昌國看似富庶，實則隱藏著巨大的危機，一旦麴文泰駕崩，大王子和二王子必然會兵戎相見。」

「是啊！」龍霜月支感慨，「這也是我焉耆一直期待的事情，只可惜，麴文泰一直不死。」

這件事說來話長，麴仁恕和麴德勇乃是麴文泰第一任突厥王妃所生，一母同胞，麴智盛則是第二任嚈噠王妃所生，至於第三任漢人王妃，並沒有誕下子嗣。仁恕和德勇這倆兄弟，一文一武，仁恕仰慕漢家文化，習詩書，懂禮儀，待人禮賢下士，彬彬有禮；德勇則相反，孔武有力，好騎馬控弦，征戰沙場，有萬夫不當之勇。先王麴伯雅在世的時候，極為喜歡這兩個孫子，稱他們為麴氏雙璧，認為將來文武相和，必定能壯大高昌。德勇平日也以輔佐大哥，做一名上將軍為目標，兄弟倆感情深厚。

可是所有的美好都在數年前發生了變化，當時是隋朝大業九年，高昌延和十二年，麴伯雅在位，麴文泰還是世子。

早在大業五年的時候，隋煬帝西巡到張掖，麴伯雅和麴文泰父子就曾去拜見隋煬帝，受到隋煬帝的熱情款待，父子倆不但隨著隋煬帝去了一趟長安，甚至還跟隨隋煬帝親征高麗，在中原待了三年才返回高昌。

回到高昌後，父子倆決心推行漢化改革，要求「庶人以上皆宜解辮削衽」，革除夷狄之風。但改革不到一年，高昌內部嚴重抵觸，發生了「義和政變」，政變者攻占了王城。在張雄的保護下，麴氏王族逃離王城，原本打算投靠隋朝，可此時隋朝發生變亂，自顧不暇，他們只好投靠西突厥。父子倆稱西突厥是夷狄，西突厥自然對他們也沒什麼好感，不過看在以前的面子，就當養著個閒人。

麴伯雅受此打擊，一病不起。關鍵時刻，麴文泰和張雄積極奔走，隋朝指望不上了，便聯絡忠於王室的高昌人以及同情高昌的西域諸國，打算奪回王位。過程極為艱難，直到六年後，他們才湊齊一支三千人的軍隊，進攻高昌。

麴仁恕和麴德勇兄弟倆的分裂就在這時拉開了帷幕。仁恕學習儒家，但戰亂時期，還是武力好用些，麴德勇有萬夫不當之勇，跟隨大將軍張雄征戰沙場，屢立戰功，甚至從萬軍之中救了麴文泰的命。

麴文泰或許是死裡逃生太過激動，當下拍著德勇的肩膀道：「若是我能奪回王位，你便是高昌世子！」

於是麴德勇更加賣力，趁著張雄大軍和叛軍在交河城對峙之際，率領五百騎兵繞過戈壁灘，突襲王城。叛亂者大懼，召回交河城的大軍保衛王城，張雄趁機進攻，一舉擊潰叛軍。

麴文泰父子奪回高昌之後，麴伯雅復位一年就因病駕崩了，麴文泰即位，忽然發現自己面臨一個棘手的問題：世子是誰？

根據高昌的傳統，嫡長子繼承制，王位自然是麴仁恕的，可……可當初他頭腦一熱，答應了麴德勇。這樣一來問題就大了。其實麴文泰自己是喜歡二兒子麴德勇，覺得這孩子性格像自己，脾氣像自己，還救過自己的命，有勇有謀，乃是天生的王者。大兒子麴仁恕，性格綿軟，對禮儀恪守得近乎偏執，說話言行讓人挑不出一絲毛病。可越挑不出毛病，麴文泰就越不喜歡他，覺得這都是裝出來的，不是本性流露。麴氏雖然是漢家血統，但幾百年來與各族通婚，血脈裡自然有胡人的豪爽血性，所以麴仁恕讓他極為彆扭。

可麴文泰知道，高昌再也經不起折騰。若是他破壞了嫡長子繼承制，高昌將世世代代不得安寧——沒有這個傳統法則的鎮壓，誰有能力誰當國王，必定會亂成一團。

麴文泰只好違心地立了麴仁恕當世子。因他對二兒子滿心歉疚，平日無比縱容，麴德勇眼看到嘴的鴨子飛了，心裡也一直憋著口氣，所以一有機會就給麴仁恕和張雄找麻煩。不過可從不曾像今天這樣，借著玄奘失蹤之事，單刀直入，想拚個玉石俱焚。

眾位大臣心都提了起來，此事一個處理不慎，就是高昌內亂，國破家亡。

張雄和麴仁恕的臉上更是難看無比，麴仁恕踉踉蹌蹌地跑過來，撲通跪下，淚水奔流：「父王，兒臣絕無此意！大唐乃禮儀之邦，君父如天，兒臣若有謀逆之心，大唐怎麼可能支持一個豬狗不如的畜生！」

麴文泰面無表情，淡淡地道：「起來吧，你是本王的兒子，你是什麼樣的人，本王自然清楚。」麴仁恕仔細琢磨，不明白父王對自己到底是什麼看法，一邊流淚，一邊回到了坐氈上。

張雄見麴德勇如此捕風捉影，麴文泰居然不加申斥，態度也模稜兩可，一顆心頓時冷了下來，急忙叩拜：「陛下，臣雖然斷無謀逆之心，但護送玄奘法師不力，願辭去左衛大將軍一職，等候陛下的裁決。」

麴文泰有些不好意思了，哪能因這捕風捉影的事就免了堂堂左衛大將軍的職務：「太歡，你不必賭氣。畢竟玄奘法師是在你護送下出了事，大家既然在尋找解決的手段，就當暢所欲言。德勇是你的晚輩，心直口快你也是知道的，不必計較。」

張雄苦笑，既然自己背上了這個黑鍋，在事情沒有查清之前，手握兵權乃是最大的忌諱，當即堅辭。麴文泰還要挽留，麴德勇道：「父王，多事之秋，風波將起，還望父王三思。」

麴文泰悚然一驚，當即道：「太歡啊，清者自清，本王是信得過你的。但玄奘法師的下落，還是必須由你負責，本王給你三天時間，務必將法師找回來！」

張雄無可奈何，只好再三叩謝。

「父王，」麴仁恕猶豫半天，「兒臣有一猜想，法師失蹤，是否和大衛王瓶有關？畢竟，這種神異之事，此前又不是沒發生過。」

麴文泰倒抽了一口冷氣，想起後宮裡那只詭異的大衛王瓶，脊背上頓時冒出冷汗，心裡也感到陣陣陰冷。他不願再說什麼，擺了擺手，讓眾人散去，自己呆呆地坐在王座上，愁悶不已。

大臣們都退去之後，麴文泰獨自一人長吁短嘆，阿術在二樓望著他怔怔出神。

龍霜月支扯了他一把：「看明白了嗎？」

阿術心情沉重，默默地點頭，隨著龍霜月支走出內廷，兩人沉默地往回走。

「公主，」阿術忍不住了，「妳的意思是，師父現在落在了麴德勇的手上？」

龍霜月支嫣然一笑：「怎麼，為你師父擔心嗎？」

阿術點點頭。

龍霜月支笑了：「我說過，我的局早已布下，就請法師來破解。眼下僅僅是他面臨的第一道難題而已，如果他連自身的安危都無法保證，阿術，你還是勸法師早日西行吧！」

「那妳打算怎麼處置我？」阿術問。

「小傢伙，」龍霜月支親暱地在他臉蛋上捏了一把，阿術不習慣地別過了臉，「你這麼可愛，我當然要隨身帶著啦！嗯，等到你師父願意離開高昌，再讓他帶你走吧！」

第六章　蜘蛛坐在網中央

高昌國的大臣們出了大殿，各自散去。麴德勇經過麴仁恕身邊，得意揚揚地瞥了他一眼。

麴仁恕誠懇地道：「二弟，你我之間這些年有不少誤會，今晚能否到大哥家中一敘？我和你嫂子親自做些羹湯，咱們兄弟好好聊聊。」

麴德勇冷笑：「大哥，今晚小弟還有要事安排，就不奉陪了。」

麴仁恕深深地望著他，臉上露出一絲悲哀，嘆息著離去。麴德勇望著大哥的背影，心中快意無比，簡直想開懷大笑。

這時，只見朱貴垂頭走了過來，麴德勇忍著笑跟他打招呼：「伴伴，這是要去哪裡呀？」

朱貴哭喪著臉：「法師失蹤，老奴也在場，這……這待會兒還不知道該怎麼跟陛下交代，他心情不好。老奴……唉……」

麴德勇忍著笑，也陪著他嘆氣：「是啊，我身為人子，卻幫不上父王的忙，實在羞慚。這次竟然連大將軍的軍權都給拿下了，看來父王真的暴怒了，若是氣壞了身子，這可怎生是好？」

朱貴看了他一眼，搖頭：「大將軍的軍權倒沒什麼，畢竟是大將軍把人給弄丟的，陛下若是不責罰他，如何堵眾人之口。以陛下對大將軍的寵信，過得三兩天，就會給他恢復了。眼下最重要的，是找到玄奘法師，否則陛下不但愧對法師，更難以跟大唐皇帝交代啊！」

麴德勇目光一閃，默默點頭，似乎一瞬間心情又沉重起來。

麴仁恕的心情更加沉重，簡直是步履蹣跚地走出了內廷。他的住處也在王宮之內，他心神不寧地打算回自己住處，忽然身後甲冑聲響，張雄疾步追了過來：「世子殿下！」

麴仁恕一見張雄，頓時嚇了一跳，擔心地朝四處看了看，後退兩步，拉開距離拱手客套道：「大將軍！」

張雄苦笑，低聲道：「世子殿下，這都什麼當口了，咱們的關係已經人盡皆知，您還要避嫌嗎？」

麴仁恕頓時尷尬起來，又偷偷看了看左右，帶著張雄到一處僻靜的地方，才低聲道：「大將軍，今日二弟當眾發難，你怎麼判斷？」

「他等不及了。」張雄嘆了口氣，「二王子從不認為自己是漢人，與您格格不入。原本陛下心思未明朗，他也不急，可這玄奘法師一來，看陛下的禮遇，已經有七八成的心思要投奔大唐了吧？如此一來，以漢家的制度，您這個長子是誰都動不了的，他必須猝然發難，把您扳倒。」

「是啊！」麴仁恕極為鬱悶，嘆息道，「兄弟手足，如何便成了這生死仇敵呢？」

「世子！」張雄沉聲道，「不是臣怪您，在大殿中，二王子擺明是要奪了我的軍權，您為何不阻止？」

「我能阻止嗎？」麴仁恕苦笑，「父王多疑，又不賞識我。二弟說你和我聯手要廢黜他，直接擊中了他的痛處。我要是再多說話，局面恐怕更不可收拾。」

張雄默然，半晌才嘆氣：「是啊，正因為如此，我才不得不請辭。此前，我是左衛大將軍，掌握王城駐軍，二王子是右衛大將軍，掌握王宮近衛。沒有了這種制衡，真不知二王子會做出什麼事！」

麴仁恕也嘆氣道：「沒辦法，誰讓玄奘法師在咱們手中失蹤了呢？唉，被一陣風吹走，這話……也怪不得父王不信。幸好我將目標引向了大衛王瓶，讓父王先去懷疑三弟吧。不過大將軍，咱們必須找出法師才行，否則……」

張雄默然點頭，沉吟片刻道：「世子，臣分析，玄奘法師的下落只有兩種可能：要麼是在二王子手裡；要麼是在三王子手裡。二王子有動機，可以藉由擄走法師，狠狠打擊咱們，但他沒有這個能力。他如何能讓法師在我眼皮底下失蹤，實在令人費解！三王子呢，有這個能力，大衛王瓶當然能讓法師失蹤，可他為何要這麼做呢？」

「據說玄奘法師去交河城，就是為了破解大衛王瓶的祕密，」麴仁恕疑惑，「三弟讓他消失，自然是為了保護自己的祕密。」

「哼！」張雄冷笑，「如果大衛王瓶確實是妖物，又有什麼祕密可言？如果有祕密，那便不是妖物，又如何能讓大活人憑空消失？」

麴仁恕不禁啞然，半晌才道：「那請教大將軍，事已至此，該怎麼辦才是？」

「先發制人，後發制於人！」張雄森然道。

麴仁恕駭得面無人色：「你是說……對付父王？不不不……」

「世子……」張雄也被他嚇了一跳，急忙解釋，「當然不是對付陛下，正如您所言，君父如天，咱們這麼做，大唐怎麼可能支持您？我是說，學那大唐皇帝的玄武門之變！」

「這……」麴仁恕滿頭大汗，「不行！不行！二弟沒有反意，我若對付他，豈非落人口實？不行，不行。《史記．五帝本紀》曰：『使布五教於四方，父義，母慈，兄友，弟恭，子孝，內平外成。』如今二弟惡行不顯，我怎能不教而誅？」

張雄氣急，苦口婆心地勸：「世子，您怎麼如此迂腐？等您教的時候，一切都晚啦！」

麴仁恕還是搖頭：「《左傳》中有『鄭伯克段於鄢』，共叔段惡行累累，群臣不滿，鄭伯殺之，仍舊被後人批評，我這樣做，豈不是……」

張雄爭辯：「那不同！世子，鄭伯之惡，是因為他故意縱容共叔段的野心！」

麴仁恕極為失望，認真地盯著張雄：「大將軍，我希望二弟謀反，也知道他必定謀反。可是，在他謀反前，我絕不殺他！」他躬身拜倒，「請大將軍仔細謀劃，但求在他謀反前，大將軍能保我一命！」

張雄一時氣結，好半晌才道：「世子，兵凶戰危，間不容髮，更容不得兄弟親情。臣雖然願意為世子赴死，可咱們白白把先機讓給麴德勇，能不能活下來，就只能聽天由命了。」

「《尚書》云：有夏多罪，天命殛之。」麴仁恕卻頗為自信，「我行仁恕之道，天命必然在我。」

張雄焦灼不已，望著麴仁恕，卻是一臉無奈。

阿術隨龍霜月支回到麴智盛居住的宮殿時，已經入夜。寒夜四合，萬籟俱寂。

至此阿術已經完全明白了龍霜月支的計畫，對這個美麗多變的公主禁不住又驚又怖，簡直有些懼怕了。區區一個女子，竟然借著麴智盛對大衛王瓶許願的機會，假裝被迷惑，滯留敵國宮中，引發三國聯軍壓境，直接促成高昌國內外交困之局。非但如此，她甚至將玄奘也當作籌碼，以一場離奇的失蹤案，給早已虎視眈眈的麴德勇送去口實，引發高昌內亂。這一連串的謀劃，精密、毒辣，處處匪夷所思卻縝密無比，哪怕你對她的計畫瞭若指掌，也找不到破解之策。

阿術深知，這場奪嗣之爭，可大可小，小則兄弟鬩牆，再來一場玄武門之變，大則毀城滅國，從此高昌消失於大漠之中。但以龍霜月支的智慧，只怕後者更有可能。對阿術而言，高昌國的存亡他並不在意，可他不能容忍玄奘成為其中的殉葬品。短短數日的相處，他與玄奘間已滋生出一種相濡以沫的親情，雖然將玄奘稱為師父，可在他的心目中早已是如父如兄，眷戀難捨。

就在阿術沉思之際，兩人走進了大殿，可還沒進門，就聽見麴智盛憤怒地大聲叫嚷：

「你們不知道？公主這麼大個人，在你們眼皮子底下不見了，竟然沒人看見？」

大殿裡鴉雀無聲。

「找！」麴智盛怒道，「馬上找，給我找回來！這王宮中所有人對霜月支都心存敵意，若是她有個好歹，你們……你們統統都要受到懲罰！」

聽著麴智盛對自己的關切之語，龍霜月支朝阿術撇撇嘴，露出譏諷的神色：「這個蠢豬，怎麼睡醒了？」

說著，她推門走了進去。

大殿裡跪了一地的太監宮女，低垂著頭，誰也不敢作聲。大冷天的，麴智盛身穿單衣，還光著腳，正跳腳怒罵。聽見門響，麴智盛一回頭，看見龍霜月支，臉上的怒氣頓時煙消雲散，喜孜孜地跑了過來：「霜月支，妳回來啦？妳到底哪裡去了，讓我好擔心。」

龍霜月支嫣然一笑，阿術駭然發現，她剛進門，臉上的神情就變了，方才冷靜深沉、睥睨天下的女智者瞬間化作了溫柔可人、陷入痴戀的小女人。

「三郎，阿術回來了。」龍霜月支指了指阿術，「玄奘法師不是失蹤了嗎？阿術心情不好，我就陪他去散散心。對嗎，阿術？」

她含笑望著阿術，阿術只好忍住氣，氣呼呼地點頭。

龍霜月支摸摸他的腦袋：「你看，這孩子現在還氣著呢。」

「哦。」麴智盛恍然大悟，同情不已，「阿術，你也莫要擔心，法師吉人天相，一定會找到的。」

阿術悻悻地看了龍霜月支一眼：「我可沒指望師父能平安歸來。」

麴智盛嚇了一跳：「怎麼？法師難道——」

「眼下還沒有。」阿術冷冷地道，「只是聽公主的意思，法師這回是凶多吉少了。」

麴智盛有些吃驚：「阿術，霜月支說什麼了？」

龍霜月支的眼睛眯了起來，笑吟吟地道：「是呀，阿術，我說什麼了呢？」

阿術頓時打了個寒顫，乾笑一聲：「公主當然沒說什麼，可是三王子，據說大家都懷疑是你害了法師。」

「我？」麴智盛瞠目結舌，「胡說，法師是我最崇敬的人，我怎麼會害了法師？」

「那你說說，」阿術嘴上對麴智盛說，眼睛卻瞄著龍霜月支，「法師好端端的大活人，怎麼會突然在平地上消失呢？這種詭異的事，除了你的大衛王瓶，還有誰做得到？方才我在內廷，也聽大王子說起，只有大衛王瓶能讓法師平地消失。」

「這……我……我沒有啊！大哥為何要這麼誣陷我？」麴智盛急了，幾乎要哭出來，「我方才在睡覺，大衛王瓶好端端地放在這裡，誰也沒碰它。霜月支，妳是知道我的，妳幫我作證。」

「她如何幫你作證？」阿術反脣相譏，「法師曾經說過，大衛王瓶是人謀，他去交河城便是為了調查真相，你心中害怕，自然會害他！」

「大衛王瓶是人謀？」麴智盛愣住了，半晌才搔搔腦袋，「如此神異的東西，怎麼可能是人謀？唉，法師怎麼相信這般荒誕的話！」

阿術冷笑：「那好，你現在便許願，讓法師出現在我面前！」

「不行！不行！」麴智盛的腦袋搖得跟波浪鼓一般，「願望只有三個，許一樁少一樁。所有的願望，我都要用在霜月支的身上。」

「你這樣不覺得太自私了嗎？」阿術怒道。

「你不懂。」麴智盛一臉柔情地望著龍霜月支，「我們的愛情，這個世上沒有人支持，所有人都盼望她離去，但是我不允許！」他臉上忽然現出瘋狂，眼睛裡也燃燒出火焰，「我決不允許！無論是誰反對，這天，這地，哪怕這天上諸佛，我都要和霜月支在一起！可是……阿術，我在這個世上太弱小了，無力掙扎，無力自保，只有大衛王瓶能帶給我夢想。你明白嗎？刀鋒與壓迫遠未到來，我們還有漫長的路要走，所以我不能把心願用在法師身上，哪怕他是我崇敬的人。」

龍霜月支眼睛亮晶晶的，溫柔地握著他的手。麴智盛忽然伏在她懷裡失聲痛哭：「霜月支……霜月支……愛妳，為何這麼難！」

龍霜月支溫柔地撫摸著他：「那是因為我們前世的罪孽，今生才備嘗艱辛。所幸佛祖慈悲，讓你我還能相聚。」

阿術聽著這話，幾乎想吐，這位公主演戲的功力實在是登峰造極，明明心裡對麴智盛厭惡到了極點，說出的情話偏生讓人深受感動。

阿術冷笑：「三王子，你若真的無辜，那就幫我將師父找出來。」

「如何找他？」麴智盛精神一振，擦了擦眼淚，「阿術，只要能找到法師，不管千難萬難我都會幫你。」

「我當然有辦法。」阿術不懷好意地盯著龍霜月支，正要說話，龍霜月支卻搶先道：「三郎，法師失蹤一事，恐怕內情複雜。陛下已經發動人手尋找了，咱們不如就在這佛堂內為法師祈禱，祈求神佛眷佑！」

「說得好聽。」阿術冷笑，「三王子，虧你還說法師是你崇敬的人，別人都在辛辛苦苦救助法師，你卻與公主在溫柔鄉裡龜縮不出。」

「阿術！」麴智盛正色道，「我對玄奘法師的崇敬日月可鑑。我與霜月支的愛情遭到所有人的反對，唯一護佑我們的，便是天上的神佛。我絕不會看著法師在我高昌出事，引起神佛降罪。便是為了霜月支的福祉，我也會不計艱險，救助法師。只要你告訴我法師在哪裡，或者是誰害了他，我必定去救他。」

「好啦！」龍霜月支臉色有些冰冷，不耐煩地揮了揮手，「三郎，阿術若是知道法師在哪裡，他早就去了。眼下天色已晚，咱們還是早些休息吧。」

阿術頓時不敢再說。

「好好好，」麴智盛急忙道，朝著阿術抱歉地一點頭，「阿術，我先回去了。待你知道法師在哪裡，就來告訴我吧！」

阿術沒有說話。

龍霜月支招了招手：「來人，大殿旁邊還有個屋子，就讓阿術在那裡休息吧！好生照顧，只是別讓他出去亂跑。小孩子家的，萬一迷了路怎麼辦？」

阿術知道她是想囚禁自己，氣不打一處來。但麴智盛卻很高興：「霜月支，還是妳想得周到。」

龍霜月支嘲弄地對阿術笑了笑，與麴智盛手挽著手，回去休息了。隨即就有龍霜月支的貼身宮女過來，帶著阿術去了旁邊的屋子。

這間屋子是供下人居住的，有床有榻，宮女將阿術推進去之後，還端來了清水食物，點上了油燈，然後將門一鎖，就不再理會他了。

阿術煩惱無比，卻絲毫沒有辦法。在龍霜月支面前，他只有強烈的挫敗感，明知她的計謀，偏偏卻束手無策，縱然阿術小小年紀，也有一種被打耳光的羞辱感。他知道龍霜月支唯一的破綻就是麴智盛，只要麴智盛不再相信她，將她趕出王宮，她的整個陰謀就無法實施。原本阿術是想將麴智盛騙出王宮，私下勸說，然而他絕望了，便是用腳底板想，也知道這無異於痴人說夢，瞧麴智盛的樣子，哪怕龍霜月支讓他殺了自己的老爹謀反，他都幹得出來。

夜已經深了，大殿內萬籟俱寂，聽不到一絲聲響，阿術坐在榻上，凝視著孤燈，想起自己的家鄉，和那個從小到大沒見過幾面的父親，禁不住淚水奔流。

不知過了多久，阿術迷迷糊糊地睡著了。朦朧中，他聽到低低的敲門聲，似乎還有人在喊：「阿術……阿術……」

阿術一骨碌爬起身，脫口道：「師父！」

門輕輕地開了，此時油燈已滅，只看見一條人影站在床榻前，那人笑道：「阿術，我可不是你師父。」

阿術一怔，只覺這聲音無比熟悉，細細一想，不禁愣了：「朱總管？」

這人竟然是王宮總管，朱貴！

朱貴拿出火摺子，點亮了油燈，一張遍布皺紋的悲苦面孔出現在阿術面前。他沉默地看著阿術，似乎躊躇不定。

阿術不知他的來意，也沉默地望著他。

「阿術，」朱貴忽然道，「若是我知道法師的下落，你敢不敢去將他救出來？」

阿術大吃一驚：「你知道師父的下落？他在哪裡？」

朱貴卻不答，淡淡地道：「稍等片刻，你還需要有一人陪伴。」

阿術有些納悶，心急如焚，卻只能等著。過了不多久，就聽見大殿裡傳來腳步聲和一陣呵欠聲，一個人慢騰騰地走了進來，卻是麴智盛。

麴智盛似乎是在睡夢中被朱貴叫醒，一臉倦容，見朱貴和阿術都在，愣了一下，稍微有些清醒了：「伴伴，都這麼晚了，為何把我吵醒，還不讓霜月支知道？」

「三王子，」朱貴賠著笑臉，「事情有些緊急，又有些冒險，因此不敢驚動公主。」

麴智盛愣了愣：「伴伴，到底出了什麼事？」

朱貴低眉垂眼：「老奴打探出了法師的下落。」

此言一出，麴智盛大吃一驚，頓時睡意全無，抓著他的胳膊，問道：「法師在哪裡？」

朱貴卻不說，望著阿術道：「阿術，當日法師失蹤，你是親眼看見的，你覺得他應該在哪裡？」

「我怎麼知道。」阿術悻悻的，「我和張雄正在追蹤，忽然一陣風吹來，沙塵撲面，法師和那女子便消失了。難道是被風捲上天了嗎？」

朱貴笑了：「風沙會不會把一個人捲上天，老奴不知，但若不是上了天，那便是入了地。」

阿術不解：「法師怎麼會入地？那地方土地平曠，都是沙磧，又沒有地穴——」

「為何沒有地穴？」朱貴翻著眼睛問，「那個區域不但可能有地穴，甚至還會有隧道！你可知道我高昌國的飲水從何處來？」

此事阿術聽麴文泰講過，當即道：「是從新興谷引來的天山之水。」

「不錯。」朱貴點頭，「從新興谷引來的水渠有一支是主渠，名為滿水渠，這條水渠由南向北貫穿全城，是地上的明渠。但老奴在宮中聽說過，其實從新興谷還有一條井渠通向城中。高昌人都以為王城周圍這東十七、西十六、南北各九的水渠系統都是來自滿水渠的水，其實不然，和滿水渠並行的，還有一支地下井渠！」

麴智盛愕然：「我怎麼從未聽過？」

「老奴也是十幾年前隨陛下平叛，攻打王城的時候偶爾聽見的。」朱貴低聲道，「大漠中最缺什麼？當然是水！倘若有敵軍圍城，截斷滿水渠，城中飲水怎麼辦？幾百年前的闞氏王朝，曾祕密修建井渠，從地下直通王城，和東十七、西十六、南北各九的水渠系統合二為一，滿水渠不過是作為明面上的幌子。這條井渠可以說是高昌國最大的機密，因此老奴也不得與聞。井渠在修建時，每隔一段就會鑿一條豎井直通地面，這條井渠既然是機密，那麼這些豎井也必定設計巧妙，不易被人發現。」

麴智盛已經明白了，眸子裡閃耀著光彩：「伴伴，你的意思是說，倘若有人故意把玄奘法師引到豎井邊，突然打開機關讓他直墜下去……」

「三王子英明。」朱貴點頭，「恐怕這就是法師平地消失的真相！」

麴智盛和阿術也紛紛點頭，阿術急道：「既然如此，咱們趕緊去救師父呀！從師父失蹤到現在，已經四五個時辰了。」

朱貴苦笑：「阿術，不是我不願救法師，而是即便找到了法師墜落的豎井，恐怕也找不到他。高昌城內外的井渠縱橫交錯，走不到百步，就會碰上交叉的支渠，很快就會迷失在地下的井渠迷宮之中。」

「那怎麼辦？」麴智盛也急了。

朱貴笑了笑：「老奴今夜來，就是想問問三王子肯不肯冒險？若是您願意去，老奴就到戶部弄來水系圖，雖然上面不會記載那條隱密的井渠，但其他都有，根據井渠的分布，就能找到玄奘法師所在的方位。」

麴智盛興沖沖道：「伴伴，只要能找回玄奘法師，區區冒險算得了什麼？我這就去叫醒霜月支，一起過去。」

「不可！」朱貴和阿術一起叫道。

麴智盛驚訝：「為何不可？」

阿術有些不知該如何解釋，朱貴笑道：「三王子，這件事必須瞞著公主。法師既然是被人擄走，這井渠之中必定危機重重，您捨得讓公主陪您去冒險嗎？」

「這倒是。」麴智盛頻頻點頭，「那就不告訴她了。」

阿術奇怪地看了朱貴一眼，難道這老太監竟然也知道龍霜月支的陰謀？

「朱總管，」阿術忍不住道，「你既然知道此事冒險，為何還讓三王子去？你直接告訴陛下，讓他派大將軍去不就行了嗎？」

老太監笑咪咪道：「阿術，三王子去救法師，圖的是什麼？」

阿術看了麴智盛一眼，茫然搖頭。

「圖的是心安。」老太監憐惜地望著麴智盛，「救人一命勝造七級浮屠，救了法師一命，天上的菩薩必然會庇佑我們三王子，賜福他與公主白頭偕老。因此老奴才讓三王子親自去冒這個險。」

「沒錯，沒錯。」麴智盛興奮不已，「只要救出法師，菩薩一定會保佑我和霜月支的。」

阿術一臉不信，這理由也太荒誕了，但此時此刻，他也不願多問，徑直道：「朱總管，此時夜深，城門已關，我們如何出城？」

「城外有井渠，城內豈能沒有？」朱貴似乎將一切都已考慮清楚，「這王宮的地下便有井渠通往城外，只是有鐵柵欄封著。老奴已派人將鐵柵欄鋸斷，此時正在入口處接應，你們下了井渠，自然有人帶你們出城。」

阿術默默地盯著朱貴，這老太監，到底打的什麼主意？可此時容不得多想，他當即與麴智盛前往入口處。朱貴送他們到大殿，就站著不動了。

「伴伴，你不去嗎？」麴智盛問。

「老奴乃是王宮總管，如何敢擅自離開？一旦天亮後陛下尋找，老奴若是不在，可就麻煩大了。」朱貴永遠是一臉恭謹的笑容，「再說了，老奴還要等天亮後去一趟戶部，弄來水系圖。三王子，您趕緊去吧！」

這個理由倒是很充分，阿術沒再多想，與麴智盛急匆匆離去。

朱貴站在大殿門口，含笑望著兩人的背影消失在宮牆之內，忽然悠悠地嘆氣：「公主，老奴得罪了。」

「朱貴！」大殿裡響起一聲厲叱，龍霜月支穿著睡袍，從大殿的暗影處轉了出來，一臉寒氣，「你究竟什麼意思？為何要讓麴智盛去救玄奘？」

朱貴恭謹地道：「自然是為了給公主祈福。」

啪！龍霜月支怒不可遏，一耳光打在朱貴的臉上：「朱貴，你找死！」

這一掌很重，朱貴被打得一個趔趄，嘴角淌出血來。但他神色依然平靜，擦了擦血漬：「公主，對老奴來說，三王子便是這世上的一切。老奴所要做的，是讓三王子高興。他高興去救玄奘，老奴自然要滿足他的心願。」

「他會死的！」龍霜月支憤怒不已，「那地下井渠什麼狀況，難道你不清楚嗎？你這是將他置於險地！」

朱貴露出譏諷的笑容：「難道公主果真愛上了三王子嗎？否則他的死活與您何干？」

「你……」龍霜月支羞怒交加，呸了一聲，「我愛上這個蠢貨？除非我比他還蠢！」

朱貴卻露出笑意：「在老奴看來，三王子是這世上最聰明的人，世上大多數人都比他蠢。」

「莫要饒舌。」龍霜月支森然道，「你以為我不明白你的心思？哼，你是見麴智盛被我控制，想讓他從我掌中脫離。朱貴，你要明白，這世上最強大的控制力是什麼？不是囚禁，不是威逼，而是愛情！如今，你家三王子便是我愛情的奴隸，哪怕你讓他暫時離開我，我仍然隨時可以讓他活，或者要他死！」

「老奴知道。」朱貴低聲道。

「滾！」龍霜月支叫道。

「老奴告退。」朱貴平靜地轉身離去。

龍霜月支獨自一人站在黑暗的大殿中，默默地發呆，過了片刻，忽然低聲道：「來人。」

黑暗中有人影無聲無息地來到她面前，龍霜月支吩咐道：「去告訴那人，千萬莫要傷了麴智盛的性命，否則便是與我為敵！哼，這蠢貨，暫時還死不得。」

「是。」那人影又無聲無息地離去。

城北沙磧，綠洲邊緣。

明月透亮，清晰得可以看見一塊塊的瘢痕，星空低垂，似乎伸手可及。荒原上的寒潮彷彿凝滯，皮袍一般裹在人的身上。麴智盛和阿術一人拿著一把鐵鍬，在地上尋找豎井的入口。一個王子，一個小孩，就這樣幹起了苦力。

這片沙磧很大，玄奘失蹤的準確位置已經難以追尋，兩人只好一片片地尋找，把地面挖得到處是坑，也沒有發現豎井口。阿術累得一屁股坐在地上，嘟囔道：「必須換個法子。若是這般好尋，昨天二百人的騎兵，早把人找出來了。」

麴智盛也累壞了，他錦衣玉食，何曾幹過體力活？揮著鐵鍬才幹了一炷香工夫，手就磨出了水泡。

聽了阿術的話，麴智盛趁機扔下鐵鍬，想了想，道：「咱們應該在地面上劃出橫格，按區域一塊塊尋找。每走一格，就以鐵鍬猛砸地面。既然有豎井，哪怕上面的封土再厚，砸起來也會有空洞聲。騎兵們尋找的時候，馬蹄聲凌亂，可能聽不出來，但此時夜深人靜，想必聲音會更清晰。」

阿術大喜：「這個法子不錯。三王子，你看我還是個小孩，這鐵鍬比我身子還高，我力氣也小，砸在地上沒力度。這裡只有你是堂堂男子漢，偉岸高大，還是你親自來砸吧！」

麴智盛啞然，但又知道阿術說的是實情，只好揮舞鐵鍬，開始幹活。

兩人往復行走，加起來足足走了四五里，鐵鍬揮舞了幾百下，麴智盛終於累癱了，鐵鍬一扔，砰的一聲，一屁股坐倒，汗流浹背：「不行，我真的不行了……胳膊幾乎要斷掉……」

「別動！」阿術忽然驚叫，仔細聽聽，「再砸一下，朝著這地方。」

麴智盛一怔，勉強爬起來，朝著方才的位置又砸了一下，果然，那聲音與其他地方都不同，是沉悶的回聲。

「噓——」阿術蹲下，輕輕撥開周圍的沙土，拿出一把小鏟子不停地挖，大約挖一尺多深後，咯的一聲，小鏟子碰到了堅硬的岩石。兩人心中一顫，都蹲了下去，一起挖，過了片刻，順著堅硬的岩石清理出一個圓形區域，像是一個井蓋。

「就是這裡了！」麴智盛興奮不已，敲了敲井蓋，果然發出空洞之聲。

阿術低聲道：「那女子既然是帶著法師從這裡下去的，井蓋上有一尺多厚的沙土，那它必定不是向下開啟，而是先陷落，然後側滑，只有如此，等法師掉下去之後，井蓋重新升上來，才能與原來保持一般無二！」

麴智盛睨了他一眼：「看不出你小小年紀，頗懂機關之術啊，怪不得叫阿術。」

阿術尷尬一笑：「此術非彼術，阿術是我的漢文名字。」

「可是，」麴智盛皺眉，「這井渠口為何要做成機關？」

阿術道：「只怕是軍事用途。若有大軍圍城，城內派出一支精銳，從這豎井口殺出來，豈非直接到了敵軍的背後？即便用來逃跑，也不能被敵人覺察到這裡有暗渠的豎井。」

「沒錯！」麴智盛讚嘆不已，「你小小年紀，懂的可真多。來，咱們砸破井蓋，跳下去吧！」

阿術搖頭：「不行，底下井渠縱橫，咱們沒有圖紙，很容易迷失在暗渠中。天色已經亮了，等朱貴送來圖紙，咱們再下去！」

第七章　井渠世界，流人王國

他們猜得沒錯，玄奘果然迷失在地下井渠之中！

從酒樓上掉下來之後，玄奘摔得七葷八素，隨即又被那女子提上了馬背，還用繩索捆住他的手腳，將他橫搭在馬背上。這一路馳騁，顛得玄奘的肚腸幾乎要爆出來，一句話也說不出。

大風起時，玄奘也是緊緊閉上了雙眼，卻感覺到那女子提著他跳下了馬背，把他放直，讓他自己走路。沙塵中兩眼不敢睜開，玄奘只好在那女子的推搡下前行。不料剛走了幾步，腳下一空，地面猛然下陷，連驚呼也來不及，立時便墜入黑暗的豎井。原本他腳下還踩著地面，不料下墜一丈之後，那塊地面突然側滑，縮進了井壁，玄奘腳下無所憑依，呼地墜了下去。

這一墜，昏天暗地，彷彿沒有盡頭，玄奘還以為自己會直接墜入地獄，不料突然間耳畔水聲奔湧，身子撲通掉在了一個軟墊上，周圍水花四濺。玄奘驚奇不已，這時才睜開眼睛，但四周漆黑一片，透過頂上豎井透進來的天光，依稀可以看到，自己竟是躺在河中的羊皮舟上！這羊皮舟繫在水中，被水流沖得四處亂晃。

忽然間，頭頂一暗，那女子也跳了進來，玄奘大吃一驚，急忙往旁邊躲閃，那女子撲通跌在了他身邊。隨後那女子在井壁上摸索了一下，摸到一條鎖鏈，使勁一拉，豎井的井蓋又無聲無息地合上，地下井渠內再度陷入黑暗。

「女施主，為何劫持貧僧？」玄奘低聲問。

那女子不答，從羊皮舟裡摸出一根火把，用火摺子點燃，插在羊皮舟的前面，火把的微光照出方圓幾尺內的範圍。猛然間刀光一閃，那女子拔刀斬斷了繫舟的繩索，小舟猛地一躥，在水流的推動下，呼地衝了出去，玄奘往後跌倒，那女子卻巋然不動。

伴隨火把照耀，小舟有如脫韁野馬，瘋狂地在暗渠中狂奔起來。忽高忽低，左衝右撞，兩個人被拋得東倒西歪，幾乎滾進水中。這舟若非皮囊做成，早就散架了。

那女子專心操舟，黃金面具在火光下熠熠發光，整個人冷峻至極，對玄奘毫不搭理。

這地下河來自於天山，落差大，水勢急，羊皮舟被捲在水流中，像一個葫蘆般半沉半浮，上下拋擲，若是時間長了，不是掉進河裡淹死就是會摔死，所幸過了一炷香時間，河水分岔，羊皮舟撞在了井壁上，速度才減緩下來。

玄奘驚魂甫定，四周仍是漆黑一片，陰冷幽暗，隆隆的水聲迴盪在隧道內，帶給人窒息般的恐懼。玄奘口中默念《般若心經》，他大致猜到自己掉進了井渠，這井渠是先從天山腳下引來一條主渠，到了灌溉區之後，再開始分流，便會有通風豎井出現。

「法師，今番多有得罪，有什麼失禮之處，還請法師見諒。」到了河水緩和的地方，那女子顯然也鬆了口氣，忽然說道。聲音悅耳動聽，還帶著一絲沙啞。

玄奘苦笑：「阿彌陀佛，很多人都對貧僧說過這樣的話，可他們該怎麼幹還是怎麼幹，女施主也不必客氣。」

女子沉默片刻：「聽法師的口氣，還是多有責怪吧？這次我為了心中大計，也是無可奈何。況且以法師的智慧，也應該猜到，我並不想殺你，否則不會費時費力把你劫持來。」

玄奘對此倒是贊同，點頭道：「是啊，要殺我其實容易得很，在交河城中雖然有大將軍保護，但遠遠的一枝利箭就能要了貧僧的命。妳擊破酒樓，又利用這地下井渠，實在麻煩得多。」

「法師是個明白人。」女子淡淡地道。

「貧僧是個糊塗人。」玄奘坦然道，「至今也不明白妳擄來貧僧，到底想幹什麼。」

女子沒有回答，沉默片刻，幽幽地道：「真是個好奇的和尚，身處險地，不問生死，倒問緣由。法師，你不怕死嗎？」

「貧僧當然怕死。」玄奘驚訝道，「貧僧怕修行未能圓滿而死，不能見如來。不過這漆黑暗渠，也是貧僧跋涉靈山之路，死能見佛，因而又不怕。」

「為了心中執念，拋棄生死。法師和我一樣都是痴人哪！」女子長嘆，「而法師之痴遠勝於我，這種時候，竟然還能語帶機鋒。」

「貧僧此去靈山，破的就是心中執念。」玄奘道，「那麼女施主，妳的執念又是什麼？」

女子不說話了，專心地操縱小舟又繞過一個岔道，這才回答：「會讓你知道的。」

兩人一路上沉默無語，玄奘不知道她的來歷，也不知道她要把自己帶到何處，只能在羊皮舟上順水漂流。地下暗渠曲折縱橫，他只能判斷出是往南走，因為腳下的流水越發和緩了。也不知走了多遠，頭頂上出現了通風豎井，每隔百丈就有一個，直通地面，陽光順著豎井灑下來，雖然無法直射在暗渠裡，卻也不用再打火把了。

看來已經是黃昏了。玄奘暗暗思忖，自己在暗渠裡竟然待了兩個時辰。

到了一處巷道邊，那女子帶著玄奘跳下小舟，用短刀割斷他胳膊上的繩索，一伸手：「到了，法師請。」

玄奘左右看看，卻見左側是一條寬闊的巷道，高出水面三尺，乾燥無比。兩人攀上巷道，往前走了十多丈，巷道突然擴大，形成一座寬闊的大廳。大廳裡幽幽暗暗，四壁插滿了火把，地上站滿了人，足有上百名，清一色是成年男子，冰冷的眼睛在火把的照耀下現出詭異的光芒，正凝視著他。

大廳兩側挖有大大小小十多個洞窟，裡面堆放著各種物資，大多數都用油布包裹著。

其中一間，竟然堆放著數百桿長槍！

玄奘悚然一驚，仔細觀察，發現另一間堆放著一把把直刀，刀口錚亮，胡亂用麻布纏裹著，連刀尖都露了出來。其餘的則有甲冑、弓箭……

「阿彌陀佛……」玄奘凝視著那女子，「你們要謀反？」

那女子呵呵一笑，徑直走進大廳最裡面的一個洞窟內，做出邀請的姿勢：「法師請。」其他人則各自回到居住休息的洞窟，剩下兩人手持直刀，守衛在洞窟口。玄奘無奈，只好走了進去，洞內面積並不大，一胡床，一坐氈而已。那女子請玄奘坐下，為他煮了茶，取了胡麻餅、畢羅餅和素饢：「法師先用餐吧，在交河城一定沒吃好。食物粗陋，比不得酒樓，且吃一些，恢復些力氣。」

「不是沒吃好，是在馬背上吐出來了。」玄奘笑了笑。

這時又進來一名清瘦的老者，朝那女子深深鞠躬：「見過——」

那女子打斷他：「薛先生，你陪玄奘法師用餐，我還有事要辦。」

薛先生恭恭敬敬地道：「是！」

「切切不要委屈了法師，但也不要讓他走了。」那女子交代完，也不跟玄奘打招呼，當即轉身離開。玄奘凝視著她，深思不已。

「法師，請用餐。」薛先生陪坐在玄奘對面，將飯食推了過來。

玄奘合十致謝，他也真是餓了，便用手扳了一塊畢羅餅慢慢咀嚼。

畢羅餅是一種包餡的胡餅，在長安甚是盛行，有專門的畢羅餅店。薛先生瞧著，眼睛裡露出緬懷之情：「當年長安西市，有一家『衣冠家名食』，大廚姓韓，他做的櫻桃畢羅，餡裡的櫻桃顏色不變，紅潤可人。」

「那家店還在。」玄奘點頭，「但據說韓約已經去世，貧僧無緣品嘗。」

「是啊，」薛先生道，「自從老夫被逐出隴西，光陰如同江河，已經十二年啦！哪怕韓約未死，我也品嘗不到了。」

十二年前是武德元年。玄奘咀嚼著畢羅餅，緩緩道：「武德元年被逐出隴西，嗯，你是西秦霸王的族人吧。瞧你的言談、姓氏與年齡，還是薛舉的近親吧？」

西秦霸王，即隋末群雄之一，薛舉的稱號。《舊唐書．薛舉傳》稱他「容貌瑰偉，凶悍善射，驍武絕倫」。大業十三年起兵，占據隴西，自稱西秦霸王，後稱帝，定都天水。薛舉和薛仁杲父子是李淵、李世民父子早期遇到的最強悍對手，李氏父子連戰連敗，唐軍八大總管全都大敗虧輸，連慕容羅睺、李安遠、劉弘基等名將都被俘虜。直到薛舉暴亡，李世民親征，才在淺水原擊敗薛仁杲。薛仁杲投降之後被李世民押回長安，連同部將數十人一起處死，從此唐軍平定隴西。

薛先生驚訝地看著他：「法師果然高明。老夫是武皇帝的堂弟，仁杲的叔叔。」

武皇帝是薛舉死後的謚號，不過他死後還沒來得及安葬，薛仁杲就被李世民給滅了，這謚號流傳不廣。玄奘點點頭：「唐皇平定隴西之後，將薛氏嚴厲鎮壓，想必你就是那時候率領族人越過莫賀延磧，逃到了高昌吧？」

薛先生搖搖頭，道：「我們先投奔了東突厥，其後南下，投奔葛邏祿，然後又託庇於沙陀人，最後到達伊吾。他們稱我們為亡隋流人，怕得罪大唐而驅逐我們，我們只好到了高昌。離開隴西時共一千九百六十三口，如今還有八百七十六人。」

他說得很平淡，但玄奘卻彷彿看到了一群流亡者十二年間在大漠與草原、北地與西域艱難跋涉的慘狀。

「大唐皇帝仁慈，你們雖然是薛氏後人，他卻不會苛待你們這些無辜者，何必萬里流亡、受盡苦楚呢？」玄奘嘆了口氣。

薛先生驕傲地一笑：「世人認為武皇帝和仁杲驍勇凶悍，殘暴好殺，但他們不了解我們薛氏的驕傲！謀國不成，便遠走他鄉，不願苟延殘喘在勝利者的腳下討飯吃！」

玄奘搖頭不已：「你在高昌國，仍舊是託庇於人。貧僧曉得你的心思，無非是想發動叛亂，奪了麴氏的江山。你們是漢人，覺得這高昌國既然是漢人國度，只要能奪下來，統治起來也容易。可這麴氏稱王一百二十多年，已經深入人心，你作為外來姓氏，非但高昌國的豪門貴族容不得你，連周圍諸國也不會允許一個來歷不明的人掌握高昌。」

「法師教誨得是，可老夫仍然要試試。」薛先生平淡地道。這個薛先生極為冷靜，與豪邁暴躁的薛舉父子，簡直不像一家人。

玄奘想了想，笑道：「你既然如此有把握，想必在高昌庇護你們的人身分不凡，就是那個戴著黃金面具的女施主嗎？她到底是什麼人？」

「說不得也。」薛先生笑了笑，斟了一杯茶，誠懇道，「法師志向遠大，高昌對於您而言，無非是萬里路途中的一堆草木，您何必涉入這場是非呢？小姐有交代，只要您不壞我們的大事，等到成功之後，自然會放您西去。這裡雖然深居地下，卻也衣食無憂，法師就且待上些時日吧！」

玄奘點點頭，並不說話，安靜地吃過了飯。薛先生安排他在榻上睡覺，自己便守在他身邊。玄奘也不在意，呼呼大睡。

這一覺不知睡了多久，睡得酣暢淋漓。睡夢中，外面突然傳來腳步聲，玄奘睜開眼睛，一名持刀流人急匆匆跑來，低聲道：「薛先生，抓住了兩個人！」

薛先生也醒了過來，他揉揉面頰，伸個懶腰，深深看了玄奘一眼：「法師稍坐，老夫去看看！」隨即走了出去。

玄奘站起來跟過去，到了洞窟口，卻被那兩名守衛攔了下來。他只好站在洞窟裡張望。只見大廳中吵吵嚷嚷地來了一群流人，將兩個人推推攘攘地帶了過來，其中有一名年輕男子，還有一個八九歲的孩子！

玄奘大吃一驚，喊道：「三王子、阿術……」

原來這兩人竟是麴智盛和阿術！

昨夜，他們找到通風豎井的井口之後，不敢下去，就守在那裡等待。直到辰時，朱貴才遣了一名心腹騎著快馬送來了井渠圖和一艘小小的羊皮舟。想來朱貴知道井渠內暗流洶湧，擔心麴智盛出事，才費盡心思弄了一艘能進入井蓋的羊皮舟。

麴智盛見朱貴沒來，不禁有些生氣：「伴伴怎麼沒來？」

那小廝急忙跪倒：「啟稟三王子，今日陛下傳旨，說焉耆國使者即將抵達王城，要在王宮設宴，命大總管妥善籌備。大總管說，他擔心自己暗中幫三王子辦事被陛下知道，他自己生死事小，若惹得陛下對您不滿，他百死難贖，因此才不便親自前來。」

麴智盛也理解朱貴的苦衷，便讓小廝回去了。他和阿術兩人想法子撬開了井蓋，露出黑漆漆的井口。他們來的時候帶了繩索，當即把繩索捆在一塊大石頭上，先把羊皮舟吊下去，然後麴智盛順著繩索縋下去穩定好羊皮舟，將一根火把插在舟頭，接著阿術也下來了。

他們地下漂流的經歷和玄奘一模一樣，剛一割斷繩索，小舟在水流的推動下，就呼地衝了出去。兩人同時發出驚呼，在火把照耀下，羊皮舟隨著水流狂奔，兩人操舟的水準都比不上那面具女子，被拋得顛三倒四，幾乎掉入河中。

就在急速的奔流中，兩人根據水流與岔道，分析玄奘可能到達的地方。這井渠圖是戶部祕藏，標註極為細緻，地面上的明渠、地下的暗渠，都用不同的線條畫出，連水渠的寬度、長度，都用線條的粗細加以說明。

以地面的明渠為座標，高昌城的水利系統從天山往下，由北向南有一條主渠，就是滿水渠，這條渠貫穿高昌王城，一直到城南十里外才消失在沙磧中。地下井渠的主渠與滿水渠平行，因為是祕密井渠，對外名稱也叫滿水渠。

主渠最北的一條支渠，名為榆樹渠，是一條東西向的橫渠，再往南就是胡麻井渠，是一條東北往西南方向的斜渠。以胡麻井渠為界限，就進入了井渠密集地帶。

「我判斷那女人應該是帶著法師進了王城，那麼她必定會在胡麻井渠以南進入支渠。」阿術看著井渠圖，分析道。

「這是為何?」麴智盛不解，「她明明可以順著滿水渠直接進入王城啊!何必要拐彎呢?」

「因為進入王城後，滿水渠每隔百丈，就會有通風豎井，黃昏的時候，城裡的人會到井渠中打水，隨時都可能有人看見他們，那女人有你這麼傻嗎?」

這番推論一說，麴智盛頻頻點頭:「阿術，除了霜月支之外，你是這世上最聰明的人。」

阿術幾乎被他氣炸，不理他，繼續分析道:「你看這水流，直到被榆樹渠和胡麻井渠這兩條大渠分流以後，水勢才緩慢下來，那麼她最有可能會在下一條暗渠找到上岸的機會。」

麴智盛就著火把查看水系圖，點點頭，道:「很有可能，下一條是橫渠，名叫黃渠。你看這黃渠和滿水渠交叉的地方，為了能夠引水，正好有個凸出來的井壁……慢慢來，慢慢來，別撞上去……」

那凸出來的井壁正好擋在羊皮舟前方，眼看就要迎面撞上，麴智盛嚇得魂飛魄散，使勁一撐船槳，才險而又險地避了過去，進入平緩的黃渠。

兩人都鬆了口氣。阿術也贊同:「黃渠和張渠都有可能，但是要進城，最便捷的……

哦，是石家渠，她會順著這條渠折向南行的地方。三王子，拐進去。」

麴智盛控著舟，拐進石家渠。行進不久，石家渠再度分岔，其中一條向東，名為七門谷渠，是東區灌溉系統的主要供水管道。主渠則徑直南下，進入高昌王城。

這時已是清晨，頭頂每隔百丈，就有個通風豎井，井渠在天光的映照下，散發出粼粼的波光。由於水勢和緩，乘舟就有些慢了，於是兩人棄舟登岸，在兩側的土臺上順著水渠摸索。可到了城內就更不好判斷了，井渠更加密集，幾乎通過城內每一戶人家的院落，因為城內用水，除了打井，就是經由通風豎井，汲取井渠內的水。而打井的費用不是普通人家負擔得起的，所有幾乎家家戶戶都經由井渠取水。

兩人正煩惱時，又發現了新線索——井渠兩側的土臺上，有一串潮溼的腳印！

「這是法師的腳印！」阿術驚喜道。

麴智盛搖搖頭：「城內的井渠經常有人下來，甚至很多人家的地下室就建在井渠邊上，夏天酷熱，便到井渠內乘涼。」

阿術哼了一聲：「此時是隆冬，哪裡有人乘涼？況且從腳印看來足有二十多人，法師既然是被人擄走，對方必定有不少人配合行動。我覺得這就是法師的腳印。」

阿術得意揚揚地望著麴智盛，不料麴智盛眉開眼笑：「阿術，其實我也是這樣想的。好，咱們就順著腳印找吧！」

阿術氣得說不出話來，這分明是他想到的啊！

兩人跟隨著溼腳印往前走，在印痕越來越淡的時候，前面出現了一條暗渠。麴智盛驚訝道：「城中怎麼還有暗渠？而且怎麼沒有通風豎井？」

阿術也搖頭，兩人點亮火把，重新走進暗渠。沒想到走了幾步，卻碰到一扇鐵柵門。柵門上的鐵欄杆有嬰兒手臂粗細，焊接得結實無比。兩人使勁扳，使勁搖，也動不了分毫。看這情勢，拿刀來劈都未必能劈斷。

兩人正沮喪間，那響聲卻驚動了裡面的守衛，立時有四五名戰士持著弓箭來察看。他們沒想到這井渠中居然有守衛，不禁大吃一驚，轉身要逃，一枝箭嗖地插在了井壁上，逼得兩人乖乖停步——這隧道筆直，無遮無攔，只要守衛有意，隨便一箭就能要了他們的命！

兩人這時候才知道自己竟闖進了一股黑暗勢力的老巢。雖然不知道薛先生的亡隋流人身分，但也知道凶多吉少，驚喜的是，終於見到了玄奘。

「法師！」麴智盛和阿術見到玄奘，不勝歡喜，想靠近，卻被流人們攔住。

玄奘驚訝道：「你們怎麼被抓了？」

麴智盛苦笑不已，把他們尋找玄奘、發現沙磧井口的經過講述了一番，玄奘再三致謝：「貧僧慚愧，竟然連累了三王子。」他溫和地看著阿術，「也讓你受苦啦！」

「師父！」阿術的眼眶紅了，「自從師父不見，我……若是找不到師父，我寧願再也不回撒馬爾罕。」

「嘿！」玄奘還沒說話，薛先生冷笑起來，「這可真是條大魚，三王子，據說焉耆使團已經到了交河，馬上就要進王城與麴文泰談判。若是老夫此時將你交出去，不知你父王和龍突騎支，誰給老夫的東西多呢？」

「龍突騎支也來了？」麴智盛大吃一驚。

薛先生點頭：「龍突騎支此番親自率團來到高昌，便是來商談迎接焉耆公主回國的事宜。」

「休想！」麴智盛眼睛立刻紅了，怒吼道，「誰敢讓霜月支回國，我勢必滅了他！」

薛先生怔了怔，失笑道：「大衛王瓶又不在你手中，你如何能滅了別人？三王子，別忘了你眼下是我的囚徒。」

「你不信可以試試。」麴智盛傲然道，「既然已經與瓶中惡魔達成契約，我無論身在何處，他都必須履行承諾！」

薛先生笑了：「是嗎？老夫確實不信！」

正在此時，薛先生猛然瞪大了眼睛，臉上表情扭曲，露出駭異之色。眾人奇怪無比，紛紛轉頭看去，也都嚇了一跳，只見門外的一名守衛不知為何，忽然摀住自己的脖子，兩眼凸出，眼珠裡滲出血點，喉頭咯咯作響，猛地便翻身倒地。

另一名守衛大著膽子一摸他，頓時驚叫起來：「薛先生，他……他死啦！」

眾人還沒反應過來，這名守衛也突然瞪大了眼睛，眼珠凸出，一言不發，倒地斃命。

全部的人都傻了，呆呆地看著，不知如何是好。

玄奘最先反應過來，猛地衝了出去，看守他的兩名流人猝不及防，握著手裡的刀，也不知該不該砍下去。趁他們猶豫之際，玄奘跑到阿術與麴智盛面前，一推兩人：「快走！」

阿術機警，扯著麴智盛跑進了隧道，玄奘緊跟在後面，三人撒腿狂奔，剛跑進一條隧道，就見迎面站著幾個流人，一看見他們，流人們呼喝一聲，衝了過來。

「往那邊！」玄奘急忙指了指另外一條隧道。

三人又跑向另一邊，剛到隧道口，只見對面也有幾個流人衝了過來。三人無奈，只好像無頭蒼蠅一般在隧道裡亂撞。四下的流人紛紛擁了過來，眼看就要被合圍。

正在此時，阿術突然跑向另一邊的隧道，玄奘大吃一驚：「阿術，回來，那裡有人！」

阿術跑到隧道口往裡一探頭，面露喜色：「師父，這裡沒人！快過來！」

玄奘頓時愣住了，這條隧道他們剛剛路過，盡頭明明有兩個流人。但此時也來不及多想，兩人跟著阿術跑到那條隧道口，一看，不禁瞠目結舌。

這隧道口有人守衛，但也的確沒人，因為守衛的流人不知何時已經倒地斃命，眼珠凸出，神態恐怖，與廳房中那兩人的死狀一模一樣！

「啊哈！」麴智盛大喜，「法師，是大衛王瓶的魔鬼在保護我！」

阿術不屑：「你叫他，他答應嗎？」

麴智盛怒目而視，玄奘催促：「眼下不是爭論的時候，快走！」

阿術在前面跑，兩人跟在後面，阿術跑進一條岔道，又跑回來喊：「師父，這邊有人！」

然後他又朝另一邊探頭：「師父，快點，這裡沒人！」

三人跑到那條隧道，才知道所謂的沒人是沒有活人，地上又倒著幾具屍體！

他們感覺怪異無比，彷彿真的是大衛王瓶中的阿卡瑪納魔神隱形在暗中，替他們清掃通道。就這樣，阿術小小的身子在前面探路，三人所過之處，流人們無不伏屍當場，竟然沒有一絲一毫的阻礙！

這時候，早已經沒有流人敢追來。

在玄奘等人看不到的地方，薛先生怔怔地站在一具屍體前，臉上露出難言的恐懼，流人們默不作聲，身子卻簌簌地顫抖。

薛先生嗓子沙啞：「你們……看清楚了嗎？」

一名流人渾身顫抖著，好半晌才喃喃地回答：「看清楚了……魔鬼……他不是人，是魔鬼……」

三人在黑暗的井渠中狂奔，這時他們沒了火把，只能深一腳淺一腳地摸索，在地下縱橫交錯的暗渠內尋找著出口。

直到感覺擺脫了流人的追捕，三人才上氣不接下氣地停了下來，坐在地上起不來。休息片刻，玄奘問道：「三王子，這件事怎麼會如此奇怪，流人們為何會紛紛斃命？難道真是大衛王瓶的魔力？」

麴智盛得意揚揚：「當然了，我是他的主人，心願實現之前，他肯定會幫我的。」

玄奘皺眉深思：「那為何這次你沒有許願，他就自願出手呢？」

麴智盛瞠目結舌：「這個嘛……或許大衛王瓶覺得，不能讓我死在這裡吧？」

玄奘苦笑不已，然後又問了問他們來這裡的經過，阿術將龍霜月支帶著自己旁聽高昌廷議，然後朱貴指點井渠之祕的事情說了一遍。玄奘這才知道，自己失蹤一日一夜，竟然引發高昌政局動盪！

玄奘心情沉重：「公主真是好算計啊！她的計畫一環扣一環，當初貧僧還以為，她擄走我僅僅是為了防止我參與其中，沒想到一石二鳥，竟然還有後招，片刻間便讓高昌國陷入動盪。」

阿術點頭：「公主藉由法師您，一下子就擊破了高昌國的權力平衡。」

兩人彷彿打啞謎一般說話，讓麴智盛受不了了：「法師，阿術，你們在說什麼呢？你們說的公主是誰？」

玄奘想了想，嘆道：「三王子，有些事情，貧僧也不知道該如何向你說起。我先問你，你二哥是否想坐上這高昌國王的位置？」

「想啊！」麴智盛點頭，「這點朝野皆知，連父王都清楚。」

「那你二哥如何才能當上國王？」玄奘問。

麴智盛想了想，搖頭：「難！大哥是世子，二哥這輩子是沒指望了。」

阿術冷笑：「為何沒指望？大唐的李建成還是太子呢！」

麴智盛瞠目結舌：「你……你是說我二哥想謀反？」

「難道他不想嗎？」阿術道。

麴智盛啞口無言，最終無奈地點頭：「若是父王駕崩，大哥恐怕壓制不住二哥，他們倆遲早會兵戎相見。」

玄奘道：「那如果陛下在世，你二哥要謀反，他首先要解決什麼？」

麴智盛想了想：「解決掉大哥！他們倆呀，這些年已經鬥得不可開交了。」

「解決掉你大哥，還必須解決掉什麼呢？」玄奘追問。

麴智盛想了半天，露出苦惱之色，忽然靈光一閃，大聲道：「解決掉大將軍張雄！大將軍手裡有兵權，又跟大哥關係好，不解決掉大將軍，我二哥根本不敢謀反！」

「沒錯！」阿術誇道，「三王子，你真是太聰明了。」

麴智盛頓時樂不可支。

玄奘道：「所以，三王子，請你想想，如果有一個蒙面女人，在交河城中將我從大將軍的保護下劫走，會有什麼後果？」

麴智盛人其實很聰明，立時便明白了：「我懂了！大哥是世子，更是交河郡公，交河城名義上歸他管理。您在交河城被劫走，不但大將軍有直接責任，連大哥也難逃干係！」

「三王子所言極是，一石二鳥。」玄奘嘆道，「因為貧僧的緣故，昨日的朝會上，大將軍的軍權被剝奪，高昌國內的權力立刻失去了制衡，給二王子製造了最佳的機會，讓高昌國陷入奪嗣的戰亂中。這便是那個女人的謀劃。」

「法師，您說的那個女人……那個女人是誰？」麴智盛驚駭不已。

阿術想說什麼，卻被玄奘制止了。

「三王子，」玄奘笑道，「倘若貧僧告訴你，那個女人是龍霜公主，你會有什麼想法？」

「法師，請勿妄言！」麴智盛嚴肅地搖頭，「霜月支不會幹這種事的。我們朝思暮想的都是如何廝守在一起，她為什麼要劫走你，讓我高昌國陷入動盪？」

「是啊！」玄奘不想再說什麼了，感慨道，「她劫走貧僧做什麼呢？」

麴智盛漲紅了臉，竟是屈辱無比。三人似乎一句話之間便有了隔閡，都不再說什麼，默默地往前走著。

前行不遠，他們終於看到了頭頂的通風豎井，只是洞壁頂高有兩三丈，誰也無法上去，井渠內雖然長了些葡萄藤，卻撐不住一個人的重量，爬不上去，只好繼續找低矮些的豎井。正在這時，薛先生帶著流人們追了過來，在筆直的井渠之內，一眼就看見了他們。流人們立時呼喝一聲，追殺而來，但似乎都有些驚懼，速度並不快。

「快走！」玄奘招呼一聲，三人開始順著井渠兩側的土臺飛奔。

轉過一條橫渠，就見不遠處有一個較低的通風豎井，離地面有八尺高。雖然遠遠超過人的身高，玄奘卻有辦法，他低聲道：「三王子，貧僧來引開他們，你和阿術快去王宮報告陛下！」

「法師——」麴智盛剛要反對，玄奘已經蹲在了地上：「三王子，薛先生受人之託，不會殺貧僧的，你快走！」

麴智盛無奈，只好踩在玄奘肩膀上，玄奘挺直身軀，將他托了起來。麴智盛雙手扒著井口邊，爬了上去。玄奘又蹲下身讓阿術也踩上來。

阿術卻堅決不上去：「師父，我走了您一人怎麼辦？我要陪著您！」

「阿術——」玄奘正要講道理，卻見薛先生等人距離已不遠了，急忙拉著他轉身就跑。

麴智盛原本等著拉阿術上來，卻見他倆飛快地跑了，還沒反應過來，薛先生等追兵已經到了。麴智盛急忙躲到一邊，才沒被薛先生發現。

他四處看了看，這裡是一戶人家的後院，院落裡種滿了葡萄藤，但因是冬天，葡萄藤上的葉子已經落盡，乾枯枯的。天氣冷，後院也沒人來。他急忙走到後門悄悄打開，走上了大街。

麴智盛原本辨不清方位，不料剛走了幾步，轉過一條街，就到了王城南北大街的北端，距離王宮居然只有一里多遠！

麴智盛不禁駭然失色，看來這些流人當真是要對高昌不利！如此近距離地攻打王城，根本防不勝防，更可慮的是，誰也不知道地下井渠是否會通到王宮。井渠雖然使高昌國的飲水和灌溉極為便利，卻也埋下了隱患。

他行走在大街上，卻覺得街道有些異樣，雖然還是商旅雲集，討價還價，競爭激烈，但每個街口都多了不少守衛。麴智盛有些狐疑，不敢大意，買了頂胡帽戴上，遮住面孔，向王城走去。路並不遠，很快就到了宮門前，高大的宮牆兩側密密麻麻都是高昌國的軍隊，全副武裝，守衛森嚴。他的心不住往下沉，走到一家皮貨店門前，問那店主：「這位大叔，請問今日王城周圍為何這麼多軍隊？發生什麼事了嗎？」

那店主是高昌人，朝宮門瞥了一眼，嘆了口氣：「今日焉耆王率領使團來到王城，據說是為了索要焉耆公主。唉，只怕一言不合，兩國就會開戰啊！」

麴智盛這才恍然大悟，那店主一臉憂慮：「戰端一開，絲路就會斷絕，大唐和東突厥打仗也就罷了，咱們這些小國誰也干涉不著。可咱們絲路小國還互相鬥，當真摧毀了絲路，盡皆國破家亡，何苦來哉！」

麴智盛不禁有些訕訕，這戰端，可不是因為他才開啟的嗎？

知道內幕後，他也不敢直闖宮門，只好偷偷繞到後宮的角門。高昌王宮的太監宮女不多，每逢重大宴會都需要從城中酒樓和貴族家中借調人手，今日為了招待焉耆使團，臨時徵調了不少人，這後門人來人往，食材、木炭、器皿、葡萄酒源源不斷地往宮中輸送。

他偷偷摸摸地跟著人群想混進去，西域的王宮沒有中原那般森嚴，尤其是今日，忙亂不堪，竟然真讓他混了進去。

麴智盛知道事情緊急，必須去告訴麴文泰，可他擔心龍霜月支，於是先匆匆跑回自己宮中，一進門就大呼小叫：「霜月支！霜月支——」

此時，龍霜月支正在大殿裡對幾個心腹宮女發號施令，龍突騎支這次親自來高昌王城，雖然她早已安排妥當，但仍然憂慮重重。

「妳立刻去見父王，告訴他，按原定計畫辦！」龍霜月支想了想，「但語氣要更加激烈，不用擔心高昌人的怒火。」

一名宮女點頭答應。

「還有告訴父王，千萬不要介入高昌的內部紛爭。」龍霜月支又叮囑道，「總之，不管高昌誰當權，咱們只要一樣東西，絲綢之路——」

就在這時，麴智盛的大呼小叫傳了過來，龍霜月支一躍而起，露出驚喜無比的表情，「阿彌陀佛，這傻子，終於平安回來了！」說著，急忙提著裙子從大殿跑出去，臉上瞬間有了淚痕，一下子撲進他懷裡，「三郎！三郎！這一夜你跑哪裡去了？讓我整晚都睡不著！」

「是我不對，是我不對。」麴智盛連連道歉，隨即道，「霜月支，妳聽我說，二哥可能要造反，妳先找個地方躲避一下，就到王宮的家廟去吧！」

龍霜月支頓時愣住了。

「我得馬上去告訴父王！」他交代完，轉身就要走。龍霜月支一咬牙，眼裡閃過詭異的光芒，猛然一掌劈在他後頸。

麴智盛怎麼也想不到龍霜月支居然對他動手，剛露出驚愕的表情，隨即眼前一黑，身子栽倒。

高昌井渠圖

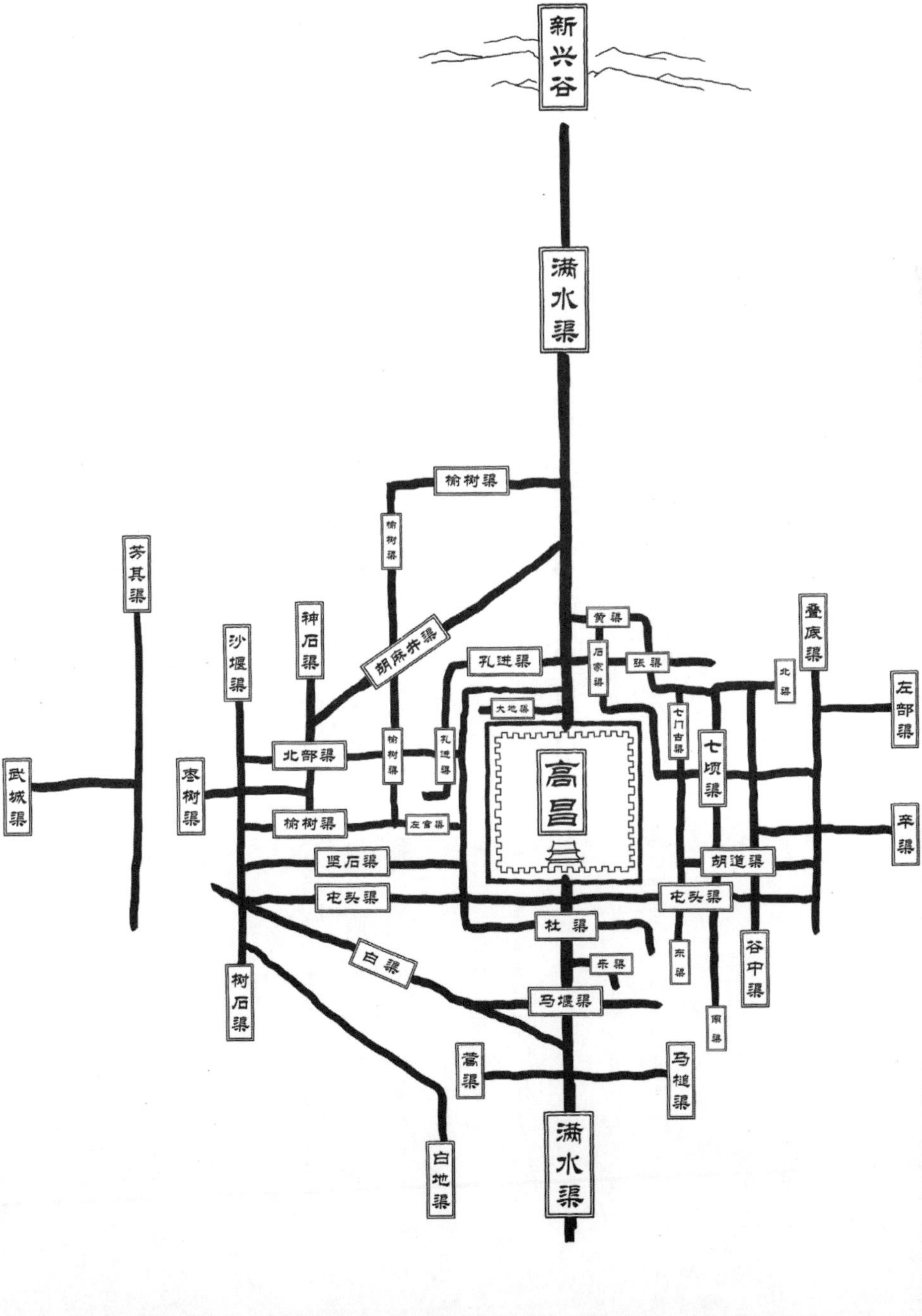
新兴谷
满水渠
榆树渠
榆树渠
芳其渠
胡麻井渠
神石渠
沙堰渠
黄渠
石家渠
孔进渠
张渠
北渠
叠底渠
左部渠
大地渠
七门古渠
七顷渠
高昌
北部渠
榆树渠
孔进渠
武城渠
枣树渠
榆树渠
左官渠
辛渠
坚石渠
胡道渠
屯头渠
屯头渠
杜渠
东渠
谷中渠
白渠
乐渠
马堰渠
树石渠
南渠
蒿渠
马槌渠
满水渠
白地渠

第八章　吾家嫁我兮天一方

此時，玄奘正拉著阿術在井渠中奔跑。薛先生帶著流人四下堵截，好幾次都是險而又險地躲了過去。他們經過不少通風豎井，但離地面都有相當的距離，兩人怎麼也爬不上去。

「不行呀，師父，咱們得找個豎井爬上去，否則必定會被他們抓住。」阿術氣喘吁吁地靠在井壁上，兩人跑得渾身大汗，兩條腿都在哆嗦。

玄奘喘了口氣：「把你懷中的井渠圖拿來。」

阿術掏出那張井渠圖，玄奘用袖子擦了擦額頭的汗水，在一處明亮的豎井邊仔細觀看。阿術問：「師父，這井渠圖上並沒有標註哪裡有出口呀！」

「貧僧不是要找井渠的出口，而是要找流人們的出口。」玄奘背靠井壁，把井渠圖攤在雙膝上，「阿術，你想，假如二王子發動叛亂，趁著高昌大亂，龍霜公主會怎麼利用這些流人？」

阿術想了想：「突襲！」

「沒錯。」玄奘點頭，「目標是哪裡？」

阿術大吃一驚：「難道是……高昌王？」

「不錯。」玄奘讚許地道，「龍霜月支為何要讓他們祕密躲藏在這井渠中，並且囤積刀槍器械？只有一個原因，這條井渠在王宮中有出口！」

「對啊，師父！」阿術拍手，「麴文泰和麴仁恕都在王宮，這樣一來龍霜月支才能趁著二王子叛亂，出其不意地刺殺這兩人。師父，難道您想找到那個出口？這可是大海撈針吧？」

玄奘搖搖頭：「不然，阿術，你要知道，無論何種計謀，越是精密有效，就越有規律可循。你看，王宮在王城的西北部，既然咱們確定那個出口在王宮中，就可以往西北方向搜尋。」

阿術苦笑：「師父，這井渠之中，您如何確定方位？」

玄奘指了指頭頂的豎井，此時日光照在豎井井口的邊緣，「現在大約午時了吧？你看這日光，照著的便是北方。」

阿術疑惑：「師父，咱們往北走，那邊可都是暗渠，沒有日照。」

玄奘笑了笑：「你再看這渠水，除了胡麻井渠、白渠、白地渠，其餘大都是南北、東西縱橫。水是從北面的天山引來，地勢北高南低，那麼南北流向的水流湍急，東西流向和緩。這樣豈不是容易確定方向了嗎？」

阿術敬佩不已，但還是有疑問：「師父，可怎麼確定咱們是在哪個方位？」

「向北走。」玄奘淡淡道，「你看這井渠圖，城北部，東西貫通的大渠共有兩條，南面是榆樹渠，北面是北部渠。咱們直接往北走，碰上的第一條大渠，應該就是榆樹渠了。」

兩人有了目標，就躲過流人們的搜索，往北偷偷繞過去。流人們一直往南搜索，全沒想到他們居然主動進入自己的核心重地，雙方交錯而過。

向北走了一里遠，果然看見一條東西向的大渠澎湃而過。兩人精神振奮起來，可井渠圖上並沒有地面建築物的地標，尤其是王宮一帶，簡直就是空白。這不難理解，王宮地下的井渠，怎麼可能擺在戶部讓所有人觀賞？如此一來，確定王宮的位置就比較麻煩了。

這時周圍一片漆黑，兩人沒有火把，無法看圖。玄奘想了想，問阿術：「王城北面是否有一條斜渠，從滿水渠引過來，一直進入護城河？」

「嗯，」阿術道，「王城內的井渠，只有這一條斜渠。」

玄奘笑了：「如果貧僧猜得不錯，這條斜渠，定然穿過王宮！王宮地下不可能做出太複雜的水系，而夏天酷熱時，宮中的貴人都會到地下室避暑，因此才會引一條斜渠，使各個重要宮室都能有井渠給地下室透氣。好了，咱們直接找這條斜渠。」

兩人再往前走，又出現了通風豎井，井渠內明亮起來，方位更容易判斷。兩人果然找到了那條斜渠，可這條斜渠卻有些與眾不同，寬闊的管道內，種植著不少葡萄，有些甚至搭著木架，覆蓋了整面井壁，可以想見盛夏時節，累累的葡萄掛在井壁上的誘人景象。

「只怕已經到了王宮地下！」玄奘興奮無比。

話音剛落，只聽嗖的一聲，一枝利箭咄地插在了葡萄架的木樁上！隨即有人呼喝道：

「在這裡！」

兩人回頭一看，只見斜渠中四五個流人正呼哨著召集同伴。兩人對視一眼，不約而同地在水渠兩側的土臺上狂奔起來。葡萄架嗖嗖地從身邊掠過，跑了不多時，就見井壁上居然出現一些窗戶，甚至還有門。

「師父——」阿術邊跑邊喊，「這些是不是王宮地下室的門？咱們踹門進去吧！」

「不！」玄奘急忙阻止，「找最大、最奢華的那扇！」

阿術一時沒想明白，但身後利箭紛飛，嗖嗖嗖地從身邊掠過，也來不及細問。兩人奔跑著，前面的管道突然變寬，形成一座大池，水流奔湧，匯聚到池中。那水池奢華無比，周邊鑲嵌著拳頭大小的鵝卵石，水中游魚穿梭，頂上正好有一口豎井通了下來，日光照徹，水波蕩漾。周圍掩映著葡萄藤，雖然葉子落盡，但古藤纏繞，極有韻味。

兩人沒想到這地下井渠中居然有這等去處，不禁一怔，停了下來，頓時看見左側的水池邊上竟然有一座拱形的大門，以一尺長的磚坯建成，但磚坯的表面竟然上了一層淡藍色的釉，雕刻著細密的花紋，雄渾厚重。這時，流人已經追了過來，兩人無暇細看，猛地一推大門，那胡楊木的大門居然沒有拴牢，一推就開。

兩人都有些詫異，可來不及細想，趕緊躲了進去，反身關上門。那門後面有巨大的門閂，玄奘剛摘下來掛上，門就被咚的一聲重重撞了一下。玄奘念了聲阿彌陀佛，心道，再差半分，只怕流人就會闖進來了。

忽然門外響起薛先生的聲音：「法師，您是出家人，何必理會世俗中事？生命輪迴，王朝興廢，在佛家眼裡，無非是生滅無常。您的路在西天佛土，何必擾亂紅塵因果？」

「阿彌陀佛。」玄奘沉默片刻，道，「行亦禪，坐亦禪，貧僧站在這門檻裡，焉知不是站在西天路上？佛家護持世界眾生，這刀兵一起，滿足了你的貪嗔之念，卻害了多少無辜眾生！薛先生，你自然有你的驕傲，不願拜服在大唐天子腳下，但你率領隴西薛氏跋涉十二年，死者十有七八，寧願潛居地下做這亂臣賊子也不願堂堂正正做人，貧僧不知道，你滿足的究竟是你一人的驕傲，還是薛氏的驕傲！」

「法師……」薛先生長嘆一聲，「您可知道，您回到地面，一句話就能使成千上萬的人人頭落地！我薛氏族人將被斬盡殺絕！」

玄奘知道他這話絕非誇大，一場謀反，絕不會只有他們這幾百人，自己一句話，當真會使高昌國血流成河。他猶豫良久，不禁嘆道：「薛先生，你還是速速離開這高昌國吧，只要你們願意回歸大唐，貧僧願在麴文泰的面前一力承擔，保你不死！」

「法師，」薛先生淒然道，「當您走上這西天路的時候，您想過回頭嗎？這條路，便是老夫的西天路！」

玄奘沉默著，門外再無消息。

「師父，這是哪裡？」阿術正呆呆地看著面前的大廳出神。

玄奘轉身，才看清門內是一座空曠的大廳，四周是幾根廊柱，上面雕著花紋。大廳盡頭有兩條臺階，左右對稱地環繞而上。正中間的牆壁上，雕刻著一尊釋迦牟尼像。玄奘先朝釋迦牟尼像拜了拜，才道：「這裡，恐怕就是國王陛下後宮的地下室了。」

「我明白了，師父！」阿術恍然大悟，「原來您找最奢華的門，就是要找麴文泰呀！」

玄奘笑著摸了摸他的腦袋：「貧僧找它，是因為它必定是薛先生選定的目標！」

兩人談笑著走上樓梯，看來這裡僅僅是一座消暑的地下室，別無他用，現在是冬季，裡面寒冷無比，也沒有人管理。上了樓梯，又是一扇雕花的金色大門，玄奘正想伸手去推，那扇大門竟忽然無聲無息地開啟了，一股溫暖的空氣撲面而來。裡面是一座寬闊的房間，蒸氣氤氳，隱約傳來令人心醉的香氣。

「師父，」阿術怔住了，「這世上還有自動開啟的門？」

「門當然是要推的，正如人在輪迴中行走，只是前世的安排罷了。」門內有人輕輕地說。聲音婉轉，愉悅動聽，竟然是個女子。

與此同時，周圍響起幾聲驚叫：「什麼人？膽敢闖入王妃後宮？」

玄奘嚇了一跳，這才發現四名宮女將自己團團包圍，而眼前是一座一丈多寬的浴池，那浴池以漢白玉砌成，水面咕嘟嘟地冒著熱氣，上面撒滿了鮮花。在浴池中，有一具曼妙的女體橫躺，蒸氣籠罩，只有黑色的長髮披在漢白玉上，黑白相應，說不出的美豔。

玄奘這一驚非同小可，心中暗暗叫苦，立刻摀著阿術的眼睛轉回了身，沒想到自己誤打誤撞，竟然闖入了王妃的浴室！更麻煩的是，王妃偏偏在洗浴！

王妃咯咯直笑：「法師，阿術還是個孩子，與您不同。」

玄奘更尷尬：「阿彌陀佛，王妃何等身分，豈能褻瀆。貧僧不知王妃在此，實在……」他一向辯才無礙，這時卻不知道該說什麼，結結巴巴，惹得王妃笑得直不起腰。她在浴池中站了起來，赤裸雪白的身子上掛滿了水珠，仰頭一甩頭髮，在空中甩出一條水線。

玄奘只覺頭頂一涼，口中默念著阿彌陀佛，卻不敢伸手去摸。

王妃朝侍女招了招手，有侍女取了一件輕紗袍子，披在她的身上，跪在她身後幫她束好腰帶，王妃才笑吟吟地道：「法師，您可以轉身了。」玄奘身子動了一動，卻沒敢轉過去，悄悄推了阿術一把。阿術會意，扳開他摀著自己眼睛的手，朝身後看了看，大聲道：「師父，她穿上衣服了。」

「阿彌……陀佛……」玄奘沒想到他竟然這麼說了出來，頓時又結巴起來，額頭上汗如雨下。

王妃笑得前仰後合，指著阿術幾乎直不起腰：「你這……你這孩子……實在太可愛了！」

玄奘更是羞慚，轉身不敢直視王妃，低聲道：「阿彌陀佛，王妃，此地危險，您還是早些離去。外面埋伏有殺手，貧僧這就去面見陛下。」

王妃不以為意，輕盈地轉身，斜倚在一張軟墊上，托著兩腮含笑盯著玄奘：「法師，既然來了，何必急著走？我早想和您聊聊，卻一直無緣，些許流人，法師不必擔心。」

玄奘心裡一沉：「您知道？」

王妃含笑不語，玄奘看著她的神情，頓時慢慢點頭：「阿彌陀佛，原來王妃便是那位戴著黃金面具的女施主！」

若非親耳聽到她的聲音，王妃又未刻意隱藏，玄奘無論如何也難以相信，交河城中，那個手持鐵錘，力破樓板，在百名鐵騎追殺下從容自若的黃金面具女子，竟然是深居王宮的一國之母！連阿術也呆住了，神情茫然。

「您看出來了？」王妃嫣然巧笑，「不知法師還看出了什麼？」

玄奘望著她的服飾，微微有些失神：「小袖、高腰、長裙……怪不得貧僧第一次見到您的服飾總覺得有些怪異，這是前隋服飾，原來王妃是前隋人。薛先生這些流人……」

「他們當然是我的子民。」王妃微微輕嘆，「我是前隋公主。」

玄奘震驚了，剛要說話，隱約卻聽得前殿傳來錚錚錚的刀劍出鞘聲，隨即響起沉悶的腳步聲，甲葉拍打，人群呼喝，似乎有無數戰士正朝著前殿疾奔而去。

一名宮女驚慌失措地跑進來稟告：「王妃，陛下宴請焉耆王卻吵了起來，雙方動刀子了。」

王妃風輕雲淡地撩了撩長髮：「這只是開始，更精采的劇碼還要等上片刻呢。」

刀聲杯影，盛宴殺機。王宮正殿此時已是劍拔弩張，流血在即。

麴智盛見到龍霜月支時，焉耆王龍突騎支率領龐大的使團剛剛進入王宮，一百二十名龍騎士全副武裝，隨身保護。龍突騎支知道，在王宮中，這點武力根本無法保護自己，但他毫無懼色，挎著彎刀昂然走進了王宮正殿。

不想進了正殿，他卻有些發愣，等待自己的，竟然是一場盛大的國宴！

高昌國的二王子麴德勇、六部長史、王族重臣盡皆在場，偏偏軍方的將領盡數缺席，尤其是那位令人生畏的西域名將張雄。龍突騎支也不傻，很快感受到了麴文泰如此安排的善意。

龍突騎支年過四旬，體格魁梧，滿臉鬚髯，焉耆人號稱龍族，龍突騎支也是西域最為好戰的國王。焉耆國短短半個月之內接連受辱，不但出使大唐的使者被高昌人截殺，連自家的公主也被高昌王子搶了，龍突騎支性情暴躁，哪裡受得了這種侮辱？於是扔過來一封國書就是最後通牒——給不給公主？不給我就打！

而且扔過來之後，他根本沒等高昌回覆，直接就聯絡了龜茲、疏勒兩國，組成聯軍，陳兵邊界，準備開戰。不料就在這個時候，卻接到大唐僧人玄奘的書信，希望兩國能體諒蒼生之苦，體悟我佛慈悲，和平解決兩國糾紛，並邀請焉耆派遣使者來高昌晤談，謀求解決之道。

焉耆也是佛國，雖然信的是小乘佛教，卻也不得不慎重考慮玄奘的提議，因為龍突騎支一直打算得到大唐的支持，取得玄奘的諒解就顯得至關重要。所以龍突騎支耐著性子，不顧兩國正在戰爭爆發的邊緣，大搖大擺地親自率領使團來到了高昌王城。

然而龍突騎支沒想到的是，這王宮國宴上，不該來的都來了，唯獨該來的沒來。他左看右看，前看後看，怎麼也找不到一個光頭的僧人。

龍突騎支當即就有些惱了，質問麴文泰：「陛下，請問大唐高僧何在？」

麴文泰苦惱了一日一夜，沒想到還是躲不過，只好撒謊：「哦，玄奘法師昨日去了交河城。怎麼？您沒見著他？」

龍突騎支愣了：「交河城？沒見到。法師去交河城做什麼，不是要來給我焉耆國主持公道嗎？」

誰說是給你主持公道？我高昌才冤呢！麴文泰暗罵，但臉上卻如春風般和煦：「呵呵，法師乃是人間佛子，他的禪機，你我世俗中人如何能猜透？來來來，先讓本王為陛下接風。陛下乃品酒大師，看看我高昌的葡萄酒改良得如何！」

龍突騎支哪裡有心思喝酒，不鹹不淡地喝了幾杯，心裡就有些懷疑，哪裡有客人來了，邀約人卻不露面的道理？這裡面肯定有陰謀！他心中湧起強烈的不安。

「陛下，」龍突騎支放下葡萄酒杯，「既然大唐高僧不在，你我便敞開直言，你高昌屢次三番羞辱我焉耆，這筆帳怎麼算？」

麴文泰驚訝了：「龍王，你我兩國睦鄰，我高昌如何屢次三番羞辱你了？」

「哼。」龍突騎支冷冷道，「一個月前，是誰在莫賀延磧截殺了我國使者？」

麴文泰更驚訝了：「莫賀延磧？龍王，莫賀延磧可不在我高昌國內，你們使者在那裡被殺，要麼去找伊吾王，要麼去找大唐皇帝，你找本王做什麼？」

龍突騎支怒極，看了看一旁的麴德勇，麴德勇只作沒看見：「陛下，人在做，天在看。你既然邀請我來了，若沒有絲毫誠意，還有什麼可談的？」

「龍王。」麴文泰毫不動怒，淡淡地道，「事涉兩國邦交，截殺他國使者乃是非常嚴重的指控。你若是有證據，這場官司哪怕是打到突厥王庭，本王也自然奉陪，但若是沒有證據，憑你這般汙衊本王，我高昌卻要和你理論到底！」

龍突騎支還真找不到證據，要有證據他也不用來了，截殺使者無異於宣戰，直接開打就是了。他只是沒想到麴文泰這老傢伙臉皮竟然如此之厚，而且從麴文泰的話裡，他能聽出來，高昌根本沒有解決的誠意，那他邀請我來做什麼？

龍突騎支越發不安，於是穩定下心神，冷笑道：「截殺使者之事我們自然有證據，不過看著你的臉面，不便公布而已。此事暫且不提，霜月支被擄一事，不知你如何交代？」

麴文泰煩惱無比：「此事本王已經在國書裡詳細講明，但無論如何，這是我高昌之錯，本王必定會歸還公主，嚴懲孽子。龍王認為如何？」

「這就是你的誠意？」龍突騎支勃然大怒，「你的長女嫁給了統葉護可汗的長子呾度設，若是她出嫁前，我兒子將她擄走，藏在王宮中月餘，你來要人，我告訴你，我們會歸還公主，嚴懲孽子。你同意嗎？」

麴文泰還沒說話，麴德勇勃然大怒，怒喝：「大膽！放肆——」

西域王宮並不禁止帶刀，有些脾氣暴躁的重臣立刻抽出了隨身的刀子。龍突騎支冷笑，「你看，我只是這麼一說，你們就怒不可遏，拔刀相向……」他猛地將酒杯摔在地上，怒吼道，「可你們高昌人卻實實在在幹出來了！」

酒杯啪地摔碎，震動了所有人的神經，宮殿裡立刻亂了套，高昌的王宮宿衛紛紛拔刀，從四面八方蜂擁而來，包圍了正殿。焉耆人也不甘示弱，龍騎士們衝進大殿保護使團，而一些脾氣暴躁的使者更是抬腳踹了面前的矮几，拔出腰刀。龍突騎支端坐不動，他這下倒沉靜了，面帶冷笑，好整以暇地給自己倒了一杯葡萄酒。

麴文泰勃然大怒，重重一拍桌子，喝道：「成何體統！都給本王退下！」

麴德勇一見父王暴怒，急忙讓宿衛撤了回去，大殿裡的局勢也緩和下來，眾人互相怒視著，紛紛坐下。麴文泰問：「龍王，那麼以你之見，這件事如何解決？」

「釋放霜月支，麴智盛交由我焉耆處置！」龍突騎支冷冷道，「除此以外，絲路南移，經交河城往南直抵焉耆王城。」

麴文泰終於忍不住怒氣，呵呵冷笑：「真是好胃口！賠掉一個女兒，換來一條絲路！本王不妨告訴你，此時公主就在後宮，若是你想要，便接了她走！那孽子本王自然會處置，但如何處置輪不到你焉耆人說話，絲路南移更不可能。你們三國聯軍若能滅了我高昌，我麴文泰的一切你都可以拿走。戰場上贏不了，一切都是空談！」

說完，他站起身怒氣沖沖地離開了大殿。龍突騎支也知道這個條件麴文泰不可能答應，絲毫不意外，冷笑一聲，一腳踹翻了几案，帶著使團揚長而去。

一場談判剛剛開始便宣告破裂。

寢宮之中，王妃彷彿陷入悠遠的回憶：「我娘家姓宇文，法師一定聽說過這個姓氏。」

玄奘自然聽說過。從南北朝乃至隋唐年間，都是第一等的顯赫姓氏，北周國姓。到了隋朝，宇文述受到隋文帝和隋煬帝兩代帝王寵信，宇文氏一族權傾朝野。大業十四年，宇文述的兒子宇文化及弒殺隋煬帝，隋朝可以說是斷送在了宇文氏的手裡。

「我是周朝上柱國大將軍宇文慶這一支，祖籍洛陽，閨名玉波。說起來與法師還算同鄉。」王妃幽幽地道，「大業四年，文泰和先王去張掖朝見煬帝，隨皇帝來到長安，又隨他去遠征高麗。煬帝對文泰極為喜歡，極力籠絡他，希望打開西域通道，大業八年，甚至將我冊封為華容公主，許配給了文泰。婚後，我就隨文泰來到了高昌。文泰對我言聽計從，在我的勸告下，發起漢化改革。沒想到推行不到一年，就激發政變，一家人逃亡突厥，顛沛流離，直到六年後，才平定叛亂，返回高昌。」

宇文王妃淚水緩緩流淌，低聲吟唱：「吾家嫁我兮天一方，遠託異國兮烏孫王。穹廬為室兮氈為牆，以肉為食兮酪為漿。居常土思兮心內傷，願為黃鵠兮歸故鄉。」

玄奘默默地聽著，內心也不勝淒涼。玄奘精通儒學，自然聽得懂，她唱的是西漢細君公主的〈黃鵠歌〉。細君公主身世淒涼，是西漢和親的第一位公主。她是漢江都王劉建的女兒，年幼時，劉建因謀反自殺，她的母親則以連坐被斬，長大後，漢武帝為了聯合烏孫國抗擊匈奴，將她封為公主，嫁給烏孫王昆莫。昆莫年老，兩年後去世，他的孫子岑陬即位。烏孫的習俗是收繼婚制，岑陬要繼承昆莫的所有妻妾。細君公主無法接受，向漢武帝要求回國。漢武帝不允，命她嫁給岑陬，細君只好再嫁，一年後便憂傷而死。

「漢之解憂公主、王昭君，隋之安義公主、義成公主，還有我！哈哈——」宇文王妃大笑，「什麼強漢、大隋，統統都是懦夫！它們的赫赫聲名，錦繡江山，便是出賣我們這些弱女子換來的嗎？」

玄奘無法回答，嘆道：「王妃，前隋已亡，您的使命也結束了。貧僧看來，國王陛下對您很是寵愛，何不就此享受人倫之愛、夫妻之情？」

「他對我很好？」宇文王妃慘笑一聲，「他真的對我很好！在法師的眼裡，文泰是個什麼樣的人？」

玄奘不知她為何要問這個，想了想，道：「陛下性情沉穩，仁義慈悲，廣布仁德於國內，百姓富裕而和樂。」

宇文王妃嘲諷地看著他：「這就是法師眼中的麴文泰嗎？可卻不是我眼中的麴文泰！」說話間，王妃刷地扯開了身上的衣衫，光裸的脊背暴露在玄奘面前。

玄奘大吃一驚，急忙轉臉，可就在這一瞬間，他心中禁不住一沉，王妃那潔白的胳膊和脊背上，竟然縱橫交錯，到處都是陳舊的瘀青和鞭痕！

「阿彌陀佛！」玄奘厲聲道，「請王妃自重！」

宇文王妃嘶聲大笑，緩緩套上衣服，嘲弄道：「法師看清了嗎？這些鞭痕、這些烙印、這些拳打腳踢的瘀傷，就是來自你眼裡仁義慈悲的麴文泰！一生廣造佛寺，布施僧侶，他的仁德和善政讓你稱頌不已的麴文泰！」

玄奘難以置信道：「這些……是他打的？」

此事真是聳人聽聞，連一旁的阿術都吃驚無比。畢竟，一國王妃是何等身分？象徵著這個國家的體面，卻被凌辱到這種模樣，一旦傳出去必定舉國譁然，西域諸國都會震驚。

「法師以為，作為王妃，還有別人敢動我一根指頭嗎？」宇文王妃冷冷道，「麴文泰根本就是一個懦夫、偽君子、虐待狂！他敬佛，拜佛，佞佛，護佛，只是為了營造他虛偽的面目。他內心狠毒殘暴，當年平定叛亂，一日之間夷平六十名叛亂者的九族，三千多人人頭落地，從八十多歲的老人到還在吃奶的嬰兒，一個都不放過！他強大卻又懦弱，慈悲卻又殘暴，意志堅定卻又朝令夕改。他在每個人的眼裡都是一張不同的面孔，他在法師您的眼裡是個仁君，在我的眼裡是個虐待狂，在大王子的眼裡冷酷凶狠，在二王子的眼裡背信棄義，在三王子的眼裡冷漠無情，在大臣的眼裡喜怒無常，在百姓的眼裡慈悲仁義……法師，您能想像我嫁給他的十八年裡，到底過的是什麼日子嗎？」

玄奘徹底驚呆了。宇文王妃的衣襟沒有拉好，隱約露出一條暗褐色的鞭痕。玄奘實在無法想像，那個對自己畢恭畢敬，對佛法虔誠崇敬的國王，居然能揮動鞭子，往自己妻子的身上狠狠地抽下去。

「麴文泰的第一任王妃是突厥人，便是麴仁恕和麴德勇的母親，她早亡，後來又娶了一名嚈噠遺族的公主，便是麴智盛的母親。二十年前，這位嚈噠公主也死了，突厥人要他再娶突厥女子為妻，但麴文泰作為高昌的世子，極為自負，憤怒於突厥的壓榨，打算脫離突厥，投靠大隋，於是便經煬帝賜婚娶了我。」宇文王妃淡淡道，「煬帝那人早有定論，雖然好大喜功，卻極為現實，我也好，安義公主、義成公主也罷，每個和親公主都負擔著使命，影響國王，親善朝廷。第一年，我們志同道合，感情和睦，他待我也極好，我一直以為在異國他鄉找到了真正的愛情，我耗費無數精力，幫他漢化改制，甚至不惜動用宇文家族的關係資助高昌。但很可惜，他推進改制過於粗暴，當時我已經完全站在了高昌的立場上思考問題，屢勸他戒急用忍，但他不聽，終於激起叛亂，我們一家人狼狽逃亡到突厥……」

玄奘和阿術默默地聽著，大殿裡悄無聲息，水池裡的溫泉咕嘟嘟地冒著氣泡，四名侍女看來是王妃的心腹，聽著她講述往事，眼睛裡淚痕隱隱。其中一名年齡大的侍女輕輕走過去，捶著王妃的脊背，柔聲道：「公主，莫要再說了，您的苦楚，諒來法師可以體會。」

宇文王妃搖頭輕嘆：「這世上，佛說有八苦：生、老、病、死、怨憎會、愛別離、求不得、五取蘊。可有和親公主的苦嗎？尤其是亡國的和親公主！當年，我們流亡突厥，受盡欺辱，麴文泰哀求我取得皇帝的援手，支持他復國。可先是楊玄感造反，又是第三次征伐高麗失敗，各地反王紛紛叛亂，陛下巡幸雁門，幾乎被突厥人擒拿，他自顧不暇，哪有工夫顧得上一個和親公主？接著隋末大亂，北方除了長安，幾乎都落入叛軍手中，連陛下自己都跑到了江都。大業十三年，薛舉在隴右造反之後，我和朝廷連音訊都斷絕了。那些年，我們是怎麼熬過來的啊！麴文泰的驕傲和自負大受打擊，脾氣日發乖戾暴躁，認為我是不祥的女人，日日鞭打、凌辱，他打我的耳光，揪我的頭髮，用火紅的鐵箸燒灼，冰天雪地中用冷水潑我，讓我險些凍斃，更將我按在池塘中幾乎窒息……大隋亡國後，他更是對我澈底死心，為了求得突厥的寬恕，甚至將我送上突厥貴族的臥榻……」

她淒厲地慘笑著：「法師，這人生八苦，哪一苦能與我相比？」

侍女們跪倒在地上嗚嗚痛哭，王妃厲聲喝道：「哭什麼？妳們的眼淚哭乾了，等我死後，又有誰會為我哭泣？」

「所以，妳便蓄養流人，企圖發動叛亂，殺死麴文泰？」玄奘嘆息不已。

「殺他？」王妃傲然道，「我若要殺他，一杯鴆酒就讓他下地獄了。我所為者，只是那無可依靠的家國，皇帝和父親賦予我的使命。大隋亡了，可它的公主還在，它的子民來到異國他鄉還有個人可以依靠。原本，薛先生這些流人是託庇於東突厥的義成公主，非但流人，義成公主甚至將煬帝的蕭皇后也迎到突厥，把齊王楊暕的遺腹子楊政道立為隋王，將上萬流人送給楊政道，建立朝廷，並且數次鼓動處羅可汗和頡利可汗攻打李唐。直到前些年李唐曲意收買東突厥，她日子不好過，才讓薛先生等人投奔了我。」

玄奘對她這種行為倒不認可，勸道：「王妃，隋末亂世十七年，如今人心思定，大唐國力恢復，蒸蒸日上，何苦再收攏流民，與大唐為敵呢？那裡，到底是妳的故鄉。」

「法師，我並非要掀起戰亂。」王妃幽幽地出神，「想我們這些亡國公主，在這世上無依無靠，看見了亡隋流人，就像看見了自己的親人。若是能為他們在高昌國尋到一塊根基，要我做什麼都願意。」

玄奘苦笑：「一招錯，全盤錯。貧僧一直以為劫持我的人是龍霜月支，那些流人也是她所豢養，沒想到中間竟然出了這樣的岔子。」

宇文王妃咯咯直笑：「法師一向洞澈天機，如何卻在這件事上出錯？」

「因為……因為……」玄奘苦笑，「貧僧一向對龍霜月支忧惕太深，一見那縱馬揮錘的女中豪傑之態，便先入為主地認成了龍霜月支，誰想到王妃也如此豪邁。」

「宇文家的女兒又如何會有兒女之態！」王妃冷冷地道。

「是啊，」玄奘也感慨，「如今貧僧才明白，王妃早已有心謀反，暗中蓄養流人。那龍霜月支的智謀當真深不可測，竟躲藏在暗處，故意吸引王妃劫持貧僧，攪動這高昌風雲，從而坐收漁利。貧僧雖然應了她的賭約，但此局還未開始，已經遜了她一籌。」

宇文王妃見玄奘如此推崇龍霜月支，顯然很不舒服，哼了一聲：「那個妖女也配指使我嗎？你前往交河城那日，她來見我，故意誘勸我出手，我也無非是想借助她轉移外人的目標，才故意應承了她而已。何況，劫走你對我百利而無一害。」

玄奘想了想：「如今看來，王妃也是想故意引起高昌動盪，兩位王子奪嗣，從而利用流人掌控時局嗎？」

王妃嫣然笑道：「法師是個聰明人。沒錯，我就是要麴文泰一無所有，讓他孤獨地坐在王座上，整個西域無可依靠，舉目茫茫，就像和親的亡國公主。」

玄奘還要再說，忽然一名婢女驚慌失措地跑來：「王妃，陛下回來了，他……他心情彷彿極為不好。」

王妃的身子猛地一顫，潔白的肌膚上，起了一層雞皮疙瘩。

「阿彌陀佛。」玄奘道，「王妃既然說出了這等機密大事，想必不會再放貧僧離開了吧？」

王妃笑了笑：「法師，您還是在這裡住上幾日吧，等風平浪靜之後，我自然放您西去。」

玄奘苦笑：「貧僧一介僧人，怎能居住在王妃的後宮之中。」

王妃斜睨著他：「這裡只有一道門，您若是敢出去，本宮就扯爛衣衫，向麴文泰哭訴說您強姦了我。」

玄奘呆住了，他看看阿術，似乎沒有聽懂。阿術的小臉憋得通紅，想笑，急忙伸手摀著，憋得辛苦無比。這招對玄奘的殺傷力太大，他十歲出家，十三歲剃度，自幼研讀佛經，雖然行萬里路，讀萬卷書，對人間的機巧詭詐、謀略權術一眼便能看破，卻從未遇過這種無賴女子，更沒見過以自身名節來威脅的，一時間真不知該如何是好。

「怎麼，法師不信？您可以走出這宮殿一步試試看。」王妃伸手去脫衣服，臉上神情卻平靜無比，「我已經是不潔之人，被無數突厥貴族玩弄過，法師乃人間佛子，清淨白蓮，能與法師一起被人羞辱，倒是我的福分。」

「阿彌陀佛……」玄奘這回真是無奈了，想當初崔珏的十八泥犁獄他都來去自如，號稱謀僧的法雅也對他無可奈何，如今碰上這位王妃，他卻當真沒了一點辦法。

王妃一聲長笑，笑聲中卻有說不盡的淒涼。她從靠墊上起身，嫋嫋婷婷地離開了浴室，白衣如雪，恰似一朵零落的蓮花。

第九章　高昌政變

王妃走後，玄奘既然走不了，就安靜地趺坐在地上，撚著念珠，默默誦經。好在這浴室地下有溫泉，地面不冷。阿術卻喜歡這溫泉，他年齡小，也不在乎旁邊的倆侍女，見玄奘閉著眼睛，三兩下脫光衣服，一下子跳進了浴池中。

玄奘訝然睜開眼，卻已經來不及阻止。倆侍女也沒阻攔阿術，見這小孩游來游去的，居然充滿了興趣。

高昌王宮小，浴室和寢宮距離並不遠，王妃和麴文泰的說話聲隱約傳來。就聽王妃道：「陛下，和龍突騎支談得不愉快嗎？」

「哼。」麴文泰不答，忽然間聽到嘩啦啦的杯盤落地聲，他厲聲喝道，「這茶中為何放了這麼多的鹽？妳要鹹死我嗎？」

王妃沒有說話，突然一聲慘叫，只聽見咯吱咯吱的瓷器碎裂聲，彷彿有重物踩在瓷器碎片上。麴文泰獰笑道：「妳身上為何這麼香？又要去勾引男人嗎？」

「陛下——」王妃憤然喊了一聲。

「難道不是？」麴文泰怒喝一聲，隨即是人倒在地上的撲通聲，「若非為了高昌的體面，本王真恨不得劃花了妳這張臉！」

「我這張臉，在陛下的眼裡早已汙濁不堪了。」王妃的聲音很奇怪，似乎從地面傳來，帶著些許壓抑，吐字不清，「若陛下不滿意，劃了也就是了。」

玄奘心中悲憫不已，宇文王妃所言果然沒有絲毫誇張。剛見面時，麴文泰的虔誠、慈悲、仁愛當真打動了玄奘，可一個信佛的人，果真就是善人嗎？佛說：凡所有相，皆是虛妄。自己還是沒有一雙透視眾生的天眼啊！

見他有意站起來，兩名侍女立刻向前，低聲道：「法師請恕罪，您若是出去，我們也得扯掉衣衫了。」

玄奘不說話了。

就在這時，寢宮裡的麴文泰忽然驚惶地吼叫起來：「瘋子！妳是個瘋子——」

王妃厲聲慘笑，叫道：「佛祖說，秀蓮生水中，不為水染汙；我實為佛陀，不為世間玷。哈哈，沒有人可以再玷汙我啦！」

「瘋子——」麴文泰怒吼一聲，砰的一聲沉悶巨響，似乎有一隻腳重重地踢在人的身上。隨即響起慌亂的腳步聲，急促遠去。

玄奘霍然站起，兩名侍女忠於職守，戒備地盯著他，手也抓在了衣襟上。玄奘急忙道：「王妃好像出事了，妳們快去看看。」

「不用看了……」兩名侍女猶疑不定的時候，幔帳被人緩緩掀開，王妃披頭散髮地走了進來，她渾身鮮血，臉上更是鮮血淋漓，剛走一步，忽然咳出一口血，摔倒在地。

玄奘一躍而起，過去扶起她，心裡猛地便是一沉。王妃淒慘地笑著，左臉頰上有一道深深的傷口，從顴骨劃到了嘴角，整個人已經完全破相！

她手上也是傷痕累累，纖細的手指和胳膊上，到處刺著碎瓷片，胸口潔白的衣襟上，還印著一個溼漉漉的腳印。

「王妃——」玄奘潸然淚下。

王妃慘笑著：「法師，您是我的娘家人，更是我的同鄉，能叫我一聲公主嗎？」

「公主，到底發生了什麼事？」玄奘手忙腳亂地撕下自己的僧袍，阿術走過來，默不作聲地摘掉她手上的碎瓷片，為她包紮了起來。

「也沒什麼事。」王妃聽著這一聲「公主」，彷彿很欣慰，毫不在意地道，「他把茶盞打翻在地，我去撿的時候，他踩著我的手，在碎瓷片上碾壓。呵呵，法師您不用憂心，習慣了，也不覺得痛。」

「公主！」侍女們嗚嗚地哭了起來，「您的臉……」

「我自己用瓷片劃的。」王妃平淡地道，「拿銅鏡來。」

「公主，您還是……」玄奘見她臉上爛肉翻捲，鮮血淋漓，心裡難受無比，「不要看了。」

王妃朝著侍女厲聲道：「拿銅鏡來！」

一名侍女哭著奔去把銅鏡搬了過來，放在她面前。王妃痴痴地看著銅鏡中的容顏，忽然笑了：「法師，直到此刻，我才真的覺得自己很美。」

玄奘和阿術對視了一眼，不禁有些憂心，難道是毀容之苦，讓她的精神有些失常了嗎？

王妃眼中淌出大滴大滴的淚水，哽咽道：「法師，蓮花生於水中，三十二瓣，瓣瓣美麗，總惹人把它摘到手中褻玩。可它若是碎了呢？殘了呢？它自由自在，不染於汙泥，不汙於死水，是不是才是真正的美麗？」

「公主……」玄奘淚水奔流，聲音有些哽咽，卻欽佩地凝視著她，「您真的很美，便如佛祖手指間那朵金婆羅花，世間眾相，再也美不過您的風華。」

王妃欣慰地笑笑，氣息卻有些虛弱。玄奘憂心地看著她心口那個腳印，那重重的一腳，只怕已經傷了她的臟腑。

王妃慢慢地閉上眼睛，嘴裡卻呢喃著：「吾家嫁我兮天一方，遠託異國兮烏孫王。穹廬為室兮氈為牆，以肉為食兮酪為漿。居常思土兮心內傷，願為黃鵠兮還故鄉……」

麴文泰本想回後宮散散心，卻被王妃瘋癲的一幕嚇壞了，一邊往外走，一邊咒罵：「瘋了！瘋了！這女人真是瘋了……」

「陛下！」剛走了沒多遠，卻見朱貴小跑過來。

「吼什麼！」麴文泰一聲怒喝，氣得要一腳踹過去。

朱貴急忙跪下：「陛下，龍突騎支又來了，說要帶霜月支回國。」

麴文泰怔了怔，想起麴智盛便頭疼，揮了揮手：「讓他自己去找麴智盛，他有本事帶走，本王求之不得。」

「可……」朱貴愁眉苦臉，小聲道，「可三王子住在後宮。」

麴文泰搖頭不已，自己真是被那瘋女人嚇到了。也是，後宮怎麼能讓焉耆人亂闖。他想了想：「你去請龍突騎支來吧，本王親自帶他去見麴智盛。」

朱貴答應一聲，急匆匆地走了，麴文泰回到正殿，整理了一下儀容，命麴德勇調來一百名宿衛隨身保護。他對麴智盛這孽子真是有些驚懼，那只恐怖的大衛王瓶他絲毫沒有懷疑，原因很簡單，他聽說這王瓶的神異之後，也想與那魔鬼達成契約，卻沒想到被麴智盛領先一步。當日，他隱身暗處，親眼看見了那魔鬼出現時恐怖的一幕！

「若是焉耆人能逼迫那孽子用完三個願望，本王豈非就可以得到王瓶了嗎？」一泛起這個念頭，麴文泰的心瞬間怦怦跳了起來。

這時朱貴帶著龍突騎支到了，龍突騎支帶著十六名龍騎士，全副武裝進了王宮。麴德勇有些不滿，低聲道：「父王，這龍突騎支太過無禮，竟然帶著這麼多人進入後宮。」

麴文泰冷冷一笑：「讓他帶著。哼，越多越好。」

麴德勇不知道他心裡的念頭，也不敢再說。兩國人會合之後，誰也懶得搭理誰，徑直跟隨在麴文泰身後，去了麴智盛獨居的後殿。

麴智盛後殿的大門暢通無阻，那日他為了迎接玄奘拆掉了土坯磚，也沒時間再堵上。眾人來到院子裡，便聽見宮室內傳來歡聲笑語，一聽就知是麴智盛和霜月支在打情罵俏。兩人異常快樂，嘻嘻哈哈的，絲毫不顧忌。

麴文泰看了看龍突騎支，笑了：「看來龍霜公主與我兒情投意合，頗有些樂不思蜀啊！」

龍突騎支自然也聽到了女兒的聲音，臉上越發難看，當先走進院子，沒想到迎頭就碰上麴智盛頂著一頭甜瓜皮，衣襟上沾滿了葡萄酒漬，狼狽地跑了出來，邊跑邊朝屋裡喊：

「霜月支，妳使詐——」

麴智盛一眼看見這麼多人，臉上的笑容戛然而止，有些發愣。他不認識龍突騎支，但對他的服飾卻不陌生，當即心裡一沉，對麴文泰施個禮：「父王，這些是什麼人？您為何帶這麼多人來？」

麴文泰冷冷道：「這位便是焉耆王，霜月支的父親，他來，自然是要接霜月支回去。」

麴智盛的面孔扭曲起來，陰沉沉地盯著龍突騎支。龍霜月支聽到外面不對勁，急忙奔了出來，一看見龍突騎支，嚇了一跳，規規矩矩地見禮：「霜月支見過父王。」

麴智盛一看見霜月支，臉上的陰鷙立時消散，拉著她誠懇地對龍突騎支施了一禮：「岳父大人，霜月支在這裡很快樂。我並非如傳言中那般擄掠了她，我們是真心相愛，請岳父大人不要拆散我們。」

龍突騎支鼻子險些氣歪了，怒道：「誰是你的岳父？小畜生，你掠我女兒，辱我焉耆，我與你勢不兩立！這筆帳咱們以後再算，霜月支，跟我走！」

「小畜生」這三個字著實刺痛了麴文泰，他暗生惱怒，卻沒有表示，冷眼看著。

龍突騎支伸手去抓龍霜月支，但麴智盛的反應出乎所有人意料，他猛地一把拽住她，撒腿就跑進了宮室！龍突騎支沒想到麴智盛會跑，一手撈空，愣然半晌才反應過來，撒腿就追了過去。可麴智盛早有計較，一把將龍霜月支推進宮殿，反手把大門推了上去。龍突騎支只顧追，猛地見一扇大門撞了過來，嚇得魂飛魄散，急忙仰頭，卻還是被大門拍個正著。

那宮門是以紅柳木包銅釘製成的，龍突騎支一腦袋恰好撞在一顆銅包釘上，砰地一下，一屁股跌坐在地，腦門頓時鼓起個包，鼻梁骨也被拍得陷了進去，鮮血迸流。眾人全被這變故驚呆了，朱貴急忙上前扶起他，旁人險些笑出來，眼前的焉耆王，臉被拍成了平面，額頭上長出一隻獨角……

「小畜生！」龍突騎支幾乎氣瘋了，使勁踢打大門，「你給我開門！老子砍死你！」

「岳父，您不要逼我！」麴智盛卻比他還憤怒，「您是霜月支的父王，那便是我父王。須知我不是怕您，我執晚輩之禮，以禮相待……我絕不會讓霜月支跟您回去的，若是再逼我，休怪我翻臉無情！」

龍突騎支搖搖晃晃地站著，只覺鼻子、額頭無處不痛，隨手往臉上一抹就是一手的鮮血。他憤恨地把血抹在大門上，喝道：「這就是你的以禮相待？我呸！小畜生，你今日不交人，我跟你不共戴天！來人！」他抹了把臉上的血，朝龍騎士們喝道，「給老子砸開！」

龍騎士們面面相覷，他們倒不像龍突騎支那般身心受創，失去理智，在人家高昌國砸人家宮門……這行嗎？但一看自家國王暴怒的模樣，又見麴文泰沒有反對，便大著膽子行動起來。宮中沒有撞木，但磚坯倒不少，當日麴智盛運來一大堆砌門，都堆在旁邊。龍騎士們一人抱著一塊，嘿呦一聲就砸了過去。

王宮的磚坯規制與城牆一般無二，都是長一尺、寬七寸、厚達五寸，整塊怕不下二三十斤，咚地砸上去，頓時大門搖晃，塵土飛揚。這些龍騎士都是焉耆國的勇士，膂力驚人，十六人每人一磚頭砸下去，門軸崩裂，兩扇大門搖搖欲墜。

龍突騎支大吼一聲，飛身一腳踹上去，大門轟然倒塌，伴隨著一聲巨響，重重地拍在室內的地面上。龍突騎支手持彎刀衝進大廳，日光從穹頂上照耀下來，灰塵飛舞，他定了定神，卻看見麴智盛和龍霜月支手握著手，並肩站在廊道深處，一臉絕望。

「小畜生，」龍突騎支獰笑道，「看你往哪裡逃！放開霜月支！」

麴智盛悲哀地瞧著龍霜月支：「妳父王來接妳了。」

「父王，」龍霜月支緊緊攥著麴智盛的手，淚眼盈盈地哀求，「您放過我們吧！我是真的愛上了智盛，我不願讓兩國的敵對阻擋我們相愛的心。您就當沒有我這個女兒，我們寧願離開西域，永生永世不再回來！」

這位公主演戲的才華實在了得，這一番哭訴，便是鐵人也被哭軟了心腸，麴智盛更是涕淚交流，傷心不已。

「妳說什麼？」龍突騎支有些糊塗，隨即醒悟，溫言道，「霜月支，妳是受了魔鬼的蠱惑。從前妳不是萬分瞧不起這小子嗎？妳是咱們焉耆人的寶貝，是大家公認的西域鳳凰，他如何配得上妳？妳是受這小子威脅的吧？不要緊，待父王斬了他，帶妳回家！」

「不，父王！」龍霜月支嘶聲大叫，「我是真的愛他。」

龍突騎支充耳不聞，盯著麴文泰：「姓麴的，你若是不管，我便要強行搶人了。若是這小畜生有個損傷，莫要怪我！」

麴文泰淡淡道：「他既然是畜生，在你眼中無非豬羊一般，你愛怎麼辦就怎麼辦好了。」

龍突騎支一愣，聽出了麴文泰的憤怒，但他自己更惱怒，當即哼了一聲：「來人，請公主回國！」

十六名龍騎士衝過去就要強搶龍霜月支，麴智盛朝著龍霜月支慘笑一聲：「霜月支……」

龍霜月支深情地凝視著他，撲進他的懷中，幽幽道：「我不會怪你的。」

「都是他們逼我——」麴智盛喃喃道，忽然反手一把扯下身後的帷幔，日光下，黃銅鑄就的大衛王瓶閃耀著金色的光芒，被供奉在佛龕之上，瓶身上的花紋如同詭異的眼波在流動。

龍騎士們頓時一怔，龍突騎支深吸一口氣，沉聲喝道：「大衛王瓶！嘿，老子今日倒要看看，它究竟有什麼魔力，來人——」

話音未落，只聽咄的一聲，一枝利箭射在了他的腳下！龍突騎支一驚，猛然間聽見迴廊外響起嗖嗖嗖的箭羽破空之聲，兵刃交擊聲、慘叫聲、嘶吼聲、人體中箭聲、兵刃墜地聲亂作一團。原來，外面的庭院中突然出現近百名黑衣蒙面的戰士，對值守的宿衛發動了突襲，宿衛們只有一百人，對方一輪利箭就射殺了三十多人，隨後再發動攻擊。麴德勇雖然勇武，猝不及防下也抵擋不住，只好退進了宮中。

麴文泰驚呆了，喝問：「發生了什麼事？」

回答他的是雜沓的腳步聲，二層、三層的樓梯上腳步奔響，日光的暗影中，無數的戰士奔跑著，刀光凜冽，箭鏃生寒，上百名戰士控制了二層、三層的樓梯，張弓搭箭，對準了大廳的眾人。麴文泰的心一點點地沉了下去。

「你們究竟是什麼人？」麴文泰大聲喝問。

「他們是你的敵人，同我一樣。」迴廊外，響起一聲冷笑。

麴文泰霍然回頭，只見在黑衣戰士的簇擁下，一名清矍老者陪同著自己的王妃緩步走了進來，而他們身後，竟然是玄奘和阿術！

宇文王妃臉上一道猙獰的傷疤，從顴骨直達嘴角，她沒有包紮，鮮血仍在流淌。不過她的手掌倒是被一條雜色的僧袍包裹了起來，外面還滲著鮮血。

麴文泰臉色難看：「妳……這是怎麼回事？」

王妃咯咯冷笑：「陛下，你還不明白嗎？我造反了。」

麴文泰呆住了，龍突騎支和麴智盛也目瞪口呆，誰也沒有想到，高昌王妃竟然造反！尤其是龍突騎支更是叫苦不迭，自己怎麼這般倒楣，竟碰上高昌政變！

「為什麼？」麴文泰厲聲問。

「為什麼？」王妃斷聲大笑，「你問我為什麼？一個大隋公主，一個深愛你的女人，十八年來被你無休無止地淩辱折磨，你我之間還能剩下什麼？當你按著她的口鼻，把她溺入水中時，你是否問過為什麼？當你用皮鞭在她身上抽出斑斑血痕之時，你是否問過為什麼？當你將她送進突厥人的大帳，你是否問過為什麼……」

所有人都驚呆了，他們震驚的原因倒不僅僅是麴文泰對王妃的虐待，更讓他們驚懼的是，自己聽到了這種可怖的宮廷祕辛，會不會被高昌王滅口！

麴文泰額頭滲出了冷汗，臉上終於現出驚惶之色，他嘴脣嚅動，苦笑地凝視著玄奘：「法師……難道您也背叛了弟子嗎？」

這話不倫不類，但玄奘卻心酸無比，搖頭道：「貧僧只是王妃的俘虜。」

麴文泰鬆了口氣，怔怔地想了半晌，才道：「玉波，我自知虧欠妳甚多。大業八年，妳初嫁之時，妳我琴瑟和鳴，敦倫恩愛，難道我真的不曾愛過妳嗎？可是，短短一年裡，那個驕傲的世子，高貴的青年，被妳給毀了！妳讓我改革，我便改革；妳讓我驅逐突厥，我便驅逐突厥；妳讓我鎮壓異己，我便鎮壓異己。我知道妳是為了隋朝皇帝交付妳的使命，我愛妳，我欽慕漢家，我願意去做，哪怕面對全體高昌人的反對，哪怕面對陰謀與背叛，政變與殺戮，為了討妳的歡心，我毫不動搖！可是，妳不懂政治，更不懂人心，當我們揮出手中刀，斬下敵人頭時，便再也無法收手了！在那場政變中，正是妳的仁慈，妳的無知，才讓他們有機可乘，攻占王城！玉波，是妳毀了我！毀了高昌！」

麴文泰聲嘶力竭，聲淚俱下，淒厲地慘笑著：「玉波，是妳讓我亡了國！是妳讓我成了喪家之犬！是妳讓我像狗一樣託庇在突厥人的帳下！讓我喪失尊嚴，信心潰散，豪情意氣蕩然無存！玉波，我恨妳，我真的恨妳！」

王妃淺淺地笑著，但臉上的傷疤與鮮血卻讓她的微笑變得猙獰：「是啊，你我自從失國逃亡，就這麼互相憎恨，愛沒了，情沒了，一切都沒了。任人凌辱也罷，折磨也罷，糟踐也罷，我原本已不在意這個軀殼了，可我還有恨。一年的愛，十七年的恨，文泰，你讓我如何釋懷？」

麴文泰淚如雨下，只是喃喃地道：「冤孽！冤孽……」

「文泰，你這便走吧！」王妃淒涼地道，「大隋已經亡了，愛情也亡了，你死之後，恨也消亡了。就讓我們的孽緣，始於政變，終於政變。也許，這才是佛祖安排的因果。」

王妃默默地回頭，無力地揮手：「殺了他。」

旁邊的薛先生舉起手，正要砍下去，玄奘忽然疾步跑了過去，擋在麴文泰面前，張開雙臂護住他：「阿彌陀佛，公主三思！」

薛先生有些為難，王妃卻一點也不意外，淡淡地道：「法師，其實我很想殺了您。殺了您，高昌才會與李唐澈底決裂，成為我亡隋流人的一方淨土。可您是大德高僧，殺僧的重罪我承擔不起。這輩子，我下到泥犁獄中，有無數的罪孽等著我，理也理不清，我不願再增加罪孽了，您不要逼我。」

玄奘卻笑了笑，臉上湧出憐憫：「公主，貧僧求的是佛，對貧僧而言，刀鋒箭鏃皆是佛。若是您能得到解脫，貧僧死又何妨？但是貧僧想告訴您一句話：過去心不可得，現在心不可得，未來心不可得。為何不可得？因為您得到的，只是虛妄。往事如一盞燈，燈滅了，眼前晃動的只是燈影而已。秀蓮生水中，不為水染汙。既已為秀蓮，何必惹塵緣？」

「既已為秀蓮，何必惹塵緣？」王妃輕輕念著，似乎痴了，幽幽嘆道，「他不死，我如何洗掉身上的汙垢？」

玄奘含笑問：「他若死，您如何洗掉身上的汙垢？他不死，您身上又如何有汙垢？」

王妃悚然動容，眼波迷離，陷入沉思。玄奘輕輕鬆了一口氣，麴文泰這時才覺得冷汗溼透重衣，忽然間，庭院中響起雜沓的腳步聲，隨即傳來轟轟轟的巨響，四面八方的窗戶盡皆被撞木衝破，無數的宿衛軍破開門窗，弓箭對準了亡隋流人！

眾人都愣住了，眼見一場政變可以妥善解決，沒想到局勢陡然一變。

朱貴帶著張雄大步走了進來，宿衛軍將亡隋流人團團包圍。朱貴急忙跑到麴文泰面前哭道：「陛下，您沒事吧？現在好了，老奴偷偷跑出去通知了大將軍，這些逆賊已經成了甕中之鱉。」

「陛下，」張雄一臉羞慚，「臣請罪。若非朱總管知會，臣真是萬死難贖。」

「太歡！太歡……」麴文泰感受到朱貴和張雄的忠心，眼睛不禁溼了，這才澈底放下心來，他冷冷地盯著王妃：「讓妳的人放下武器！」

王妃卻不理他，只是問玄奘：「法師，您說得對，他死與不死，與我並無干係。他只是蓮下的汙泥，池中的死水。」

麴文泰眼睛裡露出深深的痛苦，咬牙喝道：「殺了她！」

宿衛們剛剛將弓箭對準王妃，卻見她轉身凝視著麴文泰，眼裡露出一絲譏誚。麴文泰突然覺得有些不安，還沒想明白，脖子上猛地一涼，背後一個低沉的聲音道：「父王，殺不得。」

麴文泰艱難地轉頭，頓時呆住了，只見麴德勇手中橫握彎刀，森寒的刀刃搭在他的脖頸上，冷酷的臉上充滿譏誚。所有人都目瞪口呆，這場政變當真是一波三折，詭譎難言，誰能想得到，王妃發動政變的背後，居然有二皇子參與！

玄奘瞥了龍霜月支一眼，見她神情絲毫不亂，嘴角甚至掛著淺淺的微笑，禁不住低低一嘆：「公主，這番風波，想必也在您謀劃之中吧？」

龍霜月支湊到玄奘耳邊，低聲道：「法師，承讓了，且靜觀其變吧。」

麴智盛一直記掛龍霜月支，見她與玄奘低語，急忙問：「霜月支，妳沒事吧？」

龍霜月支立時露出小女兒柔弱的情態，依偎在他懷中：「三郎，我好怕。」

「不怕！不怕！我會用大衛王瓶保護妳！」麴智盛慨然道。

這場景看得玄奘一陣惡寒，對這位公主更是悚惕不已。

此時的麴文泰，也是目瞪口呆，腦袋裡一團糨糊，王妃反對他他能理解，兩人之間恨了十七年，發展到今天這地步，他絲毫不奇怪，可是德勇……

「你為何要這麼做？」麴文泰呆呆地道，「你是我最愛的兒子，是我最親的人……為何要背叛我？」

「這是你逼我的！」麴德勇平靜地道。

「我逼你？」麴文泰暴怒起來，目眥欲裂，「我將父親的愛交給你，將王宮宿衛交給你，將右衛大將軍交給你，將我的生命和整個王城的安全交給你！待我死後，我還要將高昌的王位交給你！德勇，我還有什麼沒有給你？你居然說是我逼你？逼你背叛，逼你謀反？」

王妃嫋嫋婷婷地走過來，伸手挽住麴德勇的胳膊，譏諷道：「你還把自己的王妃交給了他。」

「你們……」麴文泰這才明白兩人的關係，極度的屈辱幾乎使他瘋狂，「狗男女！」

麴德勇似乎有些羞慚，但王妃卻昂然道：「我們不是狗男女，我們只是一雙被你逼到絕境的可憐人！十七年了，我日日受你折磨，若是沒有德勇，你以為我有勇氣活到如今嗎？」

「我沒說妳！」麴文泰怒不可遏地呸了她一聲，盯著麴德勇，恨不得咬掉他的血肉，「我在問他！老子究竟什麼地方對不住你？從小你就是我最寵愛的兒子，我將所有心血都耗費在你身上，依高昌規制，王位由嫡長子繼承，可是我屢次三番想廢掉仁恕，扶你做世子。你說，我究竟什麼地方對不住你？」

「你對得起我？」麴德勇也憤怒了，朝著他大吼，「我和大哥原本情同手足，一文一武，配合默契。我自幼的夢想就是做個大將軍，幫助大哥征戰沙場，我沒有要做高昌的國王！可是你，自從我在亂軍中救了你之後，你信口開河，說要將高昌王位傳給我——」

「我沒有信口開河！」麴文泰也大吼。

「正是因為你沒有信口開河，才把我逼到了今天這個地步！」麴德勇眼眶發紅，「是你這一承諾，讓大哥視我如仇敵！可你復國之後，卻又食言，藉口臣民反對，立了大哥做世子。可是父王，你知道嗎，我已經回不去了！大哥故作灑脫，其實心胸狹隘，我與他爭過王位，等你百年之後，他勢必不會放過我！又是因為你的承諾，讓一大批軍中將領視我為奇貨，推著我往奪位這條路走。父王，我今日謀反，完全是你造成的！」

麴文泰呆住了，傻傻的不知說什麼是好，喃喃地道：「我……我確實是要廢掉仁恕，立你的。」

「父王。」麴德勇慘然道，「您越是這般說，越是把我往謀反的路上推啊！大哥漢學淵源，我與突厥人關係良好，您的國策朝三暮四，舉棋不定，您投靠突厥時，想廢掉大哥，傳位給我。我做好了充分的心理準備，您又轉念想投靠大唐，隨即反悔。您讓我如何適從？您只是告訴我耐心、耐心，可我的耐心恰恰是被您一點點地磨滅了。這次您迎來了玄奘法師，高昌國人人都知道，您已經下定決心向大唐示好，傳位給我已經徹底不可能了。可是這些年裡，無數人的身家性命已經拴在了我的馬背上，以大哥的手段，他日一旦登基，這些人勢必會被清洗殆盡。父王，這些都是跟隨我鞍前馬後、死人堆裡廝殺出來的同袍兄弟，我只能殊死一搏，為他們，為我自己，搏一個大好前程！」

麴文泰一臉慘然，看了看玄奘，又看看張雄，忽然問：「太歡，本王……真是這樣嗎？」

張雄沉默片刻，無言地點了點頭：「陛下，二王子臣所知不多，但大王子的心思臣還是知道一些的。當年您推行漢化改制時，大王子年齡已經大了，他正是在您的薰陶下，才決心學習漢學，最終滿腹錦繡。可是，您很快就拋棄了漢家制度，投靠突厥，對大王子百般厭棄。大王子曾經一度想丟棄儒學，討您歡心，可是您依賴突厥時崇尚突厥風俗，依靠中原時崇尚漢家文化，大王子無所適從，生怕丟掉王位，所以這些年來對朝政三緘其口。」

麴文泰長嘆一聲，閉上了雙眼。麴德勇道：「大將軍，讓你的人放下武器！否則，便是你逼殺了陛下！」

張雄汗如雨下，看了看麴文泰。麴文泰身子無力，頹然倒了下去，麴德勇的刀就架在他脖子上，刀刃順勢一割，劃破了肌膚，險些割掉了他的腦袋，麴文泰頓時出了一身冷汗。他害怕，張雄更害怕，忙不迭地讓士兵們放下武器。

麴德勇命張雄帶人退出宮室，赤手站在院裡，自己從懷中掏出一只號角，嗚嗚地吹了起來。沉悶的號角聲震動宮廷，遠遠的，就聽見四面八方響起沉悶的腳步聲，奔跑中甲葉碰撞，一隊隊的戰士全副武裝，控制了整個王宮，竟然是高昌最精銳的中兵！

兵部制度方面，高昌沿用南北朝制，分為五兵：中兵、外兵、騎兵、別兵和都兵。但在這麼個小國具體施行，五兵功用卻與中原不同，中兵顧名思義，就是保衛王宮，人數雖少，但最精銳，一直被麴德勇掌控；外兵則是其他各郡的駐軍；騎兵高昌只有一支，也駐紮在王城，由麴德勇掌握；都兵則是駐紮在高昌王城的主力，一向由張雄統率；別兵就不值一提了，相當於後備軍。

麴文泰自己其實只掌握著三百人的貼身宿衛，由此可知麴德勇的權力多大，麴文泰對他信任到了何等程度。

張雄一聽腳步聲，就知道上千中兵全體出動，立刻放棄了抵抗的念頭。麴德勇得意揚揚，讓薛先生的人撤退，換上自己的中兵，將麴文泰、玄奘、龍霜月支等人控制了起來，然後問王妃：「玉波，妳的人可以退下了吧？」

王妃笑了笑：「這是你的王宮，你的王國，流人只是託庇於你。既然你已經控制了大局，他們自然可以放下武器，做個良民。」

說完揮手命薛先生帶著流人退出大廳。

麴德勇很滿意：「玉波，妳對我的好，哪怕我做了國王也永誌不忘。」他凝視著王妃受傷的面孔，忽然有些心疼，輕輕將她攬在懷裡，柔聲道，「妳為何那麼傻？咱們籌謀這麼多年，眼看就要成功，妳何苦毀了自己的容顏？」

王妃淒然道：「德勇，以色侍人，終有衰時。正是這張臉帶給我一生的淒涼，毀了它也好。你成功之後，我便去皇寺出家，永伴青燈古佛吧！」

「玉波，這是什麼話！」麴德勇勃然作色，「在那些艱難的日子裡，妳我相互扶持，難道我愛妳，便是為了妳這張臉嗎？我不介意妳的過往，不介意妳受到的羞辱，因為我知道妳的珍貴。按照突厥風俗，收繼婚制，妳便是我將來的王妃！」

麴文泰氣得暴跳如雷，怒喝道：「狗男女，你們還要不要臉？」

麴德勇冷笑：「我祖父之前，高昌便是收繼婚制，他也曾娶了我曾祖父的后妃，我恢復舊制，有何不可？」

麴文泰啞然無語。

麴德勇召來一名將軍，冷冷道：「奉陛下旨意，查世子麴仁恕勾結外臣，意圖謀逆，著即賜死。去吧，用一杯鴆酒，送我大哥體面地下地獄吧！」

那名將軍躬身道：「遵命！」隨即帶著一群中兵迅速前去搜捕麴仁恕。

玄奘悲哀地道：「二王子，手足相殘，你想入阿鼻地獄嗎？」

麴德勇冷冷道：「大唐皇帝陛下若沒有手足相殘，如何來的寶座？」

玄奘想上前阻止，卻被中兵們用刀劍逼著，絲毫動彈不得。麴文泰嘆息一聲，淚水噴湧而出。

麴德勇滿意地看著整個局勢都在自己的掌控之下，但在處理焉耆人的問題上，他卻有些犯難。

「龍王，不知你們焉耆是否理解我的苦衷？」麴德勇含笑問龍突騎支，笑聲裡卻帶著殺機。

龍突騎支在西域摸爬滾打一輩子，雖然性情暴躁，卻如何不明白，當即笑道：「貴國政變，與我焉耆何干？我只是來和高昌王談判，既然高昌王換人，只要我焉耆的條件能滿足，自然恢復兩國友好關係，全力支持高昌的穩定。」

麴德勇心中一動，沉吟道：「你們的條件，霜月支嘛，自然是要送還的。麴智盛……卻不能交給你們處置。」他朝麴智盛瞧了瞧，露出一絲歉意，「他到底是我親兄弟，麴氏王族，不能讓外人折辱。我們便在高昌行刑，一刀斬了。至於絲路南移，原則上我可以同意，具體細節等高昌安定下來，我願親自去焉耆商議。您看如何？」

龍突騎支面對這巨大的驚喜，腦子竟然有些遲鈍。他來談判，本就是漫天要價，只等著高昌人還價，但沒想到一場政變，居然兵不血刃，拿到了絲路控制權！只要麴德勇願意去焉耆談判，就表明他有十足的誠意，龍突騎支如何不答應？當即慨然表態：「陛下，您繼承高昌王位，非但是高昌萬民之福，也是我焉耆國的福分，您必定能得到我焉耆最誠摯的友誼。只要陛下一句話，我焉耆三國駐紮在邊境的大軍，願意為了高昌國的安定付出最大的努力。」

麴德勇也驚喜交加，有了焉耆、龜茲、疏勒等三國鼎力支持，莫說高昌國內的反對勢力，便是整個西域，又有誰能動搖自己的地位？麴文泰和張雄面如死灰。

兩人達成盟約，龍突騎支不願再摻和這場政變，當即大踏步走到龍霜月支面前，一把抓住她：「霜月支，跟我走！」

龍霜月支緊緊抱著麴智盛的胳膊，一臉驚恐：「父王，我不……智盛，救我——」

玄奘和阿術冷眼旁觀龍霜月支的表演，有些不解，到了此時，她的計畫可以說已經實現大半，為何還要把這場戲演下去？

「放開她！」麴智盛兩眼頓時通紅，嘶聲大吼。

龍突騎支臉色鐵青，刷地抽出彎刀，一刀劈了過去，吼道：「小畜生，老子就在這裡斬了你！」

刀光如雪，眼看就要將麴智盛斬於刀下，玄奘大吃一驚，急忙衝過來擋在麴智盛的面前：「阿彌陀佛！陛下手下留情——」

龍突騎支大吃一驚，他可沒膽量斬殺大唐來的高僧，硬生生收住了刀。龍霜月支急忙提醒：「三郎，大衛王瓶！」

麴智盛醒悟過來，趁機拽著龍霜月支跑到了大衛王瓶的後面，臉上露出瘋狂之色，抽出小刀割破自己的手指，將鮮血滴入瓶口的六芒星封印。

眾人都被他古怪的舉動驚呆了。只見麴智盛彷彿一頭被逼到絕境的惡狼，表情猙獰，嘶聲大叫：「誰敢奪走霜月支，我要他永世不得超生！」

龍突騎支露出嘲弄之色：「裝神弄鬼，這破瓶子嚇唬得了——」

話音未落，他頓時一臉愕然，只見大衛王瓶的瓶身忽然發生了詭異的變化，鮮血注入之後，一條細細的血線迅速在鏤空的紋理間蔓延，那血線彷彿有生命一般，瓶身散發出一層濛濛的紅光，內膽和外層之間，雲蒸霞蔚，一股黑氣四下盤繞，彷彿一條惡龍掙扎欲出。

第十章　魔鬼自瓶中生

玄奘、阿術、麴德勇、王妃、麴文泰全都呆住了，所有人心中都湧出深深的恐懼——這個大衛王瓶裡，竟然真的有一隻無所不能的魔鬼嗎？

「惡魔阿卡瑪納，聽我號令！」麴智盛手按六芒星，嘶聲大吼。

瓶身的黑煙更加濃烈，緩緩從鏤空的花紋裡湧了出來，凝聚成一團，筆直上升，直到屋頂才被阻擋。黑煙越來越濃，忽然劇烈地抖動起來，彷彿有個東西正在煙霧裡掙扎，過了片刻，黑煙凝成一團，只有一點餘尾和瓶口相接。

這時，更驚人的事情發生了，大殿中竟然響起轟隆隆的大笑聲，黑煙不停地變換形狀，抖動不已，似乎在興奮地大笑：「尊貴的王子，這是您第二次召喚我了。」

那惡魔的口音有些含混不清，居然帶著股異域腔調。眾人都駭然不已，玄奘更是目瞪口呆地注視著宛如有生命般的黑煙，他雖然信佛，卻實在無法想像，光天化日下，王宮大殿內，這大衛王瓶竟然真的能釋放出魔鬼。

「第二次，我知道。」麴智盛不耐煩地道，「我會履行承諾，此生必定許下三樁心願，將你澈底釋放。」

「可惡的薩珊波斯皇帝，欺騙了我四百年，我只希望你能信守承諾。」惡魔阿卡瑪納沉悶地道，「你若是完成兩個心願就讓我沉睡，那麼你的後代子孫一旦喚醒我，我勢必會報復！我再也不能容忍了！」

「知道，莫要再廢話了。」麴智盛哼了一聲，「現在聽我第二個心願！」

惡魔阿卡瑪納不說話了，麴智盛冰冷地掃視著大殿裡的眾人，這時的大殿裡，除了麴德勇、王妃和薛先生，就是麴文泰、玄奘、阿術、朱貴這些被看押起來的人，以及龍突騎支和他手下的十六名龍騎士，還有一百多名中兵。麴智盛不帶絲毫情感的冰冷目光掃視過來，無論國王還是勇將，戰士還是普通人，大家都是一身雞皮疙瘩，不敢與他對視。

「父王、伴伴、法師、阿術，你們過來。」麴智盛朝他們招了招手，四人依言走過去。

「二哥，我不殺你。」麴智盛道，麴德勇張了張嘴，卻不知該說些什麼，「王妃是我的母后，我也不殺您。」

「龍王陛下……您是霜月支的父親，我不想讓她傷心，也不會殺您。」麴智盛冷笑一聲，指了指其他人，瘋狂地大笑道，「你們陰謀叛亂，你們拆散我和霜月支，靠的就是手中的刀劍嗎？那麼，我就剝奪你們的力量吧！阿卡瑪納，讓這些叛亂者，讓這些強搶霜月支的人，統統去死吧！」

「哈哈哈哈！」煙霧裡的惡魔阿卡瑪納放聲大笑，「尊貴的王子，你的第二個心願竟如此簡單？」

「沒錯。」麴智盛惡狠狠地道。

「不要這個王國的王座？」

「不要！」

「不要做西域的萬王之王？」

「不要！」

「不要擁有這個世上最強大的軍隊、最富有的寶藏、最美麗的女子？」

「不要！」麴智盛溫柔地拉著龍霜月支的手，不耐煩地道，「你廢話什麼？有了霜月支，我什麼都不要！」

「好！」惡魔阿卡瑪納低低說了一聲，突然之間，煙霧消失不見，彷彿從未出現過。

「救我──」眾人正詫異間，薛先生突然用一隻手抓住自己的喉嚨，眼珠凸出，失神地凝視著王妃，他伸出另一隻手，似乎想抓住什麼，猛然間嘴角滲出一絲鮮血，撲通栽倒在地。

「薛先生──」王妃嘶聲大叫，衝過去抱起了他。

薛先生掙扎著，似乎想跟王妃說什麼。王妃把耳朵湊在他嘴邊，薛先生喃喃地說了一句，隨即氣絕身亡。王妃臉色一變，驚訝地朝玄奘看了過來。玄奘納悶不已，和阿術對視了一眼，兩人都有些詫異。

玄奘還沒來得及深思，十六名龍騎士和一百多名中兵同時口角淌血，哼也不哼一聲，一個個翻身摔倒，一動不動。一百多人死亡，就好似一座森林被無形的力量瞬間砍伐般，並不寬敞的宮殿裡眨眼間屍橫遍地，成了修羅殺場！

「不──」麴德勇徹底驚呆了，他的彎刀還搭在麴文泰的脖子上，但整個人都愣住了，彷彿渾身上下所有的精氣神都被抽空，只剩一副軀殼。

其他人也好不到哪裡去，一個個有如木雕泥塑，心底湧出深深的恐懼，寒意自尾骨躥上脊背，頭髮幾乎要倒豎起來。此時正是黃昏，日光透過穹頂照耀在眾人的臉上，地面的屍體上，所有人的眼睛裡都閃耀著濃濃的血色。

麴德勇大叫一聲，瘋狂地跑到大殿外，一眼望去，頓時一個踉蹌，口中噴出一股鮮血，撲通跪倒在地。玄奘、阿術、龍突騎支、麴文泰、王妃、朱貴等人也紛紛走了出來，立時一個個身子發軟，驚恐得說不出話來——

庭院中原本有八九百名中兵，麴德勇派了三百人去殺麴仁恕，還剩下五百人，除了包圍這座宮殿，還看押著張雄和宿衛。但此時，在他們眼前的，卻是滿地的屍體，橫七豎八，狼藉不堪。無聲無息地，五百餘人盡數死絕！只有張雄和那些宿衛傻呆呆地站在屍體堆裡，似乎還沒明白發生了什麼事。庭院裡還有一些薛先生手下的流人，早先被麴德勇攆了出去，沒有遭到大衛王瓶的殺戮，一個個嚇傻了，拎著刀劍不知所措。

玄奘驚駭地望著龍霜月支，見她臉色雖然蒼白，但眼神裡卻有一股掩飾不住的興奮，忍不住渾身打了個寒顫。這女人，難道連這一幕也控制在手中嗎？

玄奘正想著，張雄閃電般衝到麴文泰身邊：「陛下，您沒事吧？」

麴文泰這才醒覺過來，但仍舊渾身顫抖，幾乎站立不穩。張雄的統率能力在這一刻展露無遺，他迅速命令宿衛控制了場面，麴德勇、宇文王妃和那些流人紛紛被刀劍制住。

麴德勇無論如何也想不到，一場策劃周密、毫無破綻的政變，在成功之際竟然被大衛王瓶殺光了所有人。他在最接近成功的時刻，瞬間跌到了谷底。

這時，麴智盛拉著龍霜月支的手走了出來，冷漠地看了看滿地的屍體，嘆道：「真是何苦來哉？父王，麻煩您讓人把我宮中的屍體都搬出去，霜月支不喜歡見這些東西。還有，你們不管誰做國王，都不要再來攪擾我，就讓我和霜月支享受幾天寧靜吧！」

說完他拉著龍霜月支回了宮。龍霜月支回頭叫道：「父王，霜月支對不起你！」

龍突騎支似乎早已嚇得心膽俱裂，沒聽見女兒的聲音，只是盯著麴智盛，就像見了鬼一樣。

麴文泰慢慢恢復了勇氣，他知道此時自己必須掌控局面，處理善後事宜。他冷漠地看了一眼麴德勇：「你還有什麼話說？」

麴德勇慘笑：「天命在你，不在我，如此而已。十八年前，我們兄弟和睦，父子親善，又是誰讓事情走到了今天這個地步？」

麴文泰終於暴怒，猛地衝上去一腳將他踹翻，嘶聲吼道：「謀逆的是你，難道錯的是我嗎？」

「你沒錯？」麴德勇慢慢地爬起來，臉上露出譏誚的笑容，「為什麼你每個兒子都恨不得你死？為什麼你的每一任王后都在內心詛咒你？」

麴文泰臉色突然煞白，踉踉蹌蹌倒退幾步，幾乎站立不穩。麴德勇淚如雨下：「從少年起，我便以你為豪。那時，你輔佐祖父，保護絲路，剿滅盜匪，對抗外國，在我心中，是一個功勳赫赫、戰無不勝的英雄！我從小立下心願，將來也要做一個大將軍，輔佐大哥，為高昌打下赫赫聲名！可是，又是誰激發了我的野心，誘惑我走上了奪權謀逆、殺兄弒父的絕路？」

麴文泰嘴唇嚅動，忍不住望著玄奘痛哭起來：「法師啊，難道這是上蒼對我的懲罰嗎？」

「陛下，」玄奘輕嘆一聲，「因緣種下，種子發芽，可以鋤掉；樹苗生長，可以砍掉；花開之後，可以摘掉；可是這顆有毒的果子既已成熟，就必定會落在地上。」

「是啊，果子熟了，無論香甜也好，有毒也好，終究要落地。」宇文王妃默默地走到麴德勇身邊，挽住他的胳膊，輕嘆道，「二郎，事已至此，多說何益？你我功敗垂成，只能怨恨上蒼不公吧！」

麴德勇痴痴地望著她，一個身軀嬌小，一個雄壯如山，兩人牽手而立，竟有一股霸王別姬般的悲涼。

麴德勇托起宇文王妃的臉，用袖子輕輕擦著她臉頰上的血痕，笑了笑：「既然要走，我讓妳漂漂亮亮的。從我十五歲起就和妳在一起，多少年了！唉，為何這世上的女人，總是沒有一個能超過妳呢？」

宇文王妃失聲痛哭，麴德勇也淚流滿面：「莫哭，莫哭，今生不能娶妳，到了地獄能在一起也是好的。到那裡，咱們再不入輪迴，我要讓妳永遠幸福。」

「父王，」他朝麴文泰笑了笑，「我只是想效仿玄武門之變而已，從未想過殺你，也不會讓你背負殺子的罪孽。」話音未落，他的口角忽然淌出一縷鮮血，宇文王妃低頭一看，他的胸口赫然插進了一把短刀！

這短刀長有六寸，深深地插進了胸膛，只剩刀柄。

王妃毫不吃驚，只是痴痴地凝視著。麴德勇努力笑笑：「我實在不忍殺妳，玉波，我先走啦！」

說完，他無力地鬆開了她的手，龐大的身軀轟然倒地。王妃淒涼地笑了笑：「傻子，為何如此殘忍，讓我眼睜睜看著你死去？」撲過去就要拔麴德勇胸口的短刀。

麴文泰漠然看著，朱貴手急眼快，就在王妃的手指觸及短刀之際，一把攥住她的手腕：「王妃，不可如此！」隨即將王妃拖離了麴德勇的屍體。他跪倒在麴文泰面前大哭：「陛下，她是王妃啊！」

麴文泰有些憤怒於朱貴的自作主張，但王妃既然沒能自殺，終究不能在眾目睽睽之下將她殺掉。他神色複雜地凝視著這個女人，只好揮手命令張雄：「先帶走吧，我不想再見到她！另外，你立刻控制兵部和中兵營，將一干人等悉數抓起來！」

張雄知道耽擱不得，急忙押著宇文王妃匆匆離去。王妃一邊被推著走，一邊嘶聲大笑：「你讓我活著，就像是把有毒的果子捧在手心！我會日日詛咒你！」

麴文泰慘笑：「我麴氏王族已經中了魔鬼的詛咒……」猛然想起一件事，「朱貴，快帶人去救仁恕！」

朱貴臉色大變，剛才麴德勇已經派人去殺麴仁恕了！從這裡到東宮，距離並不遠，麴仁恕此時只怕凶多吉少。他急忙答應一聲，匆匆點了幾十名宿衛，朝著東宮狂奔而去。

東宮早已屍橫遍地，血流成河。麴德勇派中兵來殺麴仁恕，麴仁恕雖然不知詳情，卻也不願束手就擒。張雄為了他的安全，派了一百名都兵保護他，若是暗殺，這些兵力足夠阻擋刺客，但面對中兵的精銳卻遠遠不夠了。

中兵們宣讀了詔令，見麴仁恕不肯自裁，立刻強攻，用圓木撞塌圍牆，殺進了東宮。

麴仁恕拚命抵抗，但寡不敵眾，片刻間死傷遍地，一百名都兵幾乎被斬盡殺絕。麴仁恕見勢不好，在幾名殘兵的保護下，架起梯子翻過圍牆，逃之夭夭。

他在高昌國最大的倚靠便是張雄，此時他還不知道張雄已經率人去王宮平叛，驚慌失措之下便在王城的民居中東躲西藏，朝張雄的府邸逃去。穿過七八個院落之後，他身邊已空無一人，但好歹也甩開了中兵。

麴仁恕鬆了口氣，悄悄摸向張雄的府邸。不料經過一處院落時，門內猛地伸出一隻手將他拽了進去，麴仁恕嚇得魂飛魄散，轉身就跑。

「世子，不要驚慌！」那人沉聲喝道，聲音似乎挺熟悉。

麴仁恕顫抖著轉身，立時鬆了口氣，卻是朱貴。朱貴一身便裝，神情冷峻地將他拽到葡萄架下：「世子，外面到處都是二王子的人，大將軍也在王宮平叛，並不在府中。」

「伴伴，救我啊！」麴仁恕幾乎要哭出來了，像碰到救命稻草一般抓住朱貴的胳膊使勁地搖晃。

朱貴極為冷靜，安慰他：「世子放心，是陛下命老奴來救您的。二王子已死，此時外面還有叛黨未清，您只要待在這個院子裡，過得一時三刻，便會安然無恙。」

麴仁恕這才長出一口氣，流淚道：「兄友弟恭，何以鬧到如此地步啊！」

「只因世子錯生在了帝王家。」朱貴笑道。

麴仁恕愕然，猛然間只覺胸口一痛，他駭然低頭，竟是一把短刀插進了自己的心臟。麴仁恕呆呆地抬起頭，嘴角淌出了鮮血，喃喃道：「伴伴，為何殺我……」

朱貴沉默片刻，嘆道：「諸般惡業，報應在我。願世子早入輪迴，早得解脫。」

麴仁恕喉嚨裡發出咯咯的聲音，想問個明白，卻再也發不出聲音，雙手拽著朱貴的衣襟，慢慢滑到了地上。

朱貴平靜地蹲下去，用麴仁恕的衣服按住傷口，輕輕抽出短刀，鮮血瞬間湧出，但量卻極少。那短刀拔出後居然霜刃如雪，這是上好的烏茲鋼所鑄，他生平只鑄造過兩把。

朱貴離去之後，又過了許久，一個年輕男子走進庭院。他似乎已經知道院子裡有一具屍體，徑直走到葡萄架下，蹲下去打量早已冰冷的屍體。他看得很仔細，彷彿仵作，甚至把一根鋼針探進了傷口，測量深度。

「深入寸半，恰好刺穿心臟。」年輕男子喃喃自語，「看不出來，這老太監倒是個高手啊！高昌亂局，越來越有意思了，這廝究竟想幹什麼？」

這時，胡同裡響起急促的腳步聲，夾雜著兵刃與甲冑的碰撞聲。年輕男子眉毛一挑，悄悄地從院子另一側穿了過去。他剛走，就聽見有人驚叫：「世子！」

王城的民居大都相連，年輕男子穿過幾座院子，走到了正街上。市面繁華，商賈買賣如火如荼，即使到了黃昏也不曾稍減。年輕男子負手在大街上悠閒地走著，看得很仔細，店鋪種類、貿易額度、貨物名目、商品價格，他就像是第一次行商的商賈，貪婪地獲取著一切知識。

忽然間，身後一陣大亂，一群宿衛抬著麴仁恕的屍體狂奔而來。每個人臉上都帶著驚恐絕望的神情，滿頭大汗，朝著王城的方向飛奔。

年輕男子遺憾地搖了搖頭，卻沒有理會，躲避在道旁，等宿衛們抬著屍體過去，才又開始慢悠悠地走著。他似乎一點也不著急，到了晚餐時間，還特意走進一家龜茲人開的

「白氏名食店」，吃了一頓正宗的西域畢羅餅。

年輕男子嘖嘖讚嘆：「倒不比昔日長安西市上的韓約做得差！」

正說著，街上忽然人群大譁，紛紛朝王宮方向擁去。年輕男子露出詫異之色，丟下幾枚高昌吉利銅錢，跑出了店鋪，揪著人就問：「發生什麼事了？」

「殺人了！」那人頭也不回。

年輕男子隨著人潮到了王宮外，頓時吃了一驚，的確是殺人了，但不只一人，王宮西牆密密麻麻跪滿了待斬的囚犯，粗略一數，竟有六七十人！每人身後，都站著一名宿衛，手提長刀。更詭異的是，這些囚犯的對面，跪著一名年輕的僧人，僧人的身邊，還跪著一名八九歲的孩子。至於左衛大將軍張雄，則一臉煩惱，彎腰勸說那僧人，可僧人只是閉目誦經，毫不理會。

年輕男子越看越奇，問旁邊一名老者：「老丈，這是怎麼回事？」

老者見他衣衫華貴，也不敢怠慢：「公子，據大將軍所言，此乃前隋流人，竄居高昌，圖謀叛亂。老朽聽說，方才王宮之內喊殺震天，估摸便是這些流人作亂吧。」

「那這僧人呢？」年輕男子問。

老者合十念誦：「阿彌陀佛，公子，這位僧人乃是大唐高僧，玄奘法師，是高昌王請來的最尊貴的客人。他的聲名傳播西域，就像天山上終年不化的積雪，每個人都看得到。高昌王想處決這些流人，法師得知之後，便來到這刑場，跪在他們面前，只是念經，一句話不說，大將軍勸也勸不走。想來法師是可憐流人之苦，想為他們超渡吧。」

年輕男子怔住了，臉色嚴峻起來，默默地注視著局勢的發展。

張雄已苦口婆心勸了半天，玄奘只是不理，默默誦念經文。張雄無奈地道：「法師，我不是不知道您的心思，可是我實在無法違逆陛下的旨意啊！您不如進宮去見見陛下，若是他能赦免，我自然放人。」

玄奘睜開眼睛，淡淡道：「陛下痛失兩名王子，心摧腸斷，早已對你下了嚴令，必定要斬殺這些流人。只要貧僧離開一步，六七十顆人頭便會落地。」

張雄啞口無言，恭恭敬敬地朝玄奘施禮，道：「法師，我乃陛下的臣子，沒有陛下的命令，如何敢釋放這些亡隋流人？法師只要請來陛下的一句話，我必定放人。我保證，法師離開之後，我絕不擅自處置。」

玄奘還沒說話，那年輕男子笑吟吟地走進了刑場：「既然是亡隋之人，如何處置，為何要高昌王來決斷？」

張雄和玄奘同時轉身望著他。此人二十出頭，長手長腳，相貌文雅中帶著一絲粗礪，服飾也是唐人打扮，與高昌漢人略微有些不同。張雄皺了皺眉：「你是何人？怎敢擅闖刑場？」

年輕男子笑了笑，從懷中掏出一枚兩寸長的銅質魚符，遞給張雄。張雄納悶地接過，翻來覆去地看，這枚銅質魚符只有半邊，彷彿一條魚從中剖開，內裡的銅面上刻著一個陽文的「同」字，而魚符的中縫好似還刻著兩個字，仔細辨認，卻是「合同」二字從中分開的半邊字。想必得拿到另一半魚符吻合，才會形成完整的「合同」二字。此外，那銅面的「同」字下方，也刻著一行小字：右衛率府長史王玄策[14]，欽命出使。

張雄臉色頓時大變：「你是……」

年輕男子沉聲道：「大唐使者王玄策，求見高昌王陛下。」

麴文泰此時心力交瘁，臥床不起，但聽得大唐使者來到王城，還是抱病接見。張雄陪著王玄策和玄奘來到宮中，阿術照例像個小跟班，寸步不離地跟著玄奘。

麴文泰裹著厚厚的毛毯，臉色蠟黃，半躺在王座上。見他們進來，他先朝玄奘抱歉地苦笑，隨即對王玄策說：「貴使遠自大唐而來，本王原本應該出城迎候，只是賤體有恙，渾身無力，實在是失禮了。」

王玄策笑著拱手：「哪裡，哪裡，下官本是出使西突厥的王庭，只是路經貴國，不曾遞交國書，還請陛下諒解。」

面對大唐這個龐然大物，麴文泰還有什麼不諒解的，只好苦笑道：「好說，好說。對了，貴使怎麼一個人來到王城？使團呢？」

王玄策笑了笑：「萬里西域，有我一人足矣。」

麴文泰讚嘆：「到底是上國使者，氣度不凡哪！貴使今日來見本王，可是有所見教嗎？若是需要酒水乾糧，請儘管吩咐就是。」

王玄策回道：「酒水乾糧我會自行購買，不敢有勞陛下。我今日來，是看見王宮外要處斬我大唐百姓，心裡頗為不解，所以特來問問陛下。」

麴文泰臉色沉了下來，道：「貴使，那些亂民可算不得大唐的百姓吧？自隋末起，他們就流亡西域，到了我高昌，自然便是高昌人，他們在我高昌叛亂，本王處斬他們，有何不可？」

王玄策不動聲色，淡淡地道：「自從我大唐替代前隋，前朝所有的一切，無不是我大唐所有。他們既然曾經是前隋的百姓，自然也是我大唐的子民。即便流亡到了西域，他們故鄉的戶籍上，也還有著他們的姓名。陛下擅自殺我大唐子民，下官若是沒見著，倒也罷了，可如今見了，等回到長安，要如何向陛下交代？」

玄奘內心禁不住感慨，他自從來到西域，雖然受到各國國王熱情招待，但作為僧人，並沒有感受到太多大唐的國威，如今見這王玄策孤身一人，卻在高昌王的面前軟硬兼施，甚至出言威脅，他才體認到大唐崛起，對西域各國是何等的威壓。

麴文泰到底是一國的國王，聽了這話，面上現出一絲慍色：「貴使可知道，這些人在我高昌國犯了罪，意圖謀反！這等謀逆大罪，放到哪個國家都不會赦免吧？」

王玄策恍然大悟：「原來如此！這倒是，這些人必須嚴厲懲罰。要不這樣吧，陛下，您先把他們關起來，等我從西突厥王庭回來，再將他們帶回大唐，依照唐律嚴加處置，如何？」

麴文泰頓時張口結舌。他沉默地盯著王玄策，臉色潮紅，深深感受到屈辱。王玄策面帶微笑，和他對視。

「陛下，」玄奘急忙道，「可否聽貧僧講一個故事？」

麴文泰道：「能聽法師講法，乃是弟子的無上榮幸。」

「昔有一人，養育七子。」玄奘道，「一子先死。此人見兒子已死，便欲將其屍體停置家中，自己攜其他六子離去。有鄰人見到，問之：生死殊途，你應當將屍體遠遠地埋葬，為何將死者留在家中，生者反而離去？那人聽到，暗中思量：人死之後，的確應當遠埋他處，可我用什麼方法把他拿出去埋葬呢？看來必須再殺一個兒子，便可湊成一擔挑出去。於是他便殺了一子，將二子放在擔子兩頭，恰好平衡，擔出去埋了。」

這個故事一講完，麴文泰禁不住苦笑：「法師，世上哪裡有這樣愚蠢之人！」

張雄也驚訝：「是啊，這委實不可思議，此人太過愚蠢。」

玄奘道：「此愚人並非別人，正是陛下您啊！」

張雄為了緩和氣氛，才跟著湊趣，這下不敢再說了。麴文泰大吃一驚，忍不住苦笑：「法師何出此言？」

「兩位王子相繼死去，此中緣由，陛下您難辭其咎。」玄奘淡淡地道，「然而死者已矣，對於陛下而言，當遠葬山陵，召集眾僧作法，超渡亡者升天。一為死者靈魂安息，二也為陛下清贖罪孽。可陛下怎麼做呢？遷怒於亡隋流人，斬殺六七十人，這豈不是正如那愚人一般，為了兩肩的平衡，不惜罪上加罪，殺子成擔嗎？」

「說得好！」王玄策嘆服不已，「法師，早在大唐就聽說過您的名聲，弟子學的是儒家，頗不以為然，今日一見，實在是嘆服啊！」

麴文泰早已呆若木雞，凝望著大殿外的虛空，忽然一聲慘笑：「法師，弟子受教了！殺子成擔！哈哈，殺子成擔！我那兩個兒子，當真是死於我的手中啊！」

麴文泰老淚縱橫，竟然在這大殿裡號啕痛哭。

朱貴侍候在身邊，眼見麴文泰哭成這樣，也傷心不已，走上前：「陛下，您身子虛弱，還是回後宮歇歇吧！」說著命幾名宮女把他攙扶了起來。

麴文泰拭了拭淚，長嘆一聲：「太歡，把那些人放了吧！」

聲音淒涼不堪，這半日的時間，麴文泰竟彷彿老了十多歲。玄奘默默地望著他，看見他的頭上竟然多了一些白髮。

麴文泰正打算走，歡信突然急匆匆地跑了進來：「陛下！陛下！焉耆有國書送到！」

麴文泰愣了愣，又蹣跚地回到王座，命歡信將國書呈了上來，他展開羊皮卷軸一看，頓時臉色灰白，呆若木雞！

張雄急忙道：「陛下！」

麴文泰呆呆地想了想，把國書交給歡信：「拿給大將軍和大唐使者都看看。」

眾人一愣，連王玄策也有些不解，焉耆給高昌的國書，為何要讓他這個外國使者看？歡信將國書遞給了張雄，張雄一看，臉色也變了，神情複雜地又交給了王玄策。

王玄策展開看了看，焉耆使用吐火羅語，高昌使用漢語，因此國書是用兩種語言寫成，事實上王玄策作為右衛率府的文職官員卻出使西域，正是因為他對西域諸國的語言極為精通。

王玄策看完，臉上卻一片平靜。

麴文泰朝著玄奘苦笑：「法師想必還不知道焉耆人發來什麼國書吧？龍突騎支向本王宣告，三國正式對高昌宣戰，絲綢之路暫時封閉。」

張雄霍然而起：「陛下，臣去交河城，勢必將焉耆人擋在國門之外！」

麴文泰流淚不已：「太歡，德勇已經去世了，你若不在，王城誰來鎮守？再說了，三國聯軍多達八千人，便是我高昌舉國出動，也不過五千之數，若是龍突騎支將我國大軍吸引到了交河，然後出奇兵橫渡沙漠來攻打王城，那又該如何？」

張雄心有不甘，卻終究無可奈何。沒辦法，實力懸殊。高昌與這三個國家分別相比，實力相差並不大，甚至還略有勝之，但三國聯軍，那就遠遠不是高昌所能及了。八千大軍，在西域諸國已經是無可匹敵的兵力。

麴文泰殷切地望著王玄策：「貴使，大唐和我高昌一樣，都是漢人之國，這麼多年來，中原衰微，漢人在西域備受夷狄欺壓，如今大唐雄視天下，還請貴使看在漢家血脈的分上，出手助我高昌啊！」

王玄策默然片刻，拱手道：「陛下，我大唐當然希望西域安寧，可我此次是奉旨出使西突厥，我皇並未允許我插手西域各國的紛爭，便是我有心幫您，名不正言不順，該如何做才是呢？」

麴文泰求助似的看著玄奘，玄奘左右為難，卻知道自己不該插手這種國家大事，只好默默地閉上了眼睛，撚著念珠念佛。麴文泰無奈，只好問王玄策：「貴使，那要如何才能求得大唐的援手？」

「陛下，」王玄策道，「掃平三國之患，對我大唐而言不過是揮手間的事，但是陛下與西突厥關係匪淺，在高昌國的每一座城池，如今都駐有西突厥王庭的吐屯，每年從您這裡徵收商稅，同時也監控著國中動向。我大唐若是插手，讓統葉護可汗知道頗為不妥。」

麴文泰沉默了，他心裡很清楚，自己實際上算是西突厥的屬國，若是求大唐援手，就等於背叛西突厥。王玄策特意提到吐屯，便是在說，你給西突厥交稅，碰上事卻讓我大唐幫忙，這是什麼道理？他甚至微妙地暗示高昌應驅逐吐屯，做出向大唐效忠的誠意，但這麼重大的國策問題，連麴文泰也不敢擅自做主。

大殿裡一片沉默，麴文泰忽然慘笑不已：「想我麴文泰，少年時手握大軍，縱橫西域，三十六國無不俯首。即便有逆賊篡權，國破家亡，也依然能掃平叛逆，重振高昌。可為何……到老來卻一日之間痛失兩子，內外交困？這是為何？到底為何？」

他猛地一聲大吼，噗地噴出了一口鮮血，摔倒在王座上。

眾人大吃一驚，一起擁過去呼喚，不多時宮中的太醫也急匆匆地跑過來，當場急救。

過了好半晌，麴文泰才悠悠地醒轉過來，左右看了看，眼中老淚縱橫，握著玄奘的手道：「法師，人生八苦，為何要讓我一一嘗遍？」

玄奘卻無法回答。

第十一章　大唐使者、突厥權貴、還魂之術

麴文泰甦醒後，進入後宮調養，命張雄送玄奘和王玄策等人離開。

張雄是高昌有名的漢派，見了王玄策自然親熱，刻意交結：「貴使，要不要入住驛館？」

王玄策擺了擺手：「多謝了，但這次來並未持國書，不敢違了大唐的律令。大將軍，還請您盡快放了那些流人，等我從西突厥歸來，就帶他們回去。」

張雄點頭，向兩人告罪，急匆匆地去了法場。

待張雄走遠，玄奘朝著王玄策深深合十鞠躬：「這次幸好有王大人援手，才救下了六七十條性命，貧僧在這裡多謝了。」

王玄策急忙將他扶了起來：「不敢當，不敢當！您乃是陛下敬仰的高僧，在下怎麼敢受您的大禮。」

兩人一路聊著離開了王宮，走上喧鬧的大街，阿術滿腹心事，百無聊賴地跟在後面。玄奘有些好奇：「王大人，您既然是使者，為何會孤身一人出使，連個隨從也不帶？」

王玄策笑了：「法師，請到寒舍一坐，那裡有大唐帶來的好茶。」

玄奘大喜，兩人年齡相仿，王玄策身上的氣質如同青崖冷岸，冷靜沉凝，雖然面容粗礪，一看就是長久在外奔波，但渾身卻透著儒雅，引人親近。

「是嗎？那貧僧倒要嘗嘗了。」玄奘很高興，「貧僧自從出了瓜州，就再未嘗過家鄉的茶了。」

「師父，」阿術忍不住了，「我想出去走走。」

「哦？」玄奘驚訝不已，「你想去哪裡？」

阿術悶悶地道：「祆祠。我想找找城裡是否有撒馬爾罕的同鄉，託他們把叔叔的遺骨運回去。」

玄奘沒想到這孩子有如此孝心，不禁肅然起敬：「阿術，要不要貧僧與你一起去？」

「不必，不必。」阿術道，「師父，您且去飲茶吧！您是異教徒，祆祠之內多有不便。」

玄奘也知道拜火教的規矩繁多，便不再堅持，只叮囑道：「入夜之前，你一定要回到王宮，知道嗎？你一個孩子，不可到處亂跑。」

阿術有些感動，咧嘴笑道：「師父，我都走了上萬里路了。」

「走再多的路也是孩子。」玄奘第一次板起了臉。

「好吧！好吧！」阿術急忙妥協，「便依了師父。」

說著，他朝王玄策微微施禮，便鑽進了人群。他個子矮，只消片刻便不見了蹤影。

王玄策笑道：「法師，這孩子倒也有趣。」

玄奘嘆息著，把遇見阿術的經過講述了一番。王玄策聽到大衛王瓶一事，臉色不禁怪異起來：「瓶中有鬼？那耶茲丁竟如此說？」

「是啊！」玄奘感慨，「如今看來，耶茲丁也知道這瓶中封印著魔鬼，只是他不曾想到，這大衛王瓶失落之後，竟然攪動了西域風雲！」

兩人聊著，便到了王玄策居住的地方。這是城東一座偏僻的院落，院子極大，裡面停著四五輛馬車，牲口棚裡不但有騾馬，還有幾十頭駱駝。院子裡有不少人，雖然身穿便裝，但一個個神情剽悍，面容冷峻，一看就是百戰沙場的鐵血精銳。玄奘不禁倒抽了一口冷氣，仔細觀察，只見油氈覆蓋的大車上，隱約露出弓弦，甚至有一輛車上還露出半截重型弩機！

見王玄策進來，眾人都停下手裡的工作，躬身施禮：「見過大人！」

王玄策隨意擺了擺手，請玄奘進了屋。這是夯土的房子，簡單粗陋，地上散亂地堆著一些卷軸。屋裡有四五個漢人，正圍著一塊木板在繪製地圖！

玄奘心中一動，卻並不詢問。

其中一名老者見到王玄策，躬身施禮：「大人回來了？」

「回來了。」王玄策淡淡地道，「有什麼最新情況？」

那老者道：「啟稟大人，現已查明，交河城外的焉耆、龜茲、疏勒三國共有大軍八千人，兩日前有一名西突厥貴族祕密進入龍突騎支的大營，但此人身分還未查明。」

王玄策皺眉想了想：「還有嗎？」

老者拿過一卷卷軸：「大人，高昌國的六部情況已經搜集完備，吏部、民部、庫部、倉部、禮部、兵部都已分門別類，謄抄成冊，我等特意將高昌兵部的人數、裝備、糧草、馬匹，包括五兵統帥的個人情報單獨成冊，您是否要看看？」

「不看了，你們先繪製輿圖吧！」王玄策朝那老者擺擺手。

「來，法師請。」王玄策請玄奘在羊毛氈上坐下。坐氈上有茶有爐有水，他親自燒水沏茶，「這是今春的湖州顧渚紫筍，茶香濃郁，可謂上品。」

玄奘端起茶碗，呷了一口，讚嘆不已：「沒想到在異國他鄉，竟然能品到國中的春茶。」

王玄策笑了：「我這裡還有更好的，是陛下送給統葉護可汗的，法師要不要嘗嘗？嘗過了，咱們再給他換上別的，諒統葉護這蠻夷之人，也嘗不出來。」

玄奘悚然一驚，這大唐使者，膽子也太大了，為了喝口茶，竟然琢磨將貢品偷梁換柱。他當即笑了笑：「貧僧可沒膽子私拆貢品。」

王玄策略顯遺憾：「法師和陛下交好，本想拿法師當個擋箭牌的。反正法師此番西遊，也回不到大唐了，陛下就算知道，也是傷心多於恚怒……」

玄奘奇怪：「大人怎麼知道貧僧此番回不到大唐呢？」

「西域風雲將起，馬上便會天翻地覆，國家滅亡，百姓離亂，」他凝視著玄奘，「如此境地，法師能否安然無恙，平安西去呢？」

玄奘沉默不答，輕輕撚著頸上的佛珠，平淡地道：「若是貧僧所料不錯，王大人此番出使西突厥，必然負擔著極重的使命吧？搜集沿途諸國情報，製作輿圖，恐怕只是其中之一罷了。」

「是啊！」王玄策毫不隱諱，「您是大唐高僧，在下不須隱瞞。如今我大唐鐵騎正在大草原上和東突厥廝殺，節節勝利，但陛下憂心西突厥的態度，此番出使，陛下的原意是讓我輕裝簡從，暗中觀察諸國動向，設法離間東西突厥的關係。然而為了救這些亡隋流人，迫不得已暴露了行藏，還不知道陛下如何惱怒呢！」

玄奘急忙致歉：「是貧僧魯莽，才讓大人陷入這等窘境。」

「法師請勿多禮。」王玄策嘆道，「您是慈悲為懷，為了救護大唐百姓，身為大唐子民，我又怎麼會袖手旁觀？自隋末亂世以來，大唐邊民屢屢受這些異族的欺辱，有心無力倒也罷了，如今大唐雄霸天下，鐵騎震動四方，我國威正盛之時，若是還讓大唐子民受欺辱，我等堂堂男兒，還有臉立於這天地之間嗎？哼，哪怕是他們在異國犯了罪，要審也只有我大唐能審，即便他是一國之王，也由不得他主宰！」

玄奘點頭同意，事實上，自從貞觀三年以來，大唐國力日盛，此前那種屈辱的時代一去不復返。即便有些小國在邊境搞點事端，大唐也不在意，力量積蓄充足，十萬鐵騎直擊當世最強大的帝國之一——東突厥。如此一來，四周小國震恐，鴉雀無聲。

「但是，法師，」王玄策道，「大唐的力量再強，終究有力所不及的地方。尤其是在西域，我們力量微薄，您一旦出事，恐怕救援不及。法師，聽在下的勸，如今高昌乃是禍亂之源，難保不會有大動盪，法師還是不要在此久留，速速西去吧！」

玄奘點頭致謝：「王大人，貧僧有一事不解。麴文泰剛剛平定叛亂，雖然外有三國大軍，但交河城易守難攻，當年匈奴人控弦數萬圍攻也無法攻破，貧僧不信龍突騎支這八千人能對交河形成多大的威脅。為何在您看來，高昌國簡直要即刻覆亡了一般？」

王玄策笑了笑，皺眉沉吟：「法師，您剛進門的時候，想必看到我的隨從了吧？也不瞞您，這些人都是我從長安帶過來的驍騎衛精銳，共有一百多人，人人披甲，攜有重弩長弓。憑著這些兵力，我在這萬里西域，可說是縱橫無敵，對一些小國，甚至能一戰而滅之！但是高昌的內情複雜，遠遠超過您的想像。麴德勇叛亂，只不過是冰山一角，其中凶險之處，連我也驚心不已，不敢稍有差錯。」

玄奘沉吟道：「王大人說的可是焉耆人圖謀高昌的事？」

王玄策搖搖頭：「那場戰爭嗎？嘿，無非是爭奪絲綢之路而已，區區三國聯軍，我還不放在眼裡。」

玄奘愣住了：「那您擔心的是什麼？」

王玄策沉聲道：「大衛王瓶！」

玄奘瞠目結舌：「大衛王瓶？」

「沒錯。」王玄策。

玄奘納悶：「大衛王瓶難道不是焉耆公主弄出來的陰謀嗎？它雖然可怖，貧僧至今也沒有弄清楚，它如何將那一百多人斬盡殺絕，但既然是局，必定有破綻，大人為何對它如此看重呢？」

王玄策倒有些愣了：「大衛王瓶是焉耆公主的陰謀？您說的是那龍霜公主嗎？」

「正是她。」玄奘點頭。

「這怎麼可能！」王玄策笑了，「那大衛王瓶來自薩珊波斯，它的內幕遠遠比您想像得更為複雜，您說的焉耆公主，至多是利用了王瓶，要說是她弄出來的，那絕無可能。因為那魔瓶抵達西域，不過一個來月的時間，而我大唐從一年前就開始警惕這個魔瓶了。」

玄奘吃了一驚：「一年前？大人，這是怎麼回事？」

「具體的內情我不便向您透露，總之，我大唐朝廷，為了這個大衛王瓶可謂耗盡心神。」王玄策苦笑，「法師，您聽我的勸，還是早早西去吧！您是陛下牽掛的人，一旦出事，我擔不起這個責任！」

「阿彌陀佛。」玄奘向王玄策合十致謝，「多謝掛懷。貧僧此前受麴文泰國王所託，也在破解這大衛王瓶的真相，受人之託，豈有半途而廢之理？假如大衛王瓶的確如您所言，是高昌國動盪之源，貧僧就更要鎮壓住這邪物，還諸國百姓一個平安。」

王玄策無奈：「法師，在下所言並沒有絲毫誇張，如果您不信，不如隨我出城去看一看。」

「出城看什麼？」玄奘不解。

「西域的風雲動盪已經開始，法師不如親眼見證一番！」王玄策笑道。

玄奘與王玄策交往了幾日，原本想多打探些內幕，但王玄策不說，玄奘也無可奈何。這一日，兩人從王玄策住處出來，已經是霞光暗淡，落日西斜，因為天氣寒冷，商人們散得也早，紛紛開始收拾貨攤，集市上亂糟糟的。但是城門外卻有不少遠途的商旅趕著在黃昏前進城，在門口擠成了一團。

高昌王城是西域的商貿中心之一，對商旅極為優待，平日裡城門處只有民部的稅官把守，徵收入城稅。今日不知怎麼回事，居然有大批王宮宿衛在城外把守，還有一些工匠用絲綢裝飾城門，商人們都被驅趕到了路邊。

玄奘不禁好奇，問王玄策，王玄策卻笑而不言，玄奘只好找來一名商人詢問。那商人一見是個僧人，當即恭恭敬敬道：「稟告法師，今日西突厥的莫賀咄駕臨高昌，調解高昌與焉耆三國的戰事，因此高昌王親自出城迎接。」

「莫賀咄？這是何許人也？」玄奘驚訝道。

王玄策笑道：「莫賀咄是統葉護可汗的伯父，西突厥的設[15]，地位僅次於統葉護可汗。」

「這位小哥當真博聞！」那商人誇道，隨即告訴玄奘，「據說這位莫賀咄設生性貪婪，這次趁著戰事緊張來到高昌，恐怕會狠狠勒索高昌王一筆了。不過倘若他真能讓三國罷兵，絲路恢復和平，對我們商賈而言倒是好事。」

玄奘明白了，問王玄策：「大人，您讓貧僧來這裡，想必就是要見見此人了？」

「正是。」王玄策點頭。

「難道您說的西域之禍，便是著落在此人身上？」玄奘思索著。

王玄策大笑：「法師當真了得。要使西域陷入動盪，區區高昌又怎麼會有這種本事！」

正說話間，城門口響起號角聲，麴文泰率領高昌國的群臣來到了城門口，這次的規模可比當初迎接玄奘大多了，只怕不下千人，還有數百名僧侶。玄奘遠遠望去，麴文泰的病情還未康復，半躺在一乘肩輿上，那肩輿由四名魁梧的宿衛抬著，上面鋪著厚厚的毛皮，麴文泰身上也蓋著毛皮，幾乎看不見人影。

此時莫賀咄還沒有到，城門口搭建了臨時休憩的帳篷，麴文泰帶著一群重臣在帳篷裡休息。

大道上不時有快馬馳騁，彙報著莫賀咄的行程。麴文泰幾乎是掐準了莫賀咄的時間來等候的，因此不到半個時辰，就看見北方火焰山的方向捲起了陣陣煙塵，一大隊人馬朝著王城方向疾奔而來。麴文泰聞訊，急忙讓人把他從帳篷裡抬出來，恭候在城門外。

才過片刻，就聽見鐵蹄震動著大地，也不知莫賀咄帶了多少人馬，大地顫動，鐵蹄轟鳴，周圍人的耳朵都麻木了，即使大聲喊話也聽不見任何聲音。其他人還好，雖然震撼，卻沒有太深刻的感受，只有麴文泰掙扎著坐起身朝遠處望去，臉色更加慘白，頗有些惴惴不安。玄奘遠遠看著麴文泰，心中明白，像莫賀咄這等政治人物，每一個舉動都富有深意，如今莫賀咄擺出如此威勢，似乎來者不善！

騎兵們速度極快，一眨眼就見一道黑色洪流席捲而來。麴文泰臉色凝重，表情異樣地站在原地。

一旁的王玄策喃喃道：「竟然是附離兵！」

玄奘好奇：「大人，什麼是附離兵？」

「法師，」王玄策解釋，「突厥語中『附離』便是狼的意思，是突厥汗的侍衛部隊，精銳中的精銳。」

玄奘看了看，果然清一色配著馬刀、長矛、匕首和弓箭，精挑細選的突厥馬都筋骨強壯，比例勻稱。

到了近前，隊伍裡響起一聲號角，突厥騎兵一勒韁繩，戰馬一聲嘶鳴，齊刷刷地停住，彷彿一條凝固的巨蟒，由極動到極靜，更加懾人心魄。

隨後，騎兵分到兩側，一名腰挎彎刀的突厥貴族騎著馬緩緩從隊伍中間走了出來。玄奘打量了一眼，此人想必就是莫賀咄，五十餘歲，眉目粗獷，眼睛細長，華貴的袍服上綴滿了金珠。

麴文泰沒法下肩輿，催促宿衛們抬著他到莫賀咄面前施禮，其他高昌臣子則一起下跪迎接。莫賀咄也不介意，哈哈大笑著似乎安慰了麴文泰幾句，兩人聊了片刻，玄奘距離頗遠，也聽不太清，只看見麴文泰賠著笑臉，顯得極為恭敬。莫賀咄意氣風發地指著自己背後的騎兵說了些什麼，麴文泰臉上現出一抹羞怒，但隨即掩飾了，豔羨地望著這群騎兵。

歡迎儀式隨即開始，僧侶們誦著經，為莫賀咄祈福。突厥人大都信仰薩滿教，但並不是單一信仰，佛教、拜火教、景教在突厥也有廣泛的信徒。莫賀咄低頭接受祝福，態度頗為恭謹。

玄奘和王玄策混跡在人群中，一直等在路邊，待麴文泰陪著莫賀咄進了城，城門口才撤去守衛，讓商旅陸陸續續進城。

玄奘望著附離兵的背影，突然感慨起來：「高昌之禍終於來了。」

「法師明白了？」王玄策望著他。

玄奘點點頭：「此時此際，莫賀咄來到高昌，人人都以為是調解三國戰事，但他的真意恐怕並非如此。調解別人的紛爭，為何帶著上千精銳鐵騎？」玄奘苦笑，「這分明就是示威。憑莫賀咄的地位，還需要靠大軍逼迫才能得到的東西，一定不小，真不知麴文泰該如何應付。」

「法師一定知道他所圖的是什麼了吧。」王玄策點頭。

「是啊，懷璧其罪，此時的高昌，能讓莫賀咄動心的，只有大衛王瓶！」玄奘道。

「法師高明。」王玄策讚道，「在下所說的西域之禍，便是這一樁。大衛王瓶這個東西，對所有人都是難以抗拒的誘惑。莫賀咄一來，絲綢之路再也無法安寧，整個西域將陷入血與火的紛爭之中。在下所擔憂的，正是此事。」

「大人，」玄奘思忖片刻，「麴文泰本就有依附大唐的意思，若是您在這個關頭出手幫他一把，消了這場滅國危機，他必定會對大唐感激涕零。」

「東突厥未滅，大唐絕不干涉西域。」王玄策正色道，「這是陛下所定的國策，身為臣子，不敢違背。法師，今日我為了救那些流人去見了麴文泰，已然犯禁，我還有更重要的使命，以後這種事決不能再做了。等到明日，在下就會離開高昌，前往西突厥王庭。」

玄奘有些失望，但也知道王玄策肩負使命，身不由己，只好黯然點頭。

此時天色已晚，兩人又聊了片刻，便各自回去了。

玄奘回到王宮，守門的宿衛都認識他，當即恭恭敬敬地請他入內。不料剛進了宮門，就見一個老太監鬼鬼祟祟地走了過來。那太監神情緊張，一見玄奘，急忙朝左右看了看，見沒人，才安了心。

玄奘驚訝地看著他。

「法師，我家主人想見法師一面。」老太監低聲道。

玄奘奇怪：「你家主人是誰？」

老太監輕輕地道：「便是王妃。」

玄奘大吃一驚。王妃自從和麴德勇一同政變失敗後，就被麴文泰囚禁了起來，玄奘其實也牽掛不已，但又不好打聽，沒想到王妃竟派了太監來找自己。

「王妃在何處？」玄奘問。

老太監嘆息了一聲：「這幾日陛下將王妃囚禁在原來的寢宮中，看守甚嚴，王妃屢屢想見您，卻不得其便。正巧今日陛下在內廷陪伴莫賀咄設，這才能得便請您前來一敘。」

玄奘沉吟著點了點頭：「那好。」

玄奘跟著老太監往後宮的方向走去，那老太監說得果然不錯，此時麴文泰病重，又有莫賀咄率兵前來，宮中人心惶惶，顯得空空蕩蕩，路上雖然撞見了幾個宮人，但看見玄奘，都知道他是麴文泰最尊敬的客人，畢恭畢敬，誰也不敢多問半句。

王妃的寢宮玄奘曾經來過一次，當日雖然是從井渠裡的暗門進去的，但仍能感受到這座宮殿的輝煌與氣派，然而今日一見，玄奘不禁怔住了。宮殿四面的門窗均被厚厚的土坯給堵死，只留下側面一個小小的窗口，估計是為了往裡面送飯。門口還站著四名宿衛把守。那四名守衛恐怕已經被買通，見玄奘過來也沒說什麼，只是神情更加警惕。

玄奘的心情有些沉重，左右看了看：「貧僧從哪裡進去？」

老太監做了個手勢，那四名守衛悄悄地從另一個院落搬來一把梯子，搭在院牆上，老太監帶著玄奘上了梯子，順著院牆走到宮殿第二層，來到一扇隱蔽的氣窗前。這氣窗也被土坯堵死了，但顯然又被人破壞，因而土坯是活動的。老太監搬下土坯，露出了一道口子。

「法師，您從這裡進去，便到了宮中的二樓。」老太監道。

玄奘點點頭，從開口鑽了進去，一進去便感覺到這座大殿裡的陰暗與寒冷，空蕩蕩的，連個侍女都沒有，彷彿一座空置百年的墳墓，透著濃濃的死亡氣息。玄奘不禁有些奇怪，既然連出口和守衛都安排好了，王妃為何不逃走，要獨自一人被鎖在這幽深寒冷的大殿中？

二樓空蕩蕩的，玄奘順著樓梯走下去，便看見王妃盛裝坐在大殿的中央，長裙曳地，宛如盛開的蓮花。

但此時的王妃，早已不是當初玄奘見到的那個雍容華貴的一國之母，更不是當初交河城酒樓中揮錘劫人、如入無人之境的神祕女子，僅僅幾天未見，她不僅容顏憔悴衰老，臉上的傷疤已然結痂，一道黑色的瘢痕幾乎將整個面孔分成了兩半。她的滿頭青絲也變得灰白，彷彿老了二三十歲。她仍舊穿著政變那日的華貴袍服，血跡斑斑，破爛不堪，有些地方還破了洞，在寒冷的天氣裡肌膚凍得發青。

看見玄奘到來，王妃淡淡地道：「法師，請坐。」

玄奘趺坐在她對面的坐氈上，王妃道：「以我今日的處境，法師能不避嫌地來探望我，足見法師的慈悲。」

玄奘默默地望著她，心情沉重：「在佛家的眼裡，罪與非罪，並非由世人裁決。」

「我寧願由世人裁決，讓麴文泰將我凌遲處死，也不願入那泥犁地獄在來生贖罪。法師知道為何嗎？」王妃自嘲地笑了笑，「因為，人間於我已經無所罣礙，而在陰間、在來世，德勇還在等我。」

玄奘嘆道：「公主，世間諸災害，怖畏及眾生，悉由我執生。妳一念執著，便是在輪迴中度過百世，仍然認妄為真，不知我是假我，不知愛是空妄。公主，放下吧！」

王妃臉上露出淡淡的笑意：「放下了，我去何處？」

不待玄奘說話，王妃又道：「這一生，父母將我捨棄給了皇帝，皇帝將我捨棄給了高昌王，高昌王又將我捨棄給了突厥貴族。如今，家族破了，故國亡了，夫妻之情死了，我的容顏與青春也枯萎了。法師，在這寂寞的宮殿裡，唯一能陪伴我的，是風，是寒冷，是黑暗，是德勇不散的幽靈。若是放下了，今生我到底擁有過什麼？」

「公主，何必非要擁有？」玄奘低聲道。

「因為，」王妃淒涼地道，「手裡握著，心裡就會滿足。在泥犁地獄的審判與懲罰中，才不會恐懼，也不會孤獨。」

玄奘真不知該如何勸解了，顯然，眼前這個女人已經徹底枯萎，只剩下一縷火苗跳動，玄奘真不忍心撲滅她最後的執念。眾生輪迴不息，也許有些執念需要帶到下一個輪迴去重新體悟吧！

「公主，您今日讓貧僧來，可是有事交代嗎？」玄奘問。

王妃點點頭：「是有一事，要請法師成全。」

「公主請講。」玄奘道。

「我要與德勇合葬！」王妃盯著他，一字一句道。

玄奘頓時瞪大了眼睛。王妃與麴德勇合葬？莫說在中原儒家觀念裡，這是最大的亂倫之舉，便是在信仰佛教的西域，不信仰佛教的突厥，也實在匪夷所思。

「德勇的屍體並未安葬，如今就停在王宮的寺廟中，日日請高僧誦經，要停夠七日才會下葬。」王妃卻不管玄奘的感受，自顧自地道，「我想拜託的，就是請法師把德勇的屍體偷出來，到時候，我會自裁而死。在火焰山的北面，天山的峽谷之中，有一座巨大的火焰熔爐，請法師將我二人的屍體丟進那熔爐之中，化為灰燼。」

「阿彌陀佛。」玄奘頓時急了，「公主，貧僧如何能做這等事？」

「法師，我能拜託的人，只有您了。」王妃淒然道，「這世上之人，只有法師沒有任何目的，沒有恩怨掛牽，只為普渡眾生而來。我和德勇拜求法師，請在這陽世送我們最後一程！」

「不不不，」玄奘斷然拒絕，「公主，非是貧僧不願幫你。盜竊屍體、毀人屍身乃是大罪，貧僧承受不起。」

「法師不必親自做。」王妃道，「自然有人配合法師。」

「這也不行。」玄奘搖頭，「貧僧雖然是出家人，卻也受人間律令的約束，實在不敢做下這等事情。」

王妃露出笑容：「法師第一次從益州偷越關隘，遊學天下；第二次從瓜州偷越邊境，來到西域。哪一次不曾違反大唐律令？」

玄奘頓時張大了嘴，作聲不得。王妃道：「法師若是答應，我這裡有一樁大祕密，不妨與您做個交換。」

「大祕密？」玄奘詫異道，「與貧僧有關嗎？」

「當然有關。」王妃點頭道，「與法師身邊之人有關，更與法師的生死有關。」

玄奘思忖片刻，卻還是搖頭：「貧僧的生死並非什麼大事。」

「那麼，阿術的生死也不是大事嗎？」王妃道。

玄奘大吃一驚，將信將疑地盯著王妃。王妃嘆道：「法師，如果您實在為難，能否等我與德勇的屍身運出時，送我們一程？若是能誦念幾句《往生咒》，我便感念法師的大恩了。」

玄奘默默地點頭。王妃從袖中取出薄薄的一張紙，遞給了他：「那樁祕密，這上面寫得很清楚，法師看了，可自行決斷。」

玄奘拿過來，紙條上的字並不多，卻在玄奘的內心掀起了驚天駭浪，饒是他恆定如山，也不禁驚得臉上色變。但他並沒有說什麼，片刻即恢復了平靜，將紙條收好。

「法師好定力。」王妃讚道，「我剛知道時也是震駭非常，這等神鬼手段，哪裡是人間所有？」

玄奘默默地嘆息：「公主，若沒有別的事情，貧僧這就告辭了。」

「日色一落，這大殿就會成為墳墓。漆黑，寂靜，汙穢，法師不必沾染。」王妃眺望著送飯的窗口，幽幽地道，「該說的我已經說了，何去何從請法師自便。法師身負重任，為了您的安危，還是早日西去吧！」

玄奘沒有說話，站了起來，道：「公主，要不要貧僧勸說陛下，送一些炭火過來？」

「不！」王妃厲聲道，「今生今世，我再也不願聽到這個名字！若非為了等待與德勇合葬，我何必在這裡苟延殘喘？法師，我已經向您說了那個大祕密，我拜求您的事情千萬莫忘，您弄來德勇的屍體之日，便是我自裁之時！」

「貧僧知道。」玄奘苦澀不已。

玄奘走到送飯的窗口，又回過頭來：「公主，秀蓮生水中，瓣瓣不染塵，在貧僧看來，妳此時比任何時候都要美麗。」

王妃慘白的臉上透出一絲紅暈，她穿著破爛的盛裝坐在大殿中央，竟真如一朵不染的蓮花。

從王妃的宮中出來，玄奘往自己的住處走去，不料走了一圈，竟然迷路了。

高昌王宮雖然不大，可布局雜亂，也不像中原建築那樣有一條中軸線，房屋層層疊疊，中間夾著過道，玄奘繞來繞去，竟到了一個陌生的場所。

他正打算找個宮人問問，忽然發現前面有一座高聳的佛塔，建築也與民居不同，金碧輝煌，原來是一座佛寺。玄奘突然醒悟，他早知道王宮內有一座佛寺，剛到宮中時就想來拜佛，後來得知是麴氏皇族的家廟，才打消念頭，沒想到今日竟然走到了這裡。

玄奘乃是至為虔誠之人，逢寺必拜，何況聽王妃的意思，麴德勇的屍體還停在廟中，雖然盜屍合葬之事實在荒唐，玄奘斷斷不肯做，但多少心裡也有些愧疚，於是暗想，那就多念幾遍《往生咒》，也算聊補心意了吧！

玄奘思忖著，走進佛寺，一進去便覺得怪異，寺中竟然空空蕩蕩，不見一個僧人。麴文泰長年在寺中供養著高昌國的僧人，這些僧人哪裡去了？

玄奘信步走進大殿，此時日已落，天色昏黃，大殿裡點著幾盞燭火，在夜風中搖曳不定，幽暗無比，隱約可以看見殿中擺著一具棺木。玄奘心中一動，想必那便是麴德勇的棺木了吧？

玄奘疾步走進去，頓時一怔，大殿中竟然有人！兩人都背對著他，一人侍立在一旁，一言不發，另一人跪在棺木前的蒲團上，在佛前燃香，長跪合掌，嘴裡還誦念著經文，念的乃是《往生咒》。這經咒玄奘很熟悉，用於超渡亡靈，共五十九字十五句，日夜各誦念二十一遍，就可以為亡靈消滅四重罪、五逆罪、十種惡業。

那人念著念著，忽然號啕痛哭：「德勇！德勇！你睜開眼睛看一看，看一看哪！我還有什麼沒有給你？啊？自從你呱呱落地，我就視如珍寶，哪一天不曾把你抱在懷中，哪一天不曾對你呵護備至？你長相似我，秉性似我，你雖非長子，不能繼承王位，但我寧願不顧祖宗成法，不顧朝野反對，也要扶持你做這高昌國王，連我王宮的中兵都交給了你，這……這是把我的腦袋交給了你啊！德勇，你說……你說，我到底哪一點對不起你？你竟然夥同那個賤人來廢黜我！」

玄奘停步，在門口默默地看著，那人自然便是麴文泰。看看時間，應該已經宴請完莫賀咄了。麴文泰身子虛弱，白天還吐血昏迷，此時不到後宮調養，卻跑到麴德勇的靈前哭泣。玄奘不禁感慨萬千，麴文泰雖然對妻子殘暴，但對百姓仁愛，對這二王子更是疼惜非常，便是他打算政變、弒父，都難以捨掉這父子親情，一時間，玄奘真不知心中是何滋味。

「德勇，你怪父王把你逼上了謀逆的道路，父王也知道錯了！可你既然想當國王，為何不敢對父王明明白白地說出來？卻要受那賤人蠱惑，發動政變？嗯？你是怕說出來，會被父王責罵嗎？你錯了！德勇，你錯了！便是我將這王位禪讓給你又如何？我便是在宮中養老，在寺廟參佛，那又如何？德勇啊，你為何那麼傻呢？」麴文泰說著說著，又號啕痛哭，隨即劇烈咳嗽起來，朱貴急忙上前扶住，輕輕拍打他的後背。

玄奘嘆了口氣，走進大殿：「陛下，請節哀吧！」

兩人吃了一驚，一起回頭，見是玄奘，麴文泰頓時又大哭起來：「法師，法師，德勇死啦！德勇死啦！是我把德勇逼死的——」

玄奘急忙上前扶住，離得近了，才看清麴文泰滿臉憔悴，皺紋橫生，原本只有幾綹白髮，現在已是滿頭花白。從政變至今不過一日，就已老去了十餘歲。

「陛下，」玄奘道，「死者已矣。你們父子一場，德勇犯下如此大錯，你能念《往生咒》來消他罪業，讓他在陰間不受苦楚，德勇想必也會感激的。」

麴文泰漸漸止住了淚水，無力地倒在玄奘的懷裡，喃喃道：「法師，弟子不要他感激，只想他活過來。仁恕死了，德勇死了，智盛的性子做不得國王。法師，弟子死後，這高昌國就會四分五裂，亡國滅種。弟子……弟子對不起祖上八代先王啊！」

說起這個問題，玄奘真的沒什麼辦法，在任何一個國家，王嗣斷絕都意味著可怕的災難，四方覬覦者必定會蜂擁而至，搶奪這個王冠。國家滅亡，屍橫遍野幾乎是無可避免的結局。雖然還有一個麴智盛，但此人對做國王興味索然，他的性子所有人都了解，即便當上國王，也維持不了這個國家。

「陛下，」玄奘只好溫言勸勉，「人死不能復生，一個國家卻還需要維持。您要保重身子，讓百姓安居，至於德勇的身後事，貧僧會親自為他超渡。你們父子一場，緣分已經盡了，便是決了交河之水，也無法阻止這命中的定數。」

麴文泰苦笑：「弟子……弟子的身子大不如前了，便是苟活，又能再活幾年？德勇這一去，弟子更是萬念俱灰。」他忽然兩眼通紅地抓著玄奘的手，「法師，弟子不甘心……不甘心！您是大唐高僧，據說中原有起死還魂之術，法師能否幫弟子求來？」

玄奘頓時愣住了。起死還魂？哪裡有這種東西？旁門左道的筆記傳說固然荒誕不經，便是佛經中記載的，能讓某人從地獄歸來，玄奘也不以為然。在他看來，佛家講的是一種無上大道，而六道輪迴便是這道中之術，人死之後入得輪迴，便意味著這一世的劫難終了，來世重修，直到解脫之後，往生淨土。

玄奘苦笑不已：「陛下，您痴妄了。人的命數早已注定，每一世都有每一世的劫，二王子此生既了，又如何能還魂？陛下，您信的是佛家正道，切不可誤入歧途。」

麴文泰失望至極，喃喃道：「道理弟子如何不知？弟子只是不明白，我此生廣造寺院，禮敬三寶，卻為何會受這般折磨？」

玄奘黯然不語，朱貴忽然道：「陛下，您想讓二王子還魂，也未必沒有辦法。」

玄奘和麴文泰都愣住了，麴文泰半信半疑：「朱貴，你有辦法？」

朱貴道：「陛下，老奴自然沒辦法，可有一樣東西能。」

玄奘猛然一驚：「你是說——」

「大衛王瓶？」麴文泰也駭然。兩人面面相覷，縱然是玄奘，也禁不住頭皮發麻。

朱貴卻冷靜地道：「不錯，大衛王瓶。陛下，大衛王瓶中藏的東西且不說是魔是妖，他的威力您也親眼見了。若他果真像自己宣稱的那樣，讓二王子還魂又有什麼困難呢？」

「對啊！」麴文泰頓時亢奮不已，望著玄奘，「法師，這真是一個辦法！」

玄奘真不知該怎麼辦才好了，苦笑道：「陛下，這等魔物……」

麴文泰亢奮地揮手：「弟子才不管他什麼魔物不魔物，只要他能讓德勇活回來，弟子不管付出什麼代價都願意！」

玄奘隱約覺得此事有些非同尋常，但一時又琢磨不定，他凝視著朱貴，淡淡道：「總管大人，這個建議想必考慮很久了吧？」

朱貴謙恭地道：「不敢瞞法師，老奴也是剛剛才想到。」

玄奘又道：「總管大人，如今大衛王瓶在三王子的手裡，雖然還有一個心願未用，但你有什麼辦法能從他手中拿到魔瓶呢？」

朱貴依舊謙恭：「這老奴哪裡敢多嘴，要看陛下用什麼辦法。」

麴文泰不以為然：「法師，不管用什麼辦法，一定要老三把大衛王瓶拿出來，讓德勇復活！」

玄奘道：「陛下，大衛王瓶恐怕不能強行奪取吧？」

麴文泰一怔：「這倒是，先不說那孽子會做出什麼事端，他要是想同歸於盡，再許下一個心願，那魔鬼被釋放了，可就無用了。法師，您有什麼好辦法嗎？」

玄奘依然不想放過朱貴，淡淡地道：「這要看總管大人有什麼手段了。」

麴文泰此時正亢奮，腦子也亂了：「對對對，朱貴啊，智盛是你從小看著長大的，你可有什麼法子？」

朱貴無奈：「陛下，倉促之間老奴也沒什麼好主意，不過，既然三王子宣稱，這大衛王瓶是為了保護霜月支，那您能否在這上面想想法子。若是能讓三王子跟霜月支締結良緣，又能受到妥善的保護，想必三王子就不會對大衛王瓶那般依賴了。」

麴文泰遲疑：「這法子雖然好，可這霜月支……」他苦笑不已，「如今龍突騎支的大軍就在國門之外，本王若是讓智盛娶了霜月支，老龍非要氣炸了不可，雙方就是不死不休了呀！法師，您有什麼好辦法沒有？」

玄奘很平靜：「貧僧還是聽聽總管大人的看法。」

麴文泰醒悟：「對對，朱貴，這法子是你想的，定然有辦法！」

朱貴深深地看了玄奘一眼，但在麴文泰的逼問下頗有些無奈：「陛下，三王子求的無非是一場姻緣而已，眼下當務之急是讓三王子復活。老奴想，若是您肯讓三王子和霜月支離開高昌，前往大唐，以大唐的富庶，想必他們能平安度過一生吧！」

麴文泰撫摸著麴德勇的棺木，道：「這樣雖然得承受龍突騎支的怒火，但若能換來德勇的復活，一場戰爭又算得了什麼！朱貴，你去把智盛叫過來。」

「是！」朱貴定定地看了玄奘一眼，弓著身子倒退了出去。

麴文泰拖著病體，在大殿裡走了幾步，頗有些患得患失：「法師，您認為智盛會同意嗎？」

玄奘想了想，默默地點頭：「會同意的。」

麴文泰一怔：「法師為何如此篤定？」

「總管大人既然提出這個法子，必定不會無的放矢。」玄奘笑笑，「在您的面前，他豈敢胡言亂語？」

麴文泰的心略微鬆了鬆，嘆道：「朱貴是智盛母親一系唯一的老人，他對智盛是最了解的，想必會如法師所言吧！」

「只是……」玄奘嘆了口氣，「這裡的難題不在於三王子，而在龍霜公主。若是她不同意離開，不知總管大人又有什麼法子。」

在玄奘看來，龍霜月支是絕對不可能離開高昌的，她一旦離開，整個計畫就變成無本之木、無源之水。但朱貴顯然也是個有祕密的人，他提出這個法子，不會是無緣無故，且看看他如何應付龍霜月支的怒火吧！

兩人又聊了片刻，不久，就聽見腳步聲響，朱貴帶著麴智盛、龍霜月支急匆匆地走了過來。看來兩人還不清楚發生了什麼事，龍霜月支一臉狐疑，玩味地打量著玄奘，深為戒備。

麴智盛看見麴文泰站在二哥的棺木前，不禁愣了愣，躬身施禮：「父王，您找我？」

麴文泰一看見他就氣不打一處來，此時雖然耐著性子，卻也忍不住嘲諷：「老三，見你一面，可當真不容易。」

麴智盛有些尷尬：「兒子聽說父王病了，正要去探望，卻沒想到您竟然在這裡。」

「難得你還能想起父王病了。」麴文泰感慨不已，「老三，我是要跟你談一樁生意，朱貴跟你說了嗎？」

「生意？」麴智盛驚訝地看了看朱貴，搖頭，「沒有啊！他只說您在家廟中召見，兒子便來了。」

麴文泰點了點頭：「老三啊，父王打算讓你和霜月支成婚，你看如何？」

麴智盛驚呆了：「父王……」

龍霜月支也吃了一驚，但並沒有表態，神情冷凝，猶如一隻遇見敵人的美麗獵豹，面帶冷笑，等著對手出招。

然而麴智盛早已大喜過望，撲通跪倒在地：「兒子感念父王的大恩大德，若能與霜月支成婚，我們必將孝順父王，決不會再惹您生氣。」

「呵呵，」麴文泰朝著玄奘苦笑，「這就是女人的魔力啊！法師，弟子怎麼覺得比大衛王瓶還要神通廣大？」

玄奘也報以苦笑。

麴文泰把麴智盛扶了起來，臉色立刻和緩了許多，還在麴智盛身上輕輕捶打著：「更壯實了。有多少年你我父子未曾這般談過話了？這些年對你疏於管教，為父也有責任。老三哪，你可知道，為父讓你和霜月支成婚，要冒多大的風險嗎？」

「風險？」麴智盛想了想，「您是怕霜月支的父王反對嗎？」

麴文泰苦笑：「何止反對，他帶著大軍已經在交河城外打了好幾仗了，若非交河城池堅固，只怕他如今已經兵臨城下。若是父王允許你跟霜月支成婚，龍突騎支勢必會發瘋，咱們高昌面臨的就是一場滅國之戰哪！」

麴智盛瞠目結舌，茫然地望著他，不知道該說什麼。

「霜月支，妳能明白嗎？」麴文泰問。

「嗯。」龍霜月支柔順地點了點頭。

「老三，即便這樣，為父還是會讓你和霜月支成婚。」麴文泰道，「只是，你們婚後不能在高昌待著了，我會派人護送你們去大唐。你和霜月支，就在大唐的繁華世界裡度過這輩子吧！你可願意嗎？」

「去大唐……」麴智盛和龍霜月支都驚呆了，尤其是龍霜月支，眼睛裡忽然射出兩道寒光，森冷地在朱貴和玄奘的臉上一掠而過，兩人只作不見。

「陛下，」龍霜月支忽然道，「我想知道，這個建議是法師的主意，還是總管大人的主意？」

麴文泰愣了愣：「是朱貴的意思，怎麼了？」

龍霜月支笑了笑：「沒什麼。」

這時，龍霜月支顯然明白了，這是特意要驅逐自己！她也知道，自己雖然透過麴智盛把朱貴掌控在手中，但這老太監顯然不甘心，終於出招了。

玄奘一直旁觀著，此時忽然笑了笑：「公主，若妳真愛三王子，又何必停留在這個得不到幸福的地方？貧僧來自大唐，那裡民風淳樸，詩歌酬唱，想來公主必會喜愛。」

龍霜月支當然知道玄奘是落井下石，心裡恨得牙癢癢，臉上卻不得不做出喜悅的模樣：「法師說好，那一定是極好了。小女子就看三郎的意思吧！」

麴智盛撓了撓頭皮，頗有些煩惱，道：「父王，霜月支是很喜歡大唐，那裡不像西域這般苦寒，據說江南水鄉溫潤，對霜月支的皮膚想必是極好的……」

麴文泰聽了這話，氣不打一處來，剛要發火，玄奘衝他搖了搖頭，只好強行按捺。只聽麴智盛又道：「可兒子若是去了大唐，誰來照顧您呢？大哥和二哥已經去世，我再一走，父王您可怎麼辦？」

麴文泰呆住了，怔怔地看著麴智盛，眼眶頓時紅了。他似乎有些想哭，卻努力抑制著眼淚，露出溫和的笑容，狠狠捶了麴智盛一拳，嘆道：「好小子，長大啦！你終於長大啦！有你這句話，不枉為父養育你二十多年。」

麴智盛也流露真情：「父王，兒子不孝，讓您操心了。我不是不想去大唐，我和霜月支一走，那老龍會更惱火，他們三國聯軍，您一人可怎麼應付？所以兒子思來想去，寧可躲在宮中，也不願一走了之。」

「對對，三郎乃是孝子，陛下，我就是愛智盛的淳樸至孝。」龍霜月支終於找著藉口，急忙道，「在這種關頭，若是他離您而去，又如何值得我愛呢？」

「這些事情你們就不用操心了。」麴文泰淒然道，「你們走之後，這場大戰即使不死不休，只要你們能為我麴氏留一支血脈，那便是真正的大孝，父王這些付出也就值了。」

龍霜月支有些無語了，恨恨地瞪了朱貴一眼，沒有再說話，似乎在思忖著對策。

「老三哪，事情就這樣定了。」麴文泰當機立斷，揮了揮手，「但是，父王對你有個請求。」

麴智盛急忙施禮：「父王，求字兒子斷斷不敢當，您吩咐就是。」

「你那大衛王瓶，還剩下一個心願吧？」麴文泰問。

「嗯，是啊！」麴智盛不明白他要幹麼，詫異地回答。

麴文泰盯著他，一字一句道：「幫為父許個心願，讓你二哥復活！」

「啊？」麴智盛立刻驚呆了，傻傻地盯著麴文泰，似乎沒聽明白。

「我讓你和霜月支成婚，並且送你們去大唐。」麴文泰盯著他道，「你幫我許下心願，讓你二哥復活！」

麴智盛急了：「可……父王，二哥他死了！」

麴文泰露出懇求之色：「大衛王瓶無所不能，復活一個死人難道不行嗎？」

「這……」麴智盛也難以確定，「這我也不曉得。按道理，應該能吧！」

「那就許願，復活他！」麴文泰熱切地道，「如此，你和霜月支有了幸福的一生，父王也能有個兒子陪伴。老三，父王求你！」

麴文泰說著就要跪下，嚇得麴智盛搶先跪下，托著他的膝蓋，道：「父王！父王！您讓我想想，讓我想想。」

眾人都沒打攪他，麴智盛愁眉苦臉地想著：「父王，這瓶子我是要用來保護霜月支的，且不說二哥能不能復活，即便能，以後霜月支有事怎麼辦？」

麴文泰哼道：「大唐富庶繁華，江山穩固，一派盛世氣象，我再給你足夠的金銀，你和霜月支到了大唐，又會碰上什麼大事？」

「說是這樣說，可……」麴智盛猶豫不決。

「老三，你的性子不適合西域這種動盪，霜月支在這裡，更會遇上難以估測的禍端，你們到了大唐，再沒有世事的紛擾，幸福和美，生兒育女，豈不甚好？」麴文泰苦苦勸解。

「好是好，」麴智盛想起未來的幸福就眼睛發亮，但又有些猶豫，「可沒有了大衛王瓶，我……我心裡不踏實。」

「你……你如何不踏實？」麴文泰勃然大怒。

玄奘趕緊制止了他，笑道：「三王子，若是你真願意去大唐，貧僧可以修書一封，給祕書監魏徵大人。魏大人為人方正，在朝中頗有地位，必定能妥善地照顧你。」

「這樣啊！」麴智盛不禁心動，卻又難以割捨，當下望著龍霜月支。

龍霜月支急忙道：「陛下，您讓智盛想想，行嗎？」

「不行！」麴文泰斷然道，「目前事態緊急，必須馬上進行。」

「這……」麴智盛有些無奈。

麴文泰神情冷峻：「老三，你可知道，今日突厥的莫賀咄設來到了高昌？」

麴智盛點了點頭：「知道，父王好像還把他迎入宮中宴請。」

「沒錯，」麴文泰臉色鐵青，「本王剛剛送他回館舍休息。你可知道此人來做什麼？」

麴智盛搖搖頭。

麴文泰沉聲道：「他以協調我與焉耆的戰事為藉口，想謀奪大衛王瓶！」

麴智盛吃了一驚，麴文泰焦慮不已：「老三哪，他是統葉護可汗的伯父，在西突厥手握重兵，他若要來搶奪，便是統葉護可汗也無可奈何。因此，為今之計，你必須立刻許願，讓德勇復活！如此哪怕他用武力搶奪，能奪走的，也是一個用完的空瓶子！」

麴智盛和龍霜月支不禁面面相覷。

玄奘深感憂慮：「陛下，若是這樣的話，您就要小心莫賀咄的怒火了。」

「顧不得那麼多了。他沒有直截了當提出來，弟子便裝糊塗好了。」麴文泰道，「眼下最重要的是讓德勇復活，只要他活著，我高昌國無論眼前再艱難，都能熬過去，他若活不過來，高昌哪怕能熬過現在，最終也是亡國滅種之禍。老三，為父求你了！」

第十二章　大衛王瓶第三願：死者復活

麴智盛張了張嘴，看看龍霜月支，又看了看停在大殿裡的棺材，不再猶豫：「父王，這便開始吧！二哥復活後，希望您遵守諾言，讓我們離去。」

「當然！當然！」麴文泰喜出望外，「我會派大將軍親自送你們前往瓜州。老三，大衛王瓶在哪裡？」

麴智盛長嘆一聲：「我這便去拿。」

他牽著龍霜月支的手就要離去，朱貴忽然低聲道：「三王子，還是請公主留在這裡等候吧！」

龍霜月支怒視了他一眼，狠狠地甩開了麴智盛的手。麴智盛沒說什麼，依依不捨地望了她一眼，轉身離開了家廟。

眾人就在大殿裡等著，沒有人說話，一片沉默。麴文泰輕撫著麴德勇的屍身，哀痛難言。

過了不久，麴智盛便取來了大衛王瓶。那瓶子甚重，由兩名宿衛扛著，放在大殿的中央。令玄奘意外的是，隨著麴智盛一起來的，竟然還有阿術。

玄奘去了王玄策住處之後，阿術便自行走了，說是尋找相熟的粟特人。諸事繁多，玄奘也顧不上他。見阿術回來，玄奘有些心安，低聲道：「阿術，你怎麼來了？」

「師父，」阿術喜孜孜的，「終於讓我找到您了。我一直在住處等您，卻遲遲不見您回來。眼看天色晚了，我就去三王子的宮中尋找，恰好碰上了三王子，才知道您在這裡。」

「好孩子。」玄奘撫摸著他的頭。

這時，麴文泰扯了扯玄奘，低聲道：「法師，可以開始了。」

玄奘心中一緊，眾人的目光頓時全落在大衛王瓶上，那上面覆蓋著黑色的絲綢，麴智盛一把掀開，大衛王瓶妖魅的光芒映入所有人的眼中。

這一刻，所有人都呼吸停頓。

這一刻，風不起，日無光，它奪去了天與地的顏色。

這一刻，耳邊隱隱有神鬼呼號，似乎有無數的幽靈，向它跪伏膜拜……

這一刻，王城中一戶普通的農家院落裡，王玄策手裡的一片木簡啪地折斷。他低頭看著木簡上的文字，悠悠地嘆道：「西域從此陷入血與火了！」

這一刻，王城中最豪華的館舍內，莫賀咄正用銀刀切割著烤熟的羊肉。他突然暴怒，猛地將刀子插入羊肉中，大吼一聲：「來人！」

一名附離兵走了進來，叉手施禮：「大設！」

莫賀咄喝令：「附離兵全體出動，給我包圍王宮！」

「是！」

片刻之後，整個館舍紛亂起來。突厥騎兵是這個時代最強大的軍隊之一，單兵素質更是找不到可以抗衡的對手，莫賀咄一聲令下，一千名附離兵開始備甲，給戰馬套上鞍韉，準備刀弓箭器械。

莫賀咄嘴裡叼著一塊羊肉，手裡提著銀刀，在附離兵的簇擁下大踏步走出館舍。高昌禮部的主事一看架勢不對，賠著笑臉小跑步迎了過來：「大設，您有何吩咐，直接命令在下就是了，何必勞師動眾？」

莫賀咄斜睨了他一眼，喝令：「張嘴！」

主事詫異無比，卻乖乖地張開嘴，莫賀咄將羊肉塞進他的嘴裡，手中的刀噗地插進了他的咽喉。那主事瞪大眼睛，摀著喉嚨，鮮血奔湧。

莫賀咄一腳將他踹翻，喝道：「出發！」

附離兵紛紛跨上戰馬，就像飲了醇酒一般，野蠻和血性展露無遺，每人手持一根火把，縱馬在大街上馳騁。黑暗中，猶如一條火焰巨龍，在狹窄的街道間狂飆。

王宮家廟，儀式正在進行。

麴文泰、玄奘、龍霜月支和朱貴等人站在一旁，每個人都面色凝重，甚至帶著隱隱的恐懼。麴智盛站在大衛王瓶旁邊，撫摸著瓶身，緩緩道：「把二哥抬出來吧！」

不等麴文泰吩咐，朱貴便帶著幾個小太監走過去，掀開了棺材蓋。此時還在停靈，棺材蓋並未釘死，幾個小太監踩著凳子，俯下身軀，將麴德勇的屍身抬了出來，放在大廳正中的木板上。

麴德勇僅僅死了三天，又是嚴冬季節，滴水成冰，屍身雖然僵硬，但面孔還是栩栩如生。他自殺時插入胸口的短刀，已被拔了出來，胸口留著深深的刀痕，鮮血浸透了衣衫，如今都化作褐紅色。

麴文泰看著麴德勇的屍體，禁不住老淚橫流，他擦著眼睛，滿含期待。正在這時，一名宿衛急匆匆跑進來，在他耳邊說了些什麼。麴文泰冷冷一笑：「知道了，這些事情且交給大將軍吧！」

宿衛答應一聲，躬身退了出去。麴文泰見麴智盛還在遲疑，禁不住道：「老三，快點吧，莫賀咄的大軍已經包圍了王宮，時間拖得久了，你和霜月支便走不了了！」

麴智盛嚇了一跳，當即不再猶豫，從腰間抽出一把短刀，割開了自己的手指。鮮血淋漓，他將傷口放在瓶口的位置，鮮血滴下，瞬間就被瓶口的錫封吸收，順著六芒星的紋理，滲入了瓶中。六芒星吞噬著鮮血，彷彿暢快無比，眾人似乎聽到了咕嘟咕嘟的聲音，禁不住一個個脊背生寒。

過了片刻，鏤空的瓶身上忽然血光湧動，瓶子有如活了過來，血線布滿了瓶身的表面，看起來就像是人體的血脈，似乎還一動一動地膨脹，整個大衛王瓶就如同剛剛被挖出來的心臟，生機勃勃地跳動著！

玄奘看到這種異象，把目光瞥向了朱貴。朱貴也呆呆地看著，眼睛裡充滿了恐懼，失魂落魄的。

「阿卡瑪納，出來吧！我需要你！」麴智盛大聲道。

話音剛落，只見瓶身開始冒煙，煙霧絲絲縷縷，彷彿活物一般圍繞在王瓶的周圍，片刻之後煙霧越發濃密，將整個瓶子包裹其中。煙霧緩緩抬升，直沖七尺，在眾人眼前形成一朵巨大的蘑菇雲。那雲變化不息，其中似乎有活物翻滾，詭異無比。

「我的王子，阿卡瑪納向您致敬。」煙霧中響起一個沉悶的聲音。

鐵蹄轟鳴，震顫著大地。

莫賀咄的附離鐵騎順著大街馳騁到王宮門前，隨著一聲令下，人隨馬動，朝著兩側分流，將王宮大門緊緊圍困。

莫賀咄騎著馬到了宮門前，一聲大喝：「麴文泰，出來見我！」

宮牆上突然鼓聲震動，咚咚咚的鼙鼓聲撼動人心，隨著鼓聲響起，宮牆上火把閃耀，冒出黑壓壓的中兵，一個個張弓搭箭，對準了牆下。大將軍張雄站在宮牆上，朝著下面一拱手：「莫賀咄設，您這是什麼意思？為什麼要領兵犯我王宮？」

莫賀咄深感意外，嘿嘿一笑：「原來是張雄！你們竟然有準備？甚好，甚好！這倒省得我花費口舌了。張雄，讓麴文泰出來見我！」

張雄笑了笑：「大設，高昌王身子有恙，這您也知道，此時正在調養，不方便見客。而且您帶著大軍圍困王宮，陛下若是受了驚嚇，該如何是好？」

「放屁！」莫賀咄破口大罵，「當老子不知道嗎？麴文泰這老小子如今正在用那大衛王瓶！他娘的，老子明裡暗裡跟他說了半晌，他只當聽不懂啊？老子想要大衛王瓶，聽懂了嗎？」

張雄露出詫異的表情：「大設，您想要王瓶，去找三王子啊！高昌王宮不比統葉護可汗的大帳，您想來便來唄！何必帶這麼多兵馬？」

「張雄！好好好！」莫賀咄怒不可遏，「你跟我兜圈子是不是？告訴你，老子把話撂到這兒了，他麴文泰敢用王瓶許下最後一個願望，把那魔鬼釋放出來，我必定率領附離鐵騎，踏平你高昌王城！」

張雄也勃然大怒，猛地一拍牆壁：「莫賀咄！你莫要欺人太甚！大衛王瓶是你家之物嗎？我高昌國身為西突厥的屬國，這幾十年來哪一年沒有向汗庭納稅？我高昌向你突厥納稅，要的是你突厥提供保護，這是西域鐵一般的規矩。如今你看著我家有重寶，就率兵來搶奪，你可把草原的規矩放在眼裡？你可把統葉護可汗放在眼裡？」

莫賀咄愣了愣，忽然笑了：「哈哈哈，張雄，你對麴文泰倒是忠心耿耿。老子且問你，待他復活了麴德勇，憑你跟麴德勇的關係，這高昌國還有你立足之地嗎？」

張雄眼中閃過一絲悲痛，臉色卻不變：「這是我高昌的家事，與你無關。大設，王瓶斷然無法給你，請速速退去吧！憑你的這些人馬，不足以攻克王宮！」

「是嗎？老子倒要試試！」莫賀咄大喝，「來人，推撞木！」

附離兵早有準備，只見兩輛大車上裝著一根一人合抱粗的撞木，朝著宮門緩緩推了過來。推撞木的並不是附離兵，而是就近抓的一些百姓和商賈，這些人一邊哭喊著，一邊在附離兵的皮鞭下拚命地推。

張雄臉色不變，手一擺，城頭上響起嗚嗚的號角聲，隨著號角響起，王城之內的大街小巷忽然傳來轟隆隆的震顫聲。莫賀咄大吃一驚，只見火把閃耀，擁來了無數騎兵，在各處房頂更有弓箭手張弓搭箭，對準了他們。

莫賀咄大怒：「好一個西域之虎，老子倒小看了你！張雄，老子就在這裡，有本事你就射死老子，要不然，這王宮，我破定了！來人，給我撞！」

麴智盛失神地望著眼前的煙霧，慢慢地道：「阿卡瑪納，我要向你許下第三個心願。」煙霧翻滾，響起轟隆隆的大笑聲，似乎愉快無比：「敬愛的王子，你是這天上地下最守信諾的人，我等待這一天已經很久了。說吧，王子，說出你的心願。」

麴智盛內心掙扎了起來，臉上神情變幻，眾人都緊張地盯著他。麴文泰更是額頭冒出了汗水，身子瑟瑟發抖。玄奘從容地注視著麴文泰，麴文泰感覺到他的目光，衝他點了點頭，才鬆弛了下來。

「讓我的二哥復活，可以嗎？」麴智盛終於說出了這句話。

「哈哈哈哈！」阿卡瑪納笑道，「王子，我說過，我擁有天上地下，無所不能的神通，令死者復活是最簡單的事情。」

「真的？」麴智盛默默地看著地上的屍體，又看了一眼麴文泰，決然道，「那你就讓我二哥復活吧！我父王很想念他！大家也都需要他……不需要我……」

說到最後，他有些心酸。

「王子，你想好了嗎？」阿卡瑪納道，「這是你最後一個心願。死者復活之後，你就要撬開錫封，放我出去！」

「想好了。」麴智盛面無表情，「我會放你出來。」

魔鬼不再說話，煙霧翻滾得卻更劇烈了。忽然間，眾人眼前一閃，那團煙霧中猛地射出幾條手指粗細的煙柱，快如閃電，無聲無息地打在麴德勇屍身的眼睛、鼻孔、嘴巴和傷口等處。

這一瞬間的情景詭異到了極點，五條煙柱有如五根長長的觸手，雖然是煙霧，卻彷彿凝結為了實物。過了許久，觸手和煙霧的連接處才開始變淡，慢慢地斷掉，五根觸手也消失在空氣中。

「阿卡瑪納，這是怎麼回事？」麴智盛詫異地問。

但阿卡瑪納不再回答，籠罩著大衛王瓶的煙霧也慢慢稀釋、消散，大殿中恢復了平時的模樣。眾人面面相覷，彷彿做了一個詭異的噩夢。

麴文泰來到麴德勇的屍體邊，輕輕地呼喊：「德勇，德勇。」

所有人屏息凝神，整個心都提了起來，默默地看著屍體的變化。又過了許久，阿術突然大叫：「他動了！手指頭動了！」

王宮大門此時已經變成了人間地獄。

莫賀咄的人馬不斷撞擊城門，張雄卻未下令放箭，莫賀咄到底身分特殊，如果傷了他，無論什麼原因，高昌國都難以承受突厥人的怒火，因此連高昌的騎兵也未動，只是張弓搭箭扼守四周。

莫賀咄極為無賴，見張雄不敢放箭，乾脆自己跑到城門口站著，命令撞木繼續撞。張雄並未阻止，只是冷冷地看著。高昌王宮的城門再厚，也抵不住撞木的衝撞，十幾下之後，城門轟然破碎，附離兵發出歡呼之聲。

然而就在附離騎兵催動馬蹄，要衝進王宮之際，他們赫然發現，城門門洞裡架起了好幾重鹿角和柵欄！無數的長槍兵蹲伏在柵欄後，嚴陣以待，每個人面前都有盾手手持大盾護持！

「就這點本事？」莫賀咄哈哈大笑，喝令衝鋒。

但接下來的一切令他瞠目結舌。那些鹿角尖刺朝外，附離騎兵不得不放慢馬速，前面的附離兵則跳下馬背要搬開柵欄，想不到長槍兵們此時長槍突刺，一伸一縮之間，只聽見噗噗噗的鋼刃入肉聲，附離兵大聲慘叫，紛紛倒地。

附離兵這才醒悟過來，對方不敢殺莫賀咄，卻不見得不敢殺自己，於是紛紛抽出弓箭開始放箭。高昌盾手們用長盾一擋，叮叮噹噹密如爆豆的響聲中，大部分箭鏃都落空了。莫賀咄大怒，喝令進攻，隨即雙方在城門洞裡展開慘烈無比的肉搏戰。

附離兵遠比高昌宿衛精銳，人數也多，但張雄揚長避短，選擇了狹窄的門洞作為交鋒的場所，人多的優勢根本體現不出來，再精銳的戰士到了這等密集的戰場，也避不開密如叢林的矛刺。區區一百多名宿衛，竟然把上千名附離騎兵阻擋在王宮之外！

「殺！殺！給我殺——」莫賀咄氣得眼珠子通紅，大聲催促。

附離騎兵也紅了眼，不少人催馬狂奔，到了鹿角前縱馬躍起，卻連人帶馬被刺穿在鹿角上。以這種自殺式的衝鋒，附離騎兵險些撕開了槍盾兵的防線，但高昌宿衛訓練有素，死了一層便擁上一層，與附離兵貼身搏殺，不到一炷香時間，門洞內層層疊疊都是人屍馬屍，疊了將近一個人高。

莫賀咄氣得暴跳如雷，卻沒有辦法。這時，張雄忽然哈哈大笑：「莫賀咄設，告訴你一個好消息，大衛王瓶最後一個心願已經許下，我家二王子，復活了！」

莫賀咄頓時呆若木雞，正在廝殺的戰士們也愣住了，彷彿一道凝固的海浪。整個夜晚就這麼悄然死去，只有火把的光芒在簌簌顫抖。

王宮家廟中，所有人都被靈魂的震顫與恐懼所籠罩，連麴文泰也被死者復活震驚了，驚恐地看著麴德勇的屍體，沒有撲上去。比起失而復得的喜悅，難言的恐懼更讓他渾身顫抖。

唯一冷靜的人只有玄奘。他凝定的禪心經過短時間的震顫之後，很快便恢復了平靜，口中誦念《般若波羅蜜多心經》：「觀自在菩薩，行深般若波羅蜜多時，照見五蘊皆空，渡一切苦厄。舍利子，色不異空，空不異色，色即是空，空即是色，受想行識，亦復如是。舍利子，是諸法空相，不生不滅，不垢不淨，不增不減……」

玄奘的誦經之聲越來越大，整個大殿內迴盪著渾厚神祕的梵唱，眾人的心神才漸漸凝定了下來。這個時候，麴德勇整個手臂開始動彈，眼皮也開始抖動，似乎想要睜開，卻又被來自幽冥的鬼物強行壓住。

大殿之內冷颼颼的，每個人卻都汗流浹背，便是內心最喜悅的麴文泰，此時也不敢動作。玄奘的誦唱聲越來越急：「舍利子，是諸法空相，不生不滅，不垢不淨，不增不減。是故空中無色，無受想行識，無眼耳鼻舌身意，無色聲香味觸法，無眼界，乃至無意識界。無無明，亦無無明盡，乃至無老死，亦無老死盡……」

「盡」字一出，就見麴德勇身子猛地仰起，嘴一張，哇地噴出一口黑血，隨即倒在木板上，一動不動。

眾人不禁發出一聲驚呼。玄奘充耳不聞，只是誦念著經文。麴文泰卻再也忍不住了，上前抓著麴德勇的肩膀搖晃了起來：「德勇！德勇——」

眾人又是一聲驚呼，只見麴德勇慢慢睜開了眼睛，目光散亂，似乎還是一副魂魄未歸的樣子。但這已經讓麴文泰驚喜交加，老淚縱橫，他嗓音顫抖，哇地痛哭了出來：「德勇！你活了！德勇！德勇——」

麴文泰失聲痛哭，失而復得的喜悅讓他不知該如何表達自己的心情。就在此時，猛地聽見麴智盛一聲驚叫：「父王，小心——」

麴文泰愕然地看著他，卻見眾人都驚恐地望著自己的背後，他一回頭，嚇了一跳，原來麴德勇不知何時竟坐了起來，眼睛裡散發出血紅的煞氣，雙手扣住了麴文泰的脖頸！

麴文泰頓時瞪大了眼睛，呼吸艱難，麴德勇面容扭曲，眼睛血紅，嘴裡發出呵呵的聲響，兩條手臂宛如鐵鑄一般，使勁掐著麴文泰的脖子。麴智盛大叫一聲衝了上去，朱貴、玄奘、龍霜月支、甚至阿術也都跑了過去，幾個人抱腿的抱腿，扳胳膊的扳胳膊，拚命去救麴文泰。

也不知這麴德勇到底有多麼大的力氣，幾個人竟然按不住他，直到麴德勇大吼一聲，雙臂一抖，眾人有如麻袋般飛了出去，麴文泰才被鬆開脖子，逃過了一劫。

眾人被摔得夠嗆，一個個爬不起身來，門外的宿衛們發現不妙，全都衝了過來，將麴德勇團團包圍。麴文泰急忙大吼：「滾！滾！不要傷了他——」

宿衛們面面相覷，只好依言退下，但也不敢走遠，就在門口劍拔弩張，嚴陣以待。

麴德勇摔開眾人之後，搖搖晃晃地站了起來，臉上表情依舊扭曲，彷彿承受著極大的痛楚，但又不知道該怎麼辦，眼珠子呆滯地朝著眾人一一掃過，神情木然。

麴文泰又驚又怒，問麴智盛：「老三，這是怎麼回事？」

麴智盛正抱著龍霜月支檢查她的身子，聽見父王的質問，也是茫然無比：「我……我不知道啊！要不找阿卡瑪納來問問？」

「你問！快問！」麴文泰一連聲地催促。

麴智盛到大衛王瓶旁邊，敲著瓶身：「阿卡瑪納，出來，出來！」

大衛王瓶沒有任何動靜。麴智盛大惑不解：「難道還要喝血？」

麴文泰大步走過去，遞給他一把刀子。麴智盛接了過來，割開手指，將鮮血滴入瓶口的六芒星，鮮血迅速被喝了下去。瓶身又泛起血光，那股人體脈絡般的詭異紋理閃耀出血紅的光芒，但煙霧卻沒有冒出來。

麴智盛喊：「阿卡瑪納，出來！到底怎麼回事？我二哥怎麼了？」

大衛王瓶一動不動，沒有絲毫變化。

眾人面面相覷，麴智盛朝父王看了一眼。

朱貴道：「三王子，您這是不是算第四個心願了？」

「嗯？」麴智盛撓撓頭，「算嗎？難怪他不搭理我。」

「想來是了。」朱貴道，「或許二王子剛剛復活，需要一段時間適應吧！陛下，這種詭異的事情老奴當真也說不上來。」

此時麴德勇正茫然地站著，就像一具行屍走肉。麴文泰發愁地看著麴德勇，神情中卻露出些許欣慰：「罷了，罷了，好歹人活過來了。只要人活著，不管怎樣，本王都能請來名醫診治，總能把他調理好的。德勇，來，跟父王回家吧！」

他正要走過去，只聽頭頂轟然一響，家廟的房頂突然裂開一個大洞。高昌的房頂都是泥土混合著沙柳版築，相當厚實。猛然一裂開，無數的碎土塊嘩啦啦地掉了下來。麴文泰身子有病，行動不靈活，朱貴手急眼快，一把將他抱了過來，護在身後。落下的碎土砸了麴德勇滿頭滿臉，他卻只是呆呆地抬頭看，不知做何反應。

眾人還沒回過神來，就見破洞之中，一條人影嗖地落了下來，正好落在麴德勇面前。此人滿頭白髮，穿著華麗卻汙穢的宮裝，竟然是宇文王妃！

玄奘擦了擦臉上的碎土，不禁苦笑，這個王妃的剽悍他是深有領教，沒想到被困後宮數日，竟絲毫不改。

「賤人！」麴文泰大怒。

但王妃根本不理會他，見麴德勇復活，慘白的臉上狂喜無比，一把抱住麴德勇：「德勇！德勇！」

外面的宿衛見狀紛紛圍了過來，要拿下王妃。麴文泰冷笑不已，擺手讓他們退下，等著看王妃生生被麴德勇扼死的一幕。沒想到麴德勇木訥地看了她一眼，臉上露出古怪的神情，似乎痛苦，似乎掙扎，呆呆地道：「玉波……」

這真是幾家歡樂幾家愁，麴文泰驚呆的時候，王妃卻大喜，抱著他喊：「德勇，你活過來啦！真好！真好！」

麴德勇卻只是呆呆地看著她，喃喃道：「玉波……玉波……」

王妃也看出不對了，轉頭問麴文泰：「他到底怎麼回事？你們對他做了什麼？」

「放屁！他復活之後便是這個樣子！」麴文泰又喜又恨，大喝道，「放開他！來人，給我拿下！」

宿衛們將王妃和麴德勇團團包圍，就要撲上去。王妃冷笑一聲，拔出短刀橫在麴德勇脖頸：「麴文泰，莫要再逼我，否則要死我也和德勇一起死！」

麴文泰大吃一驚：「妳……放下！快放下刀子！」

王妃慘笑一聲：「我們在這個世上活夠了，也活膩了，能與德勇一起死，也是我的福分！」

「別別別！」麴文泰大駭，「妳快放下刀子，有話好好說！」

「讓他們都散開！」王妃厲聲喝道，「我要帶德勇走！」

「妳……妳帶他去哪裡？」麴文泰問。

「我還有哪裡可去？」王妃淒涼地一笑，「故國滅了，家族散了，夫妻之情斷了，這寂寞的王宮，便是我葬身之地！這個世上，只有德勇會陪著我。麴文泰，讓你的人散開，我要帶著他回後宮！」

「哦……」麴文泰這才鬆了口氣，雖然不捨，卻不敢在此時觸怒王妃，朝宿衛們擺了擺手，「散開，放他們走！」

王妃帶著麴德勇，充滿戒備地朝外走去。麴文泰大聲道：「玉波，妳若是敢帶著德勇離開，殺無赦！」

王妃理也不理，帶著麴德勇揚長而去。麴文泰踉踉蹌蹌地追了出去，看著兩人的背影，疲憊地擺了擺手，宿衛們紛紛跟了過去。

誰也沒想到會發生這種變故，都有些不知所措，但麴智盛卻完全沒把這些事情放在心上，見麴文泰似乎要跟著走，他急忙喊：「父王，我呢？你何時放我和霜月支離去？」

麴文泰愣了愣，回過身來，神情複雜地看著他，微微嘆道：「老三，想走，你這便走吧！」

麴智盛喜出望外，拉著龍霜月支的手，兩人一起跪了下來：「兒子叩別父王！」

「走吧！走吧！高昌國覆滅在即，為我麴氏留一支血脈吧！」麴文泰疲憊不堪地道，「老三哪，此時莫賀咄包圍了王宮，你無法從正門出去，讓朱貴帶著你，從井渠裡出去吧！」

麴智盛重重地叩了幾個頭，和龍霜月支站了起來。

麴文泰又交代：「朱貴啊，王宮裡的金銀財寶，能帶多少便帶多少吧！要夠老三這輩子的花銷，他不會種地，不會行商，恐怕到了大唐，連個普通的官職也做不了，你好好為他安排一下！」

「是，老奴知道。」朱貴眼眶也紅了。

「唉！」麴文泰柔和地看著這個兒子，「朱貴，你是老三的娘家人，想陪他去，就一起去吧！好歹有個人照顧他。」

朱貴大哭，道：「陛下，公主的墳還在這裡，老奴這輩子要死在高昌！」

他說的公主，是麴智盛的母親，麴文泰的第二任王妃。

麴文泰心裡也不好受：「隨你吧！」

第十三章　玄奘的推論

莫賀咄還在與張雄僵持，他騎著馬，在城下團團轉圈，朝著城上破口大罵：「麴文泰！麴文泰！竟然敢毀掉我的大衛王瓶，老子跟你不共戴天！我遲早要率領大軍，踏平你高昌國！」

張雄既不怕，也不惱，淡淡地道：「大設，便是你不提此事，這場官司咱們也要打到汗庭，請統葉護可汗評評理！」

「哼，老子怕他嗎？」莫賀咄冷笑不已，「讓麴文泰出來見我！」

「大設，本王來了，讓大設久等了。」麴文泰突然出現在城頭。

莫賀咄深感意外：「麴文泰，你終於露面了！哼，大衛王瓶現在如何了？」

「勞大設關心。」麴文泰拱了拱手，「瓶中魔鬼已經現身，復活了本王的犬子。此時，那大衛王瓶再無用處了。」

莫賀咄又嫉又恨：「好呀！好呀！麴文泰，你不怕老子報復嗎？」

麴文泰喟嘆一聲：「大設，本王信佛，國家興滅，在佛家的眼中，無非是一場輪迴。若是天意讓我高昌滅亡，便是沒有大設，也終究會滅的。若是高昌不該滅，便是大設提兵百萬，也抗不過這天意。」

「在西域的草原、大漠、雪山，老子就是天意！」莫賀咄大吼道。

正在這時，一名附離兵策馬狂奔了過來：「大設！」

莫賀咄正煩躁：「什麼事？」

那名附離兵道：「交河城出了變故！」接著低聲在他耳邊說了一番。

「什麼？」莫賀咄深感意外，「怎麼會這樣？老子得保留實力了。撤！」

「是！」那附離兵答應了一聲，又問，「去哪裡？可汗浮圖城嗎？」

「放屁！有好戲要看，老子怎麼捨得走？回館舍喝酒吃肉！」莫賀咄也不多說，一兜馬，調轉了方向，潑刺刺地朝著大街奔去。

附離騎兵一起兜轉馬頭，跟著他馳上了大街，剩下一群人打算留下來收拾戰死者的屍體，莫賀咄卻遙遙地喊道：「留在那裡，讓麴文泰用上好的棺木入殮！」

面對這種無賴作風，麴文泰也搖頭不已，但又奇怪，問張雄：「莫賀咄怎地走了？」

張雄也大為不解：「臣也不大清楚，要不要我派人守著館舍四周？」

「罷了，罷了，這個仇結得大了，何必再觸怒他！」麴文泰看著城下滿地的屍體，嘆道，「照他的話，用上好的棺木入殮吧！」

莫賀咄撤兵的時候，天色已經亮了，如此也不用從井渠出城了，朱貴收拾了一應物資，裝了三輛大車，一輛由麴智盛和龍霜月支乘坐，一輛給阿術坐，第三輛則盛滿了麴文泰從王宮中搬出來的金銀珠寶名貴香料等物，作為麴龍二人在大唐的花銷。

等打點完一切，已經到了辰時，又開始了新的一日。

玄奘陪著阿術坐在第二輛車裡，朱貴騎著馬，帶著十幾名宿衛親自陪同，徑直從北門出城，駛上通往勝金口的官道。

此時朝陽正濃，照耀著遠處的火焰山，前方一片輝煌。趕遠路的商賈往往在這個時分出城，路上頗為熱鬧。眾人出城數里，突然碰上不少商賈又急匆匆地朝城裡趕。這些商賈不知為何，一個個神情悽惶，彷彿逃命一般。玄奘覺得奇怪，於是跳下馬車，想攔住一隊商旅；護衛在一旁的朱貴急忙命車隊停下。

「阿彌陀佛，施主請慢走。」玄奘招呼商旅中一個老者。

那老者牽著一頭駱駝正在跑，見玄奘喊他，急忙停了下來：「法師，有何吩咐？」

「施主是行商的吧？既然出城了，為何又回來？」玄奘問。

「法師，您不知道？」那老者吃驚地看著他們。

「貧僧不知道啊，怎麼了？」玄奘摸不著頭腦。

「嘿！」那老者頓足，「我看你們有騎兵保護，還以為是特意要往北去，這才沒有提醒！法師，快回吧！前面有大批騎兵殺過來啦！」

「什麼？」玄奘大吃一驚。

朱貴也發覺不妙，趕緊跳下馬來追問：「老丈，哪裡的騎兵？」

麴智盛和龍霜月支撩開車簾，朝這邊張望。

那老者道：「當然是焉耆人了，據說不下五千之眾，已經快到王城邊上了！」

朱貴面如土色，下意識地朝麴智盛和龍霜月支瞧了一眼：「焉耆人……焉耆人不是在交河城外嗎？他們難道攻破交河城了？」

「沒有，我聽說他們不知從何處繞過了交河城，突襲王城。」那老者急匆匆說完，不敢耽擱，向玄奘施個禮，趕緊牽著駱駝走了。

玄奘還要再問，朱貴看著前方，苦澀地道：「他們來了。」

玄奘霍然回頭，只見火焰山的方向沙塵遮天，彷彿一道風沙之牆在沙漠裡升起，橫跨將近十里寬，向著王城的方向推了過來，遠看竟似平地裡隆起一道山脈！而玄奘等人則是山脈下的螞蟻！

僅僅一瞬間，眾人就感覺到大地的震顫，轟隆隆的震動有如奔雷，那種威勢，真如天崩地裂！

朱貴突然怒不可遏，大踏步走到龍霜月支跟前，吼道：「是不是妳？是不是妳讓他們來的？」

龍霜月支冷笑：「伴伴，你算無遺策，從進入家廟就一直監視我，我哪來的機會通知他們？」

麴智盛看不過去，急忙護住龍霜月支：「伴伴，你瘋了嗎？霜月支要跟我一起走，她怎麼會通知焉耆人？」

「嘿！」朱貴咬牙切齒，怒視著龍霜月支，「三王子，您看看，五千人的兵力，為何會排成一線齊頭並進？那是因為他們在搜索！堵截！他們知道你們要走，專門為了堵截而來！」

「三郎，」龍霜月支摟著麴智盛哭了起來，「真的不是我，我想跟你到大唐去。」

「還在演戲！」朱貴冷笑，「公主，妳這個局該結束了吧！」

「伴伴！」麴智盛大怒，「不准你懷疑霜月支！」

朱貴臉色鐵青，只好轉過頭去，朝宿衛們吼了一聲：「趕緊撤！撤回王城！」

玄奘抬頭看去，這時已經能隱約看見焉耆騎兵的身影了，黑壓壓一片，左側看不見頭，右側看不見尾，五千人並列成一線，齊頭並進，他們縱馬馳過葡萄園，葡萄藤紛紛伏倒。日光下，不停有刀光閃爍，騎兵們手握長刀砍伐擋路的葡萄藤。玄奘心中沉重，看來朱貴說的沒錯，他們的確是為了堵截。在這樣密集的搜索下，恐怕一隻老鼠也躲不過去。

眾人趕緊上了車馬，車夫調轉方向，朝著王城狂奔。

此時，麴文泰和張雄也得到了消息，兩人驚得魂不附體，立即號令全城戒備，整個高昌王城全軍動員，騎兵和都兵從四面八方趕赴北面的玄德門，連麴文泰的中兵也全數出動。高昌王城現有兵力三四千人，再加上散布在各郡的兵力，從兵員上堪稱雄冠西域諸國，可一旦分散，就明顯不夠了。尤其是守衛王城，城池這麼大，兵力再分散到各個城門，力量更加薄弱。但不分散的話又無法判定攻城者主攻的方向，在對方五千鐵騎的進攻下，可以說是危險到了極點。

張雄號稱西域之虎，當即號令將主力放在北門，其他城門則徵召城內居民協助士兵把守。他親自率領最精銳的中兵作為機動部隊，隨時支援，更下令拆毀街上商戶臨時搭建的棚子，廓清道路，供騎兵迅速移動。

城內居民不分國別，都惶惶不可終日，哪怕是焉耆人，此時也不得不站在高昌的立場，因為所有人都知道，城池一旦被破，隨之而來的就是亂兵搶掠。哪怕能僥倖從屠刀下逃得一命，貨物也會被搶個精光。西域滅國戰的殘酷每個人都深有體會，屠城之舉各國幹得多了。以焉耆和高昌的深仇，以及其他兩國對高昌的嫉妒，什麼事都能幹得出來。

百姓們眼看大將軍指揮若定，心裡才稍微放鬆一些，待命令一下來，便忙不迭地幫助士兵們搬運守城器械，整個城市成了一部巨大的戰爭機器。

麴文泰和張雄來到了北門的城樓上，向北一望，頓時倒抽了一口冷氣。黑壓壓的騎兵沿著天際線一字排開，所有阻擋在他們面前的東西都被破壞一空。馬蹄濺起的塵土宛如一道巨大的風暴，覆蓋了火焰山，掀起了整座沙漠，朝著王城推過來。

「陛下，聯軍為何會排成這樣的陣形？」張雄納悶不已，「這樣看來雖然聲勢浩大，但陣形太薄，稍微一衝就會衝出一個缺口。他們想幹什麼？」

「難道他們想包圍王城？」麴文泰也驚異。

張雄搖搖頭：「他們是騎兵，想包圍王城，只需在城南城北各布下一支人馬，如此從任何一個方向出城都逃不開他們的追殺。這恐怕另有緣由。」

這時，城下聚集著一大群商隊和百姓，正哭嚷連天，擁擠著要入城。張雄皺了皺眉，喝令：「讓他們速速入城，再過半炷香時間，關閉城門！」

「不行，不行。」麴文泰於心不忍，「太歡啊，還是讓他們都入城吧，這些商賈雖然不一定是高昌子民，但既然到了高昌境內，就應該受到咱們的保護，本王實在不忍讓他們死在亂軍之中。」

張雄苦笑：「陛下仁厚，但城門若不關閉，這些騎兵跟在後面殺進來，高昌就是滅國之災。」

「堅持一下！堅持一下！」麴文泰流露出哀求的口吻，「太歡，你讓士兵們準備好弓弩，哪怕阻一阻，也能多救一些人的性命！」

「陛下！」張雄卻不敢拿國家來冒險。

「太歡，」麴文泰淚如雨下，「本王兩個兒子都遭了橫禍，難道不是天譴嗎？也許是本王年輕時殺戮太多，你就讓本王多救幾個百姓吧！」

張雄無奈，只好下令：「弓箭手準備，推遲半炷香關閉城門！」

號令一聲聲傳遞下去，忽然，麴文泰一驚，指著遠方：「那是什麼？」

張雄抬頭看去，不禁大吃一驚，只見在那座騎兵掀起的山脈下，十幾名騎兵正簇擁著三輛大車朝王城的方向狂奔！

「是三王子他們！」張雄驚叫，「他們被堵回來了！」

朱貴催促著車夫快馬加鞭，向王城疾奔，但馬車的速度哪有騎兵快，轉瞬間他們就聽見轟隆隆的鐵騎聲由遠而近，追了過來。朱貴轉頭一看，幾乎整個身子都僵住了，距離已經近得能看見身後騎士的面孔！

他還看見不少騎士張弓搭箭，一時間箭雨紛飛，朝著眾人射了過來，一些箭鏃射在了馬車上，還有一些則射中斷後的宿衛，不少人慘叫著摔下了馬，隨即被趕上來的騎兵踏為肉泥！

車上的麴智盛、龍霜月文、玄奘和阿術等人紛紛趴在車廂上，不少箭鏃貼著頭頂脊背射了過去。突然間，只聽一聲馬嘶，玄奘這輛車的馬匹被箭鏃射中，嘶鳴著摔倒，大車呼的一聲翻了過去，玄奘和阿術從頂上被摜出了車廂，一下子摔出去四五丈遠。

玄奘剛爬起來，就見麴智盛那輛車的馬匹也被利箭射翻，麴智盛和龍霜月支摟抱著從車廂裡跳出來，翻滾著倒在了路邊。朱貴見狀，長嘆一聲，勒住了戰馬，迎著撲面而來的騎兵，慘笑著閉上了眼睛。

數十名騎兵舉起弓箭，對準他們就要射殺，正在這時，只聽一聲大吼：「不准放箭！住手！住手！」

玄奘攙扶著阿術站起來，抬頭望去，只見一名戴著青銅面具的騎士率領幾十名騎兵策馬從後面追了過來，一邊飛奔，一邊呼喊。不知此人是什麼身分，他剛一發話，那些騎兵便急忙垂下了弓箭，勒住馬匹，不再有所動作。

玄奘回頭看看王城，不禁苦笑，他們距離王城只不過一里多了。

眼前的騎兵越聚越多，黑壓壓的一片，足有上千人，沒有人說話，只是默默地看著他們。那名戴著青銅面具的騎士從後面趕了過來，騎兵們恭恭敬敬地讓開一條通道。那名騎士走出人群，在他身後，竟然是龍突騎支！

龍突騎支神情複雜地凝視著自己的女兒，卻沒有說話，所有人隱隱然以那個青銅面具騎士馬首是瞻。

面具騎士策馬上前兩步，凝視著龍霜月支，眼睛裡閃耀出灼熱的光芒，忽然摘下面具，露出一張英俊的面孔，喃喃道：「霜月支，我來接妳啦！」

龍霜月支神情迷茫：「泥孰……」

玄奘下意識地看了麴智盛一眼，不由得低低一嘆，只見麴智盛露出嫉恨交加的神情，緊緊攥著龍霜月支的手，似乎有些驚懼。

玄奘知道，眼前這位俊朗高大的青年，便是西突厥的天之驕子阿史那．泥孰，達頭可汗的曾孫，十姓部落的主人，同時也是龍霜月支尚未定名分的夫婿！

「是我。」泥孰跳下馬，溫柔地笑著，「霜月支，原諒我這麼晚才來到妳身邊。我一直陪著統葉護可汗在大清池，離這裡三千餘里，自從聽說妳被大衛王瓶蠱惑，迷失在高昌，我便星夜趕來，一路把自己綁在馬背上，累死了三十多匹馬，才在太陽升起的時候來到妳身邊。霜月支，跟我走吧！」

泥孰的出現顯然出乎龍霜月支的意料，想來此人並不在她的計畫之中，一時不知該如何應付。

但麴智盛卻勃然大怒，指著泥孰大吼：「泥孰，霜月支是我的，你休想把她搶走！」

泥孰的臉冷峻了起來，嘲諷地望著他：「你便是麴智盛嗎？你的大衛王瓶呢？」

「在這裡！」麴智盛踉踉蹌蹌地走到破爛的馬車前，將大衛王瓶拖了出來，砰的一聲放在地上。

三國聯軍的戰士望著這只傳說中的大衛王瓶，都不禁有些緊張，軍陣一陣騷動。泥孰卻冷笑不已：「這就是傳說中無所不能的大衛王瓶？你何不讓裡面的魔鬼出來，要了我的命！」

「我——」麴智盛張口結舌，有些惱羞成怒，「哼，不管怎麼樣，你休想帶走霜月支！她愛的人是我！」

「一派胡言！」泥孰勃然大怒，拔出彎刀指著他，「早在三年前，焉耆王便答應了我的求婚，只不過霜月支還小，我便沒有迎娶。你竟然施展妖法，迷惑霜月支，讓我蒙受羞辱，這筆帳咱們今天就算一算！」

「殺了他！」龍突騎支也大吼，「泥孰，先斬了這個狂妄的小子，然後我們攻破高昌城，用麴文泰的血來洗刷這分恥辱！」

「殺了他！殺了他！」三國聯軍的戰士一起鼓譟，聲震大地。

麴智盛毫不畏懼，緊緊握著龍霜月支的手，與泥孰冷冷對視。龍霜月支卻一言不發，靜靜地看著。

玄奘不禁有些憤怒：「阿彌陀佛，公主，這便是妳想看到的結局嗎？」

龍霜月支不說話。

就在三軍的鼓譟吶喊中，泥孰大吼一聲，拖刀疾奔，凜冽的刀光朝著麴智盛怒斬而來。麴智盛靜靜地望著刀光，忽然感覺有些淒涼，看了看懷裡的龍霜月支，喃喃地道：「霜月支，這輩子，我沒法陪妳度過了！」

龍霜月支臉上神情變幻，似乎在劇烈地掙扎。眼見刀光已經到了面前，忽然朱貴大吼一聲，從腰間抽出短刀，大吼著朝泥孰刺了過去，泥孰冷笑一聲，刀光一閃，將短刀劈飛，隨即彎刀架在了朱貴的脖子上。

泥孰正要說話，一看自己的彎刀，頓時愣了一下，那彎刀上竟然被朱貴的短刀迸出個缺口：「老太監，你那短刀倒不錯。看來也是個英雄，我不殺你！」

隨即飛起一腳，將朱貴踹翻。

「伴伴！」麴智盛正要跑過去，泥孰的彎刀已經架在了他的脖子上。刀鋒如雪，壓著脖頸，割破了肌膚，一滴滴的鮮血滲了出來。

麴智盛看著脖子上的彎刀，溫柔地看了龍霜月支一眼，淡淡地道：「殺了我吧，我死之後，霜月支依然不會愛你！」

「放屁！」泥孰大怒，一刀就要斬下。

「住手！」玄奘急忙跑過去。他拾起短刀交給朱貴，將朱貴扶了起來，然後張開手臂，阻止了泥孰。

泥孰愣了愣：「您便是大唐來的玄奘法師？」

「阿彌陀佛，正是貧僧。」玄奘道。

泥孰想了想，收回彎刀：「這兩日，焉耆王向我提起過您。法師，我是你們皇帝李世民的結拜兄弟，據說您與他交好，那便是我的兄弟，我不能殺您。」

「哦？」玄奘倒有些意外，「您認識皇帝陛下？」

「沒錯。」泥孰感慨，「武德年間，我曾經到過長安，與世民結為異姓兄弟。那時候，他還是秦王。」

玄奘沒想到這位西突厥的貴族竟然和李世民有這般淵源，急忙躬身施禮：「阿彌陀佛，貧僧有禮了。」

「不敢，不敢。」泥孰收刀撫胸施禮，「聽說法師只是路過高昌，打算前往天竺國求佛，既然如此，這些俗事便與您毫無關係了。法師，請您讓開吧，等我處理完高昌之事，必定護送您安然抵達天竺。」

玄奘苦笑道：「這件事……」他看了看龍霜月支，見她仍舊神情淡漠，似乎眼前發生的一切完全與她無關，不禁心中有氣，「阿彌陀佛，公主，高昌國內有兩位王子斃命，外有大軍圍城，風雨飄搖，破滅在即，妳布下的局實現得如此完美，難道還不到結束的時候嗎？」

「什麼局？」泥孰驚訝無比。

「大衛王瓶之局。」玄奘道，「想必阿史那殿下有所不知，這場關於大衛王瓶的迷局，是這位焉耆公主一手策劃出來的。當日三王子得到大衛王瓶之後，對著王瓶許願，要龍霜公主愛上自己。這個大衛王瓶到底有沒有魔力，貧僧並不清楚，但貧僧知道的是，公主並未被大衛王瓶迷惑神智，她聽說了這個消息之後，假裝受到迷惑，引誘三王子將自己接到了高昌王宮，滯留不回，從而給予焉耆口實，挑起三國與高昌的戰爭，企圖滅亡高昌，稱霸絲綢之路。」

泥孰頓時驚呆了，傻傻地望著霜月支，一時竟說不出話來。龍霜月支仰起頭，凝望著遠處的火焰山，對玄奘的指控充耳不聞。

「胡說八道！」麴智盛突然嘶聲大吼，「法師，我敬您是有德高僧，您為何要捏造言詞，侮辱霜月支！」

玄奘憐憫地看著他：「三王子，佛家講因緣生滅，此滅故彼滅，此生故彼生。龍霜公主愛上你，自然有它的因，也有它的果。一個人愛上另一個人，又豈能憑空許個願，便會沒有因果，不講生滅，一生相愛呢？」

「可我有大衛王瓶！」麴智盛兩眼通紅，「是阿卡瑪納改變了霜月支的心！」

「法師！」龍突騎支冷笑，「您這可是對我焉耆最嚴厲的指控，既然您汙衊我女兒，那就請您拿出證據！」

「是啊，法師。」泥孰也疑惑，「這大衛王瓶的神蹟已經傳遍了西域，據說麴智盛許願時，瓶中煙霧繚繞，當真有魔鬼出現，與他對話。這是很多人都見到的。」

「這只是一種幻術而已。」玄奘嘆道，「也許是巧合吧，武德九年，天竺高僧波頗蜜多羅來到大唐，在大興善寺說法時，曾經演示過天竺一個教派蠱惑信徒的幻術。他將一撮塵土放在日光下，口誦咒語，那塵土忽然化作濃烈的煙霧，翻捲成各種形狀，有如無數鬼魂在其中掙扎。那時，道教的李仲卿正與佛門對抗，當場破解了此術，據他所言，那撮塵土乃是用硝石、水銀、丹砂，混合了天竺的一種奇特香料，稍微遇熱，就會冒出劇烈的煙霧。那煙霧奇形怪狀，經久不散。貧僧想，這大衛王瓶的錫封內必然有這種粉末吧。」

「你胡說！」麴智盛大聲叫道，「那煙霧裡明明還有魔鬼跟我說話！」

「三王子，」玄奘悲哀地望著他，「貧僧認識一位名僧，叫做法雅。他最擅長的便是腹語。事實上，這腹語就是從西域傳入中土的，在西域，懂腹語的奇人比比皆是。」

「很好！」龍突騎支露出嘲諷的表情，「照法師的意思，是有人操縱大衛王瓶冒煙，又有人用腹語假裝魔鬼說話，那麼此人當時必定在場了？」

「沒錯。」玄奘點頭。

「可麴智盛第一次許願時，我女兒並不在高昌。」龍突騎支冷笑。

「是啊，」玄奘點頭承認，「當時龍霜公主並不在場，魔鬼第一次出現，是有另一個人在暗中操縱。」

「那個人是誰？」泥孰問。

玄奘遺憾地搖了搖頭：「其實，在赭石坡的時候，公主已經把她的謀劃向貧僧和盤托出，貧僧之所以沒有告訴高昌王和三王子，就是因為一直沒有找到這個隱藏在暗中，操縱大衛王瓶的人。原本貧僧一直懷疑龍霜公主與二王子合謀，可惜，前幾日二王子卻自殺了。眼下，貧僧心中有了另外的人選，但此人的最終目的，貧僧還沒能搞清楚，所以說不得。」

「哈哈，」龍突騎支大笑，「世上竟然有你這麼迂腐的僧人。好，那本王問你，麴智盛第二次許願，魔鬼殺光我焉耆勇士和那數百名反叛者，也是我女兒所為嗎？那本王倒要請教了，若是我女兒有如此神通，我焉耆還至於被那高昌欺辱嗎？」

「好，」玄奘乾脆席地趺坐下來，「既然龍王問起，那咱們就追根溯源吧！不妨從龍霜公主的目的說起，她既然假裝被迷惑，進入王宮，打算覆滅高昌國，那就必然要有一個合謀者，這個合謀者得要在高昌或者王宮之內擁有權勢，而且對現狀不滿，才能與她彼此呼應，實現這個大衛王瓶的陰謀。」

玄奘娓娓道來，除了龍霜月支和麴智盛，其他人都聽得入神，紛紛圍了過來，泥孰竟然還拿過一副馬鞍放在地上，把彎刀橫在膝蓋上，坐在玄奘的對面。

「大家都知道，二王子早有反叛之意，為了得到王位，與龍霜公主合謀也不無可能，因此貧僧原本懷疑的是他。」玄奘苦笑，「可惜，大衛王瓶第二次許願，導致二王子兵敗自殺，貧僧這才明白，龍霜公主僅僅是利用二王子和王妃，真正的合謀者並不是他。」

「師父，那合謀者是誰？」阿術問道。

玄奘卻不理會：「這個人且不管他是誰，咱們先談談公主。公主與王妃暗中來往，貧僧是深知的，因為在交河城時，便是龍霜公主暗中鼓動王妃劫持了貧僧。也就是說，龍霜公主早就知道二王子和王妃的關係，也知道他們一定會謀反。貧僧甚至相信，二王子的謀反，還有公主在暗中鼓動，因為這場謀反符合焉耆的利益。」

「荒謬！」龍突騎支大笑，「法師，你剛才還說，是我女兒操縱大衛王瓶許願，致使麴德勇兵敗自殺，這會兒又說麴德勇的謀反符合我焉耆的利益，這分明是自相矛盾。」

「不矛盾。」玄奘淡淡地道，「麴德勇謀反，當然符合焉耆的利益。因為這場謀反可以大大削弱高昌國的力量，狠狠打擊麴文泰。但是，龍霜公主絕不願意看到麴德勇謀反成功，當上高昌之王。龍王陛下，想必您也知道，麴文泰雖然是一時豪傑，畢竟垂垂老矣，而麴德勇勇武善戰，威震西域，你們難道想看到繼任的高昌王比麴文泰更有野心、更加驍勇、更加強硬嗎？」

龍突騎支啞然無語。

「所以，對龍霜公主而言，她所做的無疑是走繩索。既要促成這場政變，又不能讓政變成功。最好麴德勇和麴仁恕統統在政變中死掉，這樣的政變，才最符合焉耆的利益。」玄奘道。

此言一出，不但龍突騎支無話可說，連泥孰也頻頻點頭。西域人對各國的情況無不瞭若指掌，哪國跟哪國有什麼仇，哪國國王做夢時最想得到的是什麼，無不清清楚楚，焉耆想要什麼，誰也瞞不過。

「法師，」泥孰思忖道，「您剛才說的，毫無疑問是焉耆王今生最大的夢想，可是這談何容易？就算您說的是真的，霜月支孤身進入高昌王宮，又如何能如此精準地控制這場政

白講，法師，哪怕您給我五千雄兵，讓我枕戈待旦，我也不見得能把一場政變

變的結果？[illegible]好處。」

控制殿下，」玄奘感慨道，「這恰恰是龍霜公主的高明之處。您所依仗的，乃是武力，公主所依仗的，卻是自己的智慧。何謂算無遺策，這便是了。」

「請法師明示。」泥孰道。

「這場政變，要是讓貧僧來控制，也的確跟您所疑惑的一樣，難如登天，不知從何處入手，但龍霜公主找到了法子。」玄奘望了一眼旁邊的龍霜月支，見她仍舊一副漠然之態，不禁感慨無比，「她所找到的法子，能夠隨時隨地、隨心所欲地殺光二王子的兵！」

第十四章　有佛，必然有魔

不遠處的高昌城頭，麴文泰和張雄的心都提到了喉嚨，緊張地注視著城外。由於玄奘等人的耽擱，城外聚集的商隊和百姓都已進城，城門也已關閉。但麴文泰二人卻仍然忐忑，兩人都戎馬半生，知道今日高昌王城危在旦夕，一個不慎，就是高昌國的滅國之日。

「太歡，」麴文泰眉頭緊皺，「這三國聯軍停留在城外做什麼？他們為何包圍著老三和法師等人卻遲遲不動手？」

張雄搖頭：「陛下，他們好像是在說話。距離太遠，臣也不知道在說什麼。」

「剛才那個戴著面具的騎士你能看清模樣嗎？」麴文泰揉了揉眼睛，「本王這兩年眼睛也不好了，看著一片模糊。」

「陛下，有點像阿史那．泥孰。」張雄道。

麴文泰大吃一驚，問道：「泥孰？泥孰不是在大清池嗎？離這裡數千里，他怎麼可能

……然出現在三國聯軍之中？」

……苦笑：「陛下，泥孰跟龍霜月支的關係，您又不是不知道。以此人的脾性，只要

……搶走了龍霜月支，在哪裡不都會跑回來？」

「完了！完了！」麴文泰臉色灰白，「有泥孰在，只怕統葉護可汗也不會偏袒我們。難道我高昌真的要亡國了嗎？」

「陛下不要擔心，」張雄急忙道，「這裡面的內情極為複雜，玄奘法師早就胸有成竹，有他在，必能護佑我高昌國安然無恙。」

「哦？」麴文泰驚訝，「法師如何能退了這五千大軍？」

「這……」張雄苦笑，「具體的內情恐怕只有法師才清楚，臣只是略知一二，但法師再三交代先不要告訴您，他怕您一時忍不住，做出過火之事。」

麴文泰詫異地望著張雄，想問，但出於對玄奘的信賴，竟然點了點頭，沒再說什麼。

「陛下，」張雄道，「雖然有法師在，但咱們也不能放鬆警惕。看樣子泥孰若要攻城，首選的地方就是北門，臣去將騎兵主力都調集到北門，一旦有事，也好保護陛下。」

麴文泰默默地點了點頭，見張雄要走，急忙交代：「太歡，派本王的宿衛去保護德勇，一旦城破，立刻斬殺了王妃，帶著德勇殺出城外。」

「遵命。」張雄急忙下了城樓。

高昌城外，軍陣之中。玄奘說出了那番話，所有人都駭然失色。連龍霜月支也忍不住悚然一驚，凝視著玄奘。

「這不可能！」泥孰大叫，「麴德勇是什麼人？戎馬半生，縱橫西域，他的中兵更是西域首屈一指的精銳，霜月支憑什麼能隨時隨地殺光他的人？」

龍突騎支也大笑：「法師當真糊塗了，若是我女兒能殺光高昌國的騎兵和中兵，本王早就直接揮師攻打高昌王城了，還跟麴文泰這老匹夫廢什麼話！」

玄奘笑了笑：「但公主的的確確做到了。阿史那殿下，西域盛產苜蓿，這苜蓿也是餵養戰馬的最好飼料，對吧？」

「沒錯。」泥孰點頭。

「貧僧聽說苜蓿田中，往往會長一種草，名叫熱那草，與苜蓿極為相似。」

泥孰自幼與馬匹為伍，自然清楚：「是的，法師。這熱那草如今已經不多見了，因為它有毒性，若是馬匹誤食，會引起體內血熱，往往馳騁不了多久，就渾身汗出如漿，心臟難以負荷，最終心臟爆裂而死。所以，牧人只要見到這種草，就會用火連種子一起焚燒掉，如今是越來越少見了。」

「少見並不等於沒有吧？」玄奘問。

泥孰驚訝地點點頭：「當然，這種東西肯定是除不盡的。法師到底想問什麼？」

「貧僧想問的是，如果人吃了這種草，會發生什麼事？」玄奘問道。

「人吃了……」泥孰愣了愣，「還真聽說有人吃過，吃了之後渾身血脈加速，面色潮紅，心臟跳動極快，但只要不劇烈運動，過不了多久就會平復下來。這種草如今連西域人也很少聽說了，法師究竟是從哪裡知道的？」

玄奘指了指阿術：「是阿術告訴貧僧的。他是粟特人，來自撒馬爾罕。」

泥孰恍然大悟：「哦，撒馬爾罕靠近費爾干納，費爾干納盛產汗血寶馬，那裡牧草茂密，想必還會有熱那草。可是法師，這種草跟霜月支又有什麼關係呢？」

「當然有關係。」玄奘道，「中兵主要職責是保衛王宮，軍營就在宮牆南面，平時飲食主要由王宮內供應。倘若公主將熱那草磨成粉末，命人放進中兵們的羊湯中，會發生什麼事呢？」

泥孰臉色慢慢變了，思忖了好久才慢慢點頭：「士兵們喝了這種羊湯，體內自然血熱，急速奔跑之下，有可能心臟爆裂而亡。」

「哼，一派胡言！」龍突騎支冷笑，「那些中兵喝了羊湯，只有奔跑或者劇烈運動才會難以承受，誰知道他們什麼時候運動奔跑？可你剛才又說了，我女兒隨時隨地能讓這些中兵死於非命。法師，這又如何解釋？」

「熱那草並不是唯一的因素。」玄奘道，「假如這半個月來，中兵們日日食用熱那草，但每次的量都不大，讓這些毒素慢慢積累於血液之中呢？然後，突然在某個瞬間，在密閉的空間內，讓這些中兵吸入煙霧，而這煙霧裡有刺激血流加速的藥物，龍王陛下，您覺得會發生什麼事？」

所有人都驚呆了，怔怔地看著玄奘，又看看龍霜月支，同時禁不住打了個寒顫。只有麴智盛還愣愣的，似乎沒有聽懂。

玄奘道：「為何那些流人不死？因為他們祕密屯駐在井渠，公主無法接近。為何那些不在三王子宮殿的中兵不死？因為他們雖然吃了熱那草，卻沒有吸入這藥物凝成的煙霧。」

「不可能！」泥孰一躍而起，大叫道，「哪裡有這種藥物？那豈非可以殺人於無形？」

「啊呸！玄奘，」龍突騎支更是怒不可遏，「你這妖僧，純屬一派胡言！什麼熱那草，什麼某種藥物，統統都是子虛烏有的東西，統統都是你的猜測！和尚，你就憑這編造的故事，要置我女兒於不義嗎？難道你以為本王的彎刀，斬不掉你的頭顱嗎？」

「貧僧並非虛言。」玄奘無比平靜，他從懷中拿出一個布包，慢慢打開，「各位請看，這就是熱那草的粉末。」

龍突騎支的臉色變了，怔怔地盯著那個布包，一時竟忘了說話。泥孰臉色凝重，接了過來，果然看到一撮土黃色的粉末，湊到鼻子底下一聞，頓時打了個噴嚏，臉上一陣潮紅。他急忙凝神靜氣，過了好半晌，臉色才恢復正常，默默點頭：「果然是熱那草。法師，這是從哪裡弄來的？」

「麴德勇政變之後，高昌王命張雄去控制兵部和中兵營，貧僧私下委託他，控制了中兵營後勤的主事。」玄奘道，「經大將軍祕密審訊，在那主事的一個祕密住處，搜出了五簍熱那草粉末，其中三簍已經空了。」

眾人都不說話了。

玄奘又從懷裡掏出一個小瓷瓶，遞給了泥孰：「這是貧僧昨夜從大衛王瓶的瓶口刮出來的黑色粉末。這究竟是什麼東西，貧僧也不得而知，但貧僧相信，食用過熱那草之後，再將這種粉末點燃，吸上一口，就會重演那日上百名中兵倒地斃命的慘狀。」

泥孰小心翼翼地拿過小瓷瓶，打開，果然裡面有指甲蓋大小的黑色粉末。他不忍心去逼問龍霜月支，朝龍突騎支瞥了瞥，問：「龍王陛下，您還有何話可說？」

「哼。」龍突騎支冷冷地道，「誰能證明這東西是他從大衛王瓶的瓶口刮出來的？」

泥孰指了指麴智盛身邊的大衛王瓶：「難道需要再刮一些嗎？」

龍突騎支啞然無語，半晌才道：「大設，這和尚妖言惑眾，憑他空口白牙，您便要懷疑我的女兒嗎？本王絕不信這兩樣東西能無聲無息致人於死，世上哪有這樣的東西。」

泥孰不理他，霍然站起，走到那五千騎兵的對面，舉起手裡的瓷瓶大叫：「我西域的勇士們，現在有大唐高僧懷疑焉耆的公主，拿出了這證物，說是可以致人於死！焉耆王不信，我也不敢信，你們可有人敢以身試毒，讓真相大白於天下嗎？」

這話一說，軍陣中頓時一陣騷動。玄奘大吃一驚：「阿史那殿下，何苦犧牲無辜者的性命——」

泥孰揮手打斷他，臉色鐵青：「法師，我西域勇士最重聲譽，您指控霜月支，便是對我最大的侮辱！若是無人敢以身試毒，我將親口嘗嘗這混毒之術，還我所愛的人一個清白！」

玄奘還要再說，麴智盛卻默默走了上來，伸手從泥孰手裡拿過瓷瓶，就要拋進口中，泥孰急忙奪了下來：「你瘋了？」

「你不信，我也不信。」麴智盛兩眼通紅地望著他，「憑什麼只有你能為霜月支去死？她的榮譽比我的命更重要。」

泥孰憤怒無比，卻沒說什麼，冷冷一笑：「麴智盛，咱倆的事還沒完，我倒不願意讓你就這麼死了。」

「那麼你是覺得我吃下去一定會死了？」麴智盛淒涼一笑，「我是絕不會死的，因為我相信霜月支。」

泥孰一愣，竟然被他堵得無話可說。

這時，軍陣中有一名騎士縱馬來到兩人面前翻身下馬，跪在地上：「阿史那殿下，小人是焉耆龍騎士，我願意用生命來證明公主的榮譽！」

泥孰點點頭：「勇士，你叫什麼名字？我會讓焉耆王善待你的家人。」

「不必。」那騎士自信地道，「我相信我絕不會死！」

「好！」泥孰大喝一聲，把熱那草扔給了那騎士，那騎士打開口袋，一口吞進嘴裡，然後從馬背上取下酒囊，咕嘟嘟喝了幾口酒，將熱那草嚥了下去。

眾人靜靜地看著他，玄奘滿臉憂慮。過了片刻，那騎士忽然面色潮紅，像喝了幾袋烈酒一般。泥孰嘆了口氣，拉著他的手，走到上風處，將瓷瓶裡的黑色粉末挑出來，用火摺子點燃，果然，那指甲蓋大小的黑色粉末冒起了濃烈的煙霧，煙霧翻捲蒸騰，猶如煮沸的湯水。眾人心情不禁沉重起來。

那騎士毫不猶豫，將鼻子湊到煙霧裡吸了一下，頓時，他渾身一抖，扣住了自己的喉嚨，兩眼凸出，眼珠上布滿了血絲。泥孰一驚，急忙放開他，離得遠遠。那騎士掙扎著，雙手揮舞，似乎想靠過來，但走了沒兩步，便一頭栽倒，立時斃命。

「阿彌陀佛。」玄奘合十誦念，兩眼盈滿了淚水。

天地間鴉雀無聲，陽光濃烈，照耀著這數千人的面孔，所有人都冷汗涔涔，臉色發白。

泥孰神情痛苦，臉上的肌肉抽搐著，他默默地看了龍霜月支一眼，卻問龍突騎支：「陛下還有什麼話說？」

「本王……」龍突騎支額頭冒出熱汗，結結巴巴地道，「構陷！這完全是構陷！」

「如此說來，法師是一口咬定我了？」龍霜月支忽然轉過頭來，幽幽地一嘆。

「霜月支，我不懷疑妳！」還沒等玄奘說話，麴智盛搶先表態，他神情激動，臉上帶著潮紅，然後轉頭怒視玄奘，「法師，弟子到底跟您有什麼仇？您為何要誣陷霜月支？」

「三王子，醒醒吧！」玄奘長嘆一聲。

「我不醒！」麴智盛失聲痛哭，「法師，我不想失去霜月支！我們是真心相愛的，是阿卡瑪納賜給了我今生的幸福。法師，我不能沒有霜月支！」

他快步衝到龍霜月支面前，拉住她的手，一臉期待：「霜月支，我相信妳，咱們走吧！咱們不要待在西域了，離開這裡，去大唐，去江南，好不好，好不好？」

但龍霜月支卻沒有看他一眼，摔開了他的手，只是冷冷地盯著玄奘。玄奘沉默片刻，淡淡道：「公主，一場局，總會有終了的時候。正如人的一生，總將歸於塵土。如今，妳的計畫已經成功，妳為刀俎，我為魚肉，眼前這高昌可以任憑妳的鐵蹄踐踏，但貧僧不希望那個被妳愚弄的人，帶著遺憾離開這個世界。」

「說得好！法師，說得真好啊！」龍霜月支冷冷一笑，身子挺直起來，方才那個柔弱無依、楚楚可人的小女子頓時凜冽生威，重回昔日伊吾城外的冷豔公主形象。麴智盛看得目瞪口呆，不安了起來，連泥孰都有些不適應。

她朝四周望了一眼，咯咯笑了笑：「法師，您真是個智者。當日，在交河城外，我雖然向您講述了我的計畫，與您定下賭約，卻沒想到，您竟然能夠剝繭抽絲，把我所有的細節娓娓道來。」

玄奘苦笑：「公主過獎了，貧僧以為，大衛王瓶可以實現三個願望，那便有三套連環計。但貧僧還有一事不解，您是如何讓麴德勇復活的？他復活後，您的計畫是什麼？」

「哈哈哈哈！」龍霜月支大笑，「法師，您的好奇心真重。沒錯，讓麴德勇復活之後，的確還有最後的計畫，可如今的形勢比原先預料的更好，不必進行最後的計畫，我也能滅掉高昌了。法師，您既然不解，那就在無知中鬱悶吧！」

玄奘瞠目結舌，搖頭不已，不再說什麼了。但這番對答，已經讓麴智盛陷入瘋狂。

「不──」麴智盛撕心裂肺地大叫，「不可能！霜月支，妳是被玄奘逼的，對不對？我這就殺了他！」

麴智盛滿臉殺氣，從一名宿衛的屍體上抽出彎刀，殺氣騰騰地走向玄奘，咬著牙道：「法師，我對你一向崇敬，從未失禮，你為什麼害我？」

「三王子，在伊吾城外貧僧便向您說過，三界眾生病，病根在我執。您可以不分辨是非，卻不能不分辨真與假。」玄奘靜靜地凝視著刀鋒，「貧僧從來只有救人之心，並無害人之念。」

「我不要你救！」麴智盛大喊，神情猙獰，「你管我過的日子是真是假，跟你有什麼關係？我快樂就夠了！你憑什麼干涉？我雖然自幼信佛，可我的霜月支勝過這世上諸佛，便是三千大世界，也比不過她的分量！」

說著一刀劈下，刀光映入玄奘的眼簾，玄奘長嘆一聲，卻未躲避。

「麴智盛！」

龍霜月支一聲怒斥，麴智盛身子一抖，急忙住手，回過頭，期待地望著她，臉上堆出笑容：「霜月支，妳不讓我殺他嗎？那我不殺他了。咱們離開好不好？去大唐找一個山清水秀的地方，安安靜靜地過完這一生，好不好？」

龍霜月支冷笑：「麴智盛──」

「不要說──」麴智盛渾身顫抖，忽然摀著臉撲通跪倒在地，失聲痛哭，「我求求妳，霜月支，不要說，什麼都不要說。不管妳想說什麼，都不要讓我聽見。我不在乎的，不管妳對我的愛是真的還是假的，我都不想知道，我只想跟妳廝守在一起。霜月支，不要讓我醒過來。霜月支……」

麴智盛伏在地上，嗚嗚地痛哭著。這時，大衛王瓶無人看管，阿術悄悄地爬過去，抱起了大衛王瓶，費力地往殘破的車廂底下藏。朱貴及時警覺，冷冷地看了他一眼，阿術訕訕地放開手，爬回了玄奘身後。

朱貴看了一眼王瓶，嘆了口氣，也無心看管這玩意兒，走到麴智盛身邊，摟著他的肩膀，黯然不語。

龍霜月支見麴智盛這個樣子，倒有些不忍，嘆了口氣：「麴智盛，你起來吧！」

麴智盛慢慢仰起臉，一臉淚痕：「霜月支，妳願意跟我走了嗎？」

龍霜月支默然片刻，道：「麴智盛，我想讓你明白一件事。你是高昌國的王子，我是焉耆國的公主，自我們生下來、看到這個世界起，便是彼此對立的，永遠不可能在一起。」

「不！」麴智盛擦了擦眼淚，「霜月支，我們可以相愛的。為了妳，我不要這個國家，不要這個身分。」

「可是我不能。」龍霜月支淡淡道，「從我十五歲起，父王上朝就讓我坐在他的身邊。那時候我就明白了，作為一國的公主，我要做的，就是讓這個國家昌盛、強大，不擇手段，不惜代價。我知道，這次我對你傷害太深，但我想讓你明白的是，自從我假裝愛上你，走進高昌王宮，實行我的計畫，就從來沒有後悔過，也從來不曾對你有過愧疚。因為自幼我心中就埋下了一個信念：高昌人，是我的敵人。我與生俱來的使命，就是消滅高昌。所謂兵者，詭道也。兩國交鋒，玩的就是詭詐。在我心中，高昌就是一個戰場，與你相處的日子，也是一個戰場。在王宮中，我固然欺騙了你，可與在戰爭中誅殺你並無二致。三王子，你是一個好人，可在政治與戰爭中，死的往往是好人。」

「霜月支……」麴智盛沒有再說什麼，只是痴痴地望著她，忽然身子一軟，坐在了地上；朱貴急忙上前扶住他。

龍霜月支轉頭凝視著泥孰，淡淡一笑：「泥孰，我們雖然有婚約，但你若不認同我，可以解除。」

泥孰苦笑一聲：「自從三年前第一眼看到妳，我就愛上了妳。妳父王答應了我的求婚，但我自然也明白，那只是為了焉耆國的需要，並不是妳愛上了我。霜月支，妳放心，三年前我既然能想明白，此時又怎會想不明白？」

龍霜月支神情平淡：「謝謝你。」

泥孰自信地笑了：「但是霜月支，終有一天，我會讓妳愛上我。」

「是嗎？」龍霜月支笑了，「我也期待著。」

龍突騎支終於放下了心，開懷大笑，「泥孰，以後你就是我的女婿啦！等咱們滅了高昌國，斬掉麴文泰的頭顱，我就為你們成婚！」接著他轉頭問女兒，「霜月支，咱們馬上揮兵攻城吧！高昌王城此時一片混亂，定能一舉攻克！」

龍霜月支點了點頭，騎上了一匹戰馬，舉頭眺望著不遠處的高昌城。她籌謀月餘，費盡心機，終於將高昌國的存亡握在了掌中，但臉上卻沒有絲毫興奮的表情。三國聯軍的騎兵都亢奮不已，摩拳擦掌地等著她下令攻城，龍霜月支卻望了麴智盛一眼，神情中似乎有一絲淒涼。

「父王。」龍霜月支道。

「哎。」龍突騎支樂孜孜地跑了過來，這些年他一向唯女兒馬首是瞻，這次女兒奇計告成，更令他佩服不已，「女兒，什麼事？」

龍霜月支用馬鞭指了指麴智盛和玄奘等人，道：「命令大軍讓開道路，這些人，就放他們離去吧！」

龍突騎支猶豫了一下，低聲道：「這裡面可是有高昌的孽種啊！」

龍霜月支不答，淡淡地道：「放他們走吧！」

「好吧！」龍突騎支無奈地點頭，心有不甘地走到麴智盛面前，朝他踢了一腳，「哼，小兔崽子，便宜你了，滾！」

麴智盛被踢得滾到了地上，滿身塵土。他慢慢地爬起來，臉上的眼淚和塵土混在一起，異常猙獰。這時，龍霜月支率領三國聯軍已集結成衝擊型的軍陣，所有人都弓箭上弦，只等著她一聲令下，便雙腿夾緊馬腹，奮起衝鋒。

「哈哈哈哈！」麴智盛忽然一聲慘笑，奔過去抱起大衛王瓶，攔在了龍霜月支的馬前，神情癲狂地凝視著她。

龍霜月支皺了皺眉：「你抱著這個破瓶子做什麼？趕緊讓開，小心馬蹄將你踏成肉醬。」

麴智盛卻嘿嘿嘿地傻笑著，撫摸著大衛王瓶，像撫摸著一個新生兒，喃喃道：「阿卡瑪納，你出來吧，讓我和霜月支在一起，你答應過的啊！」

「你瘋了嗎？」龍霜月支失聲道，「這只是個騙局！」

「三王子！」朱貴抱著他失聲痛哭，「你醒醒！三王子！」

玄奘也瞧出麴智盛有些不對了，看樣子竟是精神刺激過大，得了失心瘋。

麴智盛只是傻笑，對著瓶子說話：「阿卡瑪納，為什麼不理我？你想要什麼？想喝我的血嗎？來，我給你，喝飽了，喝足了，祝福我和霜月支一輩子相愛，好不好？」

說著，他拿起彎刀，朝自己的手臂一劃，刀刃深深地割了進去，鮮血噴湧而出，他瘋狂地大笑著：「來，喝吧！喝吧！」

他將傷口放在瓶口，鮮血汩汩地朝瓶口的錫封灌去。這錫封也不知是怎麼做的，僅僅一個六芒星印鑑，竟然能迅速吸血。手臂的鮮血朝著瓶內湧了進去，麴智盛興奮地看著，抱著瓶子手舞足蹈。

龍霜月支長嘆一聲：「朱貴，趕緊帶他去診治吧！」

「三王子，您不要再嚇老奴了，咱們走吧！」朱貴一邊哭，一邊想搶過瓶子，阿術也跑過去幫他，三個人拉扯在了一起。

玄奘看得嘆氣不已。龍霜月支也搖了搖頭，一抬手臂，道：「全軍聽令，繞過他們，出擊高昌城！」

軍中的號角頓時響了起來，淒厲的嗚嗚聲中，騎兵們紛紛策動馬匹，就要衝鋒。這時，正在拉扯的三人忽然都停了手，呆呆地看著那大衛王瓶。龍霜月支覺得有異，低頭看去，不禁駭然，只見那大衛王瓶的瓶口，竟然冒出一縷黑煙！

第十五章　天山雪海、火焰地獄

高昌城的城頭上，麴文泰和張雄也聽到了嗚嗚的號角聲，兩人心裡一沉，知道三國聯軍馬上就要發動攻勢了。

張雄仔細觀察著對方的陣勢，長久不語。

麴文泰急忙問：「太歡，你看他們會怎麼發動攻擊？」

「不好說。」張雄搖搖頭，「騎兵攻城機動性太強，很難預測進攻的方向。但有一點，騎兵想進攻城池，必須下馬。他們倉促而來，沒有攜帶攻城的器具，現在造雲梯肯定來不及，唯一能採用的，就是尋一些圓木來撞破城門。咱們城外沒有民房，卻有一些高大的胡楊。陛下，只要看他們在哪裡砍伐胡楊，大體就能知道進攻的方位了。」

麴文泰正要回答，忽然愣住了。只見城外的軍陣內，冒起一股濃烈的黑煙。這黑煙他當然不陌生，至少已經見過三次，但沒有一次比這次更濃！

「大衛王瓶！」兩人失聲驚叫。

「啊哈，大衛王瓶！」兩人話音剛落，城樓上噔噔噔地跑上來一個人，兩眼發亮地望著城下，一臉亢奮。

竟然是莫賀咄！

的確是大衛王瓶。

正在拉扯的三人驚呆了，麴智盛被這黑煙一沖，稍微清醒了一些，心中震駭，手一鬆，大衛王瓶咚的一聲砸在了地上。

龍霜月支、泥孰、龍突騎支等人，甚至他們身後的三國聯軍也震驚了，大家一時忘了衝鋒，一個個垂下手裡的弓箭，呆呆地看著這只傳說中的神魔之瓶。

「霜……霜月支……」泥孰喃喃地問，「是妳嗎？」

他的話沒頭沒腦的，但龍霜月支顯然明白，也怔怔地搖頭：「不是，你看這煙霧。」

眾人凝視著冒起的煙霧，那煙霧極為詭異，顏色也與龍霜月支搞出來的不同，黑中略帶血紅，兩種顏色竟然糾纏在一起，偏又涇渭分明。更奇的是，那煙霧似乎有生命一般，冉冉升起的時候，不像從前那樣整團冒出來，而是只有瓶口細細的一縷，上沖之際才慢慢變粗，直升上一丈的高度，又凝聚不散。此時那黑色的煙霧在周邊纏繞著，而血紅色的東西在其中翻滾扭曲，彷彿是一片混沌中生發出霹靂閃電，有什麼東西正在組合、變形。

玄奘心中震懾，急忙跑過去將阿術拉了過來；朱貴也驚恐地將麴智盛拉開。

玄奘低聲道：「阿術，剛才怎麼回事？」

「不知道啊！」阿術納悶道，「我幫朱總管一起從麴智盛懷裡搶奪王瓶，王瓶卻忽然變得滾燙，然後就……就冒煙了……」

玄奘第一次感到怔忡不安，眼裡露出濃濃的憂慮，喃喃地道：「難道貧僧想錯了嗎？」

但麴智盛看著那煙霧，卻發瘋一般地狂笑，大叫道：「阿卡瑪納，出來！快出來！」他邊笑邊指著面前的騎兵，「把這些人統統給我殺掉！殺掉！殺掉！」

三國聯軍的將士駭然後退，一時間人喊馬嘶，陣形混亂，好半天才總算安定下來。黑煙仍在翻捲，但並沒有魔鬼現身說話，龍霜月支鬆了口氣，回頭向騎兵們笑道：「這世上哪有什麼鬼神，或許是我的墨煙石還沒用完吧！」

她話音未落，只聽空氣中猛地響起一聲尖銳的呼嘯，似乎有一股急速的風掠過大地。隨即隊伍最前面的一名騎士大叫一聲，翻身栽下戰馬，掙扎了一下，就此斃命。

龍霜月支驚呆了：「不！這不可能！」

泥孰也臉色發白，跳下了戰馬，飛快跑到那騎士的屍體旁邊，細細查看起來。玄奘也靠過來翻看屍體。兩人將屍體身上的鎧甲脫下，查遍了全身，卻沒有發現傷痕。

「法、法師……」泥孰渾身顫抖，「這是怎麼回事？他沒吃過熱那草啊！」

玄奘臉色難看，翻開屍體的眼皮，頓時手臂抖了一下。那屍體的瞳孔上，赫然有一個小米粒大的血點！

玄奘倒抽了一口冷氣：「阿彌陀佛，這死狀，貧僧見過。當日貧僧困在井渠中，被那些亡隋流人追殺，追殺者就是這般死狀！」

話音未落，只聽空氣中又響起一聲呼嘯，隨即又有一名騎兵掉下馬身亡。眾騎兵大駭，隨即又是一聲聲淒厲的呼嘯，騎兵們猶如收割的麥子般紛紛倒斃。三國聯軍頓時大亂，人喊馬嘶，一片惶恐。

沒有人看見凶器從哪裡來，沒有人知道他們是怎麼死的，縱然這些騎士再勇武，再無畏，面對看不見的敵人，無法與之搏殺的對手，也不禁心驚膽顫。

「穩住陣形！穩住陣形！」龍霜月支也亂了方寸，方才她細細觀察了每一個人，想找出真相，卻沒有絲毫發現。這個以智慧著稱的公主，內心禁不住湧出一股無力感，切切實實地體會到當初麴文泰的困境。

高昌城頭上，麴文泰、張雄和莫賀咄三人也看得瞠目結舌，他們並不知道發生了什麼事，只隱隱約約看見不停有聯軍的騎兵摔下馬來，然後聯軍陣形大亂。

張雄突然道：「陛下，這是咱們反敗為勝的良機啊！」

「你是說——」麴文泰也猛地醒悟。

「臣雖然不知道城外發生了什麼事，但聯軍士氣已經不穩。臣聚集了一千精銳鐵騎，若是此時出城衝擊敵陣，必然能大破之！」張雄慨然道。

「好！」莫賀咄也興致勃勃，「張雄，你若敢出擊，老子的一千附離兵也助你一臂之力！不過，擊潰聯軍之後，大衛王瓶需得交給我！」

張雄和麴文泰面面相覷，麴文泰到底是西域梟雄，當然知道這一千名附離兵的威力，略一思忖，便知道國家生死事大，也不在乎這大衛王瓶了：「好！大設，請命人馬上出擊！」

張雄和莫賀咄兩人急忙跑下城樓，召集自己的騎兵。張雄是早有準備，莫賀咄也早就把附離兵聚集在了一起，打算城破時保護自己逃跑，此時正好兩軍合在一處。張雄命人打開城門，一聲怒吼，兩千鐵騎猶如奔騰的鐵流呼嘯著殺了出去。

城門口距離三國聯軍的軍陣不過一里多遠，恰好是騎兵最適合衝鋒的距離，人力和馬力都到了巔峰，有如兩把鋒利的匕首，直插入三國聯軍之中！

龍霜月支和泥孰早知不妙，拚命收攏隊伍，可聯軍的騎兵紛紛倒斃，直到整個軍陣恐慌地後退，距離大衛王瓶足足有七八十丈遠，才總算離開了死亡漩渦。然而這麼一來，也埋下了致命的禍患，戰場之上，不管什麼原因後退，都會引發一連串的反應。同伴的死亡，未知的恐懼，陣形的混亂，士氣的頹喪，早已讓氣勢如虹的聯軍騎兵成了一群待宰的羔羊。

張雄和莫賀咄突然衝殺出來，兩者之間距離太短，聯軍士兵根本來不及反應，就被這兩股鐵流狠狠地撞進了軍陣。騎兵之間的對決，靠的是機動力和速度，一方固守在原地，被另一方高速衝進來，整個軍陣便會瞬間崩裂塌陷。張雄和莫賀咄戎馬一生，深深明白這個道理。他們撞入軍陣後，速度絲毫不減，繼續策馬衝刺，一邊用手中的彎刀屠殺聯軍戰士，一邊率領騎兵往來馳騁，將密集的軍陣攪得支離破碎。

戰場瞬間成了人間地獄，慘叫聲、吶喊聲、刀劍碰撞聲、鋒刃入肉聲、鐵騎馳騁聲、人體馬匹倒地聲、利箭呼嘯聲，一聲聲震動大地，滿目黃沙眨眼間便被鮮血浸泡成泥濘的血地！

「不！」龍霜月支被一群騎兵保護著，雖然無事，但看著眼前的慘象，禁不住心如刀割。她無論如何也難以相信，自己如此縝密的計謀，明明已經把高昌逼到了亡國滅種的邊緣，只消自己輕輕一揮手便會永遠消失於大漠，為什麼突然之間一切都顛倒過來了？那個大衛王瓶裡的魔鬼，明明只是自己設計出來的假象，怎麼會突然發揮魔力了呢？

龍霜月支呆呆地望著自己的戰士像綿羊一樣被屠殺，心中激怒，猛然噴出一口鮮血，掉下了戰馬。

「公主！」她身邊的騎兵大駭，急忙跳下馬把她抬了起來。龍霜月支牙關緊咬，卻是昏迷不醒。

這時泥孰披頭散髮地殺了出來，一見龍霜月支昏了過去，急忙衝到她面前：「把公主交給我！快隨我衝殺出去！」

騎兵們急忙把龍霜月支交給他，泥孰將她放在自己馬背上，在一群騎兵的保護下拚命往外衝殺。

在修羅場外，玄奘惶惑地注視著這場慘烈的屠殺，臉色慘白，他緊緊摟著阿術，默默念著佛號，心中生起難以言喻的悲哀。他旁邊是朱貴護著麴智盛，也被面前的慘烈廝殺驚得呆愣。大衛王瓶就在一旁，煙霧慢慢散了，兩人卻無心管它。

「快走！」四個人正看著，忽然軍陣裡響起一聲大吼，玄奘急忙望去，只見泥孰渾身是血，狼狽不堪地提著一把彎刀，保護著龍霜月支衝殺出來。

龍霜月支仍然昏迷不醒，泥孰奮力兩刀，將兩名高昌騎兵斬下馬，策馬衝出了包圍，朝著北面火焰山的方向落荒而逃。

「泥孰！」麴智盛大怒，「放下霜月支！」

他四下看了看，跑去牽來一匹無主的戰馬，翻身跳了上去，朝朱貴吆喝：「伴伴，把大衛王瓶給我！」

「哎，好好。」朱貴答應一聲，吃力地抱起大衛王瓶。

麴智盛用韁繩把王瓶捆在馬背上，兩腿一夾戰馬，潑剌剌地朝泥孰追了過去。

「師父，我也去追！」阿術飛快地跑去牽了一匹馬跳上去，縱馬追了過去。

「阿術！」玄奘焦急不已，這時朱貴也找了一匹馬，打算去追麴智盛，玄奘不由分說地奪了過來，翻身上馬，朝著阿術追了過去。

「哎哎，法師，您怎麼搶我的馬！」朱貴跳著腳追，但玄奘已經遠去。

朱貴焦急不堪，四處亂尋，終於找到一匹馬，剛騎上去，猛然一枝利箭呼嘯而來，正中馬頸，那馬長嘶一聲，翻身栽倒。朱貴撲通跌了下來，還沒等他爬起來，就見莫賀咄大呼小叫著：「麴智盛，給老子停住！你父王答應老子了，那王瓶是我的！」

他率領十幾名附離兵從軍陣中殺了出來，朝麴智盛追了過去。

朱貴呆呆地看著戰場，此時三國聯軍已澈底潰敗，五千騎兵戰死者將近三千，戰場上層層疊疊都是人屍馬屍，慘不忍睹。剩下的人在龍突騎支的率領下倉皇而逃，張雄窮追不捨，竟然以不到一千人追得龍突騎支上天無路、入地無門。

追的追，逃的逃，方才還如修羅地獄般的戰場，眨眼間變得寂靜無比。正午時分的陽光照耀著滿地的鮮血，有些人剛剛死去，鮮血仍在汩汩流淌，寒冷的空氣裡，還冒著騰騰的熱氣。天上不知何時盤旋著大群的禿鷲，這些獵食者即將享受一頓難得的美餐，牠們耐心地等候著，等候著戰場上的呻吟者、掙扎者最終斃命的一刻。

朱貴默默地看著，忽然長嘆：「這場局終了的時候，到底誰才是那陷入坑裡的獵物？」

這時王宮城門大開，馬蹄聲震動大地，卻是麴文泰眼見大勝，率領大軍出城。朱貴整了整衣袍，臉上露出淡淡的笑容，朝著麴文泰的方向迎了上去。

玄奘策馬狂奔，很快追上阿術，兩人循著麴智盛奔行的軌跡，朝火焰山的方向追去。

高昌城外是連綿的葡萄園，再往北就是通往火焰山的荒涼沙磧，走十幾里就到了火焰山下。兩人順著河谷進入新興谷，在西岸狹窄的山路上飛馳，向著河谷深處走去。兩側的火焰山在暗淡的烈日映照下，通體火紅，有如兩座燒紅的熔爐，使人心神恍惚，只怕瞬息間就化作了飛灰。

山路曲折，兩人都看不見前面的麴智盛，更看不見泥孰和龍霜月支，然而山谷內蹄聲迴盪，倒也不虞追丟。

「阿術，」玄奘瞧著阿術緊張專注的模樣，忍不住嘆了口氣，「這大衛王瓶，對你就那麼重要嗎？值得你不惜生命也要得到它？」

阿術愣了愣：「師父，您知道了？」玄奘默默地點了點頭，阿術露出羞愧之色，「對不起，師父，我騙了您。」

「無妨。」玄奘笑著擺手，「貧僧便如那和尚手裡的木魚，只要能讓你心願達成，隨意敲便是了。」

「師父，我……」阿術眼圈紅了，「師父，這世上從未有人像您對我這麼好。」

玄奘長嘆一聲：「你還是個孩子，等你長大後便會明白，對你最好的是你的親人，他們才是這世上最關心你的人。」

「親人嗎……」阿術怔怔地想著，淚水滾滾而落，他拭拭淚，似乎下定了決心，仰起頭看著玄奘，「師父，我騙了您，我不是撒馬爾罕人，我是波斯人！」

「我知道。」玄奘笑著。

阿術頓時驚呆了：「這您也知道？」

玄奘點點頭：「當初我埋葬你叔叔耶茲丁的時候，發現他身上有帕提亞和麻里兀等國的關防過所。帕提亞和麻里兀都在撒馬爾罕以西，靠近波斯，所以你們必定是從波斯出發，經過帕提亞和麻里兀等國，再借道撒馬爾罕，到達西域。」

阿術這下真的震驚了：「那……那您為何……」

「為何不揭穿你嗎？」玄奘笑了笑，「你還是個孩子，在這異國他鄉，孤身一人，想要隱瞞自己的身分，貧僧又怎麼會揭穿呢？阿術，你的確有個父親嗎？」

阿術露出濃濃的思念：「嗯。」

「那麼，貧僧的承諾依然有效。」玄奘道，「我會將你送回家鄉，送到你父親身邊。」

阿術苦澀無比：「可是，師父，我卻不能回去。」

玄奘驚訝無比：「為何？」

阿術猶豫半晌，才道：「師父，我跟您說實話吧！我叔叔耶茲丁，其實是波斯皇帝的密使，他不遠萬里來到西域，是為了皇帝的祕密使命，就是護送那大衛王瓶前往大唐！」

玄奘一怔：「大衛王瓶是波斯皇帝要送到大唐的？」

「沒錯。」阿術道，「具體原因我不清楚，我還小，有些事叔叔不會跟我講。出發的時候，叔叔向皇帝許下誓言，哪怕死後不得葬入寂靜之塔，也要完成使命。我的家族在波斯是個望族，父親是想讓我見識絲路的繁華，以後接手家族的生意，才讓叔叔帶我一路東來。沒想到叔叔卻……」他聲音哽咽，擦了擦淚水，「師父，大衛王瓶在叔叔的手中失落，我必須幫他找回來，送到大唐！」

玄奘皺緊了眉頭，似乎思忖著什麼，半晌才道：「當初在伊吾，也是你暗中潛入驛館去刺殺麴智盛吧？還殺了他的三個守衛？」玄奘問。

「是我。」阿術坦然道，「但是我不想殺人，只想拿走大衛王瓶，我用磚頭砸了他們的後腦杓。」

玄奘哭笑不得，這孩子當真是人小鬼大，竟然敢闖進驛館，還把身經百戰的王宮宿衛整得灰頭土臉。

阿術見他不說話，以為他生氣了，不禁有些忐忑，側過頭望著他，道：「師父，幫幫我。」

「阿術，」玄奘想了想，道，「佛家講因緣生滅，此滅故彼滅，此生故彼生。這大衛王瓶既然來到高昌，自然有它的因，還會有它的果。這些事情是你無法控制的，你還小，不要去承擔你無法承擔的責任。正如高昌王城即將破滅之時，多少勇士手中有刀，胯下有馬，卻依然看著城頭的煙火垂淚泣血，而無法阻止。阿術，我不希望你為了這個邪物徒然犧牲。」

「師父，」阿術低聲道，「我明白您的意思，可這是我的使命。丟失了大衛王瓶，我的生命就再也沒有意義了。師父，我想完成使命，然後回到波斯的陽光下。」

玄奘沒有再說什麼，心中暗暗感慨。

這時兩人已追進了天山深處，山路上有白皚皚的積雪，溼滑無比，兩人放慢速度，小心謹慎奔行，忽然間，玄奘勒馬停住。

原來路已經到了盡頭，前面是一座低矮的山嶺，泥孰牽著龍霜月支的手，就站在山峰上，兩人的馬匹則留在山下。或許是因為無路可走了，兩人眺望著前方，有些惶惑。而在山腳下，麴智盛正抱著大衛王瓶往上爬，距離兩人已經不遠了。

阿術大喜，跳下馬來：「師父，快走！」

玄奘急忙阻止：「等等，阿術，你有沒有發覺這山嶺有些古怪？」

阿術詫異地看了看，似乎有些不解。玄奘指著周圍：「你看，這裡是天山深處，隆冬積雪，大雪鋪滿了所有山峰，為何這座山嶺卻沒有一點積雪？」

阿術這才注意到，這座山嶺果然沒有雪，光禿禿的石頭和植被裸露著，也沒有什麼大樹，只有低矮的野草。更奇的是，不少野草都綠意盎然，似乎嚴寒隆冬絲毫侵襲不到這裡。

兩人這麼一耽擱，就聽見身後的山谷中傳來急促沉悶的馬蹄聲，回頭望去，只見遠處的山路上，一隊十餘人的騎兵正疾馳而來。雖然看不清面孔，但從裝束上能夠分辨，竟然是莫賀咄到了。

「走，先上去再說。」玄奘當機立斷，拉著阿術往山上爬去。

兩人越爬越感到怪異，怎麼越往上走，溫度越高，到了後來，竟然渾身悶熱，彷彿地下有一座巨大的火爐烤灼著山嶺。

此刻麴智盛已經爬上了山嶺，他把大衛王瓶放在地上，擦了擦臉上的汗水，氣喘吁吁地望著龍霜月支，一臉溫柔：「霜月支，不要怕，我來救妳了。」

「呸！」泥孰大怒，抽出彎刀指著他，「麴智盛，莫要以為我怕了你！」

麴智盛踢了踢腳下的大衛王瓶，獰笑道：「泥孰，如今大衛王瓶已經證明了它是真正的魔物，也證明了霜月支不曾騙我，你還糾纏著她做什麼？」

泥孰又急又怒，但看著大衛王瓶的眼神中卻充滿了恐懼：「你……你瘋了嗎？霜月支的確是在騙你，她沒有愛過你！」

「放屁！」麴智盛大吼，刷地抽出彎刀，搭在自己胳膊上，「她到底愛不愛我，咱們就讓大衛王瓶來評判吧！」

說著就要一刀割下。玄奘和阿術恰好此時爬上了山嶺，急忙叫道：「三王子，不可莽撞！」

玄奘一邊喊著，一邊跑到麴智盛身邊，這才發現，泥孰和霜月支的身後，竟然烈火熊熊，彷彿整座山都在燃燒，巨大的熱浪撲面而來，整個人猶如置身火爐之中！

他仔細一看，原來這山峰的後面是一座巨大的天坑，坑裡面布滿了火紅的石炭[16]。那石炭裸露地表，堆積如山，也不知何年何月竟自行燃燒起來，將整座山峰燒得通紅，晝夜不息。玄奘恍然大悟，想起昨日王妃拜求自己，將她和麴德勇的屍體合葬在天山峽谷裡的火焰熔爐中，原來便是指此處！

玄奘跑到麴智盛身後，便被那股熱浪吹得無法再前進了，前面的泥孰和龍霜月支，實在是已經走投無路了。

麴智盛見玄奘上前，立刻將彎刀指向他，冷冷地道：「法師，你把我害到了這種地步，還不夠嗎？」

玄奘誠懇地道：「三王子，貧僧是佛徒，斷然不敢有害人之心。貧僧來到這裡，是不想三王子鑄下大錯！」

「我會鑄下什麼大錯？」麴智盛冷笑。

玄奘指了指龍霜月支：「你再催逼一步，難道要她跳下火焰熔爐嗎？」

麴智盛似乎這時才注意到，龍霜月支的身後是燃燒的煤田，吃了一驚，急忙扔下彎刀，一臉焦急：「霜月支，妳……妳怎麼跑到這種危險的地方？快回來！快回來！」

泥孰鼻子都氣歪了，心道，還不是被你逼的嗎？這時又假惺惺的，到底玩什麼花樣？

龍霜月支對麴智盛了解甚深，知道他哪怕行事再荒唐，也是一片赤誠，忍不住苦澀地一笑：「三王子，我究竟有沒有騙你，你心裡其實明白，對嗎？」

麴智盛見燃燒的煤田烤得她頭髮都有些焦枯，焦慮無比，哀求道：「霜月支，妳騙不騙我都不打緊，妳先……先過來這邊好不好？那裡太危險了……太危險了啊！」

「危險嗎？」龍霜月支轉頭看了一眼腳下燃燒的煤田，淒涼地笑了笑，「三王子，自從在交河城外，我騎著馬從赭石坡上一躍而下，就已經把命賭進了這場局中。我隨你前往高昌王宮，密謀覆滅高昌，身邊到處都是敵人，一個不慎，就會死無葬身之地，我能活到今日，已經是僥倖了！」

麴智盛痛苦地凝視著她，說：「霜月支，他們都當我瘋了，當我傻了，其實我沒有瘋，也沒有傻，法師他們一直要我相信妳是在騙我，來到我身邊是為了滅亡高昌。我不願相信，為什麼？不是我糊塗到是非不分，而是我想留著妳和我最美的回憶。真的，霜月支，妳在我身邊這一個月，是我這輩子最快樂的日子，也是我這輩子最快樂的回憶。妳既然終將離我而去，為什麼我不能留著這段回憶來陪伴自己？為什麼我非要讓自己面對真相？」

「可是，」龍霜月支有些吃驚，「可是我對你的感情都是假的！」

「假的嗎？」麴智盛溫柔地笑了，「讓法師說說，什麼是真？什麼是假？在佛家看來，眼前這個世界都是虛妄，可在我看來，腳下的螞蟻也是真實地生活著。霜月支，便是妳欺騙我，在演戲的時候，不也是用心地演嗎？妳難道不曾將自己當作那個愛我的人？難道不曾讓自己沉浸在愛我的情緒中嗎？」

龍霜月支聽著，神情似乎有些恍惚，她慢慢回憶著自己在高昌王城與麴智盛在一起的點點滴滴。

「霜月支，如果妳對我真正用了心，那就是愛呀！這輩子，妳可曾對別人這麼用心過嗎？」麴智盛幸福地笑著，慢慢向她伸出了手，「來吧，霜月支，如果妳想走，那便走吧，我只當妳離我而去了，但我仍然相信我們愛過。」

龍霜月支也有些迷茫了：「那是愛嗎？」

「是。」麴智盛肯定地點頭。

「不是！」泥孰大吼，「霜月支，妳的智慧哪裡去了？妳的聰明哪裡去了？他是在蠱惑妳！」

麴智盛憤怒地盯著他：「泥孰，我問你，你是愛她的嗎？」

「是！」泥孰毫不猶豫地大聲道。

「我也是。」麴智盛點了點頭，「那麼，到底是你愛她深？還是我愛她深？」

「我！當然是我！」泥孰大聲道，「三年前，我看到她的第一眼就愛上了她，當年焉耆王答應了我的求婚，要把她嫁給我。是我覺得她年齡尚小，我愛她，疼惜她，才約定三年之後再娶。你為了所愛的人，願意忍耐等待她三年嗎？」

「很好。」麴智盛凝定無比，走到了泥孰身邊，兩人怒目相視。「泥孰，」麴智盛有些淒涼，「我今生是注定要失去霜月支了，但我相信，我愛她一定比你多，今日，我們下個賭注！」

「啊哈，他們在這裡！」這時，山坡上傳來了莫賀咄的聲音，玄奘和阿術轉頭看去，只見莫賀咄率領十幾個附離兵也爬上了山坡，呈半包圍陣式，將他們團團圍住，一個個弓箭上弦，箭鏃對準了他們。

麴智盛轉頭看了莫賀咄一眼，沒有理會，冷冷地盯著泥孰：「咱們賭的就是，到底誰最愛霜月支！」

「如何賭？」泥孰問。

「你讓霜月支到一邊去。」麴智盛語氣平靜。

泥孰有些詫異，麴智盛把手中的彎刀一扔，嘲諷道：「怕我傷害你嗎？兩個男人的事，何必讓女人夾在中間？」

突厥戰士最受不得這種羞辱，泥孰臉色鐵青，輕輕把龍霜月支推到一邊。龍霜月支低聲道：「泥孰，別跟他賭。」

泥孰也把彎刀扔掉，傲然道：「我，阿史那的子孫，狼祖的後裔，如何會懼怕一個小小的賭約？麴智盛，你要怎麼賭？」

「大衛王瓶就在這裡。」麴智盛指了指旁邊的王瓶，「我，麴智盛，今天就向阿卡瑪納許下最後一個願望：咱們攜手跳下這火焰熔爐，誰愛霜月支多一些，大衛王瓶就讓誰活下來！」

玄奘等所有人都愣住了，連山腰處的莫賀咄也嚇住了。這個高昌王子瘋了，真的瘋了。那燃燒的煤田便是扔下一塊鋼鐵也能熔成水，何況一個大活人？只怕把大衛王瓶扔下去，阿卡瑪納也得完蛋。

「你……你他媽瘋了！」泥孰看了看身後的火焰熔爐，擦擦臉上的熱汗，一時無語。

「哈哈，我瘋了嗎？」麴智盛哈哈大笑，回頭朝龍霜月支淒涼地一笑，「霜月支，我是為妳而瘋。」

說著他大吼一聲，合身撲了上去，抱著泥孰的腰，滾下了山崖，泥孰躲閃不及，兩人翻滾成一團，朝著火焰熔爐跌了下去。

「啊——」玄奘和龍霜月支同時發出一聲驚叫，撲過去抓兩人，但誰也沒來得及，兩人已經滾下了山坡。玄奘和龍霜月支到了懸崖邊，身子險些栽下去，幸虧阿術跑了過來，伸手拽著玄奘，玄奘又拽著龍霜月支。雖然阿術人小力氣小，但這麼稍微一借力，便沒掉進去。

龍霜月支站穩後，立刻丟開玄奘，衝到山崖邊往下看，這才暫時鬆了口氣。此處的懸崖並非筆直，而是呈八十度的陡坡，山坡上有不少凸起的石頭，此時，泥孰兩隻手緊緊摟著一塊凸出的岩石，麴智盛卻抱著他的腰，腳下明明有借力的石塊，卻不踩，兩條腿亂蹬，拚命把泥孰往下拽。泥孰一張臉憋得通紅，那灼熱的岩石燒得他的手吱吱冒煙，卻死也不敢撒手。

「麴智盛，咱們有話好好說，你趕快上來！」龍霜月支急得花容變色，急忙解下腰帶垂了下去，玄奘也趴在她身邊，幫她拉著腰帶。即使趴在山崖上，他們仍被煤田那股燃燒的熱浪沖得兩眼睜不開，頭皮都似乎快要烤焦。

泥孰兩隻手抱著岩石，眼見腰帶垂在面前，也不敢鬆手去抓，嘴裡憋著一口氣，更不敢開口說話。麴智盛全身懸空，聽到龍霜月支的聲音，喃喃地道：「霜月支，這個世上最幸福的事，妳知道是什麼嗎？」

「不知道，你上來跟我說好不好？」龍霜月支焦灼無比，卻沒有一點辦法。

「那就是為妳而生，為妳而死。」麴智盛聲音哽咽了，「霜月支，我是真的愛妳，但這輩子我沒有福氣陪伴妳了。這個泥孰，我知道妳並不愛他，是妳父親貪圖他的權勢才把妳嫁給他，那我就拖著他一起死，讓妳自由自在地活在這個世界上。」

「放……放屁。」泥孰好半晌才憋出一句話，隨即手一鬆，險些脫手，嚇得他趕緊抱緊了岩石。

龍霜月支眼淚噴湧：「智盛，你就是這樣愛我的嗎？你拖著泥孰一起死，你固然清淨了，可他死後突厥王庭遷怒於我，你讓我怎麼承受？」

這一節麴智盛卻沒想到，不禁有些愕然，猶豫片刻：「法師，麻煩您告訴統葉護可汗，就說泥孰是死在我的手中，請他不要為難霜月支。」

「三王子，」玄奘道，「泥孰是突厥十姓部落的主人，即便統葉護可汗能諒解，可你難道要貧僧一個個去勸說十個部落嗎？快上來吧，你的心，公主已經看到了，相信你們定能有一個圓滿的結局。」

「她不愛我。」麴智盛失聲痛哭，「我即便等到天山的雪全部融化，交河的水全部流乾，也無法讓她愛我。」

這時泥孰已經撐不住了，手掌慢慢地往下滑，他不敢說話，只是仰著臉祈求地望著龍霜月支。龍霜月支淒然道：「麴智盛，你真的要逼死我嗎？好，你想死，我就陪你一起死！」

說著她鬆開腰帶，霍然站了起來，飛身向下跳去。玄奘大駭，急忙撲過來拽住她，將她拖在山崖邊：「公主，千萬不可！阿術，拿好腰帶！」

阿術趕忙趴在地上，抓住腰帶。

龍霜月支兩條腿墜在下面，手臂卻被玄奘拉著。麴智盛在底下喊：「法師，霜月支怎麼了？」

「她要往下跳！」玄奘喊，「貧僧快拽不住她了。」

麴智盛大駭，聲音都顫抖了：「法法法……法師，麻煩您千萬拽緊了，別讓她掉下來。霜月支，妳別嚇我好不好？」

龍霜月支神情淒涼：「智盛，泥孰，我不知道我愛誰，但我知道，這世上最愛我的只有你們，你們死了，我何必苟活？我的局已經了結，就讓我這條命也隨之而去吧！咱們三個人死在一起，不是很好嗎？」

「不好！」麴智盛大哭，「霜月支，妳上去好不好？」

「你死，我必死。」龍霜月支道。

「我……」麴智盛低頭看了一眼腳下的火焰熔爐，一臉留戀，彷彿那裡是天堂，「法師，我求求你拽緊了。霜月支，我不死了，妳也別死好不好？我求求妳了，妳要真愛泥孰，我放你們走！只要妳一輩子幸福，讓我怎麼樣都行。」

「好！」龍霜月支道，「你放了泥孰，你們一起上來。」

麴智盛長嘆一聲：「我會放了泥孰，但我就不上去了。霜月支，這裡就是我的歸宿了，祝妳和泥孰一生幸福吧！等你們孩子大了，帶他來這裡看看我，我就滿足了。霜月支，再見了。」

第十六章　占卜師、贈馬人、西遊僧

麴智盛說罷，就要放開泥孰，龍霜月支嚇得魂飛魄散，厲聲喊道：「麴智盛，我不准你死！」

「霜月支，死是自由的。」麴智盛笑道，「就讓我在妳面前化作飛灰吧！」

「你敢死，我就跳。」霜月支大聲道。

「妳——」麴智盛正要撒手，一聽頓時愣住了。

「你敢死，我就跳！」龍霜月支一字一句道，「我不准你死！」

泥孰這時真撐不住了，努力張開嘴，大罵：「麴智盛，我……我撐不住了！」

麴智盛正在猶豫，一聽之下急忙兩腳亂蹬，就在他兩腳蹬到一塊石頭的當口，泥孰的手終於鬆了，身子一墜，麴智盛急忙踩穩了，兩手抱著他的腰往上一推。泥孰兩隻手重新抱緊了岩石，才長出了一口氣，看看腳下燃燒的煤田，忍不住心有餘悸。

「上來！」龍霜月支也鬆了口氣。

「阿彌陀佛。」玄奘也忍不住念佛。

這邊危機剛過，就聽身後響起莫賀咄的聲音：「哎？你們都他娘的怎麼了？掛葡萄架呢？啊哈，大衛王瓶！快快快，去給我搶過來！」

原來莫賀咄也來到了山頂，可泥孰和麴智盛掛在懸崖上，龍霜月支半掛，玄奘則拽著龍霜月支，阿術拽著腰帶，大衛王瓶孤零零地被扔在了一邊。莫賀咄一看到王瓶，立時跑了過去。

阿術轉頭一看，頓時急了，把腰帶往玄奘胳膊上一纏：「師父，我得保護大衛王瓶！」說著就跑了過去，抱住大衛王瓶。但他力氣小，於是便把大衛王瓶推倒，往山崖的另一側滾動。

「阿術——」玄奘側頭看著，卻沒法動彈。

阿術一邊滾動著王瓶一邊喊：「師父，對不起了，我必須把大衛王瓶送到大唐，這是我今生的使命！」

「放你娘的屁，給老子放下王瓶！」莫賀咄勃然大怒，喝令，「給我射！射死他！」

「大設手下留情！」玄奘急得大叫。

莫賀咄卻毫不理會，揮手命令放箭。附離兵各個神射，一聽號令，閃電般地彎弓搭箭，朝著阿術射了過去。阿術一看不好，身子急忙撲倒，卻沒想到，這裡是山坡，自己又滾動著大衛王瓶。這王瓶甚重，這麼一倒，王瓶帶著他，便咕嚕嚕朝山坡下的火焰熔爐滾去。

玄奘駭然不已，眼看阿術滾下一邊的山坡，瞬間就沒了影子，忍不住叫道：「阿術！阿術！」

耳邊傳來咕咕咚咚的滾動聲。

「師父，」阿術的聲音從另一側山坡傳來，「我死之後，請您務必把大衛王瓶送往大——」

話音未落，只聽咚的一聲，聲息全無。莫賀咄率領附離兵跑了過去，玄奘禁不住心急如焚，但此刻麴智盛已屈服在龍霜月支的要脅下，正和泥孰一起往上爬。龍霜月支先爬上來，和玄奘兩人一起拉著腰帶，所以玄奘沒法脫身。

過了半晌，先是泥孰灰頭土臉地爬了上來，他已經澈底脫力，兩隻手都燙焦了，一上來便躺在山上動彈不得，呼哧呼哧地喘氣。隨即玄奘和龍霜月支又合力把麴智盛拽了上來，麴智盛也是滿臉煤灰，但精神還不錯，一上來就抓著龍霜月支的手，急急地問：「霜月支，妳剛才說，我死妳也死，妳……這是不是意味著，妳愛我？」

「放……放屁……」泥孰有氣無力地罵道。

玄奘見他們都上來了，無心再摻和，撒腿跑向另一側的山坡。這側山坡下也是燃燒的煤田，烈焰熊熊，不過坡度稍緩。莫賀咄已帶著附離兵互相扶持著下了山坡，玄奘也急忙追了下去。

「阿術！阿術！」玄奘一邊跑，一邊大叫。此時他也是灰頭土臉，頭上臉上衣服上到處都是漆黑的煤灰，狼狽異常。他順著山坡一路往下滑，一路喊叫，卻無人應答。

「別喊了！」莫賀咄仰起臉，懊惱不已，「這地方掉下去還有活路嗎？他死就死了，連老子的大衛王瓶說不定也給他陪葬了！這小兔崽子！」

玄奘憤怒不已，卻沒說什麼。一行人繼續往山下摸索，這處山坡雖緩，但往下走了二三十丈，已可感覺到熱浪襲人，烤灼得頭髮衣衫似乎都要燃燒起來。可莫賀咄卻執著無比，仍舊往下搜索。

忽然，一名附離兵大叫：「大設，快看！大衛王瓶！」

莫賀咄和玄奘一起望去，只見大衛王瓶靜靜地躺在一塊岩石上，想來是往下滾的過程中撞上了這塊岩石，正好給攔住了；但阿術卻不見蹤影。

「啊哈！我的王瓶！」莫賀咄急忙跑了過去。

玄奘卻掛念著阿術，不停地喊著，順著陡坡下到煤田的頂上，直到衣衫都開始烤焦，腳下的鞋子都變得滾燙，他才發現一塊火紅的岩石邊正燃燒著什麼。玄奘無法走近，只能定睛仔細察看，頓時呆住了。那燃燒的東西，分明是阿術身上的一角衣衫！

「阿術——」玄奘忽然淚如泉湧，失聲痛哭。

衣衫燃燒的地方，已是人類無法抵達之處。想來是阿術在滾下來的過程中和大衛王瓶分開，王瓶撞在了岩石上，而他卻直接滾進了燃燒的煤田！

玄奘一屁股跌坐在山坡上，滾燙的土地燒灼著他，他卻彷彿痴了一般。這一瞬間，與阿術的相識相伴，一幕幕浮現在眼前。

一個異族孩子，走過萬里絲路，從波斯來到西域。

商隊滅絕，他孤零零地流落大漠，恐懼地躲在泉水中。

他說：「師父，您能否帶我回家？」

他說：「師父，我想念我的父親。」

他說：「師父，大衛王瓶是家族賦予我的使命，我必須把它送往大唐。」

他說：「師父，我想回到波斯的陽光下。」

這個僅僅八九歲的孩子，相處不過兩個月，竟然讓玄奘有了至親骨肉般的感情。彷彿他是自己的親人，自己的子姪，自己在孤獨的西遊路上，唯一可以互相慰藉的人。

可如今，他卻隨著自己的夢想，一起化作了永世的劫灰。

正痛哭時，莫賀咄已經來到王瓶所在的地方，得意揚揚地朝玄奘望了一眼，「法師！他已經死了！快回來吧！否則您也要圓寂了！」

玄奘沒搭理他，莫賀咄大大無趣，隨手想把王瓶提起來，誰知竟然提不動。他有些意外，命令那些附離兵：「真他娘的重，竟然是純銅的。快快快，給老子抬上去。」

兩名附離兵當即過來，一起抬著王瓶，在眾人的幫助下，攙扶著向山頂攀爬。

玄奘急忙站了起來，喊道：「大設！」

「做什麼？」莫賀咄回頭問。

「請留下王瓶！」玄奘神情嚴肅，「這是阿術家族之物，並非大設所有。」

莫賀咄笑了：「若是老子所有，還用費這麼大的周折？法師，他們家族的人都死絕了，這神物已經是無主之物，老子拿去，正好成就我西突厥的大業。」

「大設，」玄奘一邊朝山上攀爬，一邊道，「您剛才也聽到了，阿術希望貧僧將此物送到大唐。這本來就是波斯皇帝送給大唐皇帝的東西，您半途搶奪去，豈非讓西突厥得罪了兩大帝國？大設，為了這個不祥之物，讓西突厥東西樹敵，貧僧以為不智。」

莫賀咄已爬到了山頂，笑呵呵地道：「法師，您在大唐雖然有名氣，可實在是個糊塗和尚。我們西突厥跟薩珊波斯打了好幾年的仗，早跟他們樹敵了。至於大唐嘛，這會兒正跟東突厥的頡利和突利打得熱鬧，他李世民敢打老子？哼，老子如今有了這王瓶，等召喚出魔鬼，他李世民不來找我，我倒要去找他！哈哈哈，走了，走了。法師，您念幾遍《往生咒》，幫我祈禱祈禱……哎，不對，那玩意兒叫什麼咒？」莫賀咄苦惱地撓著頭皮，招呼著附離兵興高采烈地走了。

玄奘回頭望著燃燒不熄的煤田，長長一嘆，隨即手腳並用，爬上了山頂。到了山頂，才發現麴智盛、龍霜月支和泥孰竟然也走了，不知三人間又發生了什麼事。

莫賀咄到了山下，命附離兵將大衛王瓶捆在他的馬背上，親自馱著，一行人催馬揚鞭，朝著山谷的方向奔去。

「大設！」玄奘急忙騎馬追去。

莫賀咄回頭看了看，惱怒道：「這和尚真討厭。」

「大設，要不要小人射死他？」一名附離兵問。

莫賀咄更惱了：「這和尚如今聞名西域，你想讓老子背負殺僧的名聲嗎？走走走，不理他。」

一行人快馬加鞭，在險峻的山路上馳騁。山路積雪溼滑，但這幫突厥人控馬之術很是熟練，速度絲毫不減，玄奘的馬術卻奇差無比，很快就被甩在後面。雙方一跑一追，轉眼就出了天山峽谷。

過了新興谷，就是火焰山下的商路，莫賀咄徑直調轉馬頭，向西而去，看來是要返回西突厥了。玄奘急了，此時道路平坦，他催動戰馬，加快速度追去。莫賀咄的馬背上馱著大衛王瓶，速度漸漸變慢，竟然被玄奘追上了。

莫賀咄對這個和尚實在苦惱無比，殺不能殺，逐又不走，只好拚命打馬。正奔跑間，忽然前面出現了一支商隊，這商隊規模不小，足有一百餘人，人人騎馬，中間有十幾輛大車。莫賀咄有些疑惑，瞇起眼一看，心裡便是一沉。

這些騎士坐在馬上身軀筆直，馬匹行走時下身顛簸，但腰部以上紋絲不動。更驚人的是，這些人明明聽見了身後的馬蹄聲，竟然誰也不回頭看一眼，彷彿絲毫沒有覺察。但莫賀咄何等眼力，早就發現這些人渾身戒備，手臂下垂，摸著馬腹上的袋子，想來裡面藏著武器。

「不要惹他們，繞過去，走！」莫賀咄低聲命令。

附離兵們剛要兜馬從側面繞過，只見隊伍中間一名青年男子輕輕一擺手，隊伍齊刷刷分開，讓出了一條道，顯然是要讓他們先過。莫賀咄吃驚更甚，因為那青年男子是在隊伍中間，他這麼一擺手，命令如何傳達到隊伍的最前面？

莫賀咄心裡狐疑，這些人如果是戰士，恐怕便是西域最強悍的軍隊之一了。莫要看只有一百餘人，如果全副武裝，實力之強，不下於一個小國的全國之兵。

他雖有自信自己的附離兵足以與之一拚，但此時大部隊沒帶在身邊，自己身上又有大衛王瓶這個重寶，不想招惹，當即默不作聲，從道路中間奔過去。經過那名青年男子身邊時，莫賀咄瞥了一眼，對方的相貌竟然是漢人，面色微黑，儒雅中透著冷厲，一看就是不凡之人。

難道是大唐的軍隊？莫賀咄心中一震，思忖著疾馳而去。

他剛走，玄奘便縱馬到了。經過這群人時，玄奘一眼就看見了這位青年男子，不禁一怔，失聲道：「王大人？」

原來這名漢人男子，竟是大唐右衛率府長史，王玄策！

王玄策看見玄奘，也愣了一下：「法師，您這是……怎麼追著一群突厥附離兵？」

「快快快，王大人，快幫貧僧攔住莫賀咄！」玄奘來不及解釋，催促道。

王玄策恍然：「哦，那就是莫賀咄嗎？我說怎麼會有附離兵呢！法師，您追他們做什麼？」

「他搶走了大衛王瓶！」玄奘急忙道。

王玄策深感意外：「是嗎？」

「他馬背上的包裹便是！」玄奘急不可耐。

王玄策倒笑了：「法師，您急什麼？他拿走便拿走吧！這裡是突厥人的地盤，我怎麼能來西域搶劫人家突厥的大設？」

玄奘瞠目結舌：「可這大衛王瓶……」

「我可沒聽說過什麼瓶。」王玄策笑道，「法師想要什麼瓶子？我這車上瓶瓶罐罐甚多，還有陛下給統葉護的茶葉呢，法師想喝，就送您一罐。」

玄奘頓時冷靜了下來，看看莫賀咄已經跑遠，他知道就算自己追上也無濟於事，禁不住嘆了口氣，默默打量著王玄策。王玄策也微笑著與他對視。

「老瘦紅馬，鞍橋有鐵。」玄奘忽然道。

王玄策一怔：「法師——」

「這句話想必王大人聽說過吧？」玄奘跳下馬來，淡淡地道。

王玄策啞然，隨即苦笑，也跳下馬來，招呼手下：「鋪上坐氈。」親兵們急忙從車上搬下坐氈，鋪在路旁的草地上。王玄策又命人擺了一張胡床，端上了吃食，請玄奘坐下。玄奘不說話，沉默地坐在他對面。

大漠黃昏，長河落日，火焰山的紅光照耀著兩人的臉，為這場對話塗上了一層血色。

「法師，您為何這麼說？」王玄策問。

「因為有一種被操縱的感覺。」玄奘坦然道，「今年秋八月，貧僧離開長安西遊時，曾經遇見長安術士何弘達，他為貧僧卜得一卦，說貧僧西遊時，騎著一匹老瘦紅馬，那馬的鞍橋上有鐵。」

「何弘達乃長安奇人，他的占卜神乎其神，想來是應驗了吧？」王玄策問。

「是的。」玄奘道，「貧僧當初被困在瓜州，無法離開國境，有胡人石磐陀願意送貧僧離開。他帶來了一個胡人老翁，那老翁牽著一匹老瘦紅馬，說這馬來往伊吾十五次，熟悉道路，願意贈給貧僧。那紅馬的鞍橋上箍著一塊鐵。」

「何氏占卜，名不虛傳。」王玄策鼓掌笑道。

玄奘也笑了笑，道：「貧僧雖然對占卜所知不多，卻也知道，所謂占卜，上察天機，下察人事，中察世事變遷，從而體悟到未來的徵兆。天機渺不可測，未來變幻無常，原本就難以測度，只需估測出大概，就是驚人的預言。貧僧無論如何都難以相信，何弘達能夠清晰地看到未來那馬鞍上的一塊鐵。」

「法師睿智，崇信我佛，卻不執於虛妄。這個小小的計謀，倒是讓您見笑了。」王玄策感慨道。

「果然是您安排的？」玄奘問。

王玄策嘆口氣：「法師，我有一事不解，即便您懷疑是有人在操縱您的西遊之路，為何偏偏就懷疑到我身上呢？說起來，我這個右衛率府長史，與何弘達、胡人老翁八竿子打不著啊！」

玄奘露出緬懷的神情：「去年，貧僧曾經在長安路上收留了一個天竺人，名叫波羅葉，他的祕密身分是朝廷的不良人。他故意接近貧僧，是受祕書監魏徵之命，隨從貧僧暗查崔珏和法雅的祕密。據說，不良人這個組織隸屬內廷，首領稱為賊帥，職責主要是刺探情報，最近幾年，主要針對的目標是西域各國。其成員分布於各行各業，胡漢都有，西域人、突厥人、天竺人，甚至還有西方的波斯人。貧僧自從西遊以來，這一路上始終有一種熟悉的感覺，何弘達、胡人老翁，他們身分不同，行止詭祕，路數為何跟波羅葉如此相似？」

「我明白了。」王玄策點點頭，「所以法師就想，倘若真有人控制您的西遊之路，在西域這個地方，有這麼大能耐的組織，就只有不良人了。」

「沒錯。」玄奘點頭。

「那麼，法師為何懷疑我呢？」王玄策問。

「右衛率府是太子東宮的護衛府兵之一，長史是右衛率將軍的首席幕僚，從五品。貧僧一直很好奇，陛下派人出使西突厥，為何派了一個軍方的文職官員，而不是禮部官員？」

玄奘一邊思索，一邊娓娓道來。

王玄策苦笑：「西突厥人可不像法師一樣精通咱們大唐的職官制度。」

「是啊，他們當然不明白，可陛下明白，既然如此，你這個軍方的長史出使西突厥必有原因。」玄奘道，「貧僧上次去了你的住處，看到你搜集沿途情報，繪製輿圖，便都明白了。其實你的使命，跟那些不良人一樣，無非是搜集西域情報而已。既然不良人已經領了這一項任務，以魏徵大人的精明，又怎麼會派一個跟不良人毫無瓜葛的人出來？除非是因為你身分特殊。」

「高明！」王玄策讚道，「法師當真高明！話已至此，我也不瞞您了，法師，在下便是不良人的首領，賊帥！」

玄奘大吃一驚，雖然想過他是不良人，卻沒想到他竟然便是賊帥！玄奘禁不住苦笑：「貧僧還以為賊帥是魏徵大人那樣的高官，卻沒想到是從五品的長史。」

「哈哈！」王玄策大笑，「法師，這您就不了解了。不良人是個祕密組織，負責緝事、刺殺、安插密諜、刺探情報。其權力太大，難以控制，用得好，就是朝廷的利刃，用得不好，就是朝廷的毒瘤。倘若賊帥是祕書監或者尚書那樣的高官，誰還能控制？因此，我能動用的權力雖大，官職卻很低微。這也是魏徵大人當初創辦不良人的原則之一。」

「哦，貧僧明白了。」玄奘恍然大悟，他對政治雖然所知不深，但也感覺這種設置甚有道理，「那麼……」玄奘想了想，「大人現在可以講講為何要控制貧僧的西遊之路了吧？」

「話已至此，我還有什麼好隱瞞的？」王玄策苦笑，「但法師要記住了，我所說的一切，都是法師自己推斷出來的。」

玄奘笑著點頭。

王玄策想了想：「這件事過於複雜，既然法師對大衛王瓶知之甚詳，那我就從它說起吧！法師可知道，這個大衛王瓶乃是薩珊波斯的鎮國之寶，在歷代波斯皇帝手中傳承了四百年？」

「高昌王曾對貧僧講過。」玄奘點頭。

「但法師可知道，這大衛王瓶之所以來到西域，是因為波斯皇帝要將它當作禮物送給我皇陛下！」王玄策輕輕地道。

他望著玄奘，等待他吃驚的表情，沒想到玄奘卻一臉平靜地點頭：「貧僧知道。」

「你知道？」王玄策吃驚不小。

「是啊！」玄奘有些傷感，「阿術臨死前告訴我的，他的叔叔耶茲丁，便是波斯皇帝派來護送王瓶的使者。」

王玄策欽佩地看著他：「法師，您真是耳目通天，連這等機密也被您打聽到了，那我就更沒必要隱瞞了。不錯，就在去年，波斯皇帝庫斯魯二世派遣使者來到長安，懇求陛下出兵攻打西突厥。」

「攻打西突厥？」玄奘疑惑，「波斯皇帝為何萬里迢迢派人來求陛下出兵打西突厥？」

「是這樣的，」王玄策解釋道，「當今世上有幾個大國，最東方便是我大唐，在前隋時，突厥分裂為東西兩部，西突厥掌控著整個西域和絲綢之路，在西域以西，便是強大的波斯帝國和拜占庭帝國。這三個大國彼此之間的矛盾錯綜複雜，波斯和拜占庭是宿敵，雙方經歷了長達四百年的戰爭，中間有戰有和，無休無止。大約二十五年前，波斯皇帝庫斯魯二世進攻拜占庭，所向披靡，這一仗打了將近二十年，險些將拜占庭滅亡。不料拜占庭出了一個希拉克略皇帝，他是個天才統帥，祕密與西突厥達成協議，對薩珊波斯東西夾攻，波斯因此大敗。去年春天，希拉克略甚至打到了波斯帝國的都城，泰西封。整個薩珊波斯搖搖欲墜，處於滅亡的邊緣。」

「哦，」玄奘點點頭，他長年浸淫於禪機佛理，第一次聽到這種世界格局的大國爭鋒，頓覺耳目一新，眼界為之寬闊，「貧僧明白了，庫斯魯二世是想讓大唐攻打西突厥，為他解燃眉之急。」

「沒錯，」王玄策點頭，「憑薩珊波斯的國力，如果僅僅對抗拜占庭，不至於敗得如此淒慘，但拜占庭和西突厥聯手，他是萬萬抵擋不住的。」

「陛下如何答覆呢？」玄奘問。

「當然拒絕了。」王玄策道，「當時陛下正在籌備對東突厥的戰事，打算以傾國之力，一戰攻滅東突厥，澈底解除大唐帝國的心腹之患，所以與西突厥修好都來不及，怎麼可能攻打？」

「可是……」玄奘遲疑道，「那庫斯魯二世想來也是個梟雄，不會以為僅僅懇求一番，大唐就會出兵吧？」

「當然。」王玄策神色凝重，「陛下拒絕之後，那使者就提到了大衛王瓶，講述它的種種神異之處，說只要擁有大衛王瓶，就能許下三個願望，無所不能。他答應，只要大唐願意出兵，庫斯魯二世就會把大衛王瓶送給陛下。」

「原來如此！」玄奘這才明白大衛王瓶的來龍去脈，「那陛下怎麼答覆的？」

「陛下當然頗為心動了。」王玄策苦笑，「可咱們的皇帝陛下是何等人物，又怎會為了一個充滿無稽之談的東西而更改大唐國策？」

「這倒是。」玄奘點點頭，有些疑惑，「既然陛下拒絕了，大衛王瓶怎麼又會送過來呢？」

「因為……」王玄策嘆道，「因為那使者說，可以先把大衛王瓶送來長安，待陛下見識到它的魔力再做決定。如果陛下見到大衛王瓶，仍然拒絕出兵，波斯人就把它無償送給陛下。」

玄奘頓時驚呆了：「那波斯使者竟然如此有信心？」

「信心十足。彷彿在他看來，只要大衛王瓶來到長安，就必定能讓陛下出兵西突厥。」王玄策道。

「這不可能。」玄奘震驚不已，「那陛下怎麼說？」

「陛下當然感興趣了。」王玄策苦笑，「大衛王瓶這個東西，只要是人，誰會不感興趣？不說別的，倘若能許願永生不死，法師您想想這是多大的誘惑？所以陛下當場就應允了，讓波斯人把王瓶送來長安，這下子就在朝廷裡引起了軒然大波。」

「哦？」玄奘驚訝，「什麼風波？」

「右僕射長孫無忌、中書令房玄齡、吏部尚書杜如晦等重臣習的都是儒家，對這種怪力亂神之事深惡痛絕。他們覺得，讓這種邪物來蠱惑陛下，乃是大唐君臣的奇恥大辱。祕書監魏徵大人是我的直屬上官，他雖然早年當過道士，其實骨子裡也是儒家一系，一再面聖，要求拒絕接受大衛王瓶。陛下就是不允，聽說還在長孫皇后面前摔爛了碗碟。」王玄策想起此事不禁心中煩悶，嘆道，「於是，這幾位大人便祕密商議，想出一個膽大包天的計畫，決定將大衛王瓶阻截於國門之外！」

「什麼？」玄奘吃了一驚。貞觀以來，李世民為政開明，廣開言路，虛心納諫，與眾位大臣甚是相諧，尤其是魏徵，以諍言出名，屢屢犯顏直諫，而李世民也從不怪罪。但皇帝畢竟是皇帝，也有自己的逆鱗，朝中重臣祕密聯合，違逆他的旨意，這是最忌諱的事情，放到哪個帝王身上都無法容忍。魏徵等人看來是對這大衛王瓶相當忌憚，才不惜拿身家前途冒險。

玄奘定了定神：「他們如何阻截大衛王瓶？」

王玄策頓時苦笑起來：「法師，還有比在下更適合的人嗎？魏大人負責管轄不良人組織，他的計畫便是，命在下率領精銳以出使西突厥為名前往西域，暗中查訪大衛王瓶的運送路線，想辦法讓大衛王瓶永遠去不了大唐。」

「原來如此！」玄奘恍然大悟。

「我臨行前，魏大人千叮嚀萬囑咐，萬萬不可暴露身分，必須祕密進行，更不可訴諸武力，直接殺害波斯使者，失了大唐的體統。法師，您想想，這也不行，那也不行，這西域還是西突厥的地盤，我能有什麼好辦法？」王玄策訴起了苦。

玄奘對他的處境能夠理解，畢竟大衛王瓶事關重大，不但牽涉大唐無數中樞大臣的身家性命，還牽涉大唐和西突厥的邦交，幾乎他的一舉一動，都會影響整個天下的格局。

「後來法師您的出現，讓魏大人有了一個計畫。」王玄策笑吟吟地看著他。

玄奘愣了：「貧僧讓魏大人有了計畫？」

「是啊！」王玄策大笑，「法師您還記不記得，您從霍邑回來後，向朝廷上書，請求出關，西遊天竺？」

「記得。」玄奘苦笑，「正是因為貧僧的上書被陛下拒絕了，才只好偷渡出境。」

「那是陛下心疼法師。西遊之路何其艱難，跋涉數萬里，幾百年來無數僧人打算到天竺求佛，可有幾人歸來？陛下是擔心您路上出事呀！」王玄策道。

玄奘感慨不已，李世民的關懷，他自然深深感激，可西遊天竺是他此生宏願，又如何肯放棄？

「法師，你與此事的關係就在於，陛下雖然拒絕了，可魏徵大人知道之後，決定祕密助您出關！」王玄策道。

玄奘頓時目瞪口呆：「什麼？」

王玄策笑了：「法師不是有被人操縱的感覺嗎？長安市上何弘達給您占的一卦，便是魏徵大人精心設計出來的！」

「原來如此！」玄奘恍然大悟，「可這……可貧僧與你們阻截大衛王瓶的計畫有什麼關係？魏大人為何要祕密助我出關西遊？」

「法師，您想想，西域有妖，佛子東來。兩者相遇，會發生什麼事？」王玄策笑咪咪地道，「魏徵大人的計畫，就是讓大衛王瓶在西域人盡皆知，攪得西域天翻地覆，然後您這位佛子抵達西域，自然就會理所應當地與大衛王瓶較量一番。而我呢，則躲在暗處將大衛王瓶的祕密搞清楚，看看波斯人到底有什麼圖謀！」

「原來還是讓貧僧來降妖啊。」玄奘無語了。他總是不適應人們一提起和尚，就跟降妖伏魔扯在一起，但是對魏徵的謀略，又不禁深感佩服。兩人在霍邑時，算是明裡暗裡交過手，當時玄奘就掉進他的局裡，沒想到這次又被他算計。

王玄策哈哈大笑：「計畫擬定之後，在下就祕密跟著您離開長安，還記不記得在瓜州，涼州都督李大亮下訪牒要抓您？」

「是啊，」玄奘道，「是瓜州小吏李昌撕毀訪牒，勸我盡快出關。」

「李昌是在下的人。」王玄策笑道。

玄奘苦笑不已。

「那個贈您紅馬的胡人老翁，自然也是我手下的不良人。當時我原本想讓他送您前往伊吾，沒想到您竟然自己找了個胡人石磐陀，讓他送您。我沒辦法，只好讓那老翁把紅馬送給您，好歹不能辱沒了何弘達的名聲，得把這『老瘦紅馬，鞍橋有鐵』八個字給圓了呀！」王玄策笑著講述，「然後呢，我就在伊吾等待法師，沒想到過了好幾天，法師竟然還沒到伊吾。」

「貧僧在莫賀延磧中迷了路，」玄奘感慨，「進入沙漠的第二天便失手打翻了清水，四夜五日沒有喝過一滴水，險些倒斃於沙漠之中。」

王玄策大為意外，仔細一想，不禁陣陣後怕：「阿彌陀佛，神佛保佑。我竟然沒算到這種意外，倘若法師真有個閃失，魏徵大人非把我斬了不可。」

隨即王玄策開始仔細講述自己的行動。他知道波斯使者冒充的商隊與焉耆使者同行之後，便安排人把焉耆人前往大唐、要求更改絲路的消息透露給麴文泰，而麴文泰果然派麴德勇和麴智盛來截殺焉耆人。

他原本的計畫並不想讓波斯使者死去，而是想在伊吾城公開大衛王瓶，引起焉耆人、高昌人的爭奪，然後安排玄奘介入，徹底搞清楚王瓶的真相。結果玄奘在沙漠裡迷了路，遲遲沒有到伊吾。可波斯使者已經上路了，一旦過了莫賀延磧就算進了大唐國境。王玄策無奈，只好推動麴德勇出面，截殺焉耆使者。

後來的發展玄奘都知道了，王瓶被麴智盛得到，許下了願望，從而被龍霜月支乘虛而入，險些滅亡了高昌。

玄奘聽完，半晌無言。已是黃昏時分，大漠落日斜照在火焰山上，映出熔爐般的光芒，在王玄策臉上鋪了一層血色。

「大國爭鋒，奈何視人命如草芥。」玄奘慢慢道。

「比起戰爭殺人盈城，我的手雖然沾上了鮮血，卻是不得不為之。」王玄策解釋，「法師您想想，倘若真讓這大衛王瓶進入大唐，蠱惑了陛下，不說別的，僅僅是出兵西突厥，那會死多少人？有多少孤兒寡婦望著萬里外的沙場夜半啼哭？」

玄奘默然，他是經歷過隋末之亂的人，那種殘酷景象至今想來猶自悚然，王玄策的做法雖然讓他極端反感，但也不想反駁什麼。

「大人，」玄奘問，「大衛王瓶如今被莫賀咄奪走，您為何不阻攔？」

「為什麼要阻攔？」王玄策反問，「法師難道沒看出來嗎？這大衛王瓶乃是個不祥的妖物，它到哪裡，哪裡就會災禍連天。若是它能讓西突厥亂成一團，對我大唐實有百利而無一害。」

「難道在大唐的眼中，突厥子民便該承受這禍患嗎？」玄奘問。

「難道要讓我大唐子民承受這禍患嗎？」王玄策冷笑，「法師難道忘了薛舉、竇建德、王世充、劉武周之流嗎？隋末大亂，若非突厥在幕後支持挑撥，我中原何至於內戰十七年，百姓十室九空，千里無雞鳴！要讓我大唐百姓豐衣足食，不受兵災，唯一的辦法就是讓自己強大，讓敵人衰弱！」

玄奘不想再說什麼了，站起身來合十：「既然如此，貧僧便去走那如來大道，大人就去西突厥看那煙花滿天吧！」

「法師要去哪裡？」王玄策追過來問。

「高昌。」玄奘牽來自己的馬匹，騎了上去。

「法師，」王玄策牽住他的馬，「高昌的危機已經化解了，法師何必再去？不如趕緊西行吧！您在西域通行，肯定要去西突厥王庭取得他們的關防過所，恰好我也要去見統葉護可汗，不如咱們同行，也好有個照應。」

「多謝王大人。」玄奘搖了搖頭，「貧僧恐怕還要在高昌多待些時日。貧僧心裡一直有個隱憂，大衛王瓶留給高昌的禍患，只怕才剛剛開始。高昌王對貧僧如此厚待，此時此刻，我又怎麼能離開？大人，告辭。」

玄奘說完，催動戰馬，潑剌剌地朝著高昌王城的方向疾馳而去。

王玄策久久站立，凝望著他的背影，良久才道：「列隊，前往西突厥王庭。」

第十七章　復活的死者，死去的生者

玄奘在日落閉城時分回到王城，此時的王城陷入狂歡的海洋。日間，張雄一舉擊潰了三國聯軍，雖說大多是出於偶然，但內中詳情普通百姓並不知曉，他們所看到的，就是焉耆三國大軍圍城，張雄率領高昌健兒果斷出擊，獲得前所未有的大捷。

麴文泰也刻意廣為宣傳這次大捷，幾乎整座高昌王城都陷入狂歡，張燈結綵，到處燃燒著火盆，百姓身穿盛裝，圍繞火盆跳著西域盛行的歌舞。麴文泰更是全城賜酒，幾乎將窖藏的葡萄酒搬運一空，在街上堆得如同小山一般，隨取隨飲。這下子更加熱鬧了，連城內行商的焉耆人、龜茲人和疏勒人都按捺不住，偷偷舀來喝，一時間滿城都醉醺醺的。

玄奘牽著馬，從酒氣熏天的人群中擠過去，到了王宮。王宮的正門也熱鬧無比，玄奘只好從角門進了宮。

麴文泰和張雄正布下人手找尋他的下落，兩人都憂心如焚，一聽說他回來了，急忙到他的住處探望。

這幾天玄奘真是累壞了，又在天山煤田滾爬了半天，渾身都是漆黑的煤煙，一回來先洗個澡，換了身衣服，然後與麴文泰和張雄一同用餐。

麴文泰雖然陪玄奘用餐，但他整個人都躺在軟榻上，臉上皺紋深重，白髮叢生，當真是憔悴不堪，玄奘看著也難過不已。

席間，玄奘問起那場大戰的善後事宜，麴文泰嘆了口氣：「法師，這次算是僥天之倖，我高昌躲過了滅頂之災，大將軍以寡敵眾，擊潰了龍突騎支的五千騎兵，斬首千餘，俘虜數百，龍突騎支撤退回焉耆時，身邊的殘兵敗將只剩下兩千人。最近一直得到法師教誨，弟子不敢再造殺孽，正在組織百姓將那些屍體裝車，送還給龍突騎支，好歹讓他們魂歸故里。另外，本王也已命人將受傷的俘虜妥善治療，等到傷勢好轉，就讓龍突騎支接他們回去。」

「善哉！」玄奘合十感謝，「陛下能顧惜普通將士，足見仁德。」

「唉，一方面是這樣，另一方面，弟子也不想和周邊三國結下難以化解的死仇啊！」麴文泰淒然一笑，「我高昌雖然躲過了滅頂之災，可德勇神志不清，智盛又是這般性子，將來我百年之後如何維持，只能仰仗菩薩保佑了。」

「陛下不用憂心。」張雄勸，「您春秋正盛，身子一向康健，這些日子只是操心太過。這次咱們打了勝仗，心中放鬆下來，身子就會慢慢康復。」

「希望如此吧！」麴文泰感慨，「這些年我高昌與焉耆各國屢屢發生摩擦，這一仗他們實力大衰，想必能讓我過幾天安生日子了。」

「大將軍。」玄奘想了想，「雖然今日大獲全勝，但仍然不可輕忽，能否讓您的軍隊加強戰備，日夜值守？」

「加強戰備？」張雄和麴文泰都是一怔，麴文泰問，「提高到什麼地步？」

「枕戈待旦，以備不測。」玄奘道。

兩人的臉色都變了，對視一眼。張雄忍不住問：「法師，您可是聽到了什麼風聲？」

「沒有風聲，沒有徵兆，也沒有蛛絲馬跡……」玄奘滿臉憂慮，「太平靜了，平靜得有如沙暴前的大漠，只看見腳下的沙粒在走，抬起頭來，陽光美得令人沉醉。正因為如此，貧僧才恐懼。」

兩人面面相覷，雖然聽不大懂，心裡卻也開始下沉。

「法師，」麴文泰惴惴不安，「您能否透露一二？」

「不是貧僧不願意透露，」玄奘苦笑，「而是……而是這個人隱藏得太深，貧僧根本不知道他是不是會動，他會怎麼動？他目的何在？貧僧一概不知。而且，此人眼線遍布，人又深不可測，貧僧原本就不是他的對手，現在若是說了，您必定會露出破綻，這麼一來，貧僧就更拿他沒辦法了。」

「陛下！」張雄對玄奘甚是信賴，當即勸麴文泰，「法師這麼說，肯定有他的道理。您也不用擔心，我全城戒嚴，日夜守備王宮，誓死保護您的安危。」

「不可，不可。」玄奘急忙阻止，「大將軍，絕對不能露出絲毫風聲，也無須大動干戈，您只要調集一支精銳，日夜聽命，能隨時支援就夠了。至於王宮內部，一切如常。」

張雄不敢擅自答應，看著麴文泰。麴文泰點點頭：「明白，法師，隨您安排。弟子的命，就交給您了。」

他這麼一說，玄奘壓力更大了，連吃飯都沒了精神，隨便喝了半壺葡萄汁，吃了兩塊饢餅，就停箸了。

「陛下，三王子回來了嗎？」玄奘問。

「朱貴在新興谷找到他，將他帶了回來。」麴文泰頓時苦笑，「同時帶回來的，還有兩個俘虜。弟子這會兒正不知道該怎麼處置，還得請法師指點。」

「兩個俘虜？」玄奘詫異，「誰？」

麴文泰唉聲嘆氣：「當然是泥孰和龍霜月支了。」

玄奘頓時啞然。那日泥孰、龍霜月支從懸崖下爬上來之後，便縱馬離去。兩人原本想回焉耆，不料剛出新興谷，就碰上朱貴率領騎兵來尋找麴智盛，二話不說，將兩人擒拿。正苦追不捨的麴智盛喜出望外，將龍霜月支和泥孰帶回了王城。

這下子給麴文泰又出了個大難題。

將兩人殺了是萬萬不能的，泥孰是西突厥的設，地位與莫賀咄相當，比麴文泰的地位可高多了，他怎麼敢得罪？便是囚禁也萬萬不敢，一旦被西突厥的十姓部落知道他囚禁了自家主人，還不率領數萬大軍來滅了高昌？

至於龍霜月支，麴文泰雖然恨得咬牙切齒，卻也無可奈何。他若是處置了龍霜月支，不但跟焉耆結下死仇，還徹底得罪了泥孰。況且，麴智盛也是萬萬不會答應的。

這會兒，麴智盛就在宮中陪伴著龍霜月支，寸步不離。

麴文泰對泥孰更是以禮相待，一再宴請賠禮之後，要禮送他出境，但泥孰堅決要帶龍霜月支走，偏生麴智盛不肯放人。麴文泰無奈，專門騰出一間宮室讓他居住，泥孰也拒絕了。他擔心麴智盛對龍霜月支不利，一直守在她身邊，把麴智盛氣得怒火萬丈，卻毫無辦法。

玄奘一聽，苦笑不已：「陛下，此事貧僧當真是無能為力。三王子的性情您知道，讓他放龍霜公主回國，無異於要了他的命！」

「可是……法師，」麴文泰哀求道，「我高昌再也經不起折騰了。龍霜月支留在王宮，終究是個禍患哪，還請法師想想法子！」

玄奘一想起麴智盛就頭大，他倒也能體諒麴文泰的心境，這整件事就是龍霜月支留在高昌王宮引起的，好容易平息下去，麴文泰哪有膽子再讓這位公主住在這裡？

「好吧，貧僧先去見見三王子他們。」玄奘點頭答應。

「多謝法師，」麴文泰放下了心，「那就有勞法師了。弟子先去看看德勇，聽朱貴說，這些天他一直昏迷著。」

「他還在王妃的寢宮嗎？」玄奘問。

麴文泰露出羞怒的神色，無奈地點頭：「是啊！那賤人一直不肯放德勇出來。弟子延請了十幾位西域名醫等著給德勇診治，可她就是不肯放人。弟子……弟子真是放心不下呀！」

玄奘想了想：「陛下，您不如先回宮休息片刻，等貧僧從三王子那裡回來，再陪您一起去看二王子。」

「這是為何？」麴文泰詫異。

玄奘臉上露出濃濃的憂慮，搖了搖頭，沒有說話。

王妃的寢宮一片幽暗，只有牆壁上的一盞油燈散發出微弱的光芒，有如暗夜的孤星。

王妃坐在冰冷的大殿裡，懷裡抱著麴德勇。她嬌小的身體彷彿依偎在岩石上的一朵花。麴德勇仍昏迷不醒，僅有些躁動，臉上肌肉扭曲，時而猙獰，時而溫柔，似乎承受著極大的煎熬。

王妃憂心忡忡，從旁邊的地上摸過一只水罐，拿勺子餵他喝了一口，麴德勇慢慢沉靜下來。王妃抱著他，將臉貼在他的臉上，一手輕輕拍打著。

「德勇，好些了嗎？」王妃呢喃著，「你知道嗎，德勇，此時此刻，是我今生最幸福的時候。沒想到還能失而復得，還能在這裡擁抱著你直到老死。德勇，你說，我這個受漢家庭訓的公主，怎麼會愛上了你呢？他們都說你粗魯，殘暴，好戰，是個喜歡衣襟向左掩，頭髮梳辮子的蠻夷。可是，他們誰也不知道，自從我看到你的第一眼，就喜歡上你了！大業八年，我剛剛隨你父親來到高昌。那一年，我這個遠嫁的公主愁思滿腸，每日思念著故鄉，然後就遇見了你。那時候，你還是個十三四歲的孩子，一本正經地拿著一把刀來問我，『妳便是我的新娘嗎？』我當時就笑了，然後你的刀落在地上，一臉發窘地跑掉了。是啊，德勇，無論如何我也沒有想到，僅僅兩年後，我真的成了你的新娘。在冰天雪地的突厥，你受突厥少年毒打，我用自己的身體保護你，而我受麴文泰毒打，你拿著刀擋在我身前。那時候，我就知道，我們注定會死在一起。因為我們的生命，已經無法分離。德勇，你相信嗎？我們是一對被上蒼殘忍分開的戀人……」

王妃訴說著，眼淚大顆大顆地滴在麴德勇的臉上。麴德勇的眼皮掙扎著，乾裂的嘴脣顫動片刻，喃喃地道：「玉波……」

王妃霍然抬頭，難以置信地望著他：「德勇，你……你醒了？」

「我……這是……在哪裡？」麴德勇仍舊虛弱，「咱們……死了嗎？」

「沒有！沒有！」王妃喜極而泣，緊緊摟著他，泣不成聲。

「沒死，咱們怎麼能在一起？」麴德勇疲憊地閉上了眼睛。

「是上天垂憐，讓咱們再相聚片刻。」王妃淒涼地笑了笑，「德勇，咱們自由了，再也不用偷偷摸摸了。你看，這個大殿裡只有咱們兩個，所有人都知道咱們在這裡私會，卻誰也不敢進來。這樣不是很好嗎？你再也不用擔心了。」

麴德勇艱難地抬起手臂，握著王妃的手：「玉波，對不起。我答應過，要收繼妳為王后，生兒育女。我努力了二十年，還是辜負了妳。」

「德勇，你做得很好了。」王妃貼著他的臉，失聲痛哭，「我不要做王后了，我只想做你的女人。那天，你告訴全天下我是你的女人，我已經很滿足了。在你死後，我們還能有今夜的相聚，我已經很滿足了。」

麴德勇失神地張開眼睛：「原來，我真的死了。」

「不要怕，我會和你死在一起。」王妃露出滿足的神情，「等咱們死後，我會一把火燒掉這座宮殿，這樣，咱們就永遠在一起了！」

麴德勇沒有聽到，他的神情發生一種詭異的變化，肌肉漸漸僵硬，瞳孔變得通紅，他似乎有些迷茫：「原來，我真的死了……」

忽然間，他神色猙獰起來，一聲怒吼，雙臂一掙，將王妃嬌小的身子給拋了出去，重重摔在地上。隨即麴德勇站了起來，神情呆滯而猙獰，肌肉不受控制般地突突亂顫，彷彿一頭驚醒的猛獸般低聲嘶吼著，四處尋找宮殿的出口。

「德勇，你怎麼啦？」王妃驚恐地從地上爬起來，見麴德勇要闖出去，急忙飛身撲過來，雙臂纏著他的胳膊，兩條腿絆住他的左腿一擰，撲通一聲，兩人摟抱著摔倒在地。麴德勇怒吼著奮力掙扎，但王妃死不撒手，嬌小的身子就像鐵鑄的一般纏繞著他。

兩人就這麼無聲地搏鬥著，王妃淚流滿面，但神情堅決，絲毫不肯放鬆，也不知道這個嬌小的女人到底有多大力量，麴德勇健壯的身子竟然無法掙脫。

掙扎了半晌，麴德勇的身子漸漸軟了下來，王妃怕他受傷，把胳膊和雙腿略略一鬆，見他不再掙扎，這才鬆了口氣，騰出一隻手，擦了擦他額頭的汗水：「德勇，到底是誰把你害成這樣？」

麴德勇牙關緊咬，似乎又陷入昏迷。

王妃淒涼地嘆了口氣：「我知道，你是好不了了。這樣也好，反正就算你好了，咱們也活不下去。德勇，不要著急，再陪我待一會兒，然後咱們就一起死，好不好？」說著說著，她失聲痛哭，「再陪我一會兒吧，德勇，我怕……我怕到了地獄中，會找不到你。」

她就這麼哭著，見麴德勇不再掙扎，又擔心起來：「德勇，你休息一下，我給你喝點水。」

她四處看了看，見那水罐就在旁邊不遠處，便爬過去想取水，不料剛到水罐邊，寢宮的幾扇窗戶突然轟地碎裂，隨即一枝利箭朝著她激射而來。

箭鏃呼嘯中，王妃身子一滾，利箭咄的一聲斜插在地上。她剛剛起身，又是一枝利箭迎面射來，王妃頭一偏，箭鏃射在了柱子上。此時窗戶破碎了四五扇，殿外月光鋪地，隱約可見幾條黑色的人影手握長弓，利箭紛飛。

王妃雖驚不亂，柔韌的身子在箭雨中左搖右擺，每每於呼吸之間避開利箭的射殺。箭鏃密集，她怕誤傷了麴德勇，也不敢靠近，那刺客看來是只想要射殺她，並不朝麴德勇放箭。

王妃雖然避過利箭，但一直關切著麴德勇，憂心如焚。一名刺客似乎看了出來，長弓調轉方向，一箭朝麴德勇射了過去。借著月光，箭鏃宛如一道銀色的電光呼嘯而來，王妃駭然色變：「德勇——」

她不顧一切地撲了過去，只堪在利箭射到之前撲在麴德勇身上。噗的一聲，利箭射入王妃的後腰，王妃一聲慘叫，隨即又是一箭射進了她的後背。王妃掙了一掙，淒涼地笑了笑，伏在麴德勇的身上，不動了。

鮮血從王妃的口角溢出，流在麴德勇的臉上。王妃努力伸出手，溫柔地擦拭著他臉上的鮮血：「德勇，咱們要死了！要乾乾淨淨的，別弄髒了臉，免得……免得我在地獄裡找不到你……」

正擦拭著，王妃的手忽然停了下來，因為她看見麴德勇的眼睛又慢慢地睜開了，瞳孔一片血紅。

庭院中月華如洗，充滿西域風情的宮殿映照著月光，顯得如夢似幻，玄奘走在月光下，有如行走在夢境裡。這一刻，不知為何，他竟有些恍惚。

宮牆的門早已被麴智盛拆了，一路上暢通無阻。宮室裡燈火通明，門虛掩著，裡面隱約有人影在晃動，還沒到門口，就聽到龍霜月支的聲音：「三王子，請你不要這般說話，我們如今是你的囚徒，若三王子生氣，便一刀將我們斬了。」

「霜月支……」麴智盛似乎在哭泣，「妳睜開眼睛看我一眼好不好？咱們到底誰是誰的囚徒？很久以前，我就被妳俘虜了，這輩子都是妳的囚徒了！」

「別廢話了！」泥孰大聲叫嚷，「她已經說了不想看見你，你還賴在這裡做什麼？」

麴智盛不理他，繼續哀求著：「霜月支，妳好歹吃一口呀！這都一天一夜了，妳不吃不喝，我……我真的很難受啊！我知道，今日是我讓妳生氣了，我願意接受一切懲罰。妳說吧，若是我的眼睛得罪了妳，我就把它挖出來；我的手腳得罪了妳，我就斬掉它；若是妳討厭聽到我的聲音，我就把舌頭割掉。霜月支，一切我都願意為妳做，只要妳高興。」

「你這人……」泥孰也有些無奈了，「真他媽無賴！」

「三王子，」龍霜月支有氣無力地道，「你不用這般作踐自己。我說過，我焉耆和你高昌，是世世代代的仇敵，我說我愛你，那是在騙你，是為了滅亡高昌。如今，夢醒了，局散了，謊言也破了，你又何必如此？」

「妳騙就騙了，高昌滅就滅了，我統統不在乎！」麴智盛失聲痛哭，「霜月支，我只求妳安好。」

玄奘走到庭院中，便看見宮室裡，龍霜月支躺在胡床上，麴智盛跪在床前嗚嗚地哭著。泥孰咬牙握拳，在一旁踱來踱去，偏生沒有一點辦法。玄奘嘆了口氣，沒有進去，凝望著西域的夜空默默地長嘆。

「何必如此……何必如此……」龍霜月支聲音淒涼，「往事真如一場夢幻。佛家講，一切有為法，如夢幻泡影，如露亦如電。我以前不信，到如今卻不得不信了。我自負謀略，掌控西域風雲，沒想到最終卻給焉耆釀成如此大禍。有多少勇士因為我的愚蠢戰死沙場，有多少孤兒寡婦泣血垂淚。三王子，等我死後，麻煩你割下我的頭顱讓泥孰帶走，交給我的父王，請他替我向焉耆子民謝罪吧。」

「不不不……」麴智盛慌了，「霜月支，妳別嚇我……我放妳走好不好？」他忍痛說出了這句話，隨即哭了起來，「霜月支，妳好好活著，我放妳走，我再也不糾纏妳了！妳不要死，妳要是愛泥孰，就嫁給他吧！」

泥孰有些驚訝，對麴智盛的觀感倒有些改變了。

龍霜月支卻閉上了眼睛：「三王子，你放我走，我又能去哪裡？回到焉耆接受子民的唾罵嗎？罷了，咱們之間，原本就是一場戰爭，我若死在你宮中，或許算是戰死沙場吧！」

「這……這這……」麴智盛澈底慌了。

玄奘嘆了口氣：「公主，妳既然知道一切有為法，如夢幻泡影，為何看不穿這榮耀與恥辱？」

「法師來了？」麴智盛回過頭，一看見玄奘，頓時如尋著了救命稻草，跌爬著過來，「法師，法師，霜月支要絕食，您救救她吧！」

泥孰向玄奘躬身施禮，玄奘合十還禮，然後走到床榻前。一日前英姿颯爽，集美貌與智慧於一身的龍霜月支，此時面色蒼白，嘴脣開裂，整個人已經憔悴得不成模樣。

「公主，」玄奘道，「貧僧剛從高昌王那裡過來，焉耆三國的傷者，他已經命人好生診治，待到傷勢好轉，便會送回焉耆。而戰死者也已妥善安置，陛下承諾，會將他們的遺體送歸故里。」

龍霜月支閉著眼睛，半晌才幽幽一嘆：「如今想想當初在交河城外對法師的狂妄，真是可笑無比。」

「公主，菩薩畏因，眾生畏果。為何菩薩畏因？因為菩薩成就了大智慧，他知道什麼樣的因會種下什麼樣的果。而眾生呢，雖然自負智慧，卻不足以看透大千世界，直至品嘗到惡果，才會知道當日種下了什麼因。」玄奘道，「公主，妳犯下的錯，是自己種下的因，結成的果。」

「法師說得不錯。」龍霜月支眼角淌出了淚水，彷彿一朵柔弱的花，飄零在夜風中。

「公主，為什麼而苦？」玄奘忽然問。

「為焉耆而苦。」龍霜月支道。

「那便捨卻焉耆。」

「為我自己所苦。」

「那便捨卻自己。」

「如何捨？」

「不思得。」

「如何不思？」

「尋妳自己。」

「我在哪裡？」

「孩提夢中。」

「夢中有何物？」

「公主，貧僧給妳講一個故事吧！從前，貧僧與友人行於道上，路邊有一個幼兒在玩耍，自娛自樂，自由自在。友人問他：『你與我一樣是人，為何你這般快樂，而我如此勞苦？』幼兒答道：『你懂得和泥巴嗎？』」玄奘問，「公主，妳懂得和泥巴嗎？」

龍霜月支慢慢睜開了眼睛：「那是幼兒玩的東西，我如何會？而且我一國公主，豈能去碰那等東西？」

玄奘笑了：「那麼，當妳年幼之時，見有同齡玩伴在和泥巴，不曾羨慕嗎？」

龍霜月支似有所悟。

玄奘嘆道：「公主，成年人為何不能如幼兒般快樂？因為他年歲漸長，從這世上拿走了一些東西，從自己身上又丟掉了一些東西。正如妳堂堂公主不能碰泥巴一樣，妳為自己套上了焉耆國運的枷鎖，自然便丟掉了普通人的歡樂。」

龍霜月支默然良久，才慢慢道：「法師，我懂了，也許我該去尋我真正想要的東西。」

麴智盛急忙舉起了手：「霜月支，我陪妳去。」

「多謝三王子，」龍霜月支搖搖頭，「如果你允許，我希望能一個人離開這裡。離開高昌，也離開焉耆，在大漠與雪山中，尋找我丟失的東西。」

麴智盛傻了，半晌才喃喃道：「霜月支，我沒有別的奢望，只想陪伴妳，哪怕做妳的奴隸，哪怕妳不看我一眼，不跟我說一句話，只要能讓我默默地跟著妳，為妳牽馬墜鐙，那也是好的。」

龍霜月支不說話，眼角淌著淚，默默地搖頭。

泥孰也急了：「霜月支，妳和法師說的我聽不大懂，可是……可是妳不用去別的地方呀！妳不想回焉耆，可以去我的部落呀！在那裡，整個大漠雪山都屬於妳。」

龍霜月支沉默著搖頭。

「可……可咱們有婚約！」泥孰急紅了臉。

「泥孰，我想問你一個問題。」龍霜月支掙扎著從床上下來，凝視著他。

「嗯嗯，妳問吧，霜月支。」泥孰急忙點頭。

「我早年喪母，父王雖然寵愛我，但他性子粗疏，從我幼年起便請了無數人教我宮廷禮儀，看到我懂事的樣子，他便覺得滿足。長大後，我殫精竭慮為父王謀劃國策，鎮壓異己，在各國間縱橫捭闔，諸王都稱我為西域鳳凰。父王很開心，他希望我能嫁給你，為焉耆換一個輝煌的國運。」龍霜月支凝視著他，「我的問題就是，我算什麼？父王養育我，是因為愛我，還是為了焉耆？我努力讓自己成為最優秀的公主，便是為了嫁給一個男人，成為他無數妻子中的一個，等他死後再嫁給他的兒子或者兄弟嗎？泥孰，請你告訴我！」

泥孰張口結舌：「可……可每個人的婚姻不都是這樣的嗎？」

「我不同。」龍霜月支驕傲地揚起了下巴，「因為，我是焉耆的鳳凰，所以，我要有自己的人生。」

說著，她慢慢朝宮殿外走去，兩個男人淒涼地望著她。麴智盛忽然跪倒在地，嘶聲大叫：「霜月支，我就這樣失去妳了嗎？」

龍霜月支不答，一步步地走出大殿，走到月光下。明月照耀著潔白的衣衫和曼妙的身姿，她似乎要融化在月光裡。

「霜月支，」麴智盛放聲大哭，「我這一生都是為了等待妳，既然今生等不來，那我就來生再求！霜月支，妳不要改變了模樣！」

說著，他從旁邊抽出一把彎刀，直插小腹。玄奘大駭，但阻止不及，泥孰手急眼快，一腳將他的彎刀踢飛，喝道：「麴智盛，就你這副孬樣，值得霜月支愛你嗎？」

麴智盛愣住了，他就這麼跪著，痴痴地凝視著龍霜月支的背影，再也沒有說話。

玄奘搖頭不已，卻沒說什麼，這般痴戀哪怕是最高深的佛法，也無濟於事吧？

就在龍霜月支走出院子的時候，外面忽然傳來雜沓的腳步聲，間或還有鐵甲和兵刃的碰撞聲。泥孰大吃一驚，生怕龍霜月支有事，急忙提著彎刀跑了出去，護在她面前。

隨即一隊宿衛飛奔進來，也不理會泥孰，大聲喊：「法師，法師在嗎？」

玄奘急忙出來：「阿彌陀佛，貧僧在這裡。」

「法師，出大事了！」為首一人施禮道，「有人想襲擊二王子，王妃寢宮正在血戰，陛下請您趕緊過去。」

寢宮院內，屍體枕藉。

玄奘抵達的時候，一場搏殺剛剛結束。院子裡躺著十幾具屍體，其中五名身穿黑衣，身上還背著箭筒，看來便是刺客了。剩下則是宮中的宿衛，足有七八具之多，大部分是被利箭射殺。

麴文泰一臉鐵青，在小太監的攙扶下站在院子裡，周圍簇擁著大批宿衛，燈籠火把將整個庭院照耀得如同白晝。

玄奘急匆匆地跑了過來，麴智盛、龍霜月支、泥孰也跟了過來。麴文泰見玄奘到了，蹣跚地走過來施禮：「法師來了。」

「陛下，」玄奘急忙問，「發生什麼事了？」

「唉！」麴文泰先是瞧了一眼麴智盛和龍霜月支，將玄奘拉過一邊，低聲道，「法師，您真是神算。弟子原本聽您的話，沒有擅自來看望德勇，就在寢宮等您。可隨後朱貴來報，說有黑衣人潛入王妃所在的寢宮。弟子急匆匆帶人趕來，遭遇刺客阻擊，好容易才將這些人斬殺。這會兒朱貴已經帶人衝進寢宮了。」

「陛下莫要驚慌。」玄奘點點頭，「所有的事情都會在今夜結束，貧僧已經安排好了，必定能保護陛下。」

「有勞法師了。」麴文泰信賴地點頭，「張雄的騎兵已經調動，隨時聽候法師的命令。」

「請大將軍暗中控制王宮的出口，還有各處的井渠密道，不要讓一人漏網即可。」玄奘感慨，「貧僧之所以憂心，是因為不知道他的計畫，但如今動用的是刺客而不是軍隊，說明規模不會很大。」

「明白。」麴文泰急忙叫過心腹太監，叮囑了一番，那太監領命而去。

這時，朱貴率領宿衛從寢宮跑了出來，宿衛們抬著兩扇門板，都是一臉驚慌；朱貴更是整張臉都皺到了一塊兒，看起來又驚又怕。麴文泰頓時慌了，掙脫攙扶的小太監，疾步走上去：「如何？如何？德勇有沒有事？」

「陛下，刺客已經肅清。」朱貴聲音顫抖，「二王子沒事，可……可王妃已經被射殺了……」

「哦，」麴文泰鬆了口氣，「那賤人，死了就死了吧！」

宿衛們把兩扇門板並排放在地上，一邊是麴德勇，一邊是王妃。麴德勇牙關緊咬，額頭青筋綻出，氣息粗重，但人還在昏迷中；王妃側臥在門板上，渾身都是鮮血，背上還插著兩枝利箭。

麴文泰看也不看王妃一眼，立即蹲在麴德勇面前，伸手撫摸他，低聲呼喚：「德勇……德勇……對了，」他急忙回頭叮囑，「快去把本王延請的那些名醫找來！快快快！」

當即有小太監撒腿就跑。

麴德勇彷彿承受著極大的痛苦，努力掙扎，但手腳似乎被無形的東西束縛著，一動不動。麴文泰看得憂心忡忡，轉頭問玄奘：「法師，德勇這是怎麼了？」

玄奘正蹲在王妃身邊檢查，聽到他的話，愣了一下，低聲道：「陛下，王妃還活著。」

麴文泰啞然，看了王妃一眼，果然發現她的睫毛還在顫動，手指也輕輕地動著。麴文泰的怒火勃然而起，但玄奘就在旁邊，他只好按捺情緒，道：「法師，這個女人害我如此之深，弟子實在是……」

「貧僧知道。」玄奘勸解，「我昔所造諸惡業，皆由無始貪嗔痴。此事陛下也未嘗沒有錯處，事已至此，還是先把人救過來再說。」

玄奘這話說得甚重，麴文泰是佛家居士，自然懂得。這兩句話出自《華嚴經》，意思是說，你與她以前所造的諸般惡業，無論是有意還是無意，都是源於自己的貪嗔痴念。後面還有兩句，玄奘沒有說出來：從身語意之所生，一切我今皆懺悔。如今你該後悔那些罪孽，真心實意去懺悔。

麴文泰知道玄奘是給他留面子，只好悶悶地點頭答應：「弟子曉得了。」

這時，王妃嘴唇一張一合，似乎在說著什麼。玄奘俯下耳朵，王妃的眼睛慢慢睜開，淒涼地看了一眼旁邊的麴德勇，喃喃道：「小心……」

「什麼？公主，妳說什麼？」玄奘沒有聽清楚。

「小心……德勇……」王妃掙扎著道。

玄奘愣了一下，還沒反應過來，忽然朱貴一聲驚呼：「陛下，小心！」

麴文泰愕然回頭，只見門板上的麴德勇不知何時睜開了雙眼，眸子裡一片血紅。他嘶吼一聲，有如僵屍仰面坐起，雙手嗙地扣住了麴文泰的脖子！

「德勇——」麴文泰大為驚駭，雙手推著他，朝四周喊，「快救本王！」

宿衛們倏地圍過去要將兩人扯開，不料麴德勇有如野獸一般，張開白森森的牙齒，瞬間一口咬了下去。麴文泰伸出胳膊抵擋，麴德勇一口咬在他胳膊上，頓時鮮血噴湧，麴文泰一聲慘叫，麴德勇趁機將頭拱進他脖頸，尋機要咬斷他的脖子。麴文泰一把摟住他的頭，狠狠將他的嘴巴按在自己脖子旁邊，兩人就這麼摟抱著，翻來滾去。

麴智盛、龍霜月支、泥孰等人早已看呆了。

玄奘沒想到會發生這種事，急忙喊著：「快！快！分開他們！」

但兩人摟抱得太緊，根本分不開。麴文泰被麴德勇壓在下面，他最近一直生病，身體虛弱，根本抵擋不住麴德勇狂猛的力量，很快那牙齒就要咬到脖子了。麴文泰面孔漲得通紅，卻沒有絲毫辦法。

只見朱貴從一名宿衛手裡奪過彎刀，倒轉過來，把刀柄塞向麴文泰的手裡：「陛下，拿刀！」

玄奘一怔，頓時臉色大變，叫道：「不可——」

朱貴朝他瞥了一眼，卻還是將刀遞了過去。

麴文泰被掐得幾乎窒息，本能地拿過彎刀，隨手刺了出去。噗的一聲，那刀刺進了麴德勇的胸口。原本麴德勇正要一口咬斷麴文泰的頸部動脈，忽地刀鋒刺入前胸，他渾身一顫，頓時沒了力氣。麴文泰使勁推開他，驚魂甫定地滾爬到一邊，一屁股坐在地上，看看自己手中的彎刀和鮮血，又看看渾身鮮血的麴德勇，一時間竟嚇得呆住了。

玄奘也驚呆了，他知道，自己犯了個錯誤，一個天大的錯誤！

「德勇……」門板上，王妃流著淚親眼見證了這一幕，喃喃地呼喚著。

也許是因為王妃的呼喚，也許是因為這一刀刺入體內的劇痛，麴德勇似乎清醒了過來，他艱難地撐起胳膊，摸了摸胸前的傷口，望著麴文泰，露出苦澀的笑容：「父王……咱們的仇怨……了了吧？」

「德勇——」麴文泰嘴唇哆嗦著，只知道傻傻地看著手中的刀，「怎麼會這樣？怎麼會這樣？」

麴德勇隨後凝視著王妃，眼神裡透出無限的溫柔，艱難地朝她爬了過去，身下拖出長長的血痕。王妃也翻身滾下門板，掙扎著朝他爬了過來。誰都沒有動，這對大逆不道的亂倫戀人，此刻卻給人一種說不清道不明的味道。

地上的兩條血痕慢慢地會合，麴德勇攥住了王妃的手，一寸寸地挨到她身邊，王妃將他抱在懷裡，滿足地嘆了口氣：「德勇，咱們到底還是死在一起了。」

「是誰……是誰傷了妳？我……我要殺了他……」

「玉波，」麴德勇躺在她懷裡，大口喘著氣，嘴裡咕嘟嘟地冒著血沫，「是誰……是誰傷了妳？我……我要殺了他……」

「不要問了。」王妃將自己的臉貼在他臉上，「歸根究柢，咱們都做了別人的棋子。這會兒要死了，就不用計較了。德勇，我真的很幸福。」

麴德勇的目光漸漸渙散，聲息低了下去：「我也是……」

王妃憐惜地將他臉上的血汙擦得乾乾淨淨，嘴裡慢慢地吟唱著：「吾家嫁我兮天一方，遠託異國兮烏孫王。穹廬為室兮氈為牆，以肉為食兮酪為漿。居常土思兮心內傷，願為黃鵠兮歸故鄉……」

歌聲淒涼，月光澄澈，那歌聲彷彿揉碎在月光裡，一片片沁入眾人的心坎。

「德勇，陪我回家吧！」王妃的頭慢慢靠在麴德勇的肩上，一動不動了，臉上仍舊帶著笑容。

第十八章　一個人，掌控娑婆世界

「德勇——」麴文泰嗚咽一聲，撲了過來，他想把王妃的屍體推到一邊，但兩人抱得太緊，竟扳不動。麴文泰只好抱著麴德勇的半邊身子，放聲痛哭。這是他一生最心愛的兒子，耗費了他無數心血，也是整個王國未來的希望，如今，卻變成一具冰冷的屍體，躺在他的懷中。麴文泰涕淚縱橫，滿頭的白髮不停地顫動，嗓子都嘶啞了。眾人不忍目睹，默默地垂淚。

「陛下，」朱貴走了過來，「陛下要節哀才是。」

「是我……是我親手殺了德勇……我殺了他！」麴文泰號啕痛哭，「為什麼？為什麼會這樣？上天啊，你為何要這般懲罰我？我到底犯了什麼錯！」

「陛下，」朱貴卑躬屈膝地站在他身後，低聲道，「老奴知道。」

麴文泰一怔，正要回頭，朱貴臉上露出獰笑，手中突然多了一把短刀，閃電般刺進了麴文泰的後心，直沒刀柄。

「啊——」麴文泰大叫一聲，身子一傾，撲通倒地，後背還插著短刀。

「伴伴！」麴智盛忍不住驚呼。

玄奘這時早有防備，衝上去一把拉住麴文泰的胳膊，將他扯到了一邊。周圍的宿衛也倏地上前，保護好麴文泰，將朱貴團團包圍。無數的彎刀弓箭，月光下，映得朱貴臉上斑駁不定。

朱貴卻毫不在意，佝僂的身子慢慢挺直，渾身上下散發出一股山嶽般的氣度。

「朱總管，原來貧僧一直高看你了。」玄奘苦笑著嘆道。

「哦？」朱貴笑了笑，「我也知道法師瞧出了我的祕密，可您為何高看了我？」

「因為，我一直摸不準你的目標。」玄奘嘆氣，「貧僧以為，你如此高深的謀略，必定志在天下，目標應該是高昌的江山，沒想到你僅僅是要刺殺陛下。」

朱貴哈哈大笑：「法師，您的確高看我了。對我來說，快意天下，豈能比得上快意恩仇？」

「哦？」玄奘問，「你跟陛下有什麼仇怨？」

朱貴嘲弄地望著他，伸手一指麴文泰：「你問問他。」

「朱貴——」麴文泰嘶聲大叫，「你這個狼心狗肺的東西，本王待你不薄，你為何刺殺本王？」

「是啊！」麴智盛也慌亂地跑了過來，「伴伴，父王待你不薄，你怎麼能殺他呢？」

朱貴凝視著麴智盛，忽然一巴掌搧在他的臉上，把麴智盛打糊塗了：「伴伴——」

「跪下！」朱貴大喝道。

麴智盛眨著眼睛，納悶地看著他。這番變化連麴文泰都看呆了，和玄奘對視了一眼，都有些不解。

「三王子，老奴讓你好好看看。」朱貴從懷中掏出一卷絲帛，慢慢地展開。那絲帛甚薄，從背面也能看清，而且，看起來只是一卷，卻越展越長。

朱貴將一頭交給了麴智盛，另一頭遞到泥孰手中：「大設，麻煩您來展開。」泥孰依言拿著絲帛的另一頭，和麴智盛合力展開，眾人這才看清，上面竟然畫著十餘幅畫！

「伴伴，這……這是什麼？」麴智盛不解，「跟你殺我父王，有什麼關係？」

朱貴端詳著第一幅畫。這幅畫色彩鮮豔，畫工細膩，畫的是一座城池下的戰爭場面，手持彎刀、頭纏白布的波斯戰士和面目扁平的突厥戰士正在攻打一座城池。畫面上屍山血海，狼煙滾滾，整個場面很是慘烈。

「三王子，想必你也知道，你母親是嚈噠的公主。」朱貴憐愛地看著麴智盛，講解道，「這座城池便是如今的吐火羅城，六十多年前，嚈噠人偉大的都城！我們嚈噠人是鮮卑族，祖祖輩輩生活在金山的大草原上。兩百年前，我們的祖先開始向西遷徙，他們滅亡了貴霜帝國，向西打敗了當世最為強大的波斯帝國和拜占庭帝國，向東打敗了天竺人，在阿姆河的兩岸建立起西域最強大的國家。然而，正如佛家說的造化無常，僅僅過了一百多年，嚈噠國勢衰微，在波斯和突厥一西一北的聯合夾擊下，終於滅亡了。族人們四散逃逸，我的家族是王宮的將軍，便保護著王室的血脈在西域顛沛流離，我和你母親就出生在逃亡的路上。」

麴智盛似懂非懂地看著，點了點頭。朱貴又指著第二幅畫，上面是個美麗的少女，騎著駿馬，帶著一群恓恓惶惶、艱難跋涉的旅人，馳騁在草原與雪山之間。

「這……」麴文泰望著那幅畫，臉上露出吃驚的神色，「這是貴娜！」

朱貴沒搭理他，溫和地瞧著麴智盛：「三王子，這便是你的母親。你母親是王室唯一的血脈，高貴的嚈噠公主，我比她大十歲，從小就陪伴著她。在我的眼中，她便如同我的親人。當我的家人一一戰死，他們給我留下的遺命，就是要我保護公主，伺機復國。可是在我看來，復國有什麼打緊？那麼強大的國家，還不是說滅就滅了？我最大的信念，是要照顧好公主，讓她幸福快樂地度過今生，不再遭受滅國之痛，人生之苦。」

這個看法麴智盛極為贊同：「是啊，伴伴，當國王真沒什麼好的，還是找個相愛的人過完今生才要緊……」

他望了一眼龍霜月支，黯然神傷。

朱貴打斷他：「三王子，你聽我說。公主她並沒有復國的野心，我們在西域流浪，走過一個又一個國家，她似乎也喜歡上了這種生活。她說，將來她一定要走到最東方的大隋去看看，聽說那裡是絲綢的故鄉，美麗的瓷器像皎潔的月光。她喜歡漢人的笛子，說那笛聲如同阿姆河上的波紋，她最大的心願就是嫁給一個會吹笛子的漢人。可是，那一年，我們來到了高昌，一切都變了。」

第三幅畫，是那個少女帶著她的族人來到了高昌城外。

麴智盛一一看過去，第四幅是那個少女和她的族人在街市上販賣羊毛，一名身穿黑色華貴漢服的年輕男子傾慕地凝視著她。麴智盛端詳了麴文泰一眼，篤定地點點頭：「這個是我父王。我知道，她嫁給了父王。」

玄奘也向麴文泰看去，果然，那華貴漢服的年輕男子與麴文泰頗為相似。麴文泰苦笑一下，疲憊地坐在地上，背靠著牆壁呼呼喘息。他身邊早擁過來一群名醫，七手八腳地幫他療傷。

朱貴凝視著那幅畫，道：「麴文泰那時還很年輕，突厥王妃剛剛去世，他一見你母親就驚為天人，發誓要娶她，可是你母親只想帶著自己的族人去往東方的大隋。於是麴文泰就告訴她，只要她願意嫁給他，他就在高昌國劃出土地，供嚈噠人居住，並且庇護我們。高昌國一直是突厥的屬國，而我們受到突厥的追殺，你母親沒想到一個世子竟然有如此勇氣，敢於收留突厥的仇人。她一時感動，便答應了。」

其後的幾幅畫一一展現了這些過程，王宮裡舉行了盛大的婚禮，世子與公主互相依偎，極為甜美。

「是這樣啊，然後便有了我。」麴智盛道，「而且父王說，他和母后感情也一直很好。」

「很好嗎？」朱貴眼睛裡冒出火焰，憎惡地盯著麴文泰，「當然很好了，麴文泰終於有了發洩之人，他當然認為很好。婚後僅僅一年，麴文泰的嘴臉就暴露無遺，他這個人生性狂躁，卻喜好名譽，平日裡做出溫文謙恭的表象，博得百姓的讚頌，時間久了，惡毒的天性無處發洩，便發洩到你母親的身上！」

朱貴指著下一幅，畫的風格變了，陰森，冷鬱，在一座金碧輝煌的宮殿裡，潔白的婚床上，麴文泰滿臉猙獰，揮動著皮鞭，狠狠地抽打公主。鮮血迸飛，美麗的軀體上鞭痕密布。這幅畫的畫功極為了得，氣氛營造極為真實，連人物最細膩的表情都展露無遺。

麴智盛看得不禁嚇住了。眾人都向麴文泰看過去，他剛挨了一刀，臉色慘白如紙，神情卻黯然無比，想來並不是朱貴胡說。

後面那幅則是個中年男子，揮刀斬向自己的下身，鮮血淋漓，他的臉上露出無窮的痛楚。

「這個中年男子便是我。」朱貴淡淡地道，「我知道你母親在宮中過得不快樂，便想去陪著她，盡量讓她免於被虐待。但高昌國實行的是漢制，入宮男子需要淨身，於是我就閹割了自己。」

「伴伴！」麴智盛感動地看著這個從自己一出生就陪著自己的老太監，眼圈有些發紅，「你對我們母子的大恩，我真是……」

朱貴長嘆：「你母親是嚈噠唯一的公主，你便是嚈噠王室唯一的血脈，我從小看著你長大，與我的親人有什麼區別？」

「那你入宮後呢？」麴智盛急忙往後看。

後面的畫更加殘酷，公主日復一日地遭受著無法言喻的虐待和凌辱，甚至有一次朱貴跪下磕頭，磕得頭破血流也無法阻止。麴文泰如同發瘋的惡魔一般，在外溫文爾雅，在家裡便喪失理智，用盡一切匪夷所思的手段向公主施暴。

玄奘目不轉睛地盯著那些畫，他雖然距離遠，但結合朱貴的講解，卻也能感受到那種淒涼的痛苦。想起前幾日他對宇文王妃的虐待，玄奘才知道，他對妻子的暴虐竟是天性，數十年來以此為樂！

麴文泰呆呆地看著絲帛畫，蒼白的臉上淚水縱橫，羞愧地低下了頭。

麴智盛一邊看著畫，一邊顫抖，有些畫面實在過於血腥，讓他不忍再看。到了最後一幅，他不禁嚇呆了，大聲叫道：「伴伴，我娘她……她竟然是自殺的？」

玄奘也吃了一驚，果然那最後一幅畫中，嚈噠公主滿臉絕望，揮刀割下了自己的頭顱！朱貴一手抱著還在襁褓中的嬰兒，一邊痛哭失聲。

「陛下！」玄奘忍不住對麴文泰有些惱怒。

麴文泰滿臉羞愧：「法師，弟子……」他哆嗦了半天，最終什麼也沒有說出口，哭道，「弟子也不知道，為何一回到家中，就變成了惡魔！」

「是！」朱貴忽然暴怒了起來，「來人，抬上來！」

眾人都有些詫異，隨後寢宮的院子外忽然響起沉重的腳步聲，眾人驚訝地回頭，只見十幾名太監合力抬著一具巨大的石棺，步履蹣跚地走了過來。玄奘更加震駭，朱貴為了今晚看來是煞費了苦心，竟然讓人把棺材都準備好了。

太監們把石棺放在了地上，一個個累得氣喘吁吁。

朱貴悲哀地望著他們：「眾位族人，今日局已了，命已終，咱們誰都走不了了。」

這時眾人才注意到，這些太監一個個高鼻深目，竟然都是嚈噠人。

一名太監笑了笑，從腰裡抽出一把彎刀，二話不說，朝著脖子一割，瞬間切斷動脈，鮮血奔湧。他含笑將刀遞給了另一人，然後自己一頭栽倒，就此斃命。

另一名太監也是二話不說，揮刀自刎。短短的時間內，十幾名太監全部揮刀自殺，由始至終竟然沒有人發出一絲聲響，沒有人有過片刻猶豫！

眾人目瞪口呆地看著，從脊骨到脖頸冒出森森的冷氣。世上竟然有這種死士！

但同時眾人也好奇起來，那石棺裡到底藏著什麼？竟讓這十餘名熱血死士以身相殉？

太監們死光後，朱貴臉上流著淚，上前掀開了棺蓋，麴智盛壯著膽子，走上前一看，頓時駭然色變，幾乎昏厥。

眾人全都好奇起來，這石棺內到底是什麼？

朱貴獰笑著，大踏步朝麴文泰走來。麴文泰一臉驚慌：「你……你要幹什麼？攔住他！攔住他！」

宿衛們用刀劍對準朱貴，但朱貴仍舊一步步走到麴文泰身前，直到刀劍刺入胸膛才停了下來。他怨毒地凝視著麴文泰：「陛下，想知道棺材裡是什麼嗎？我可以告訴你，那裡面，便是陪伴你數年，與你同床共枕，享盡魚水之歡的嚈噠王妃！」

「不可能！那不可能！」麴文泰早已嚇呆了，語無倫次地嘶吼著，「她都死了二十年了！」

「她死了一百年，我也要將她的屍身保存下來！」朱貴放聲痛哭，「因為，我要讓她的冤屈，令天下人都看到！三王子，知道我為何要將你母親的屍身保存下來嗎？就是要讓你看看她身首分離的慘狀！這世上有誰能夠一刀斬斷自己的頭顱？你也見過殺人，人的頸部雖然脆弱，卻也堅韌無比，多少勇士和劊子手砍掉別人的頭顱，往往拚盡全力也得砍上兩刀。可你母親，她一刀就斬斷了自己的脖子！這要有多深的絕望，多深的怨恨？」

玄奘等人駭然色變，那裡面竟然是嚈噠公主身首分離的屍體！

麴智盛目光呆滯，貼著石棺慢慢地坐到了地上。

「從那一天起，我就發誓，一定要報仇！我一定要報仇！」朱貴大哭，「她是公主啊！她是我們嚈噠人高貴的公主啊！可就這樣被一個賊胚活生生地折磨死了，你說，我該不該報仇？」

所有人都沉默無語，連宿衛們的刀劍也垂了下來。

「這個仇恨，我積累了二十年，籌謀了二十年，我苦心孤詣，默默積聚。」朱貴慢慢地訴說著，「麴文泰，我若要殺你，隨時隨地能將你斬於刀下；我若要你高昌滅亡，也不過揮手之間。」

麴文泰等所有高昌人都不禁打了個寒顫，誰也不能否認朱貴的話。這些事如果他要幹，真是太簡單了。哪怕不處於朱貴這種總管的高位，有嚈噠人做後盾，便是一個普通人籌謀二十年要做一件事，也會擁有毀天滅地的力量。

「那你為何不報復我？」麴文泰顫聲問。

「因為，」朱貴獰笑，「我要讓你嘗到天上地下最大的痛苦，讓你國破家亡，讓你眾叛親離，讓你斷子絕孫，還要讓你親手殺掉自己最疼愛的兒子，然後讓你在痛苦與瘋狂中死去！」

「你這個魔鬼！魔鬼！」麴文泰嘶聲大叫。

朱貴對他的話置若罔聞，溫柔地望著麴智盛：「我是魔鬼嗎？若僅僅是魔鬼該有多好，這個仇我早就報了，也不用受這二十年的煎熬。可惜，我心中也有捨不下的愛，所以，我要做的事，就是天上地下最困難的一件事。一方面，要讓你嘗遍人世間的痛苦，一方面，我還要讓三王子一生幸福。讓他無憂無慮，隨性自在，幸福快樂地度過這一生。」

「伴伴，我……」麴智盛呆呆地望著他。

朱貴蹒跚地走過去，撫摸著他的頭髮，一臉慈愛：「三王子，我之所以要等上二十年，就是要讓你長大成人，能夠承受這世上的風雨啊！你生性恬淡，不貪財，不慕色，沒有王侯的野心，灑脫自在，無憂無慮。我原本以為，你會快樂地過完這輩子，哪知道……」他苦笑不已，「哪知道，你會愛上焉耆公主！」

麴智盛望了龍霜月支一眼，滿臉通紅：「伴伴，對不起，我不知道你對我的期望。」

「無妨。」朱貴揮了揮手，「愛了就愛了，你是男子漢，敢愛敢恨，我高興還來不及，又怎麼會失望？但你這樣一來，可就給我出了個大難題。莫說焉耆高昌兩國世仇，單單龍霜月支是什麼角色，又豈會嫁給你？這些年，我愁白了一半的頭髮。」

麴智盛羞愧不已：「伴伴，大家說我是癩蝦蟆想吃天鵝肉……」

「放屁！」朱貴勃然大怒，「你是我嘅噠人的王子，身分何等高貴，又豈是區區焉耆公主配得上的？哼，你既然愛上她，那我就讓你得到她，三王子，只要你能夠幸福，老奴沒有什麼不能給你的，也沒有什麼是做不成的！」

眾人面面相覷，這朱貴是失心瘋了吧？怎麼敢說出這種狂言？

龍霜月支卻悚然一驚：「你……你騙我！」

朱貴微笑起來：「公主，我自然是在騙妳。」

兩人彷彿打啞謎一般的對話，讓眾人有些不解，看著龍霜月支臉上又驚又怒又羞的神情，納悶不已。

「這些年，三王子痴愛妳，我一直沒有好辦法。正好，那日在伊吾，三王子得到了那只大衛王瓶，傳說能召喚魔鬼，許下三個心願，於是我心中就有了主意。」朱貴凝視著麴智盛，微笑著，「三王子，那大衛王瓶我雖然搞不清楚到底是什麼東西，但我確定其中並無魔鬼。當日你研究大衛王瓶，將鮮血滴入瓶中，冒出一股黑煙，魔鬼現身，你知道那是為何？」

麴智盛傻傻地搖頭。

「那是我故意設計的手段。」朱貴轉向玄奘，嘆道，「法師，您的確了得，竟然僅僅透過推論，便將我令魔鬼現身的手段分析得一清二楚。」他嘴唇緊閉，聲音卻清晰地傳入眾人耳中，「我的確會腹語，二十年前，我們嚈噠人流浪西域，我便是以表演幻術來養活族人，因而學得了這手腹語。」

玄奘仔細聽著，明知道是朱貴在表演腹語，但耳朵卻無法分辨聲音的來源，禁不住嘖嘖稱奇：「這手奇術，比當初貧僧見過的法雅和尚，更是強上許多。」

朱貴笑了：「那黑煙也的確如法師所說，是來自天竺的香料，專門用來表演幻術。我曾在犍陀羅遇見一位天竺奇人，名叫那邏邇娑婆寐，此人是我見過最神異的術士，從他那裡，我學到了這種控制煙霧的幻術，並用一百枚金幣，換了三兩香料。」

「你為何要設計出大衛王瓶魔鬼現身的假象？」玄奘問。

朱貴瞄了瞄龍霜月支：「當然是為了三王子。那時候，公主從伊吾回國，恰好路過高昌。我便暗中去見她，說大衛王瓶中魔鬼現身，三王子向魔鬼許願，要得到她。龍霜公主當時大笑，極為不屑。」

龍霜月支臉色鐵青，哼了一聲。

「於是，我便向她獻出一套借助大衛王瓶，謀奪高昌的計畫。」朱貴笑咪咪地道，「我告訴她，我不但能幫她謀奪絲綢之路，還能幫她滅掉高昌。首先，她必須假裝受到大衛王瓶的蠱惑，迷失了神智，被麴智盛帶入王宮。如此一來，就能為焉耆提供口實，聚集起敵視高昌的國家，組成聯軍，壓到高昌城下。公主果然心動，這是她等待了多少年的機遇，如今就在眼前，她如何不肯？」

玄奘恍然大悟，對這個老太監又是欽佩，又是忌憚，由衷讚嘆，道：「朱總管，你的智謀當真是天下無雙。當日我雖然猜到幫助龍霜公主的人是你，可我一直以為，你是因為三王子被她掌控在手中，受到脅迫，不得不幫她。貧僧萬萬沒有想到，整個計畫竟然是你想出來的。」

「沒辦法，」朱貴感慨道，「三王子既然想得到龍霜公主，若不改變他們之間與生俱來的分歧，又如何讓他如願以償？當日，我告訴龍霜公主，一定要演得逼真，讓自己真正沉浸在愛上麴智盛的情感中。因為下一步計畫，就是對大衛王瓶第二次許願，我要在三國聯軍大軍壓境的危機下，讓高昌內部大亂，趁機除掉麴德勇和麴仁恕。屆時，麴文泰內外交困，高昌一舉可滅！龍霜公主一聽這個計畫，立刻就答應了。嘿嘿，不愧是西域鳳凰，冒著九死一生的危險，從赭石坡縱馬躍下。她躍入了老奴的圈套，也躍入了三王子的懷中。」

龍霜月支雖然萬念俱灰，但聽到這裡也不禁又羞又氣，她自負智計無雙，縱橫捭闔於西域諸國，又如何能想到會被一個老太監騙得如此之慘？

玄奘也哭笑不得，他一直以為和自己鬥來鬥去的對手是龍霜月支，哪裡想到這竟然是個連環計。老太監將龍霜月支推出來站在臺前，自己卻在幕後掌控著一切。想起這些天驚心動魄的事件，玄奘忍不住打了個寒顫，這老太監，實在太可怖了。

「朱總管，」玄奘忍不住問，「你雖然讓龍霜公主主動來到了三王子身邊，可公主明明是欺騙他的，又如何能與三王子真心相愛？」

朱貴笑了笑，溫和地凝視著麴智盛：「三王子是天上地下最好的人，他仁慈，和善，體貼，痴情，相貌又英俊，誰家姑娘會不喜歡？霜月支之所以不會愛上他，一者是因為兩國的矛盾，二者是因為她沒有見識到三王子的好。老奴所要做的，就是破除這些障礙，先讓他們在一起。哪怕開局是陰謀與欺騙，老奴相信，結局一定是痴愛與廝守。三王子的痴與愛能穿透一切，霜月支最終必定會被三王子感動，死心塌地地愛上他。您瞧，現在不就挺好嘛，霜月支已經愛上我家王子了。」

玄奘哭笑不得，這老太監，心思也太深沉了。

「呸！」龍霜月支臉色漲紅，瞥了麴智盛一眼，「誰愛上他了？」

「沒有嗎？」朱貴笑咪咪地道，「公主，妳掩飾雖深，卻瞞不過老奴的眼睛。當日三王子去井渠搭救玄奘法師，妳為何發那麼大的火？」

「我……我是怕這傻子進了井渠，被王妃的流人幹掉！」龍霜月支大聲辯解著，「我計畫未成，還要靠他實現，怎麼能讓他死？」

「是嗎？」朱貴仍舊笑咪咪的，「妳是知道老奴與王妃的關係的，妳以為若沒有十足的把握護他安全，老奴會讓他下井渠冒險嗎？」

龍霜月支瞠目結舌，不知如何回答。

「愛了就愛了，公主，何必掩飾？」朱貴滿意地望著她，「當日妳痛打老奴，對三王子的關切之情溢於言表，那又豈是擔憂計畫失敗？今日妳在天山的火焰熔爐，要陪著三王子一起跳下去。老奴雖然沒有親眼見到，卻也知道，倘若妳還是那個冰冷高貴、高高在上的西域鳳凰，是絕不會被三王子逼到以身相殉的地步的。公主，愛便如那早春的草芽，哪怕妳盯著看，也看不到它如何萌發，可等妳驀然回首，草原上已經野草萋萋了。」

龍霜月支又羞又氣，跺著腳，竟然無法反駁。眼波流轉間，瞟著麴智盛的眼神就有些異樣了。泥孰呆呆地站在一旁，便連他這種粗人，也能看出她的心思。麴智盛卻仍在發傻，膽怯地偷瞟著龍霜月支，頗有些拿捏不定。

「年輕男女，本就是乾柴烈火，他們在人世間擦肩而過，是因為沒有點燃心頭的那把火。」朱貴感慨，「昔日有高僧講法，能令頑石點頭。老奴雖然愚鈍，可苦心孤詣，滴水穿石，卻也能令鳳凰落入凡塵。三王子，老奴能為你做的，也只有這麼多了。人世間的愛，是容不得第三人的力量的。老奴為你破除了兩國世仇的壁壘，為你擊碎了焉耆公主的驕傲，將你們撮合在一起，至於未來如何，還是要靠你自己。佛祖的目光尚且看不穿這三千大世界，老奴所布的局，也只能到這個地步了。」

「伴伴，」麴智盛流著淚，「不管今生能不能與霜月支在一起，我將永遠感念你的恩德。」

「不必了，你是我噘噠人最後的王子，只要你幸福，我彷彿就能看到噘噠人依然快樂。」朱貴意興闌珊，「老奴有兩大心願，一是讓你幸福，一是讓麴文泰痛苦。你的幸福自己去追尋吧，至於他……」朱貴盯了麴文泰一眼，「我弄死了麴仁恕，弄死了麴德勇，可最終竟然沒讓高昌滅亡，著實遺憾。」

「是你？是你害了德勇！」麴文泰聽到這裡，再也忍不住了，大聲怒吼。

「當然是我，」朱貴冷冷地凝視著他，「我說過，我要讓你斷子絕孫，眾叛親離，國破家亡，要讓你嘗到世上最大的痛苦！」

麴文泰憤怒地瞪著他，眼眶都要裂了，一絲絲的鮮血順著眼角淌了出來，形狀極其可怖。他背後插著短刀，那些醫生不敢拔出來，只簡單處理了傷口。但他傷勢太重，稍一激動，頓時傷口又迸裂了，後背鮮血奔湧。

朱貴看在眼裡，快意無比，忍不住哈哈大笑：「我在這高昌王宮二十年，什麼事沒看在眼裡？麴德勇早就和王妃勾搭成奸，有心叛亂。王妃祕密蓄養流人，積蓄力量，難道我不知道嗎？我早在麴德勇的中兵裡安插了無數耳目，將他的一舉一動都掌控在手中。可惜，他只掌握了一部分兵權，忌憚張雄，遲遲不敢叛亂。好，他不敢，那我就幫他一把！那一日，玄奘法師去了交河城，機會終於來了。我趁機請龍霜公主去見王妃，告訴她，只要玄奘法師在交河城出事，張雄和麴仁恕首當其衝，必定受到牽連！」

玄奘這下真有些無語了，這個老太監實在可畏可怖，一連串的計策風過無痕，月落無聲，不知不覺中，所有人都墜入了他的算計，連自己這個路人都逃不過。這種智計比之謀僧法雅也不遑多讓，對細節控制的精密度，甚至猶有過之。

「果然，王妃心動，她一心一意要和麴德勇在一起，碰上這種良機，便趕往交河城，於眾目睽睽之下劫走了法師。」朱貴心滿意足，「出乎我意料的是，她為了坐實張雄的罪狀，竟然借井渠脫身，張雄回來說法師被一陣怪風颳走，頓時惹得群起攻之，順理成章地丟了兵權。麴德勇果然按捺不住，立刻發動叛亂。公主，」他笑容可掬地望著龍霜月支，「妳看，我答應妳的，一一實現了吧？」

龍霜月支哼了一聲，不予理會。

玄奘感慨：「貧僧曾在長安太常寺欣賞過一場宮廷歌舞，數百人翩翩起舞，配合默契，動作如行雲流水。太常寺的官員告訴貧僧，要排練這一場數百人的大型舞蹈，非半年不能成功。一場歌舞尚且如此，總管大人要借助大衛王瓶的第二個心願實現計畫，就必須先讓貧僧被擄，再讓大將軍失去兵權，隨後慫恿麴德勇叛亂，還要借助叛亂，暗中刺殺麴仁恕，最後再置叛亂者於死地，讓麴德勇功敗垂成。這其中細微精密之處實在超乎想像，一個不慎恐怕就是滿盤皆輸，這又豈是龍霜公主這個外國人所能控制的，原來此事從頭到尾都是你的計畫。」

「是啊，法師深知我的苦處。」朱貴也感慨萬端，「這場計畫我籌謀了二十年，要實現它並無難度。其實最大的問題在於，時間上的銜接要恰到好處。」

聽著兩人的對答，麴文泰恍然大悟：「賊胚！原來仁恕也是你殺的！」

朱貴斜睨著他：「老賊，此時你才想明白嗎？哼，殺他一來自然是為了報復你，二來，萬一我的計畫失敗，讓你遷怒於三王子，我如何護得他周全？哈哈，老賊，如今三王子是你高昌國唯一的繼承人了，哪怕你心裡恨得咬牙切齒，也得護住他的周全吧？」

麴文泰看了一眼麴智盛，臉色漲紅，卻作聲不得。

「罷了，原本我是要滅掉高昌國的，可惜事有蹊蹺，那大衛王瓶不知為何竟然真的出現魔鬼，讓三國聯軍慘敗，我也功敗垂成。這樣也好，等你死後，三王子成了高昌王，我嚈噠人的血脈終於占據了一方國土。甚好，甚好！」

他滿足無比，神情陶醉。麴文泰氣得死去活來，卻沒有辦法。

「總管大人，」玄奘問，「貧僧還有一事不解。」

「法師請講，」朱貴道，「今日我大獲成功，自然言無不盡。」

玄奘皺眉思考：「第三次對王瓶許願，讓麴德勇復活，想來也是假象了。那麼，應該是當初麴德勇自殺所用的匕首有問題吧？」

「法師了得。」朱貴笑道，「麴德勇隨身用的那把短刀，早被我換了。那是我用上好的烏茲鋼所打造的，做了些手腳，刀刃足有六寸，但卻可以收縮，進入人體一寸深便會縮進刀柄。所以後來王妃想拔出短刀自殺，我趕緊阻攔了下來。因為一旦拔出，雖然刀刃會彈出，可那上面藥效不夠，王妃死不了啊，那豈非露餡了嗎？」

「高明！一寸深自然不會穿透心臟，」玄奘點頭，「麴德勇當時倒地假死，是因刀上塗有致人昏迷的藥物吧？」

「沒錯。」朱貴當即承認，「那種藥也是我過去從天竺弄來的，名稱我不大清楚。是南天竺人用來狩獵大型野獸的毒藥，進入血液之後，會讓人肌肉僵硬，進入假死狀態，同時摧毀人的神智。等這人復甦後，便是個癲狂的廢物。」

「貧僧明白了。」玄奘點點頭，「你之所以假借大衛王瓶讓麴德勇復活，想來是要他在陛下的面前甦醒，同時因為神智失控而傷害陛下，如此你才能讓陛下親手殺了他的兒子，給予他最大的痛苦。」

「法師真是明白老奴。」朱貴哈哈大笑，「今日的計畫不正是如此嗎？嗯，不錯，不錯，月朗風清夜，恩怨了斷時。老賊，趁著今晚的明月，咱們一起魂歸地府吧！」

「哼，做夢！」一直半躺著的麴文泰忽然在眾人的攙扶下慢慢站了起來。

朱貴愣了：「你……」

「還記得今日在城外戰場上，」玄奘低聲嘆著氣，走了過來，「泥孰劈飛了你的短刀，貧僧撿起來送還給你。那時，貧僧便用插在麴德勇身上的短刀，換走了你身上的。」

朱貴驚呆了：「你是說……我刺殺麴老賊的短刀，是那把機關刀？」

「沒錯。」玄奘點點頭，「嚈噠人的鍛造技術當真天下無匹，麴德勇自殺後，貧僧雖拿著那把短刀翻來覆去地看，卻沒有瞧出裡面的機關。可是偶然間貧僧發現，你身上攜帶的短刀，竟與麴德勇的短刀一模一樣。貧僧從那時起，就懷疑這刀上大有文章。直到麴德勇復活，貧僧才斷定，那短刀絕對沒有插進他的心臟。那麼，自然是刀上有問題了，這才發現了裡面的機關。」

朱貴澈底呆住了，整個人彷彿丟了三魂七魄，他無論如何也想不到，二十年籌謀的復仇計畫，眼看就要完美實現，結果最後手刃仇人之際，卻被人換掉了刀子！

他呆呆地看著麴文泰，忽然暴怒：「老賊，我與你勢不兩立！」

說著他虎吼一聲，朝麴文泰衝了過去。那些宿衛立刻舉起長矛護衛，朱貴慘笑一聲，也不躲避，整個身子撞在長矛上，無數把長矛刺穿了他的身軀，朱貴卻毫不在意，眼睛裡噴出火焰，憤怒地瞪視著麴文泰。

麴文泰終於長出一口氣，眼見這個潛伏在自己身邊二十多年的大仇敵終於要死了，忍不住雙手揮舞，歇斯底里地狂笑：「死吧！看看是誰先死！賊胚，想害本王？本王有神佛保佑！有法師保護！又豈是你這種小人能暗害的？哈哈哈，功虧一簣了吧？你這閹人，等你死後，本王要將你大卸八塊，扔到荒郊餵狗！」

朱貴身子釘在長矛上，滿臉悲哀，眼淚與鮮血順著臉頰流淌，看著仇人得意興奮的樣子，他口中呵呵有聲，卻說不出話來。

麴文泰正高興，忽然一跤跌倒，周圍的宿衛急忙攙扶，但他的兩條腿完全不受控制，僵硬、扭曲。

麴文泰大駭：「腿！本王的腿……怎地不聽使喚了？法師！法師！」

玄奘急忙走到他身邊，伸手一摸，頓時心裡一沉，麴文泰的兩條腿肌肉僵硬冰涼，摸著就像是死去已久的屍體！

玄奘霍然回頭，望著朱貴：「那刀刃上的毒素如何清除？」

朱貴這時也明白了，一邊笑，一邊咳出了大團大團的鮮血：「必……必須……以烈火燒灼……」

玄奘頓足長嘆：「陛下，是貧僧害了你啊！貧僧只以烈酒擦拭了刀刃，未曾以烈火燒灼。那……那上面殘留的毒素，想必已經侵害了陛下的雙腿！」

麴文泰驚呆了。

朱貴放聲大笑，鮮血順著他的嘴角汩汩流淌，他笑得血淚橫流，慢慢地笑聲變弱了。在生命的最後，他側頭望著一旁驚呆的麴智盛，喃喃道：「命運……竟……如此動人！」

頭一歪，就此死去，身子釘在長矛上，臉上兀自帶著滿足的笑容。

第十九章　王國、城池、雪山與魔鬼

又是日出，輝煌的陽光照耀在高昌城外，黃沙帶著粼粼的血色，惹得行人的眼眶裡似乎在泣血。

三個人，三匹馬，行走在高昌西門，葡萄園裡藤蔓枯黃，落葉紛飛，踩在腳下沙沙作響。龍霜月支白衣如雪，牽著一匹紅色的駿馬，悵然而行；泥孰和麴智盛默默地跟隨在她的身後。

泥孰翻身上了戰馬，豪邁地衝著兩人一笑：「兩位，不必送了，我們突厥男兒就像草原上的鷹，不管失去家園還是伴侶，都不會折斷牠的翅膀。」

「泥孰，對不起，」龍霜月支幽幽地嘆氣，「我沒有遵守父王與你的婚約。」

「哈哈，霜月支，」泥孰搖搖頭，「那不是妳和我的約定。去尋找妳的幸福吧，如果妳想留在高昌，我會用手裡的刀劍來捍衛妳的幸福；如果妳想浪跡天涯去尋找，我會用草原上最美的歌聲為妳祝福。」

「泥孰！」麴智盛走過去，伸開了手臂。

泥孰跳下馬，熱情地和他擁抱：「麴兄，在我們突厥人看來，手裡握著刀劍的，並不一定是真正的勇士，但為了自己所愛不計生死的，一定是真正的勇士。我欽佩你，我向你認輸，同時退出這場角逐。」

麴智盛苦苦一笑，沒有說什麼。

泥孰重新跳上馬，眺望著東方的朝陽，大聲吼叫：「我突厥男兒的沙場，又豈會在一個女人的身上！」

說罷催動戰馬，馬蹄捲動，朝著西方的大漠與草原疾馳而去，再也沒有回頭。

龍霜月支眺望著他的背影，惘然若失，她回頭望了一眼麴智盛：「三王子，我也該走了。」

「妳要去哪裡？」麴智盛一臉難捨，眼眶發紅，聲音也在哽咽。

「誰知道。」龍霜月支思緒惆悵，「我是焉耆的罪人，也讓龜茲、疏勒蒙受嚴重的損失，此生將不容於焉耆，不容於西域。這樣也好，自己最難捨的東西可以斬斷了。」

「霜月支，」麴智盛失聲痛哭，「不要走，不要走！我捨不得妳！」

「不捨的，難捨的，都要捨去。」龍霜月支雙掌合十，朝著大漠默默地朝拜，「積聚皆銷散，崇高必墮落。合會要當離，有生無不死。國家治還亂，器界成復毀。世間諸可樂，無事可依怙。」

金黃的大漠上，一襲白衣盈盈跪拜，宛如地上蓮生，大漠泉湧。龍霜月支將頭磕在地上，似乎在為親人祝福，又似乎在與自己離別。麴智盛兩眼淚水，迷濛中他看見龍霜月支站起來，騎上了馬，似乎回頭朝他嫣然一笑，又似乎就這麼頭也不回地決絕而去。

蹄聲遠去，白衣，紅馬，黃沙，雪山，一切都融入了無常的世界，化作一粒微塵。

麴智盛知道，她帶走了自己的人生。

北門外，也是一場送別。

這場送別聲勢浩大，城門上綴著黃色的布幔，城下鋪著紅色的地毯，高昌王宮的樂舞歌姬排列在道路兩側載歌載舞。成千上萬人擁塞了城門，不但高昌國的王宮重臣全部到齊，連國內的三百佛寺也派出僧侶，誦經祝福。城裡的行商百姓更是舉著各種供奉，擁擠成一團。

因為，今日送別的是大唐來的玄奘法師。

朱貴死後，高昌國的內憂外患算是煙消雲散了。麴文泰在這場事變中損失了兩個兒子，一雙腿，他深受打擊，一病不起。玄奘日夜陪伴，為他講經祈福，麴文泰自思罪孽，也明白是自己對前後兩任王妃的暴虐，才引發了這一場叛亂，一場復仇。因果迴圈，報應不爽，麴文泰終於在恐懼中看到了天道的力量。

等他病好之後，玄奘打算告辭，卻遭麴文泰極力挽留。此時對麴文泰來說，玄奘已成了他心靈的導師和精神的支柱，他如何捨得放玄奘離去？

麴文泰態度堅決，言詞懇切，無論如何都不放玄奘走。他好話說盡，可玄奘堅決不答應。麴文泰急了，告訴他：「我是絕對不會放您走的，要麼您留在高昌，要麼我送您回大唐，您好好想想吧！」

玄奘毫不妥協，回答道：「那好吧，我的屍骨可以給您留下，但我的心願您卻留不下。」

面對麴文泰的逼迫，玄奘最終選擇絕食，端坐三天水米不進，麴文泰當即大哭，終於屈服了：「法師，弟子任憑您西行，只求您早早用一些飲食吧！」

在這種情況下，麴文泰知道自己挽留不住玄奘，只好為他準備一應物資，送他離去。高昌人知道玄奘要走，也不勝傷感，紛紛趕來送別。

麴文泰雙腿已殘，他坐在肩輿上讓人抬著，親自送玄奘到了城門外，命人將贈送玄奘的東西推上來。玄奘一看，大吃一驚，麴文泰送給他的，竟然是一支商隊，或者說使團！

「法師，弟子無以為報，這些日子讓人趕製了三十套法衣，以及遮蔽風沙的面罩手套靴襪等物。」麴文泰道，「法師西遊天竺路途遙遠，來回恐怕不下二十年，弟子備有黃金一百兩、西域通行的銀錢三萬枚、綾羅及絹紗五百匹，作為法師這二十年的盤纏。」

玄奘深感不安：「陛下，這如何使得？」

「使得！使得！」麴文泰眼眶通紅，「您對弟子的恩德，哪怕蔥嶺之高，也無法比擬。法師這一路上旅途艱難，弟子還準備了三十匹馬，二十五名僕役，另外又剃度了四名沙彌來伺候法師。這一路上，在西域大約要經過二十四個國家，弟子寫了二十四封書信，給這二十四位國王，每封書信都贈送大綾一匹，請求他們一路上對法師多多照顧。雖然如此，路上弟子仍怕有人刁難，法師來的時候也認識歡信，弟子就讓他走一趟，陪同法師到西突厥王庭拜見統葉護可汗。弟子給統葉護可汗綾絹五百匹，果食兩車，他一定會對法師照看有加的。等取得了西突厥的關防過所，在西域就再也沒有障礙了。」

殿中侍御史歡信早已等候在一旁，朝玄奘躬身施禮：「法師，弟子已經準備妥當。」

玄奘凝視著路邊送別的百姓，道上停放的車馬，他知道，這是麴文泰以傾國之力資助自己西遊：「陛下，您的深情厚誼，貧僧如何答謝呢？」

麴文泰抹了抹眼睛裡的淚水，微笑著：「法師，弟子有一請求，想與法師結拜為兄弟，不知法師能否同意？」

玄奘深感意外，面對麴文泰的情誼，他當即應允，就在這城門口，大道邊，兩人盟誓結拜，成了異姓兄弟。

「好了。」結拜完，麴文泰滿意地笑了，「法師既然與我結為兄弟，則高昌國所有，便是我與法師共有，法師您不用再謝我了吧？」

玄奘的淚水也慢慢流淌，兩人抱頭痛哭，周圍臣民也放聲大哭，傷離之聲振動郊邑。傷感中，玄奘與麴文泰灑淚而別，在盤旋的風沙中踏上了西遊之路。

望著玄奘的車隊轔轔離去，麴文泰放聲痛哭，大聲喊道：「法師，等取經回國之日，一定要來高昌！」

玄奘在馬上回頭，默默地合十，許下了這一承諾。

出了高昌城往北就是火焰山，順著火焰山下的商道向西，不遠就是交河城，這條路玄奘已經走得很熟了。早晨出城，黃昏便到了交河城。交河城的太守早已得到消息，率領城內的官員和百姓前來迎接。

然而，玄奘卻意外在人群中發現了一個人。

「三王子！」玄奘吃了一驚，急忙下馬。

麴智盛身上穿著罩袍，戴著手套腳套，臉上還掛著面罩，竟然是一副遠行的打扮。見到玄奘，麴智盛微笑著走過來：「法師，既然要西去，為何不跟我打個招呼？」

玄奘慚愧不已：「阿彌陀佛，是貧僧的錯。三王子，您為何來到這裡？」

「當然是要陪法師西遊啊！」麴智盛一臉無所謂地道。

玄奘有些為難，看了看交河太守，那太守也是一臉無奈：「法師，中午時分，三王子就在這裡等候了。他說已給陛下留了書信，要陪同法師前往天竺求佛，下官……下官也不敢阻攔，只好命人快馬報給陛下知道。」

「陛下怎麼說？」玄奘問。

「陛下說，每個人都有命中的劫數。正如法師西遊應劫，成就大道一樣，三王子也該離開深宮，去尋求他此生的命數。」交河太守道。

麴智盛一臉燦爛：「法師，就讓弟子追隨你走一走這西遊之路吧！」

「您為何要走西遊之路？」玄奘問。

「弟子……」麴智盛想了想，「想追隨師父，尋求我佛大道。」

玄奘搖了搖頭：「三王子，請回吧！」

麴智盛急了：「師父，我跟您說實話，我是想尋找霜月支。無論她在什麼地方，哪怕我的腳磨穿這個大地，也要找到她！」

玄奘笑了：「這才是你的西遊之路。走吧！」

麴智盛撲通跪了下來：「那弟子就拜您為師了，從此以後，我就是您的大弟子。」

玄奘急忙把他攙扶起來，苦笑道：「您要拜貧僧為師也可以，卻當不了大弟子。」

「為何？」麴智盛疑惑。

「有一個孩子，從貧僧認識他起，就一直叫我師父，他雖然不是佛徒，但在貧僧心中，他已是貧僧此生第一個弟子了。」玄奘心中傷感，慢慢地道。

「師父說的是阿術嗎？」麴智盛恍然大悟，想起葬身於天山熔爐的阿術，也不禁有些難受，「好吧，師父，那我就做師父的二弟子，阿術永遠是我的大師兄。」

收下麴智盛之後，玄奘在交河城休息了一夜，黎明時分啟程，繼續西行。

絲綢之路從交河開始，折向西南，順著山脈間的沙磧地，蜿蜒通向焉耆。玄奘的隊伍有三四十人，再加上駝馬，足以媲美一支小型商隊。

此時是貞觀三年的晚冬，大漠中寒冷無比。

絲綢之路雖說繁華，但萬里之遙，大部分路段都是無人地帶，進入山區以後，景致千篇一律，枯燥無比。走完一天的路，幸運的話可以遇見普通的客棧歇歇腳，可通常只能露宿在道旁，跟駱駝馬匹挨在一起，熬過夜晚的嚴寒。

絲路上的客棧大部分都在有井水的地方，條件也簡陋，頂多兩三間破房子，一口水井，連草料也不會提供。即便如此，客棧也不穩定，因為水井很可能枯竭，就得廢棄。

再往前就是銀山，這座山是高昌和焉耆的天然分界線，過了隘口之後，就算抵達焉耆。前面會有較大的城鎮，屆時玄奘等人才能鬆一口氣，找到旅店投宿，也給牲口找到飼料。同時在那裡也能碰上一些大型商隊，彼此交換一下目的地和路上的情報，比如哪個位置有水井，哪個旅店提供飼料，哪裡有盜匪出沒，甚至哪裡發生戰爭，需要繞道。

這些情報非常重要，往往關乎性命。在距離焉耆王城近百里的一個鎮上，玄奘等人遇到一支從焉耆王城過來的商隊，告訴他們，前面不遠有盜匪出沒，建議日出後結隊而行。

玄奘和歡信商量之後，便更改了計畫，休息到辰時才出發。但有一支商隊偷偷在日出前出發，希望比別人先到焉耆王城，把貨物賣個好價錢。後來玄奘等人抵達一座山谷，發現這支商隊已經全部被盜匪截殺，無一倖免。

玄奘哀嘆不已，命人把商賈們的屍體埋葬，念經超渡。同時他也奇怪，此地距離焉耆王城僅幾十里，怎麼還有盜匪出沒？

一名胡人商旅告訴他：「焉耆王性子粗疏暴躁，國內綱紀不嚴。以前有龍霜公主在，大小官員還算恪盡職守，自從高昌之戰後，公主離開西域，焉耆的政務便陷入混亂。」

麴智盛聽到龍霜月支的消息，不禁黯然神傷。埋葬完那些商賈的屍體後，他們繼續趕路，在日落前抵達了焉耆王城。

焉耆王城並不大，位於開都河南岸，東臨博斯騰湖，王城周長約六七里，四面據山，易守難攻，周圍是從開都河引來的泉流，農田茂密。

歡信早已派人攜麴文泰的書信和綾絹，快馬前往王城知會龍突騎支。兩國雖然不睦，但一場大戰後，還有許多事宜要處理，譬如傷兵和戰死者遺體等，焉耆仰仗高昌的事情很多，因此面子上倒也能過得去。

眾人到了焉耆城外，龍突騎支率領一群臣民前來迎接，場面雖然挺熱鬧，神情言語間卻頗為冷淡。玄奘知道他內心怨氣未平，也不計較。不過龍突騎支對玄奘客氣，對歡信卻沒那麼客氣了。歡信提出希望能更換馬匹，龍突騎支毫不猶豫地拒絕了：「貴使，我焉耆的良馬都已經死在高昌城外了，此時實在湊不出馬匹。」

歡信氣鼓鼓的，卻沒有辦法。

玄奘也不想在焉耆多待，住了一夜，第二日黎明便啟程，龍突騎支也不挽留，反正禮節做到，送了一段路便告辭。臨行前把麴文泰的書信和那匹綾絹又送還給歡信：「本王款待法師，是因為他是上國高僧，可不是衝著麴文泰的顏面。這綾絹，你們收回吧！」歡信被赤裸裸地打臉，路上大罵龍突騎支，玄奘苦笑不已。看來因為大衛王瓶一事，西域各國已經劍拔弩張了。

再往西走，路途更加荒涼。此地距龜茲王城七百餘里，一路上都是連天的大漠，連絲路上的商賈也少了許多，往往數百里渺無人煙，沿途即便有城鎮，也已荒廢傾倒，被風沙所掩埋。風化乾癟的人類屍體、動物骨骸、石化的樹木，就是沿途的路標，指引著後來者的行進。

龜茲是絲路上著名的音樂之都，人煙稠密，王都伊邏盧城[17]規模宏大。城外是豐碩的田野，路旁種植著挺拔的白楊木，周圍果園密布，盛產杏桃、梨和石榴。

此時的龜茲王名叫蘇伐疊。事實上，此次三國聯軍攻伐高昌，也是蘇伐疊手下的權臣被收買才導致大敗。不過與龍突騎支不同，蘇伐疊並不把玄奘看作敵人，他天性好客爽朗，對玄奘極為歡迎，熱情招待。玄奘本想早日西行，蘇伐疊卻告訴他，再往西去就是凌山，山上極為寒冷，四季冰封，即便是夏天，冰雪稍有融化，隨即又會結冰。眼下這個季節，更是冰雪覆蓋，無法通行。

玄奘無奈，只好停留在龜茲，參拜佛寺，講經辯難。龜茲國師木叉鞠多不服，挑戰玄奘，結果慘敗。兩個月後，春來雪融，玄奘才向蘇伐疊告辭，繼續西行。蘇伐疊贈送駝馬十幾匹，又派了幾十名士兵護送，才依依不捨地送玄奘離去。

凌山位於蔥嶺以北，終年積雪，地形崎嶇，且上有冰河，經常發生雪崩。如此險峻的道路，卻是絲綢之路的要道。在玄奘的記憶裡，凌山僅次於莫賀延磧。

翻越凌山時，暴風雪撲面而來，裹挾著雪粒，宛如白色的龍捲在山間縱橫飛舞，擊打在人的臉上、身上，疼痛無比。玄奘等人各個繫著長繩，排成一排，在逼仄的山路上艱難跋涉。突然一聲轟響，一座冰峰崩倒下來，壓死了幾匹駱駝和馬，兩名高昌僕役也被砸成肉醬，跌落山谷。

不少人忍不住哭泣，玄奘只好念誦著經文，鼓勵眾人。麴智盛這時顯現出了非凡的勇氣，率領高昌隨從和龜茲兵，用斧頭在冰峰上一點點地鑿出冰梯和棧道，拉著後面的隨從和馬匹駱駝艱難地爬上去。

直到七日七夜之後，玄奘等人才走出凌山。一行人損失慘重，麴文泰給他的剃度沙彌死了兩個，士兵和隨從十有三四也葬身山中，駱駝馬匹死得更多。至於麴智盛和歡信等人更是狼狽不堪，尤其麴智盛，五指上鮮血淋漓，而且連鮮血都凍成了冰碴。

「師父，」麴智盛卻快樂無比，「過了這凌山，弟子覺得眼前這世界彷彿有了新的顏色。」

過了凌山不遠，就到了大清池畔。

大清池四面環山，山中流出的水注入湖中，湖色青黑，湖水微鹹。旁邊的凌山一年四季冰天雪地，而大清池卻從不封凍。

在西突厥，大清池地區以碎葉城[18]為中心，不但是西突厥可汗冬天放牧的牧草地，也是絲路北道轉入中道的樞紐，往來於天山南北、絲綢路上的各國商賈在此薈萃貿易，百貨集散，熱鬧無比。尤其是這個時節，春天即將過去，馬上到了剪羊毛的季節，從撒馬爾罕甚至波斯一帶來的商人要在這裡收購羊毛，販運到大唐，河谷裡到處都是羊毛交易的集市。一到夜晚，商賈們聚眾狂飲，大聲談笑，整座河谷喧鬧異常。

西突厥王庭此時即在碎葉城。突厥人是游牧部落，這裡是可汗冬季的住處。每年冬天，可汗會把王庭、軍隊和牲口遷徙到這裡，放牧休整，度過漫長的冬季。城內除了西突厥的軍隊外就是商賈，道路兩旁的草地上，成千上萬的馬匹牛羊和駱駝，一眼望不到盡頭。

玄奘等人順著牛羊相夾的道路走向碎葉城，一路上雖然馬嘶牛叫，糞味沖天，但眾人心情卻很好。抵達碎葉城後，歡信等人和那些龜茲兵就可以回國覆命了。不料正行走間，忽然前面塵土飛揚，馬蹄聲有如滾滾悶雷，敲擊著大地。

眾人駭然色變，以為碰上了盜匪。歡信站在馬上眺望，只見一隊騎兵有如黑色的洪流滾滾而來，正中間聳立著一杆金色的狼頭大旄旗，頓時驚喜交加：「法師，是統葉護可汗的旗幟！」

那騎兵隊伍到了近前，歡信急忙跳下馬，拜倒在路邊迎候。隊伍停了下來，歡信上前遞交麴文泰的書信和果味、綾絹等。書信則由內侍呈送給統葉護，這位西域至高無上的王者看完書信後，匆匆趕來見玄奘。

統葉護年近五旬，身體壯實，有如一尊鐵塔。他穿著甚是隨意，身上披著綠色綾袍，披散著長髮，額頭上束著一條長達一丈的素綢，兩端飄在身後。隨行的兩百多位突厥高官一個個身穿錦袍，編著髮辮，王庭最精銳的騎兵簇擁在兩側，極具威嚴。

統葉護見到玄奘很是高興：「早就聽說過法師的大名，聽說您一路西遊，所過之處，大地上的信徒就像遷徙的大雁般，從四面八方追隨著您啊。」

「那是因為貧僧追隨的是我佛的腳步，四方眾生祈求得到我佛的教導。」玄奘合十。

統葉護上下打量著他，禁不住頻頻點頭：「法師啊，剛才我看了高昌王的書信。信上寫道：『法師是奴弟，欲求法於婆羅門國，願可汗憐師如憐奴，仍請敕以西諸國給鄔落馬，遞送出境。』唉，我這位親家自少年起就脾氣高傲，從不低頭，今日為了法師，竟寫出這等卑詞，可見法師的魅力啊！」

「那是王兄厚愛，貧僧感激難言。」玄奘沒有看過麴文泰的書信，如今見這信上寫的幾乎是哀求，回想起麴文泰的情誼，也不禁深為感動。

統葉護哈哈大笑：「法師放心，在西突厥的領地上，我包您暢通無阻。說起來，您也是我的福報，這幾天我聽到了一些大唐的好消息，正要慶祝，就遇上了大唐高僧，這豈非是天意嗎？」

「大唐的好消息？」玄奘驚訝。

「法師難道還不知道嗎？」統葉護喜氣洋洋，「東突厥，滅亡啦！」

「什麼？」玄奘大吃一驚。對中原王朝的任何一個百姓而言，東突厥都意味著可怕的噩夢。從前隋到隋末，一直到初唐，東突厥屢屢南下，邊塞甚至京畿一帶的百姓苦不堪言。他們所過之處，村莊化為廢墟，人煙滅絕，財物洗掠一空。隋末時，東突厥更是扶持各路豪強進行廝殺，自己坐收漁利。對經歷過隋末亂世的大唐人而言，東突厥就像一把懸在頭頂的利劍。

如今，這個噩夢總算是澈底終結了。

「法師還不知道吧？」統葉護哈哈笑著，「去年十一月，李世民派遣李靖、李勣等將軍，率領十萬大軍，分兵六路，向東突厥發動進攻。頡利那小子還狂妄自大，認為唐軍不敢進攻。今年正月，李靖率領三千人突襲他的老巢，頡利這才慌了，棄城逃跑，沒想到半途又遭到李勣夾擊。嘿，大唐人才輩出啊，茫茫草原，配合竟然如此精妙，頡利焉能不敗？可憐，頡利這小子還跟李世民玩心眼，派特使到長安請降，打算拖延時間，轉移大軍。沒想到李世民將計就計，讓大軍尾隨前去招降的使者，突襲頡利的牙帳，東突厥澈底潰敗，十多萬人被俘。頡利逃往沙鉢羅，可半途被唐軍俘獲，送往長安。法師啊，東突厥，澈底滅了。」

玄奘瞧著統葉護說起東突厥時幸災樂禍的樣子，不禁生出怪異的感覺。事實上，東西突厥仇深似海，其矛盾比外族更甚。去年，東突厥遭唐軍攻擊，頡利曾向統葉護求援，但統葉護置之不理。而頡利敗亡後，寧可投奔吐谷渾，也不願跟統葉護有所瓜葛。

「法師啊，」統葉護心情很好，「您遠道而來，就在碎葉城多待上些時日，我今日正要外出行獵，三兩日即回。我先派人陪您到城內歇息，如何？」

玄奘自然應允，統葉護當場叫來一個名叫達摩支的達官，令他陪同玄奘回城內衙所住下，自己則率領騎兵呼嘯而去。

達摩支粗通漢語，一路上，玄奘向他問起了泥孰。達摩支道：「泥孰設前些日子從高昌回來，便去了自己的部落，據說過幾日要來為可汗送別。」

「為可汗送別？」玄奘詫異。

達摩支聽得他認識泥孰，更加恭敬，解釋道：「此時春暖花開，馬上要進入夏季了。等剪完羊毛，可汗就會離開這裡，回到千泉。那裡是可汗的夏宮，每年夏天可汗要到那裡避暑，因此附近各個部落的小可汗都會來送行。」

玄奘恍然大悟，又問：「那麼，莫賀咄設呢？他如今在哪裡？」

達摩支沒想到這僧人連莫賀咄也認識，有些敬畏了，急忙道：「莫賀咄設應該也會來為可汗送行，法師稍等幾日，就都能見到了。」

「嗯。」玄奘一直惦記著被莫賀咄帶走的大衛王瓶，他曾經答應阿術，要把這瓶子送往大唐，如今卻落入莫賀咄的手中，讓他很是煩惱。

「達官，聽說莫賀咄設從高昌帶回一個神奇的瓶子，您可知道？」玄奘問。

達摩支頓時臉色大變，四處望了望，臉上浮出恐懼的表情，低聲道：「法師，此事說不得啊！」

玄奘驚訝起來：「為何？」

「法師是外國人，小人也不瞞您。」達摩支深吸一口氣，神色鬼祟，「莫賀咄設從高昌帶回的瓶子，據說有無上的魔力。他回來之後，那大衛王瓶裡突然冒出了一隻魔鬼，做出預言，說莫賀咄設乃是未來的大可汗。此事整個草原和大漠都傳遍了，只是大家都瞞著統葉護可汗，誰也不敢對他說，法師也請千萬不要提起。」

玄奘和麴智盛對視一眼，都感覺到徹骨的寒意。

第二十章　古波斯的咒語

碎葉城雖說是一座城，但土坯版築的房舍很少，突厥人喜歡住帳篷，統葉護的行宮也都是連綿的帳篷，僅僅那些往來於絲路的行商，因為要存放貨物，才版築了一些土坯房。統葉護招待玄奘住宿的地方，自然也是帳篷。

突厥人的氈帳，帳門一律向東開啟，以敬日之所出。氈帳裡不設床榻，因為突厥人信奉拜火教，認為木中含有火元素，故此敬奉不居，而是把厚厚的草席鋪在地上席地而臥，富貴人家則鋪上厚厚的動物毛皮和地毯。達摩支知道玄奘是統葉護的貴客，他粗通漢人的生活方式，於是特意在帳篷裡給玄奘準備了一張鐵交床，令玄奘頗為感動。

在等待統葉護的日子裡，玄奘和麴智盛一直在分析大衛王瓶的祕密。此時連麴智盛也相信大衛王瓶在高昌的神異之事，乃是朱貴一手導演。那麼朱貴已然死去，又是誰在操縱著大衛王瓶，又一次在突厥興風作浪？

「師父，您還記得嗎？」麴智盛回憶著，「那日在高昌城外，咱們被泥孰圍困，大衛王瓶突然顯現魔力，讓七八名三國騎士死於非命。那一次，伴伴說，並不是他所設計。」

經過這幾個月的坎坷磨練，麴智盛沉穩了許多，玄奘頗為欣慰，點頭贊同：「沒錯，那次事出突然，泥孰帶人突襲王城，根本不在朱貴的預料之內，他也來不及設計。」

麴智盛想起朱貴，禁不住黯然神傷：「弟子現在才明白伴伴的苦心。他那次送我出城，是因為與我父王已經到了同歸於盡之時，趁著霜月支還在眾人面前表演，故意逼迫她陪我去大唐。」

「智盛，朱貴殺了你兩位哥哥，又把你父王害成那樣，你不恨他嗎？」玄奘問。

麴智盛苦澀地搖搖頭：「師父，弟子如今是佛門弟子，有時候想想佛家因果，當真是報應不爽，我父王也算是咎由自取吧。伴伴對我母子二人赤誠以待，弟子……如何恨得起來？」

玄奘拍拍他的肩膀，寬慰著他。麴智盛擦了擦眼淚，繼續剛才的話題：「師父，既然高昌城外無人設計，大衛王瓶又怎會顯現魔力呢？難道它真的還有什麼未解的祕密？」

「你怎麼看？」玄奘問。

麴智盛精神一振：「弟子分析，那大衛王瓶肯定有魔力，要不然，薩珊波斯能將它作為鎮國之寶，傳承四百年嗎？那裡面說不定真有魔鬼，只是當日弟子召喚不得其法。」

「智盛，」玄奘想了想，才慢慢道，「你知道貧僧如何分析靈怪之事嗎？」

麴智盛搖了搖頭。

「世上所有詭異神奇之事，無非三種，一種是天然巧合形成的自然之力，一種是鬼神的不可思議之力，一種是靠智謀設計的人謀之力。第一種姑且不說，大衛王瓶顯然不屬於此例。倘若大衛王瓶屬於第二種，那也並非人力可以阻止，三千大世界，無不在我佛慧眼之中，鬼神來去自然有其冥冥的定數，貧僧干預又如何？不干預又如何？所以，貧僧不談鬼，不論神，只要我心禪定，世界人倫又豈會因鬼神作祟而傾覆？」玄奘臉上露出悲憫的神色，「很多人奇怪，貧僧敬的是神佛菩薩，如何凡事只往人為方面考慮，他們卻不知，四大部洲、娑婆世界，真正能讓世界傾覆、眾生困苦的，只有眾生自身無窮無盡的貪婪、嗔毒和痴念。貧僧西遊天竺，求取大乘三藏，為的，也正是超渡這人心，而不是神佛。」

麴智盛如醍醐灌頂，拜倒在地：「師父的悲憫之心，弟子明白了。弟子當初痴念過重，才引來這無窮無盡的禍端，往後必定遵循師父的教導，以今生來世，贖清罪愆。」

玄奘笑了笑，撫摸著他的頭輕嘆：「智盛，這大衛王瓶能被朱貴利用，便也能被另外一人利用。為師認識一個智者，他的謀略不下於法雅，不下於朱貴，他的眼界更不是這兩人所能及。這次大衛王瓶為何偏巧為莫賀咄所得？為何偏離它原本該去的路線，來到西突厥？這裡面的大國爭鋒，就不是貧僧所能看透的了。」

「師父，您說的智者是誰？」麴智盛吃驚，「世上還有這樣的人？」

玄奘苦笑一聲，臉上露出濃濃的憂慮，卻沒有回答。

統葉護言而有信，到了第三日，果然行獵歸來。他回來之前，附近部落的小可汗、設、特勤已紛紛來到碎葉城，為統葉護移居夏宮送行。這些人全都帶著上百隨從和牛羊禮物，狹小的碎葉城頓時熱鬧起來。

當晚，統葉護在行宮宴請玄奘和八方來賓。他的行宮有數百個營帳，一眼望去，彷彿天上雲朵。主帳更是宏大無比，足以容納數百人，外面裝飾著華麗的絲綢和錦緞，內壁則覆蓋著各種金銀裝飾，燦爛輝煌。站在帳篷內，頂上有如穹廬一般遼遠。

玄奘、麴智盛和歡信抵達的時候，統葉護親自到帳外三十步迎接，以示對玄奘的尊重。陪同他前來迎接的，竟然還有泥孰和莫賀咄。莫賀咄有些冷淡，但泥孰很是高興，和玄奘互相訴說著這幾個月來的經歷。經過龍霜月支爭奪戰，麴智盛和泥孰也成了朋友，兩人摟抱著，哈哈大笑。

大帳內排著長筵，賓客足有數百人。突厥人禮儀簡單，沒中原那麼講究，一說吃飯，立時整隻的羊羔、烹煮燒烤好的牛犢便端了上來，眾人勸酒狂呼，酒杯碰得叮噹亂響，再加上大帳中間的突厥舞樂，喧鬧成了一團。

玄奘陪著統葉護坐在客位，他不吃肉，面前放著胡餅、米飯、酥乳、石蜜、葡萄瓜果等物，配有牛奶和葡萄汁。

統葉護信的是拜火教，但突厥不是單一信仰，他對佛教也頗感興趣，於是玄奘就為他講了十二因緣、十種善行和波羅密多解脫之業。統葉護聽得入神，於是動了心思：「法師啊，我覺得您也不用去天竺了，那地方天氣溼熱，陽光曝晒，把人晒得黧黑，也沒什麼威儀。法師您容貌嬌嫩，到那裡怕是要晒化的，不如就留在我突厥吧！」

泥孰等人一起大笑。

玄奘苦笑不已：「貧僧為求大道，刀槍箭矢尚且不避，又怎麼會在意膚色晒黑？」

正說著，有達官來報：「大唐使者及高昌使者到！」

玄奘一愣，統葉護卻很高興：「唐使回來了嗎？怎麼又來個高昌使者？快快請進。」

過了不久，大帳門口進來兩人，為首的正是王玄策！

原來，王玄策比玄奘早兩個月抵達西突厥，他是不良人的賊帥，負有情報任務，做完了明面上的事，就在突厥四處遊蕩，搜集情報，今天剛剛返回。

另一人是高昌使者，麴智盛和歡信都認識，是高昌國的都官郎中許宗，他此行是專門來看望玄奘的。但玄奘覺得奇怪，都官在高昌專門負責刑事緝拿，類似大唐的刑部。出使突厥，麴文泰怎麼派來個刑事官員？

這會兒正在酒宴上，玄奘也不好細問。

統葉護特意將兩人安排在玄奘旁邊。玄奘望著王玄策，幾個月沒見，這位賊帥晒黑了，也更結實了，精力旺盛：「大帥，這次來突厥王庭，大有收穫吧？」

這個稱呼讓王玄策愣了一下，頓時笑了：「當然有收穫了。大唐滅掉了東突厥，下官這次到各部落做客，無不被奉為上賓。牛羊酒水贈了我好幾大車，可惜，怎麼就沒人贈送幾個胡女？」

「阿彌陀佛。」玄奘低聲誦念，「莫賀咄也太小氣了，大人送他如此大禮，他卻不能滿足大人所好。也罷，等大人回到長安，必定能加官晉爵，長安市上，還怕沒有胡姬為大人壓酒嗎？」

王玄策勉強笑了笑：「法師，莫賀咄跟我可沒有關係。」

「是嗎？」玄奘道，「貧僧想問一句，那瓶子裡可裝得下整個突厥？」

王玄策的臉色嚴肅起來，他拿起面前盛酒的瓶子，搖搖頭：「不能。下官認為，大唐端起這瓶中之物，願意喝的人自然會喝醉；不願意喝的人，我大唐也不會勉強。」

玄奘點點頭：「莫賀咄自然便是這願意喝醉的人了。」

「我沒有勸他，」王玄策坦然道，「他搶了去自己喝的。」

兩人語帶機鋒，正在聊著，統葉護被眾人勸了幾杯，醉醺醺地轉頭問：「兩位在談論什麼呢？我似乎聽見大唐和突厥的酒量。」

「哈哈，」王玄策笑道，「可汗，下官在和法師比較，大唐人和突厥人的酒量，誰更大。」

「那當然是我突厥人酒量大了！」統葉護瞪著眼睛大喊，「眾人說，是不是啊？」大帳裡都是突厥豪傑，一起起鬨。

統葉護也醉了，大叫：「看來大唐使者不信啊，我們突厥男兒，有沒有膽量讓他見識見識？」

當即就有二三十個突厥貴族來跟王玄策拚酒，王玄策頓時傻了，結果這場酒宴還沒到半截，他已經口吐白沫，人事不省。

酒宴到黃昏時分才結束，玄奘和麴智盛等人回到居住的帳篷，許宗隨即前來拜訪。此時歡信也在，許宗鬼鬼祟祟的，朝歡信使了個眼色，歡信會意，急忙退了出去。

玄奘有些驚訝：「許大人，您這是為何？」

「法師、三王子，」許宗低聲道，「下官此來，一則是陛下惦記法師和三王子，讓下官來看望看望；二來，陛下讓下官給法師帶來個東西。臨行前他一再叮嚀，這個東西，只能讓法師和三王子看到。」

麴智盛好奇起來：「什麼東西？」

許宗深吸了一口氣，小心翼翼地從懷中取出一只鐵匣。麴智盛一把拿了過來，許宗急忙叮囑：「三王子，此物千萬不可翻動，只能平放。」

麴智盛愕然：「什麼東西？金銀財寶嗎？」

許宗苦笑，麴智盛摸索了一下，掀開盒子。鐵盒一打開，一股嗆人的石灰味道撲面而來，麴智盛打了個噴嚏，然後定睛一看，忍不住「啊」的一聲驚叫，險些失手掉在地上。饒是玄奘禪心不動如山，也不禁臉色一變，渾身寒毛直豎——

那鐵匣子裡，赫然盛著四個眼珠！人類的眼珠！

鐵匣子盛了石灰，石灰上鋪著厚厚的草紙，四個挖出來的眼珠就放在草紙上。雖然已經有些乾癟，但瞳孔、血絲和血管清晰可見，從血管整齊的切面來看，竟是被人以利刃從眼眶中挖出來的！

「這……這是誰的眼珠？」玄奘駭然不已，「陛下為何送貧僧這個東西？」

許宗見玄奘臉上有些怒氣，急忙解釋：「法師請息怒，這眼珠不是從活人身上挖出來的，是從死人身上挖的。陛下交代，這個物事一定要讓法師親眼見到，說您一看就會明白。」

「貧僧不明白，陛下為何從死人身上挖出四個眼珠？」玄奘知道麴文泰對子民並不殘暴，反而是西域難得的仁慈之王，但對他這種舉動，也覺得難以接受。

「法師，這四個眼珠分別屬於不同的四個人。」許宗指著鐵匣子，低聲道，「這邊的兩個，是死在井渠中的亡隋流人，這邊的兩個，是那日在高昌城外被大衛王瓶殺死的焉耆騎士！」

玄奘心裡頓時咯噔了一下。

「許大人，父王幹麼挖出他們的眼珠？」麴智盛這時也緩過氣來。這兩起事件，都是他親身經歷，說起來自然熟悉無比，但對麴文泰的舉動也充滿不解。

許宗不說話，小心翼翼地把草紙從盒子裡拿出來，將四個眼珠放在桌子上，然後從袖子裡拿出一塊漆黑的東西。

「這是什麼？」麴智盛問。

「磁石。」許宗把磁石放到了眼珠上，「法師，三王子，請看。」

他拿著磁石在眼珠上面懸著，過了片刻，那眼珠的瞳孔之中竟然有個小黑點緩緩蠕動，看得兩人脊背寒氣直冒。許宗漸漸抬高磁石，只見眼珠裡慢慢冒出來一根細細的長針！那針細如髮絲，長有兩寸，通體銀白，既然能被磁石所吸，料來是鋼鐵所製。

許宗將銀針拿在手上，托到了玄奘的面前：「法師請看！」

玄奘早已看呆了，一顆心怦怦亂跳：「許大人，這是怎麼回事？」

「法師想必也知道，您離開高昌的時候，陛下正在收攏三國戰死者的屍體，打算送還給焉耆三國，緩和彼此的關係。」許宗臉色也很難看，聲音裡帶著驚悚之意，「下官是都官郎中，陛下就將此事交給了下官。在高昌城外，一共收攏了焉耆三國的屍體一千三百二十六具。因為是戰死，動輒斷肢斷頭，其狀慘不忍睹。陛下仁善，恐他們的父母妻子看到死狀淒慘，心裡難受，就命下官好好整飭，然後再成殮。」

玄奘感慨不已，麴文泰此舉絕不是偽善，他無論對高昌的官員還是普通百姓，都關愛體恤，甚至對侵略高昌的異國人都能想得這般周到，這個人的本性何等誠樸？卻為何對妻子暴虐到了這種地步？人心之複雜，真是難以思量。

「下官整飭屍體的時候，發現其中九具身上無傷。」許宗苦笑一番，「三王子也知道，下官負責刑律，平素勘驗屍體這勾當幹得多了，當時就有些好奇，想搞清楚這九個人的死因，於是就對這九具屍體進行驗屍。」

麴智盛插嘴：「這九個人，其中一人是吞服了熱那草，吸入粉末，中毒而死。另外八具則是被大衛王瓶裡的魔鬼所殺。」

「如今下官當然知道了，可當時不知。」許宗唉聲嘆氣，「結果一勘驗……」

「大人就發現他們渾身無傷，只有瞳孔上有米粒大的出血點。」玄奘把他的勘驗結果說了出來。

許宗吃了一驚：「法師真神人也，確實如此！」

玄奘苦笑：「他們剛死的時候，貧僧在戰場上粗粗檢查過，也是發現瞳孔出血，但沒有深思。大人想必是剖開他們的眼珠，發現了裡面的銀針吧？」

「沒錯。」許宗看著這銀針，有些沉重，「法師請看，這銀針乃是上好的烏茲鋼打造，裡面也不知道摻雜了什麼東西，細如髮絲，但頗為沉重。射入眼珠後，直貫腦中，使人當場立斃；這就是大衛王瓶殺人的真相！」

玄奘沉默半晌，問：「死在井渠中的亡隋流人，也是這般死法？」

許宗點點頭，拿磁石在流人的眼珠上吸，果然，那眼珠裡也冒出了一根銀針。

「下官將此事稟報陛下後，陛下就讓下官去將死去的流人屍體挖出來勘驗，果然也是如此。」許宗道，「知道大衛王瓶的祕密後，陛下極為擔心法師，因此命下官攜帶這幾個眼珠，星夜兼程來突厥見您，把這個祕密告訴您。陛下說，大衛王瓶過於危險，法師萬萬要以自身安危為要，切不可自蹈險地。」

「多謝許大人，」玄奘這才明白麴文泰為何派一個刑事官員出使西突厥，急忙合十感謝，「回到高昌後，請代貧僧向陛下致謝，就說我心中已有計較，請他放心便是。」

許宗點頭：「法師既然知道了這裡面的凶險，那下官的任務也就完成了。明日下官就去向統葉護可汗辭行，趕回高昌覆命。」

許宗離開後，麴智盛忍耐不住：「師父，大衛王瓶果然如您所說，乃是人謀！可……可這到底是怎麼回事？它殺死焉耆人且不說，那日在井渠中，明明只有你、我和阿術三人，這些流人又是被誰所殺？」

「那日你也在現場，你的看法呢？」玄奘問。

麴智盛深吸一口氣：「師父，方才在酒宴中，您和王玄策談話，弟子也聽到了。弟子以為此事必定是王玄策所為！」

「哦？」玄奘微笑著鼓勵，「分析看看。」

「前些天，師父跟弟子說過，您認識一個人，他的謀略不下於伴伴，眼界之寬更有過之。」麴智盛本不是庸人，只是碰到了龍霜月支才有些犯傻，經過這幾個月的歷練，恢復了一國王子的敏銳，「弟子聽說過，在大唐有一個智者，名叫魏徵，是皇帝的重臣，您說的想必就是他吧？」

玄奘很欣慰：「智盛，能猜到他，你的智慧也很是不凡哪！」

麴智盛撓撓頭皮，有些不好意思：「都是師父的教導。這些天跟著師父，也了解到大唐的一些事情，尤其是您跟王玄策對答，顯然，大唐對西域、對西突厥，也是有野心的。

那麼，西域和西突厥的內亂對誰有利？自然便是大唐！大衛王瓶原本就是波斯皇帝送給大唐皇帝的東西，這東西充滿魔力，世上眾生，誰沒有欲望？誰不想擁有？只怕是大唐皇帝為了讓西域內亂，故意讓這瓶子在西域攪起一番風雲吧。因此魏徵才派了王玄策假借出使為名，讓這大衛王瓶禍亂西域，否則，堂堂大唐使者，為何要暗中出使？」

玄奘沒想到麴智盛一番分析，竟然與事實相差無幾，禁不住讚嘆。

麴智盛很高興，繼續分析道：「王玄策此人，之前一直潛伏在高昌王城，他為何要救那些流人？恐怕他早就知道有這股勢力存在，甚至有所收買。那日咱們被流人追捕，師父是大唐高僧，王玄策不敢讓您發生意外，這才用祕密手段，暗中射殺了那幾個流人，幫助咱們脫困！」

「嗯，」玄奘頻頻點頭，「那麼在高昌城外呢？王玄策當時可不在場呀！」

「這……是啊，當時除了您、我、霜月支、阿術、伴伴，就只有那些三國聯軍了……」麴智盛有些啞然，想了想，忽然靈機一動，「師父，別忘了，泥孰是大唐皇帝的結拜兄弟！」

玄奘倒沒往這方面想過，頓時愣了：「你是說泥孰與王玄策聯手設局？怎麼可能？他是西突厥的設，怎麼會幹出這種禍亂西域、危及西突厥的事情？」

麴智盛冷笑：「師父，您參的是佛，對這種政治角逐見得少。弟子雖然不長進，但自幼生長深宮，見得多了。您想想東突厥的突利可汗便明白了。」

玄奘也啞然無語。突利是頡利的姪兒，最初與李世民為敵，後李世民採取懷柔之策，與突利結為兄弟。突利於是暗中投靠大唐，與頡利決裂，這才導致頡利被俘，東突厥被滅。

正聊著，歡信進來稟報：「法師，阿史那．泥孰前來拜見。」

兩人面面相覷，麴智盛猛地跳了起來：「這泥孰也知趣，竟然自己找上門，我去會會他！」

話還沒說完，他已經旋風般衝了出去。玄奘阻止不及，剛想站起來，卻又心事重重地坐了下去，也不知道為什麼，他對大衛王瓶那股難言的憂懼越來越濃烈。他看著木箱上的鐵匣子，四枚眼珠默默地與他對視，似乎在訴說著一件極為可怕的祕密，玄奘禁不住打了個寒顫。他忽然有種恐懼，自己以往的猜測可能全盤皆錯。

這時，門外響起麴智盛的大叫聲。這位王子也太沉不住氣了，剛出門，就與泥孰吵了起來：「胡說八道？哼，不用你拔刀子，我若是猜錯了，不用你動刀，我自殺謝罪！」

「好，說出你的理由！」泥孰憤怒的聲音傳來。

隨後又聽見麴智盛的聲音道：「你是十姓部落之主，在西突厥是權傾一方的小可汗。你敢說，你對大可汗的位置沒有野心？倘若西突厥內亂，統葉護死去，西突厥實力最強的就是你與莫賀咄。屆時你成為西突厥的大可汗，就不是什麼難事了。」

「放屁！」泥孰大怒道，「姓麴的，你腦袋被驢踢了嗎？我率領三國聯軍為的是救霜月支，幹麼弄那麼一齣，讓大軍慘敗，自己還被俘虜？你他媽好好動腦子想想！」

「哈哈，泥孰，在你的眼裡，是霜月支重要，還是突厥可汗重要，那可難說得很！」麴智盛冷笑，「你和王玄策原本想把大衛王瓶弄到西突厥，引起禍亂，眼見它的真相被法師戳破，沒有人再相信，才上演了一齣好戲，讓大衛王瓶重新發出魔力，引得莫賀咄上鉤！至於聯軍慘敗嘛……嘿嘿，哪怕三國聯軍死絕了，跟你有屁關係？」

「你——」雖然情緒激動，麴智盛條理依然清晰，說得泥孰張口結舌，竟然無法反駁，「我以阿史那高貴的姓氏發誓，我泥孰忠於突厥，忠於大汗。」

「嘿嘿，」麴智盛不依不饒，「難道突利不忠於東突厥嗎？你與李世民是兄弟關係，這也是李世民一貫採取的策略。泥孰，你便是又一個突利！」

「我要和你決鬥！」泥孰大聲咆哮。

玄奘眼見兩人吵得不可開交，急忙走了出去，結果嚇了一跳，只見泥孰氣得整個人幾乎要爆炸，彎刀還架在了麴智盛的脖子上。

見玄奘出來，泥孰憤憤然問：「法師，您知道麴智盛如何指責我嗎？」

「貧僧知道。」玄奘平靜地道。

泥孰愣了愣，收了刀：「法師，您也這麼想？」

「貧僧倒不曾這麼想，」玄奘坦然回答，「不過因果迴圈，乃是天道。哪怕事實真是如此，貧僧也不會看輕了你。」

「可我會看輕自己！」泥孰平靜下來，「法師，我知道，我和統葉護可汗之間頗有嫌隙。我十姓部落這些年人口繁多，地域日漸廣大，早已讓大可汗猜忌。我這人性情驕傲，也對他頗有冒犯，可那是我突厥的家事，我從未想過借外人的力量來贏得一己之私利。今日當著法師的面，我願向狼祖盟誓，無論統葉護待我如何，我絕不叛他。請法師見證！」

「泥孰，你何必盟誓。」玄奘苦笑，「貧僧雖然不懂政治，卻也知道無情最是帝王家，突厥內鬥激烈，你這等於自縛手腳。」

「哪怕被統葉護殺了，我也不能受別人冤枉！」泥孰大聲道。

聽他這麼說，麴智盛也有些懷疑自己的判斷了：「泥孰，你真的跟大衛王瓶沒有關係？」

「好好好！」泥孰氣得幾乎要發狂，「麴智盛，大衛王瓶就在莫賀咄手裡，他的營帳就在附近，我帶你去，問他要出大衛王瓶送給你，行了吧！」

「他要不給呢？」麴智盛問。

「老子提兵滅了他！」泥孰大吼。

玄奘急忙阻止，但泥孰被麴智盛激起了火氣，死活不依，當即召來幾十名親兵，不由分說地請他上馬，一行人轟隆隆朝城外馳去。

莫賀咄的帳篷並不在碎葉城內，畢竟這個城池太小，統葉護又占了大半，附近來的突厥貴族就紛紛在城外紮下帳篷，反正他們逐水草而居，倒也習慣了。

莫賀咄將營帳紮在城外的湖邊，他帶有上千附離兵，幾十個營帳連成了一片。此時夜色慢慢深了，夜幕籠罩著草原。本來突厥貴族因為需要放牧，都喜歡分散駐紮，占據大片的草地，彼此之間距離頗遠，可眾人一路行來，遇見兩三股突厥貴族帶著隨從經過，去的竟然是同一個方向。

泥孰讓親兵問了問，大家竟然都是要去莫賀咄那裡。一開始，泥孰以為這些貴族是去拜見莫賀咄，沒有在意，沒想到走了不到十里，竟遇上七八個部落的俟斤和小可汗。泥孰這下知道事情不對了，莫賀咄人緣再好，也沒道理這麼多部落同一時間去拜見他。

「法師，事情頗有些不對。」距離莫賀咄營帳二三里的時候，泥孰勒住了馬。

玄奘點了點頭：「貧僧也看出來了，泥孰，咱們還是不要貿然闖進去。」

泥孰也冷靜了下來，他明白，像他和莫賀咄這種等級的人一旦開戰，就意味著突厥內亂。他思忖片刻：「法師，不如咱們偷偷潛進去，看看這莫賀咄在搞什麼鬼。」

眾人商量了一下，泥孰找來一個親兵，讓他冒充弩失畢部落的俟斤，大搖大擺地到了營寨前。莫賀咄的附離兵一問，禁不住驚喜：「弩失畢部落也來人了？快快請進，大家都等著呢！」

竟然連問也不問。

泥孰等人面面相覷，沒想到這麼容易就混了進去。這時門口又來了一支部落的隊伍，眾人也不說話，就跟隨著那個部落，縱馬在營帳間馳騁。不多遠，就到了一處湖岸。只見岸上燈火通明，人聲鼎沸，足足有上千人聚集在一起，眾人圍著一堆堆的篝火，燒烤著牛羊，縱酒喧鬧。

泥孰倒抽了一口冷氣：「莫賀咄到底要幹什麼？竟然請來了二十多個部落！」

人群亂糟糟的，一時也找不到莫賀咄，泥孰等人就找了個地方，圍著一堆篝火，一邊吃著烤全羊，一邊等候。

半個時辰後，忽然沉悶的馬蹄聲響起，一隊隊的附離兵舉著火把，縱馬而來，莫賀咄滿面春風，策馬到了湖邊，跳下馬來。四周喧鬧的人群頓時安靜了下來。

湖邊早已堆好了一座土臺，莫賀咄跳上土臺，朝著四周撫胸施禮：「我，達頭可汗之子，都六可汗的哥哥，射匱可汗的伯父，也是他統葉護的伯父！我，侍奉過四位可汗，幫助達頭可汗締造了西突厥，在西方，擊敗過拜占庭，在東方，擊敗過東突厥和大隋，在南方，擊敗過薩珊波斯！」

底下有人哄然大笑：「大設，你是阿史那的子孫，大家都認識你。」又有人叫：「是啊，莫賀咄設，你邀請我們來見識大衛王瓶，可不是來見識你的！快把大衛王瓶拿出來吧！」

泥孰和玄奘等人這才恍然大悟，原來莫賀咄今夜邀請這麼多部落，竟是為了炫耀大衛王瓶。

「讓我把心裡的苦水倒完！」莫賀咄有些生氣，繼續喊道，「大家都知道，我是阿史那的子孫，像雄鷹包圍藍天一樣守護著突厥人的草原。可是今天，東突厥滅亡之後，各個部落趁機東下搶占草場，卻沒有我莫賀咄的分兒！」

這話一出，大家都沒了聲息。

玄奘有些不明白，泥孰向他解釋，原來東突厥被滅後，各大部落被大唐打得四散而逃。統葉護把握形勢，立刻命令西突厥的大軍東進，去搶占原先屬於東突厥的地盤。這也是玄奘剛到這裡時，統葉護那麼高興的原因。無本萬利的生意，只要西突厥的軍隊一出現，幾乎不用死一個人、一匹馬，就能占據廣大草場、河流、雪山甚至子民。整個西突厥都沸騰了，各部落紛紛要求出兵，但統葉護卻只允許與自己親近的部落出兵，對那些疏遠的、猜忌的、實力大的，一概不允。像莫賀咄和泥孰這種實力本就強大的人，更是沒分兒，這才激怒了莫賀咄。

「可是，天狼神是與我站在一起的！」莫賀咄大聲吼叫，「因為，天狼神將這個世界上最具魔力的大衛王瓶，賜給了我莫賀咄！」

他手一揮，四名勇士抬著大衛王瓶走上土臺，將王瓶放在地上。四周火把照耀，大衛王瓶散發出神祕的光暈，鏤空的瓶身斑駁迷離，充滿神性與誘惑。那些小可汗、俟斤爭先恐後地跑到土臺下，端詳著大衛王瓶，神情迷醉，羡慕不已。

「莫賀咄設，」有人問，「這大衛王瓶真的具有魔力嗎？」

「是啊，」有人懷疑，「當真能許下三個無所不能的心願？」

莫賀咄哈哈大笑：「你們之中有很多人，當年和我一起攻打薩珊波斯，難道這個王瓶的傳說你們沒有聽說過嗎？」

「莫賀咄，你許願讓我們看看吧！」有人喊。

莫賀咄細長的眼睛冷冷地凝視著眾人，等他們喧鬧完了，才緩緩地問：「倘若是真的，你們願意奉我為突厥的大汗嗎？」

此言一出，眾人都驚呆了。麴智盛駭然：「他竟然要反叛！」

「閉嘴！」泥孰低聲道，「他早就有這個心思了。」

莫賀咄繼續慢悠悠道：「諸位，大衛王瓶只有兩個結果，真的和假的。待會兒我自然會向諸位展示。如果它是假的，諸位便衝上來，一人一刀將我斬了，獻給統葉護，換一片草場，謀一場富貴；如果它是真的，那麼我就能許下任何願望，成為這個大地上最有權力的人。諸位追隨我，又有什麼損失呢？」

這話極有道理，眾人開始低聲議論。半晌，才有人說：「大設，倘若大衛王瓶真的能許願，我們自然願意追隨你。但你許下的願望能否實現，一定要讓我們親眼見到。」

「這是自然。」莫賀咄哈哈大笑，「現在，我就許下一個願望，它馬上就會實現。」

眾人都好奇起來，靜靜地等著，莫賀咄嘲弄地看著臺下的人群，「今天，我邀請大家來欣賞大衛王瓶的神蹟，你們都願意來，我很高興。可是，我也知道，在你們之間，有些是統葉護的人，來這裡，只是想打探我的消息，報告給統葉護。這些人，我不知道是誰，但大衛王瓶一定知道。我的第一個心願，就是讓大衛王瓶將這些人找出來，殺死！」

臺下的眾人禁不住面面相覷，更有些人露出驚恐的神色。

莫賀咄拿出一把銀刀，割破自己的手指，緩慢地將鮮血滴入王瓶的六芒星印鑑之中，隨即整個王瓶呈現出玄奘和麴智盛等人所熟悉的景象，一條血紅的絲線迅速在瓶身遊走，瞬息間布滿了瓶身的花紋，瓶子散發出妖異的紅光，有如惡魔睜開了無數隻眼睛。

這些小可汗和俟斤們第一次見到這種景象，紛紛驚恐後退，敬畏不已。莫賀咄雙手高舉，嘴裡念出一連串晦澀古奧的語言，玄奘聽不懂。泥孰低聲道：「法師，這是波斯語。」

「他在說些什麼？」玄奘問。

泥孰仔細聽著，皺眉：「我也不大懂波斯語，只能聽個大概。這似乎是一種咒語，意思是說，我的孩子，我為你的降生等待了一千年，今後卻需要你為我等待九千年。如今永恆的世界已經降臨，我將履行我的諾言。出來吧，我的孩子，我將把這個世界交給你，讓你行走在波斯的陽光下。」

「什麼？」玄奘臉色一變，「你再說一遍？」

泥孰有些不解，又念了一遍，玄奘渾身顫抖著，閉目不語，口中默默地誦念著經咒。泥孰還要再問，忽然間，異象突發，那王瓶的瓶身裡突然冒出一團漆黑的煙霧，煙霧如旋風般環繞著瓶身，翻滾湧動，似乎有魔鬼在其中掙扎欲出。

這景象麴智盛見得多了，禁不住冷笑：「哼，還是伴伴的那種伎倆——」

但他笑聲未停，那黑煙裡突然噗噗噗地彈出五股煙霧，在半空中迅速生長，蔓延。那瓶子彷彿是一條章魚，伸開它長長的觸手。麴智盛目瞪口呆之際，那煙霧觸鬚突然暴長，射入臺下的人群中，眾人驚駭地四散而逃，等大家都散開了，再一回頭，才發現臺下還有五個人站立不動。那煙霧觸鬚，竟然伸入了他們的口鼻之中，使勁往裡鑽！

這回連玄奘也驚駭了，這完全非人力所能解釋，徹底是神魔手段了！上千人的湖岸卻一片寂靜，只有馬匹噴鼻的聲音，湖水拍打著湖岸的聲音，燃燒的篝火和火炬畢畢剝剝的聲音。在死亡般的靜謐中，往日微不可察的輕響，如今有如在眾人的耳邊炸起驚雷。

站在臺上的始作俑者莫賀咄也嚇住了，呆呆地望著王瓶，渾身顫抖。

「呵呵呵呵——」籠罩著大衛王瓶的煙霧忽然發出沉悶的大笑，那煙霧抖動，如同一個巨人笑到顫抖，「我尊敬的王，您的願望已經完成。如果沒有別的吩咐，我就要繼續沉睡，直到您再次將我喚醒。」

「不——」忽然底下有個侫斤大聲嘶吼，「莫賀咄，這是你在說話嗎？」

莫賀咄臉色慘白，恐懼地望著大衛王瓶，連滾帶爬地跳下土臺，站在人群中望著大衛王瓶：「不是我！不是我！」

「我的王，記得履行您的誓言。」大衛王瓶發出一聲嘆息。眾人仔細傾聽，那聲音顯然來自王瓶，並不是他們身邊的莫賀咄所發。

隨即煙霧開始凝聚，那五人口鼻中的煙霧觸鬚嗖地縮回，整個煙霧凝成一小團，然後消失不見。王瓶的瓶身顯露在眾人面前，又變成了普通的黃銅膽瓶。

站立在臺下的五人撲通栽倒，臉上漆黑一片，顯然已經氣絕身亡。

第二十一章　突厥王庭的豎井、政變與屍體

臺下悄無聲息，連這五個俟斤手下的戰士也嚇呆了。莫賀咄好半晌才反應過來，忍不住狂喜：「哈哈哈，大家看到了吧？這就是大衛王瓶！這就是天上地下，無所不能的神魔！」他走到那五具屍體跟前，仔細端詳著，「柯比略、沮牧健……嘖嘖，還有沙缽羅？哼，原來你也是統葉護的奸細，虧你與我兄弟相稱！來人，殺光他們的部屬！」

莫賀咄的附離兵早已經祕密調動，包圍了這片湖岸，一聽命令，迅速縱馬馳入人群，將那五個部落的部屬包圍起來以利箭射殺。誰也沒想到會發生這種事，再加上還沒從大衛王瓶的震撼中恢復，這五個部落的突厥戰士措手不及，霎時間箭鏃嘶鳴聲、弓弦震動聲、慘叫聲、怒罵聲，混合成了一片。附離兵不管其他人，只顧縱馬圍繞著這些人騎射，片刻之後，這五個突厥貴族帶來的部屬已被射殺殆盡，滿地都是屍體。

莫賀咄滿意地點點頭，重新走上高臺，大聲喊道：「諸位，叛徒已經除掉了，大衛王瓶的神力也證明了，你們遵守你們的承諾嗎？」

這下子還有誰不願遵守？大夥兒紛紛拜倒，叫道：「我等願意追隨大汗！」

莫賀咄哈哈大笑，正笑著，忽然愣住了。原來，泥孰和玄奘等人也跟這些人混在一

起，這些人一跪拜，頓時把泥孰等人給顯露出來，他們有如鶴立雞群，更像是海潮退卻後的礁石，異常醒目。

泥孰知道不好，正要命令屬下，但莫賀咄已經看見了他，哈哈大笑道：「泥孰？哈哈，泥孰！好一條大魚！來人，給我拿下！」

泥孰只帶了幾十個人，又沒有騎在馬上，眼見附離兵縱馬彎弓圍了上來，只好苦笑一聲，命令手下將背上的弓箭扔在地上。這是突厥人的規矩，扔掉弓箭表示不再抵抗。

一旁的小可汗和俟斤也認識泥孰，不少人還與泥孰的十姓部落關係匪淺，一看見他都擔憂起來，議論紛紛。

莫賀咄聽著這些議論，面無表情地走下高臺，瞇著眼睛，陰沉沉地朝眾人打量：「泥孰，麴智盛，哦，連法師都來了？這倒有些難辦了。法師，聽說殺掉和尚，罪孽深重？」

玄奘笑了笑：「世間眾生無二，和尚的性命並不比眾生珍貴。」

莫賀咄倒愣了：「你不怕我殺你？」

「怕。」玄奘坦然道，「不過貧僧此去靈山求佛，一路艱險，何嘗不是佛祖安排給貧僧的災難？倘若佛祖讓你殺掉貧僧，你殺就是了。」

「這樣啊！」莫賀咄煩惱地撓了撓頭，「佛祖讓我殺和尚，這算什麼說法？你這個和尚啊，屢屢跟我作對，若不是老子實在不願背上毀佛殺僧的壞名聲，早就宰了你了。你讓老子怎麼辦才好？」

這時，一旁有個小可汗問：「大設，這就是那個從大唐來的僧人嗎？他在西域好大的名頭啊！」

「你……你他媽的！」莫賀咄更氣了。此時佛教在西域影響力極為龐大，又被這小可汗點出了玄奘的身分，他想祕密殺掉玄奘也辦不到了。

莫賀咄望著三人思忖半晌，對著泥孰冷冷地道：「泥孰，你願不願意奉我為突厥之主？」

泥孰露出譏諷的神情：「你說呢？」

莫賀咄倒也有自知之明，搖了搖頭：「我知道你不願。眼下，這西突厥除了統葉護，便是你我二人實力最強，你跟統葉護不睦，卻不敢反抗他，我也能理解。今日我不殺你，也不逼迫你，等我殺掉統葉護，成了突厥的大可汗，我會再來問你，看看你和你的十姓部落何去何從。」

「你以為你能滅掉統葉護？」泥孰冷笑。

「能不能就不消你操心啦！」莫賀咄自信地笑了笑，「你眼光狹窄，目光短淺，我就在這湖邊挖一個地穴，將你囚禁在此處，讓你明白什麼叫坐井觀天。」

他當即下令，命人在湖邊挖了個兩丈深的豎井，收了泥孰、玄奘和麴智盛的兵器，用繩子將他們縋了下去。至於泥孰那幾十名手下，則都捆綁起來扔進了帳篷裡。

這裡距離湖邊太近，井底溼潮無比，一腳踩下去，甚至能踩出水來。泥孰和麴智盛坐立不安，四處摳摸著井壁，尋找出路；玄奘卻閉目坐在井底的泥地中，撚著佛珠，誦念著經卷。

「師父，」麴智盛苦笑，「您倒能坐得住，也不怕溼潮。」

玄奘睜開眼睛：「達摩面壁九年，他怕坐不住嗎？」

麴智盛頓時無語。

泥孰笑了：「法師是佛子，你連個沙彌都算不上，不懂佛性。」

「你懂？」麴智盛怒目而視。

泥孰哈哈大笑。這人當真是粗獷，身臨險境，生死一線，倒是笑得出來。

「泥孰，」玄奘有些奇怪，「莫賀咄為何不殺你？」

泥孰撇撇嘴：「殺了我，就等於跟十姓部落決裂。眼下他要對付統葉護，若是我的部落跟統葉護聯合起來，他死無葬身之地。再說了，這裡的小可汗和俟斤，大部分跟我的部落有聯姻，他急於收攏人心，哪裡敢當著他們的面殺我？」

「那咱們豈非能活著出去了？」麴智盛高興起來。

「做夢。」泥孰冷冷道，「若是他殺了統葉護，平定西突厥，他殺我就跟宰隻羊一般了。」

麴智盛的臉又拉下來了。

上面喧鬧的聲音逐漸消散，傳來馬蹄遠去的聲音，想來是眾人盟誓後紛紛散去。原本還有些篝火的光芒射在井壁上，漸漸地，連篝火也熄滅了，只有一線月光照耀著井壁，清冷無比。

「等到明日，統葉護可汗恐怕就會成為一具屍體了吧？」泥孰幽幽嘆道。

「等不到明日。」玄奘搖了搖頭，「今夜必見分曉。」

統葉護已經睡了。

古老的月光照耀著白色的營帳，營地內的篝火映照著巡夜人的臉，腳步悄寂無聲，誰都不敢驚擾大汗的睡眠。

忽然，營寨外馬蹄聲驟起，一行十餘人的隊伍從遠處而來。守夜的士兵立刻警醒，紛紛彎弓搭箭，對準了他們。那些人到了營寨前齊齊勒住戰馬，當先一人掀起頭上的罩巾，守夜的戰士才看清，竟是大汗的親伯父，莫賀咄設。

「原來是莫賀咄設。」一名負責守夜的梅祿看清他的樣子，鬆了口氣。

莫賀咄笑吟吟地道：「原來今夜是你值守，大可汗睡了嗎？」

「今晚大可汗喝多了，早已睡了。」那梅祿回答，「不知大設深夜來這裡，有什麼要緊的事？」

「我新近得了一件寶物，今夜是來向大可汗獻寶的。」莫賀咄笑道。

梅祿愣了，有些為難：「大設，若是獻寶，大可汗肯定高興，可是……他近來經常失眠，難以入睡，今晚好容易睡了，若是將他吵醒，怕是……」

「你不知道我送給大可汗的是什麼寶物，若是知道，只怕打斷你的雙腿，你也要爬到大可汗面前，告訴他這個好消息。」莫賀咄呵呵笑著。

梅祿有些吃驚：「什麼寶物，這般緊要？」

「大衛王瓶！」莫賀咄緩緩地道。一揮手，跟在他身後的騎士從馬背上將大衛王瓶抬了下來，月光下，黃銅的瓶身散發出璀璨的光芒，連月光也為之黯淡。

梅祿頓時驚呆了，他周圍的士兵也驚呆了，愣愣地看著大衛王瓶。好半晌，梅祿才反應過來：「快！快！打開寨門！大設，我……我親自去稟告大汗，請將這個功勞給我！」

莫賀咄含笑點頭，等營寨打開，梅祿急忙騎上馬，朝著王帳馳騁而去。莫賀咄笑著，率領眾人跟在後面。

統葉護今晚的確喝多了。自從他哥哥射匱可汗死後，他繼承大可汗之位，夙興夜寐，率領著草原狼族在這片廣袤的大地上四處擴張。他有勇有謀，擅長攻戰，向東屢敗東突厥，向北吞併了鐵勒，向西接連擊敗薩珊波斯，向南打到旁遮普地區，震懾天竺。控弦數十萬，統霸整個西域。西突厥的盛況，在他手中達到空前絕後的巔峰。

但是這些年，統葉護老了，就像一頭掉了牙的獅王，充滿警惕，充滿懷疑與不安。對外和葛邏祿關係緊張，時常發生戰爭；對內則疑懼各大部落，對他們橫徵暴斂，苛刻以待，部落咸怨，造成西突厥內部暗流湧動，更加深了統葉護的疑懼，日夜精神緊張，難以入眠。

今夜，是他這些年睡得最香的一夜，但聽得莫賀咄來獻大衛王瓶，統葉護還是狂喜而起，馬上命人召莫賀咄進來。

可天生的疑慮讓他沒有放鬆警惕，他這座王帳極大，容納數百人也不成問題，聽到莫賀咄帶了十幾個人，當即又召來一百多名親衛進入王帳，這才覺得安全了許多。

過不多久，莫賀咄帶人抬著大衛王瓶走了進來，見到統葉護，躬身施禮：「參見大可汗。」

統葉護急忙起身：「伯父，快快起來，快起來，您是我的至親，不用這些虛禮。嗯，聽說您得到了大衛王瓶，想獻給我？」

莫賀咄回頭一招手：「抬上來。」

手下的附離兵將大衛王瓶抬了過來，放在統葉護的面前。統葉護頓時整個心神都被吸引，迷醉地打量著這只神祕的王瓶，喃喃道：「難道這就是薩珊波斯的鎮國之寶，大衛王瓶？」

「沒錯，」莫賀咄笑道，「大汗若是不信，可以召喚瓶中的魔鬼出來，許個心願。」

「好好好！」統葉護興奮無比，「怎麼許？」

「大汗，這只瓶子只能許下三個願望，無所不能。既然要實現這種神蹟，為何不讓王庭中那些忠於您的臣子們也來見識一下，讓他們對您更加忠心耿耿？」莫賀咄笑道。

「對對對，」統葉護猛然醒悟，「伯父，您這話沒錯，這種神物既然被我得到，自然該讓他們見識見識。哼，薩珊波斯靠這只王瓶震懾大地四百年，我有了這王瓶，蒼天之下，大地之上，誰敢不服？來人，把留在王庭的設、特勤、亦都護、俟利發，統統給我叫來！」內臣領命而去。

統葉護望著大衛王瓶笑得合不攏嘴，但心裡也有疑慮：「伯父，我想問問，既然這只大衛王瓶能滿足人的任何願望，而您又得到了它，為何不向它許願，而要把它送給我呢？」

「大汗，」莫賀咄長嘆，「我老啦！這輩子輔佐了四代大汗，雖然南征北戰，卻不曾有太大的野心，我又能許下什麼願望呢？長生不死？恐怕大衛王瓶沒法滿足吧，否則薩珊波斯的皇帝早就永生了。而我的兒子們不爭氣，傳給他們無疑是個禍端。至於其他的，對我來說有什麼用呢？大汗您的功績，在這草原上只要有眼睛的都看著呢，我獻給您，只望等我死後，您能好好照顧我的部落、我的兒子們，這已經是我最大的心願了。」

統葉護心中感動：「伯父，一直以來是我誤會您了。從今往後，您將是我最親近的人。若是將來我能拿下葛邏祿，定會把整個葛邏祿分封給您的兒子。」

「多謝大汗。」莫賀咄施禮。

說話間，接到詔命的突厥貴族們紛紛趕到，這些人都是統葉護的心腹，就住在王庭內，因此距離不遠。

統葉護朝四下看了看，有些不滿意：「咥力怎麼沒來？」

咥力是他極為寵愛的兒子。

「大汗，」內臣稟告，「咥力特勤去城外弩失畢部探望泥孰，泥孰卻不在，他等得晚了，就在那裡睡下了。」

統葉護搖了搖頭：「罷了，不等他了。伯父，您讓魔鬼現身吧，我要許下第一個願望！」

突厥貴族們都圍攏過來，好奇地看著。莫賀咄就像在湖邊一樣，用銀刀劃開手指，將鮮血滴入六芒星封印，大衛王瓶體表出現黑霧纏繞，越來越濃。

眾人看得目不轉睛，一個個既恐懼又期待，統葉護更是張大了嘴巴合不攏。

莫賀咄開始用波斯語低聲吟唱：「我的孩子，我為你的降生等待了一千年，今後卻需要你為我等待九千年。如今永恆的世界已經降臨，我將履行我的諾言。出來吧，我的孩子，我將把這個世界交給你，讓你行走在波斯的陽光下。」

話音剛落，黑霧翻捲，形成隱約的巨人形狀，黑霧間傳來隆隆大笑：「我的王，您第二次將我喚醒，有什麼心願讓我實現？」

統葉護一聽，頓時就愣了，隱隱感覺有些不對，還沒回過神來，莫賀咄就哈哈大笑，伸手指向他：「阿卡瑪納，將統葉護和那些阻礙我的人，統統殺死吧！」

「遵命，我的王。」

沉悶的聲音令所有人駭然變色，統葉護知道上當，剛要大叫，那黑霧中猛地冒出幾股細長的煙霧，嗖地伸入了他的嘴巴和雙耳之內，竟像是有三條長蛇鑽進他的體內一般。

統葉護瞬間神情呆滯，臉上漆黑一片，一聲不響地翻身倒地。雄霸大地的一代王者，就此斃命。

王帳內的貴族們頓時大亂，統葉護的親衛們紛紛拔刀，衝殺過來，莫賀咄哈哈大笑，站在王瓶旁邊，伸手朝他們一指：「給我殺！」

大衛王瓶周圍的煙霧突然爆散，黑色的濃煙瞬息間充滿了整座王帳，吸入煙霧的人無不呼吸艱難，兩眼凸出，伸手扼住自己的脖頸，掙扎不已。片刻之後，上百名親衛、十幾個貴族，紛紛倒地斃命，刀劍落了一地。除了莫賀咄的人之外，整座王帳內無人倖免！

莫賀咄站在黑煙中，神情猙獰，如同惡魔一般。他走到統葉護的屍體前，伸腳踢了踢，喃喃道：「突厥大汗的位置，在你們父兄的手裡傳了三代，如今該交給我了！」

他緩緩地在滿地的屍體間行走，走到王帳門口，吩咐附離兵：「去，告訴他們，統葉護已死，整個王庭的中樞官員也都死了。讓他們出動大軍，控制碎葉城！所有不尊奉我為大汗者，殺！」

兩名附離兵答應一聲，正要離開，莫賀咄又交代道：「去，殺了咥力，我不允許統葉護還有兒子活著。」

豎井內的地下水慢慢上漲，已經淹沒了膝蓋。深井漆黑一片，三個人坐在水裡，彼此無言，只有玄奘平靜的呼吸聲傳來。

「師父，您睡著啦？」麴智盛問。

「唔。」玄奘迷迷糊糊地答應了一聲。

「唉，這光景也能睡著。」麴智盛喃喃道，「師父，咱倆聊聊天吧！」

玄奘打了個呵欠：「聊什麼？」

「師父，我有點怕死。」麴智盛老老實實地道，「您用佛法開導開導我吧！」

「貧僧無法用佛法開導你。」玄奘繼續打呵欠。

「為什麼？」麴智盛納悶。

「因為……」玄奘伸了伸腿，坐得舒服些，井裡的水嘩啦嘩啦亂響，「貧僧心裡念的是阿彌陀佛，我怕死的時候就想，或許死了，一閉眼就能見到佛，這樣就會高興起來。可你呢？心裡念的是龍霜月支，一閉眼見到阿彌陀佛，你不會太高興的。」

泥孰哈哈大笑：「膽小鬼，死有什麼打緊？像法師這樣，才是真灑脫。」

麴智盛呸了他一聲：「你懂什麼？僧人怕什麼？怕死後不得見阿彌陀佛。我怕，是怕死後見不到霜月支。她一個人流落在外，若是我死了，以後又有誰能陪她？」

「這個就不勞你操心了。」泥孰哼了一聲，「想陪她的人，比想投胎的人還多。」

麴智盛正要反脣相譏，忽然砰的一聲，腦袋上挨了一土塊，禁不住勃然大怒：「泥孰，你幹麼砸我？」

「我砸你做什麼？」泥孰也惱了。

「不是你還有誰？」麴智盛從水裡摸出那塊泥土，在黑暗裡晃著。

「是我。」頭頂忽然傳來一個懶洋洋的聲音。

三人不禁愣了，頭頂兩尺多高的井壁上，竟然透出一點微弱的光亮。三人赫然發現，井壁上不知何時出現了一個洞口，一個人的腦袋露了出來，正含笑打量著他們。

「王玄策？」麴智盛急忙跳了起來。原來井壁上被橫著鑿出了一條隧道，王玄策正趴在隧道裡，手裡拿著把鏟子。隧道裡隱約還有幾個人。

「法師，」王玄策拿著火摺子朝下面照了照，看見玄奘才鬆了口氣，笑道，「下官是不是打攪您的清夢了？」

「阿彌陀佛，」玄奘笑了笑，「王大人今晚明明喝得大醉，沒想到醉夢之中依然耳聰目明，知道貧僧三人被困在這裡。」

王玄策尷尬一笑：「法師，什麼都瞞不過您。若是我睡覺不睜著眼，讓您圓寂在這裡，只怕回到長安後，我想睜開眼也辦不到了。快請進來吧，下官挖了好幾個時辰，才挖出來這條地道，若是讓地面上的守衛聽到了，咱們就走不了了。」

三人不再耽擱，相繼爬進了地道。這地道甚是狹窄，王玄策拿著火摺子在前面爬，地道裡水氣溼重，有些地方還積了水，想來他挖的時候也頗費力氣。大約爬了十幾丈，眾人才總算出了地道。

地道口在一座小土丘的後面，土丘上是茂密的樹林，樹林外，便是莫賀咄的營寨。

出了地道，王玄策累得躺在地上：「當了幾年官，吃了幾年民脂民膏，沒想到體力活竟然如此累人。」

泥孰問：「王大人，您怎麼知道我們被莫賀咄關在這裡？」

王玄策露出為難的表情，玄奘明白，急忙岔開話題：「王大人，您既然來救我們，外面肯定出大事了吧？」

泥孰忽然醒悟：「對對對，王大人，此刻情況如何？」

「很不好。」王玄策坦誠，「今夜丑時，莫賀咄借著獻寶的名義，進入統葉護可汗的王帳，刺殺了統葉護和十幾位王室要員，而後又聯合十幾個部落對碎葉城發動攻擊，此時城內正在激戰。」

「什麼？」泥孰一下子驚呆了，他想過事情不妙，卻沒想到會如此糟糕。整個王庭一下子全被莫賀咄給滅了，這下子，西突厥斷無寧日了。

「我來的時候，莫賀咄的人正在圍攻你的營地。」王玄策嘆了口氣，「因為咥力今夜僥倖不在王庭，而在你的營地過夜。」

泥孰一下子急了：「法師，各位，我先去救我的族人，你們找地方躲起來。」

說完，他眼睛一掃，看見王玄策拴在樹林中的馬匹，急忙跑過去，解開一匹翻身上馬，疾馳而去。

玄奘望著泥孰的背影長嘆：「王大人，你與莫賀咄到底是一樁什麼交易？」

「政治上的交易。」王玄策苦笑，「法師想必記得，來碎葉城的路上，我和莫賀咄恰好遇見。我奉命出使，皇帝命令我不得干涉西域和西突厥的爭鬥，我身為使臣，怎敢不遵聖旨？我只是告訴莫賀咄，大唐不會干涉西突厥的內部事務，他就放心大膽地發動了政變。」

玄奘沉默片刻：「你陪貧僧去見一見莫賀咄。」

玄奘平時說話溫文儒雅，冷靜從容，但這句話斬釘截鐵，不容商量。王玄策愣住了。

此時，天色已經亮了。草原上的日出照耀著碎葉河河谷，日色蒼茫，仍與昨日一般無二，可河谷之上已經不是青草，而是滿地的屍體，鮮血染紅了大地，景色迷人的可汗冬宮，變成了人間地獄。

從碎葉城一直到楚河南岸，原本分布的白色營帳都被燒毀，焦黑的殘骸鋪在草原上，引得無數兀鷹飛來啄食，偶爾有行人馬匹奔過，兀鷹也不飛走，嘴裡叼著腸子，警惕地望著。

這是西突厥有史以來最大的一場內亂，碎葉城已經被莫賀咄的人徹底控制，統葉護的王庭雖然駐守著上萬大軍，可他本人已死，指揮中樞又被摧毀，這上萬精銳成了無頭蒼蠅，在莫賀咄和那些反叛的部落聯軍攻擊下，根本搞不明白怎麼回事就被擊潰。將近五千人戰死，三千人被俘，只有兩千多人逃出生天。

泥孰在亂軍之中殺出了一條血路，保護著咥力逃往西方的弩失畢部落，那裡是泥孰的地盤。莫賀咄就在屍山血海中宣布繼位西突厥大可汗，號稱莫賀咄侯屈利俟毗可汗，是為西突厥第六任大可汗。

玄奘和王玄策在滿地的屍體中走進了碎葉城。莫賀咄的人正在收拾路上的屍體，斷臂殘肢鋪滿了街道，城內的路都是泥土地，被鮮血浸泡得軟了，一腳踩上去，發出哧哧的聲響，彷彿踩穿人的肚皮。

玄奘小心翼翼走著，王玄策眉頭緊鎖：「法師，馬上就要到了，您總得告訴我為什麼要見莫賀咄吧？眼下這幫突厥人殺心正濃，萬一觸怒了他們，我可不好保護您的安全哪！」

玄奘不答，過了半晌，才問：「王大人，你這次回到長安，一定會加官晉爵吧？」

王玄策苦笑：「這是哪裡話？」

「一個使者，縱橫萬里西域，挑動世上最強大的帝國陷入仇殺和紛爭，從此永無寧日，這為大唐立下了多大功勞？難道皇帝會不犒賞你？」玄奘冷漠地道，「只怕陛下一高興，會封你公侯的爵位，位極人臣，這也算滿足了你的心願吧？」

王玄策沉默以對，兩人走了很久，才慢慢道：「不瞞法師，下官的確是有意促成這場政變。如今東突厥已滅，大唐左近的強敵唯有西突厥，我來時陛下雖然交代不得干涉突厥事務，但那時陛下正用兵東突厥，不敢分心西顧。此時天下格局已經改變，身為臣子，當捕捉戰機，當機立斷。法師，陷入內戰的西突厥才符合大唐的利益。這是我身為使臣的職責，也是我大唐子民捍衛家園的天職。雖然造下這無窮殺孽，但我絕不後悔。」

玄奘小心地把腳從一具屍體旁邊移過去，遙望著眼前巨大的王帳：「貧僧終於知道，此去天竺，求的是什麼了。」

王玄策嘆了口氣：「法師，前面就是王帳，我是使臣，在這場西突厥內亂中，只能適逢其會，卻不能與莫賀咄會晤，恕我不陪您進去了。我在這裡的任務已經完成，明日就會趕回長安覆命。法師，您一路保重。」

這個道理玄奘自然了解：「大人，若是見到陛下，請為貧僧帶一句話。」

「什麼話？」

「欲樹功德，何最饒益？」

王玄策沉默半晌，點了點頭：「下官記住了。」

王玄策回到長安後，果然將這句話帶給了李世民。但李世民此時追求的，不是功德，而是功業，這個問題很快便被拋之腦後。直到十八年過去，貞觀二十二年，李世民去世前的那一年，他日夜為噩夢所折磨，才想起了這句話。李世民召玄奘入宮，問了他相同的問題：「欲樹功德，何最饒益？」

王帳之內，昨夜的屍體都已經運了出去。空闊巨大的帳篷內，莫賀咄獨自坐在王座上，面前的短几上，放著那只大衛王瓶。王瓶周身纏繞著怪異的煙霧，瓶中的魔鬼竟然又一次現身，與莫賀咄對話。

「我的王，您第三次召喚，要許下什麼心願？」

莫賀咄神情疲憊，甚至有一些惶惑：「瓶中的神，是你讓我的願望達成了。我如今殺了統葉護，得到半個突厥之人的效忠，可卻忽然發現，竟然沒有了可以聊天的對象。我不知道誰在私下反對我，也不知道誰在心裡恨我，我坐在王座上，看著下面的人，覺得他們每個人都居心叵測。我心裡很恐懼，卻不敢和任何人說，哪怕是最親近的人。今天召喚你出來，就是想和你聊聊天。」

「我的王，如果這是您的第三個心願，我會讓您如願以償。」

「不不不，」莫賀咄急忙擺手，「我……我怎麼會如此浪費？唉，算了，你先回去吧，等我要許願的時候再喚你出來。」

「我的王，」大衛王瓶回答，「您呼喚我的咒語只能用三次，方才您已經念過了。即使您不許下願望，咱們之間的誓約一樣算是完成。我將衝破封印，回歸自由。」

「我……」莫賀咄目瞪口呆，「我沒想好……」

「那麼，我的王，我就離您而去了。」大衛王瓶說。

「不不不，我想想！」莫賀咄急得滿頭大汗，恨不得抽自己兩個耳光，他媽的，老子沒事找魔鬼聊什麼天啊！

大衛王瓶靜靜等著，莫賀咄忽然想起一件事：「對了，我想起來了！我手下的梅祿向我彙報，很多部落仍然忠於統葉護，他們想擁戴統葉護的兒子繼承大汗，與我開戰！咥力不可怕，他託庇於泥孰，而泥孰與統葉護素有仇怨，不會幫他。但統葉護有個長子，是吐火羅的國王，名叫呾度設，手下擁有強悍的軍隊。他聽到父親被殺，一定會帶著軍隊來復仇。倘若他與泥孰聯手，我就功虧一簣了！」

「那麼，我的王，您的心願是什麼？」大衛王瓶問。

「給我殺了呾度設！」莫賀咄惡狠狠地道。

「遵命，我的王。」大衛王瓶說，「這是您的第三個心願，完成之後，我將恢復自由。」

「好！」莫賀咄有些心疼，這個願望是他倉促想出來的，總覺得有些簡單了，但話已出口，又沒法反悔。

「我的王，請您把我送往吐火羅國。」大衛王瓶說，「等我到達阿緩城之日，便是呾度設死亡之時。」

莫賀咄愣了一下：「你……你不能在這裡讓呾度設死掉嗎？為何要親自去吐火羅？」

「因為當我獲得自由之時，黑暗將會籠罩大地，萬物將會滅絕。」大衛王瓶回答，

「我被封印在瓶中無數個世紀，我內心的憤怒必須以生靈的鮮血來平息。我的王，您願意讓我在您身邊獲得自由嗎？」

莫賀咄嚇得連連擺手：「別別別，瓶中的神，你還是……嗯，我明日就派人護送你去吐火羅！」

大衛王瓶哈哈大笑，煙霧收攏，縮回了瓶內。

莫賀咄鬆了口氣，但想到要把王瓶送走，終歸有些戀戀不捨。正在此時，門外附離兵來報：「大汗，唐朝僧人玄奘求見。」

「哦？他竟然從井裡出來了？」莫賀咄有些惱怒，他對玄奘一直懷有怨恨，「這和尚，在高昌就跟我搶王瓶，老子不想殺他，躲到了碎葉城，他還是陰魂不散，竟然跟泥孰勾結在一起反對我，難道老子真殺不得他嗎？讓他進來！」

附離兵出去，將玄奘帶了進來。莫賀咄坐在王座上，拿出一把彎刀，狠狠地插在地上，卻沒有說話，細長的眼睛森冷地注視著玄奘。

玄奘合十施禮：「見過大可汗。」

「法師，你來找我，有什麼事？」莫賀咄冷漠地問。

「貧僧想為統葉護可汗收屍、超渡。」玄奘平靜地道。

莫賀咄勃然大怒：「和尚，你以為我當真不敢殺你？」

「大汗，佛家真諦在於因緣迴圈，世事輪迴。自古以來多少英雄帝王埋骨沙場，貧僧是僧人，不介入塵俗中事，只想見證這帝王末路，造化無常。」玄奘道，「今日我為統葉護可汗收屍超渡，你要殺我；他日大汗百年之後，為大汗收屍之人，不知誰又要殺他？」

莫賀咄愣了。自從他繼任大可汗以來，一直對自身的命運有種難言的憂慮，玄奘此言正好戳中他的痛處，雖然極為刺耳，卻也無法生氣。

莫賀咄遲疑片刻：「你……只想為統葉護收屍？」

玄奘點了點頭。

莫賀咄意興闌珊：「和尚，我給你個面子。我本想斬下他的頭顱，送給泥孰和咥力，不過……你說得對，帝王末路，英雄了一輩子，該有個人為他收屍。去吧，統葉護的屍體就在隔壁的大帳中。好好念幾卷經，為他好生超渡。」

「謝大汗。」玄奘合十感謝，「另外，貧僧有一個忠告。」

莫賀咄不耐煩：「說吧說吧，老子這會兒正忙，快快說完。」

玄奘指了指大衛王瓶：「這瓶子並無神異，大汗不可依賴過深，否則必遭禍患。」

「放屁！」莫賀咄勃然大怒，站了起來，「我如今是大衛王瓶的主人，它讓我實現了這輩子最大的心願，你敢說它沒有神異？」

「沒有。」玄奘並沒有被他嚇倒，平靜地站在他對面，「大衛王瓶只是一場陰謀，而你，不過是某些人藉以實現陰謀的傀儡。大汗，既然你如今當上了突厥可汗，此生最大的夢想已經實現，那就不必再依賴它了。早早擺脫它，說不定還能免除禍患。」

莫賀咄笑了，但眼睛裡卻沒有絲毫笑意，提著刀慢慢走到玄奘面前：「和尚，我如何擺脫它？」

「交給貧僧帶走即可。」玄奘坦然道。

莫賀咄勃然大怒：「早知道你想謀奪我的王瓶！賊和尚，我殺了你！」

他大怒之下，一刀斬向玄奘的脖頸，刀光如雪，瞬息間就要斬斷玄奘的頭顱！玄奘眼睛眨也不眨，平靜地凝視著刀光。

就在這時，大衛王瓶突然噴出一股煙霧，宛如觸手射入了莫賀咄的鼻孔，莫賀咄一怔，隨即無聲無息地翻身倒地，彎刀也落在了一邊。

玄奘絲毫沒有驚異，他走到莫賀咄身邊，探了探他的鼻息，發現他只是昏迷，並沒有死去，才鬆了口氣，徑直走到大衛王瓶的對面趺坐。

「阿彌陀佛，」玄奘合十，「阿卡瑪納，多謝你救了貧僧的性命。」

這次，大衛王瓶沒有冒出黑煙，瓶內傳來一聲嘆息：「法師，我是魔神，你是佛子，難道你我注定要決出勝負嗎？」

第二十二章　波斯瓶中人

玄奘悲哀地望著瓶子：「貧僧沒在意過勝，也沒在意過負。」

大衛王瓶冷笑：「您從高昌就開始探詢我的祕密，又一路追到碎葉，敢問法師，您的目的是什麼？」

「娑婆世界，萬物紛紜。神魔也好，眾生也好，無不在佛的關照之內，干貧僧何事？」玄奘有些難過，「貧僧是個凡人，有著喜怒哀樂，傷痛別離，因此，貧僧所不忍目睹的，也是世上眾生之苦。有那麼一個孩子，他是我的弟子，是波斯人，隨著叔叔運送大衛王瓶前往長安。可是在莫賀延磧，他的叔叔與族人都被截殺，他孤身一人流落在西域，他最大的心願，就是能夠完成家族的使命，把大衛王瓶送到長安，然後回到波斯的陽光下。貧僧答應過他，要幫助他完成心願，然後將他送回波斯。」玄奘的眼睛裡閃耀著淚光，聲音都有些哽咽了，「可是，他卻葬身於天山的火焰之中，我連他的骨灰也找不到，只找到一些衣物的灰燼。我將之盛在石頭匣裡，因為他是拜火教徒，素愛潔淨，便是死了，也不願讓自己的遺骸汙染木頭、鐵器和這世間的萬物。」

玄奘說著，從懷裡取出一個石匣，打開，裡面是幾片破爛焦黑的衣物殘渣。他將石匣放在大衛王瓶的面前：「他和我都是凡人，我們牽掛的和牽掛我們的，只有這世上的親人。貧僧五歲喪母，十歲喪父，如今長到三十歲，雖然皈依我佛，但每每深夜夢醒，想起過世的親人，淚水仍溼透了枕頭。阿術今年才十歲，他的家鄉還有父親在等待著他歸來，他也說過，想回到父親膝下，牽著父親的手，行走在波斯的陽光下。阿卡瑪納，我追索著你，就如同追索著阿術的夢想。為了這個孩子，我願追你到天涯海角。除非，你讓他復活，讓我帶著他回到波斯的陽光下。」

這番話很長，玄奘說得又慢，但大衛王瓶卻耐心地聽著，不曾打斷。等玄奘說完後，它陷入長久的沉默；玄奘也沉默了。一人一物，一僧一妖，似乎在默默地對視。

「法師，」大衛王瓶發出一聲沉悶的嘆息，「我知道您的心了，但人死不能復生，就算我無所不能，也無法讓死者復活。」

「真的不能嗎？」玄奘有些遺憾，淚水慢慢地淌了下來。

「不能。」大衛王瓶斬釘截鐵地拒絕了玄奘，它似乎也有些悲傷，「眾生的悲傷與痛苦，又豈是死亡最大？法師，我給您講述一個拜火教的故事吧！最初，宇宙萬物都不存在，一片混沌，只有時間與空間的神祇扎爾萬孤獨地存在於這個宇宙中。一年又一年，不知過去了多少時光，扎爾萬寂寞了。他說，我想有個孩子。於是他暗自祝禱，在宇宙中祝禱了一千年，孩子也沒有誕生。他開始懷疑，這樣的祝禱是不是有用？就在這個念頭從心裡閃過的瞬間，一對孿生兄弟在他的腹中誕生了。一千年虔誠的期待孕育出了霍爾莫茲德，而瞬間的疑慮則產生了阿赫里曼……」

巨大如天穹的王帳中，地上仍舊是昨夜斑駁的血跡，西突厥的新可汗昏迷不醒，一個僧人盤膝坐在詭異的大衛王瓶旁邊，聽它講述一個遙遠國度的神祕故事。這情景，忽然讓玄奘有點恍惚。

「扎爾萬許願說，我將把世界交給先出生的孩子，由他來開創天地。阿赫里曼於是一把撕開父親的腹部，跳出來說，我便是您的孩子，把世界交給我吧！眼前的孩子渾身烏黑，散發著穢臭難聞的氣味，眼中還閃爍著邪惡貪婪的目光。扎爾萬大為不滿，他說，我的孩子霍爾莫茲德應是光明芬芳的化身，你這般烏黑穢臭，不是我期待已久的那個孩子。

「就在這時，霍爾莫茲德在光明與芬芳中降生了，他的光彩與清新使整個世界充滿祥瑞，扎爾萬微笑著歡迎這個孩子的降臨。阿赫里曼說，我是先出生的，應把世界交給我！扎爾萬說道，孩子們，我將履行我的諾言，把世界交付給先降生的阿赫里曼。但是，阿赫里曼你應該知道，你的兄弟霍爾莫茲德的力量與智慧均在你之上，所以你主宰世界的時間只有九千年，期限一到，霍爾莫茲德便將取代你，永遠統治世界。

「扎爾萬將手中的一束綠枝遞給霍爾莫茲德，告訴他，我的孩子，我為你的降生等待了一千年，今後卻需要你為我等待九千年了。這一束神聖的綠枝象徵力量與威儀，你好好珍惜，為未來祈禱吧！說完他就消失在時間與空間之中，再也沒有回來。」

大衛王瓶講述完這個故事，又陷入沉默，似乎在回味，很久才問玄奘：「法師，在阿赫里曼統治這個世界的九千年裡，您知道父親最愛的孩子在哪裡嗎？」

玄奘搖了搖頭。

「這是波斯拜火教所記錄的〈創世記〉裡的故事。在故事裡，最高的天上有光明國度，霍爾莫茲德就居住在那裡，等待著九千年後降臨到這個世界上。可是，在殘酷的現實裡，他卻如我一般，被封印在狹小的瓶子裡，等待著九千年後的自由。」大衛王瓶聲音淒涼，「他是父親最愛的孩子，他信守父親的承諾，沒有掙扎，沒有反抗，就這麼永遠在封印中沉默，等待著九千年後的自由。法師，世上最大的痛苦，不是死亡，不是分別，而是身體與靈魂被囚禁在狹小的地方，寂寞，黑暗，恐懼，孤單地度過一生。」

玄奘想起莫賀咄念過的那個咒語，喃喃地念誦：「我的孩子，我為你的降生等待了一千年，今後卻需要你為我等待九千年。如今永恆的世界已經降臨，我將履行我的諾言。出來吧，我的孩子，我將把這個世界交給你，讓你行走在波斯的陽光下。」玄奘慢慢地念著，然後問，「所以，這就是喚醒你的咒語嗎？」

「法師，還有什麼能比自由更吸引我呢？」大衛王瓶回答，「所以，法師，我無法讓阿術復活。」

玄奘的眼裡充滿了淚水：「可是，我真的很愛那個孩子，他聰明、勇敢，富有愛心，他是這個世上最高貴的人。我想牽著他的手，帶著他回到波斯的陽光下，把他交給他的父親。」

大衛王瓶似乎顫抖了起來，瓶身表面煙霧緩慢地繚繞著，極為不安，似乎有一股爆炸般的力量在掙扎。玄奘默默地凝視著，淚水滾滾而落。

忽然間，大衛王瓶發生了詭異的變化，花紋變幻交替，那瓶身竟然裂開了一條口，無聲無息地向左右分開。煙霧繚繞中，一團肉球從瓶子裡滾了出來。那肉球上慢慢伸出一隻手，隨後又長出一隻腳，然後頭顱四肢也冒了出來，變成一個形狀畢備的人體，赤身裸體地站在玄奘面前。

「師父。」那人說。

從瓶子裡出來的人，竟然是早已死去的阿術！

「阿術。」玄奘顫抖著走過去，將他抱在懷中，號啕痛哭。

阿術靜靜地流著淚，咬著牙，拚命讓自己不發出聲響。兩人就這麼摟抱著，過了很久，玄奘才平靜下來，仔細打量著阿術，瘦小的身子，慘白的肌膚，他足有四尺的身軀，真不知道怎麼裝進這狹小的瓶子裡！

「師父，現在，您知道大衛王瓶的祕密了吧？」阿術擦了擦眼淚，微笑著，「我就是薩珊波斯傳承四百年的瓶中人！」

「瓶中人……」玄奘還沒有從震撼中恢復，喃喃地重複著。

「是啊，」阿術淒涼難言，「在波斯，的確有這麼一只封印著魔鬼的大衛王瓶，但那只是故事和傳說。阿爾達希爾一世開創了薩珊波斯之後，為了震懾萬國，就祕密召集工匠，耗時數年，鑄造了這麼一只大衛王瓶。您可別小看它，它渾身上下到處都是機關，能控制黑霧，能噴發火焰，能流出鮮血，更能用銀針和毒物殺人於無形。它唯一的缺憾就是不能如同真正的魔鬼一般具有思維，與人對答。於是阿爾達希爾一世突發奇想，讓一個精通瑜伽術的人縮小身體，藏於瓶中，操縱機關。如此一來可以媲美真正魔鬼的人出現了，那就是瓶中人！四百年來，每一代的瓶中人相互傳承，他們能將身子折成麵團一般藏於瓶中，數月不吃不喝，甚至不用呼吸。這些人是歷代波斯皇帝最終極的武器，他們躲藏在瓶中假冒魔鬼，利用人類內心最深處的欲望為皇帝服務，誅殺不忠於皇帝的大臣和將軍，蠱惑臣民效忠薩珊波斯。師父，我就是這一代的瓶中人。」

「難道……」玄奘難以置信，「被莫賀咄帶走的這幾個月，你一直躲在瓶子裡？」

「何止這幾個月。」阿術的笑容裡滿是淒苦，「師父，我比您的年齡還要大，今年已經三十八歲了。我從八歲那年，就被父親放進瓶中，到如今，已經三十年了。」

玄奘大為震驚，他上下打量著阿術：「你……你三十八歲了？難道你是……侏儒？」

「原本不是侏儒。」阿術打量著自己赤裸的身體，喃喃道，「可是，為了能夠藏身瓶中，父親用藥物把我變成了侏儒。」

玄奘恍然大悟，自從在莫賀延磧遇到阿術，他就覺得這孩子過於成熟，不但對西域的風土人情、政治軍事、各國語言無所不知，連人情世故都那麼精通。當時他以為是粟特人從小把孩子當成生意人培養，現在才明白，人家已經三十八歲了。

「那你父親是……」玄奘小心翼翼地問，「上一代的瓶中人？」

「不，」阿術慢慢地道，「他是這一代的波斯皇帝，庫斯魯二世。」

「什麼？」玄奘目瞪口呆。

「師父，」阿術笑了笑，眼淚慢慢湧了出來，「四十年前，我的父王，庫斯魯二世弒殺了他的父親霍爾莫茲德四世，當上了波斯的萬王之王。他之所以敢於政變，是因為瓶中人背叛了霍爾莫茲德四世，投靠了他。薩珊波斯四百年，有無數次這樣的例子，皇帝不是死在外族人的手中，而是因為大衛王瓶的背叛，被自己的兒子所殺。所以，我的父親當上皇帝以後，就在他的兒子裡選定了瓶中人。我是父親的第六個兒子，是波斯的王子。那一年，我才兩歲，被父親選定後，先是對外宣稱我夭折，然後開始祕密訓練我瑜伽術，還讓我變成了侏儒。」

「他怎能如此殘忍？」玄奘怒不可遏。

「殘忍嗎？」阿術坐在臺階上，遙望著面前的虛空，「兩歲之前，我並沒有記憶。也就是說，我從生下來就接受這種訓練，以為人生本就該是這個樣子，就該把四尺之軀縮成一個肉球，就該赤身裸體躲藏在狹小的瓶子裡，就該幾個月不吃不喝，也不呼吸。我根本沒有見過外面的世界，沒有見過綠樹、青草、房屋和為生活忙碌的人群。那些年，我只渴望見到一樣東西，陽光。因為我記憶中一直殘留著一個畫面，赤身裸體在陽光下奔跑，暖洋洋的太陽照耀著我的身體，它不像銅瓶那樣冷，它那樣溫暖、那樣自由，能讓我看到很遠的地方，能蒸發掉我身上的汗水，讓我渾身清爽。後來，我把這個想法告訴了父親，父親向我承諾，等他許完三個願望，就讓我獲得自由，生活在波斯的陽光下。」

「師父，」阿術咧咧嘴，「父親為我的降生等待了兩年，我卻為陽光和自由等待了三十年。我把您剛才念的話當作喚醒我的咒語，就是在時時刻刻提醒父親，他的承諾，我在等著。」

「阿術。」玄奘握著他的手，失聲痛哭。

阿術也哭了，他摟著玄奘的脖子號啕大哭，似乎要把這一生的悲慘、淒涼、痛苦與悲哀發洩在淚水中。

玄奘今年三十歲，幾乎有二十年都是在行走中度過，他見過一個帝國崩潰的末世景象，見過人類因貪婪和欲望引發的災禍，甚至在泥犁獄中見過那些被崔珏擄來的無辜者，被綁在齒輪上拔舌剝皮的慘狀。但從未有一事，能像現在這樣帶給他這麼大的衝擊。一位波斯王子，自幼被藥物改造成侏儒，塞進兩尺高的瓶子裡度過三十年！僅僅想像，都覺得寒毛直豎，心膽收縮。

「我一直在王瓶內等待父親的第三個願望，可父親卻再也沒有許願。」阿術呆呆地回憶著，「後來我想明白了，歷代波斯皇帝從來不曾許下第三個願望，我的等待注定是一場空，我注定會在王瓶內度過一生。直到前幾年，拜占庭皇帝希拉克略與突厥人苟合，東西夾攻，薩珊波斯面臨亡國之禍，連父親最愛的海爾旺行宮都被燒掉了。於是父親終於來見我，說他要履行承諾，等我完成他的最後一個心願，就讓我自由。我問他最後一個心願是什麼，他說，他將把我和大衛王瓶送到萬里之外的大唐，送給李世民皇帝。然後，讓我蠱惑李世民出兵西突厥，這樣他就能一心一意對付希拉克略了。」

「可是，」玄奘疑惑，「他怎麼確定你能蠱惑大唐皇帝出兵？」

阿術自信地笑了笑：「師父，您還不明白嗎？當我在這個瓶子裡的時候，我就是真正的魔鬼，無所不能。任何人內心都有欲望，當他看到一個瓶子能與他對話，展示出各式各樣的神蹟，還有誰會懷疑呢？」他指了指躺在地上昏迷不醒的莫賀咄，「您看看他，就是個活生生的例子。」

玄奘心情沉重，這是他無法反駁的事實。哪怕李世民再英明，再睿智，當他看到大衛王瓶，恐怕也會被激發出內心的欲望，從而被阿術控制吧。阿爾達希爾一世的高明之處就在這裡，他澈底看透了人類與眾生的欲望。

想到這裡，玄奘不禁慶幸，幸虧房玄齡、杜如晦和魏徵等人所學為儒家，不語怪力亂神，才甘冒風險將大衛王瓶阻截在西域，否則，大衛王瓶抵達長安之日，恐怕就是大唐天下大亂之時。

「於是，父親派朝中一個臣子阿里布．耶茲丁為使者，祕密攜帶大衛王瓶，透過絲綢之路前往長安。」阿術陷入悠遠的回憶，「我們這一路行走了上萬里，耗時將近一年。我躲藏在大衛王瓶內，遠離了家鄉和親人，去往那陌生的國度。所追求的，就是他日能回到波斯，在家鄉的陽光下行走。我的瑜伽術能夠不吃不喝不呼吸，休眠三個月。時間久了，我就得從瓶子裡出來，喝一些清水，吃一些食物。耶茲丁並不知道王瓶的祕密，我只能在晚上他們睡著之後偷偷出來。那一天，我們走到莫賀延磧，再過幾天就要進入大唐國境了。當晚我們和焉耆人在沙漠的湖邊宿營，我從瓶子裡出來，準備喝一些清水，吃些食物，迎接這個陌生國度的挑戰。沒想到……」阿術苦笑，「我出來的時候，被耶茲丁無意間瞧到了。」

「哦！」玄奘恍然大悟，「原來，『瓶中有鬼』說的竟是這個意思！」

玄奘當時並不明白，聽到大衛王瓶的傳說後，以為是耶茲丁在告誡他，大衛王瓶裡封印著魔鬼，也沒有深究，現在想來，大衛王瓶裡封印著魔鬼，在波斯人盡皆知，耶茲丁又怎麼會在臨死前說這樣的話？大概是耶茲丁攜帶大衛王瓶萬里東來，而那一夜竟然看見從中走出一個孩子，讓他震撼且恐懼，雖然隨即就被麴德勇所殺，但他無法忘記看到的景象，才在臨終前無論如何也要告訴玄奘。

「我當時並沒有發現他，偷偷跑到湖邊去喝水。沒想到這時候麴德勇帶人來截殺焉耆使者，我們成了被殃及的池魚，耶茲丁也被射殺。」阿術講述著，頗有些頹唐，「雖然我的祕密僥倖沒有洩露出去，可……可我再也回不到瓶子裡了！」

玄奘不禁啞然。

這件事說起來太荒唐了。一個影響到世界格局，牽涉拜占庭、波斯、西突厥、大唐這幾個世上最強大帝國生死存亡的驚天謀略，竟然因為一次偶然，魔鬼再也回不到瓶子裡，王瓶再也無法送往大唐！

「所以，我只好跟隨大衛王瓶的腳步，尋找時機，打算再進入王瓶。」阿術苦笑不已，「那天晚上碰到師父後，我就跟著師父來到了西域。沒想到後來大衛王瓶到了高昌，被朱貴利用，憑空造出一場大衛王瓶裡魔鬼現身的計謀，當時連我也吃驚不已。」

玄奘也苦笑：「我遇見你的時候，何嘗想過其中竟然有這麼複雜的內情。」

「師父，」阿術有些好奇，「瞧方才您與我對話的意思，是知道我躲在瓶子裡的。您是怎麼發現的？」

「那只是猜測。」玄奘老老實實地回答，「但這個猜測太可怕，貧僧自己也不敢相信，一直努力往別的地方想。可思來想去，也只有你在瓶子裡才能解釋。阿術，還記得嗎？我在莫賀延磧遇見你的時候，你沒有穿衣服。」

「是啊，」阿術瞧了瞧自己赤裸的身體，「躲在瓶子裡，空間那麼小，怎麼穿衣服？」

「可當時是夜晚，天氣又冷，一個孩子跳到湖裡游泳，他的衣服呢？」玄奘問，「後來貧僧仔細尋找，也沒有找到你的衣服，只好用羊皮裹住你的腳。」

阿術有些感動，說道：「師父，也是在那一刻，我覺得您是我最信賴的人。我長這麼大，從未有人待我如此好，包括我的父親在內。」

他慢慢地依偎在玄奘懷裡，雖然三十八歲了，可他仍舊像個孩童般依戀著大人。玄奘摸著他的頭，說：「還有一次，咱們在伊吾城住宿時，你去刺殺麴智盛。」

阿術點點頭：「對，我想奪回瓶子。」

「可你殺了他三個護衛。」玄奘有些責怪之意，「那些護衛渾身無傷，連怎麼死的都查不出來。後來你告訴我，你用磚頭拍了他們的後腦杓。阿術，你外表是個不到十歲的孩子，如何能拍死三個身經百戰的護衛？再說，若拍的是後腦杓，難道麴德勇看不出來嗎？除非是你用銀針射殺。」

阿術尷尬地道：「我確實是用銀針射殺的。當時您問我，我隨口編了個理由，沒有想那麼多。」

「再後來就是井渠裡咱們逃命那次，」玄奘回想著，「那時候，井渠裡到處都是流人，為何你走到哪裡，哪裡的流人就會死亡？麴智盛懷疑是王玄策暗中收買流人裡的內應幫助咱們，這個理由當然也成立，可貧僧很難想像，普通的一個流人，能無聲無息地將自己人置於死地。前些天，麴文泰送給我兩隻流人的眼珠，在那眼珠裡，我見到了銀針。」

玄奘想著那日的情景，禁不住一陣顫抖。此事怎麼想都詭異，幽暗的井渠裡，流人四處圍追堵截，一個孩子跑在他們面前，笑著說：「師父，這裡沒有人。」

那些流人肯定愣住了。難道我們不是人嗎？

隨即他們的眼睛或許看見一道銀色的光芒，或許什麼也看不見，就無聲無息地死去。這裡，真的沒有人。那個孩子所過之處，一路喊著：「師父，這裡沒有人。」

看見他的人紛紛死去。

「你還記不記得，政變那日，薛先生臨死前告訴王妃的幾句話？」玄奘問。

「嗯，」阿術點頭，「記得呀！好像跟您有關，我記得王妃聽完後，似乎驚恐地看了您一眼。」

「那不是跟我有關，而是跟你有關。」玄奘嘆道，「後來王妃請我將她和麴德勇的屍體合葬，作為條件，她把那句話告訴了我。她說，那日你在井渠中所過之處，流人紛紛斃命。當時薛先生和另一名流人也看到了，他們為何不敢追？因為在他們看來，你是個真正的魔鬼。」

「原來是這樣。」阿術有些悶悶不樂，「原來從那時起，您就懷疑我了。」

「沒有，」玄奘搖搖頭，「我當時絕沒想到你竟然是瓶中人。我只是以為，你有一種能殺人於無形的手段。直到那次在高昌城外，當著泥孰的面，你射殺了數名聯軍騎士，重樹大衛王瓶的魔力傳說。」

阿術嘆了口氣：「師父，我也無奈啊！朱貴那廝自作聰明，人為導演了一個大衛王瓶的陰謀，最後被您剝繭抽絲，攤在了光天化日之下。眾人都不相信大衛王瓶了，那我便是再鑽進去，把它送到大唐，又有什麼意義？所以……麴智盛險些瘋癲的那次，我幫著朱貴從他懷裡搶奪王瓶，趁機偷偷啟動了王瓶裡的機關，王瓶散發出煙霧，我又暗中射殺了泥孰的騎兵。」

「所以我才懷疑你跟大衛王瓶有極深的關係。」玄奘道，「後來在天山熔爐，你抱著王瓶滾下山崖，王瓶好端端的，你卻蹤影全無。我起初以為你墜入熔爐化成了灰燼，心中難過無比，可是到了西突厥，又聽見大衛王瓶作祟的消息，我就知道，你一定沒有死。」

「為什麼？」阿術好奇地問。

「因為你若死了，誰來操縱大衛王瓶？」玄奘道，「莫賀咄嗎？他是一介粗鄙之人，斷不會有朱貴那般才智。而昨夜我又在莫賀咄的營地親眼見到了大衛王瓶的威力，比在朱貴手中更勝百倍，那更不是普通人可以操縱的。」

「是啊，」阿術點點頭，「大衛王瓶裡的機關複雜無比，朱貴不懂，能做到那種地步已經很難得了。」

「更重要的是，我聽見了莫賀咄念的咒語。」玄奘望著他，慢慢念道，「……出來吧，我的孩子，我將把這個世界交給你，讓你行走在波斯的陽光下。阿術，你說過很多次，回到波斯的陽光下，是你長久以來的夢想。所以我就有了大膽的猜測，當一個人和瓶子一起滾下山坡，人消失了，瓶子還在，那麼他一定鑽進了瓶子裡。」

「原來是我的夢想讓我暴露在師父的眼前。」阿術眼睛裡慢慢淌出了淚水，他眺望著王帳頂上的穹廬，日光透過絲綢，照進王帳，「不知道波斯的陽光與西域有何不同？」

「想必一定很美。」玄奘也仰望著穹廬，喃喃道，「阿術，讓我牽著你的手，帶著你回到波斯吧！」

阿術陷入掙扎，臉上表情變幻，顯然內心衝突不已，玄奘一手撚著佛珠，滿懷期待。

「不，」阿術最終搖頭，「我一定要完成父親交給我的使命，否則我如何回到他的身邊？」

「你的使命已經完成了。」玄奘勸解，「雖然你並沒有讓大唐出兵，可你讓西突厥陷入內亂。波斯西北的危機已經解除了，效果是一樣的。」

「他們的內亂還不夠。」阿術搖搖頭，「莫賀咄的地位還不穩固，除了泥孰，他還有一個更可怕的敵人，吐火羅的國王，呾度設。他是統葉護的長子，手中又有大軍，他知道父親的死訊，一定會率兵來報仇。要是呾度設與泥孰聯手，莫賀咄必將潰敗無疑。」

「呾度設？」玄奘想了想，猛然記起，「麴文泰的長女是不是就嫁給了他？」

「就是他。」阿術道，「吐火羅一帶原本被嚈噠人占據，三十年前，統葉護滅掉嚈噠後，就派了自己的長子去統治吐火羅。麴文泰的長女，眼下是呾度設的可賀敦[19]。師父，我必須去殺了他，讓突厥人群龍無首，徹底分裂。」

「什麼？」玄奘大吃一驚，「阿術，不行！這萬萬不行！麴文泰對我有恩，你如何……如何能殺了他的女婿？」

玄奘身上還帶著麴文泰寫給呾度設的親筆信，委託他照顧玄奘。

阿術微笑道：「師父，我很高興您這麼說。您把我當成親人看待，可是，我對父親的承諾必須完成，等殺了呾度設，我就會回到波斯。哪怕不再當王子，做一個普普通通的侏儒也好。師父，我聽說這世上有一種馬戲團，那裡的小丑喜歡用侏儒。師父，我想做個小丑，每天在陽光下歡笑。」

「可是……」玄奘還要再說，忽然阿術揮手打出一團煙霧，那繚繞的煙霧鑽入玄奘的口鼻，玄奘只覺腦子一暈，頓時眼前一黑，昏倒在地。

阿術將他抱起來放在厚厚的地氈上，還在他頭底下墊了個墊子，讓他躺得舒服些。阿術跪在他身邊，靜靜地凝視著他，眼裡淌出了淚水：「師父，永別了。將來您西遊時，倘若願意到波斯，您會是我最尊貴的客人。我一定會化妝成小丑，讓您忘掉憂慮，每日歡樂。」

阿術起身，望著昏迷的莫賀咄，揮手拋出一團煙霧，低聲道：「莫賀咄，醒來吧！」

阿術用的不知是什麼藥物，厲害無比，玄奘昏睡了整整十日才醒來。

醒來的時候，他在自己原來的大帳裡，麴智盛、歡信、達摩支都守候在他身邊。玄奘撫摸著昏沉的腦袋，直到麴智盛打水來給他清洗面孔，他才恍惚記起昏迷前發生的事。他沒有理會三人，呆呆地走出大帳，發現碎葉城裡竟一片空曠，突厥人的帳篷都拆走了，一地狼藉。整個城中除了常駐在這裡的一些商人，就只有他們了。

「師父，」麴智盛走出來，低聲道，「突厥人都走了。」

「他們去哪裡了？」玄奘喃喃地問。

「您昏迷以後，莫賀咄把您送了回來。」麴智盛道，「後來這裡又發生了一場戰爭，莫賀咄潰敗，逃了。」

「發生了戰爭？」玄奘吃了一驚，「怎麼回事？」

麴智盛講述了這幾天發生的事，原來，泥孰帶著咥力逃到弩失畢部，弩失畢人想推舉泥孰做大可汗，泥孰不同意，他告訴族人：「我在一個人的面前向狼祖盟誓，無論統葉護待我如何，我絕不叛他！雖然統葉護待我苛刻，如今他又死了，可我的諾言還在，那個聽到我諾言的人也在，我泥孰絕不會毀棄自己的誓言。」

玄奘沒想到泥孰驕傲到如此地步，僅僅是被麴智盛逼出來的誓言，哪怕統葉護死了，他也遵循不誤。

後來，泥孰建議弩失畢部去迎接咀度設回來做大可汗，弩失畢部對泥孰言聽計從，當即同意。但這卻引起咥力的嫉恨，在咥力看來，自己是父親最寵愛的兒子，父親死了，理應由自己來繼承可汗，憑什麼千里迢迢地去把咀度設接回來？就因為他是長子？

他到底還年輕，不懂泥孰的苦心和謀略。要平定莫賀咄之亂，讓西突厥盡快安定，唯有迎回呾度設，與他聯手才能迅速打敗莫賀咄。可是嫉妒和貪欲蒙蔽了咥力的雙眼，泥孰率人走後，他竟然派遣心腹，暗中向莫賀咄告密，把泥孰行進的路線詳細告知。

莫賀咄當機立斷，率領大軍伏擊泥孰。

可西突厥的仗打的是人緣，莫賀咄的聯軍裡不少部落和弩失畢部都有聯姻，當即有人祕密告訴了泥孰。泥孰一不做二不休，半路上調轉，趁著莫賀咄主力不在碎葉城，帶著區區一千人馬突襲王庭。莫賀咄招架不住，大敗而逃。

「泥孰來的時候您還在昏迷之中，」麴智盛告訴他，「他急於追殺莫賀咄，就先走了。臨行前，給您留了一隊突厥騎兵，命令達摩支護送您離開突厥。」

「大衛王瓶呢？」玄奘急忙問。

「不知道，」麴智盛搖搖頭，「也許在亂軍中失蹤了吧！」

「它不會失蹤。」玄奘一想起阿術要殺呾度設就心急如焚，當即告訴麴智盛，「智盛，馬上收拾行裝，咱們立刻去吐火羅！」

達摩支迅速召集了突厥騎兵，準備路上的一應物資，拔掉營帳，保護玄奘啟程。歡信見玄奘無恙，也放了心，向他和麴智盛告辭後，就回去向麴文泰覆命了。

萬里西域，玄奘繼續他的西遊之路。他知道，這段旅程，自己要與一個真正意義上的魔鬼一決高下，而進入大衛王瓶的阿術，已非人力可以抗拒。

第二十三章　來自黑暗，歸於火焰

從碎葉城往南，穿越一些低矮的山谷和隘口，就到了千泉，這裡是統葉護夏天的王庭所在地。千泉比碎葉城大得多，修築成軍事堡壘的樣子，裡面有可汗居住的大皇宮、各種宗教的廟宇，還有數不清的民宅、店鋪和作坊。

玄奘走在千泉街頭，心中感慨，僅僅幾日之間，城池依舊，統葉護卻已經歸於塵土。

千泉在錫爾河東岸，順著錫爾河向南，就是怛羅斯城。怛羅斯是個小城，只有八九里長，可一百二十年後，就是在這個小城，爆發了一場東西兩個最強帝國的決戰。大唐對決新崛起的阿拔斯王朝，最終高仙芝三萬大軍全軍覆沒，只帶著兩三千人逃回安西，從此大唐退出了西域。

玄奘在怛羅斯住了一夜，第二日，他和麴智盛到城內打聽大衛王瓶的消息。可詢問到的人紛紛躲避，有些人更是露出詭異的神情，令兩人詫異無比。

但玄奘並不在意，繼續南行，進入了大沙磧，當地人稱之為飢餓的曠野。這裡是一片紅沙荒地，大漠茫茫，不見水草，更有毒蟲出沒，傷害駱駝和馬匹。在大沙磧裡，玄奘遇見一群粟特商賈。這群商賈見他有突厥騎兵保護，羨慕不已，懇求同行，玄奘欣然答應。

沒想到當晚住宿時，這群商賈突然抽出刀劍，對玄奘的隊伍發動突襲。所幸達摩支沙場出身，臨危不亂，指揮騎兵將這群商賈殲滅。玄奘被簇擁著保護在一邊，等他跑回來阻止時，商賈已被殺了大半。他找到一個老者，追問：「貧僧與你們無怨無仇，為何要謀害貧僧？」

那老者被捆得牢牢的，但望著他的臉上仍露出貪婪之色：「法師還不知道嗎？絲綢之路上已經傳遍了，說一個大唐來的和尚，乃是佛子轉世，吃了他的肉，可以長生不死。」

「荒唐！」麴智盛哭笑不得，「哪有吃人肉可以長生的？」

「如何荒唐？」那老者不服，「我在怛羅斯親眼見到神魔現身，告訴我們這個祕密。聽到的不下千人，如今絲綢路上，人人都要吃了你的肉！」

玄奘目瞪口呆，他知道，是阿術出手了，他要阻止自己前往吐火羅。

玄奘沒有再說什麼，讓達摩支將這些人都放了，懷著滿腹的悲傷，繼續前行。那日黎明，玄奘眺望著南方的山脈與草原，喃喃地問：「阿術，你我親如兄弟父子，你拋棄世上親情，即便獲得了自由，又能走在波斯的陽光下嗎？」

麴智盛也知道阿術的事，嘆息著：「師父，這便是執念。正如我為了霜月支不顧高昌的生死存亡一樣，阿術為了自由，也不在乎您的性命。這一路，咱們要加倍小心了。」

出了大沙磧，再往西就是撒馬爾罕。

撒馬爾罕是絲路重鎮，方圓一千六七百里，都城方圓二十多里，地勢險要，人口眾多，而且軍事實力強大，兵強馬壯，國王驍勇善戰，鄰國懾服。他們的軍隊盛行雇傭制，雇傭來的精銳戰士名叫「赭羯」，性情勇烈，視死如歸，戰場上所向無敵。

玄奘原本對撒馬爾罕充滿興趣，然而到達後才知道，這裡是拜火教國家，佛教根本無法生存，僧人來到這裡，拜火教徒就會放火驅趕。

這讓玄奘很是頭痛，好容易才在城裡找到一座荒廢無人的寺廟住下。不料到了夜間，突然有上千人手持火把圍困了寺廟，吶喊著要燒死玄奘。

達摩支勃然大怒，率領騎兵要衝殺，但這些人誓死不退，達摩支也怕了，只好緊閉寺廟大門。玄奘有些疑惑，讓他找來一架梯子搭在牆上，他爬上高牆望著寺外瘋狂的人群，高聲問道：「各位施主，貧僧只是路經撒馬爾罕，並未觸犯刑律，你們為何要燒死貧僧？」

有人高聲喊叫：「你這個唐朝和尚，神早就降下預言，說你是佛子轉世，生來便是要與我拜火教作對。只要吃了你的肉，就能得到神的祝福，獲得永生。」

玄奘張口結舌，不用想，又是阿術在幕後操縱。

「燒死他！燒死他！吃了他的肉！」

人群瘋狂吶喊著一擁而上，將火把投入寺廟，砰砰砰地撞著大門。轟然一聲巨響，大門被人群撞破，人如潮水般湧了進來，麴智盛和達摩支急忙扶著玄奘從梯子上下來，退入大殿，命令騎兵們手持弓箭長矛，誓死保護。

寺廟燃燒了起來。人群望著彎弓搭箭的突厥騎兵，不敢隨便靠近，只是把他們死死地困在大殿內，等待大殿燒毀，將他們燒死。

雙方就這樣對峙著。院子裡的拜火教徒點燃篝火，圍繞著篝火唱歌跳舞；玄奘等人卻在燃燒的大殿內焦灼不堪，眼看著大殿就要坍塌下來，煙火彌漫，熏得他們連連咳嗽，卻沒有絲毫辦法。

此時，遠處的地面傳來擂鼓般的震顫，不下千名騎兵疾馳而來，當先是一位頭戴王冠的魁梧男子。那些拜火教徒一見，紛紛拜倒：「參見國王陛下！」

原來撒馬爾罕的國王也聽到消息，率領赭羯騎兵趕過來。國王一打聽才知道，裡面不但有大唐來的僧人，還有西突厥的達官，不禁大吃一驚，急忙驅散徒眾，帶人衝進寺院，將玄奘解救出來。

達摩支怒不可遏，指著他道：「這是大唐來的玄奘法師，無論統葉護可汗，還是泥孰設、莫賀咄設，都把他當作最尊貴的客人，可到了你的國家，你竟敢縱容百姓如此無禮！」

國王連連賠罪：「達官、法師，本王實在是不知道您來到敝邦，倘若知道，必定會以禮相待，斷不敢讓百姓無禮啊！」

「那你怎麼會出現在這裡？」達摩支憤憤地道。

國王苦笑：「這幾日，本王供奉了一只神異的王瓶，那王瓶中有神魔。今夜本王正在對王瓶祈禱，那瓶中神魔現身，告訴我說法師有難，我才知道的。」

玄奘頓時愣了：「是大衛王瓶讓你來救我的？」

「是啊，」國王納悶地道，「法師，您知道那王瓶的名字？」

「貧僧不但知道它的名字，」玄奘苦笑不已，「還知道，今晚便是它鼓動教眾來燒死貧僧的。」

忽然，城內最高的一座塔樓上，傳來宏大的聲響，聲音震動全城，有如雷鳴一般：「師父，這只是給您小小的告誡，千萬莫要再阻擋我的道路，否則，您我的緣分，到今夜為止！」

「阿術！」玄奘眺望著圓月下那座塔樓，激動不已，「快，陛下，快帶貧僧到那樓上去！」

國王不明所以，但仍依言率領赭羯騎兵驅散人群，當先開路。玄奘跳上馬背，朝著塔樓疾馳而去。那塔樓高有十丈，乃是城內的瞭望塔。等玄奘氣喘吁吁地上了塔頂，大衛王瓶早已蹤跡全無，只有寂寞的圓月籠罩著塔樓，灑下一片月光。

「阿術——」玄奘失聲痛哭。

玄奘知道大衛王瓶距離自己並不很遠，於是急忙離開撒馬爾罕，追蹤著大衛王瓶的腳步南行。往南再經過七八個國家，便是鐵門關。

鐵門關是西域最著名的關隘，是西突厥本土和吐火羅的分界線。這是一座天然的關隘，峰壁峭拔，山色如鐵，最狹窄處，一人張開雙臂便能摸到兩側的山崖。關口上有城門，城門包鐵，門上又掛著不少鐵鈴鐺，因此被稱為鐵門。

進入鐵門關，便是吐火羅。

歷史上的吐火羅國地域廣闊，北至鐵門關，南至興都庫什山，阿姆河貫穿其中。吐火羅人曾在此建立了強大的貴霜王朝，鼎盛時期控弦二十萬。其後薩珊波斯、印度笈多王朝相繼興起，貴霜王朝衰弱，隨後嚈噠人南下滅掉貴霜王朝，並在此地建國。

三十年前，西突厥和薩珊波斯聯手滅了嚈噠，從此吐火羅分裂為幾十個小國，被西突厥控制。統葉護可汗派自己的長子呾度設擔任吐火羅國王，居住在阿緩城，統治著這片廣大的區域。

過了鐵門關，再走幾百里，渡過阿姆河，便到了吐火羅的都城阿緩城。距離阿緩城還有十幾里，達摩支就先派人前去告知呾度設，但到了城門口，呾度設並沒有親自前來，只派了自己的長子特勤來迎接。

一問之下，才知道呾度設病重。玄奘憂心不已，生怕阿術搶先一步加害呾度設，急忙隨著特勤來到王宮。呾度設坐在肩輿上，讓人抬著到王宮門口迎接玄奘和麴智盛。

呾度設年有四旬，長相與普通的突厥人並不相似，身材頎長，面色白淨，頗為文雅，是個有魅力的人。麴智盛是他的妻弟，兩人早年見過面，但呾度設看見麴智盛還不敢相認，一經介紹，頓時喜悅無比：「智盛、法師，我終於把你們盼來啦！」

玄奘一愣：「陛下，您知道貧僧要來？」

「兩個月前，我和可賀敦收到了高昌王派人捎來的口信，說智盛拜了法師為師，陪同您西遊天竺，將要路過敝國，讓我夫妻好生接待。」呾度設有些傷感，「從那時起，可賀敦就日日夜夜盼望著你們來，她嫁給我十多年了，遠離故土，無時無刻不想念著家鄉，能見到智盛，帶給她極大的喜悅。」

玄奘知道，他口中的可賀敦便是麴文泰的長女。

麴智盛也好多年沒見到長姐了，急忙問：「姐夫，我姐姐呢？」

「智盛，她終究沒能盼到你來，」呾度設大哭，「一個月前，就病逝了。」

麴智盛呆若木雞，忍不住放聲大哭。呾度設掙扎著下了肩輿，抱著他一起哭泣。

玄奘深深自責。因為雪山封路，他在龜茲停了兩個月，又在碎葉城待了大半個月，竟沒能讓可賀敦親眼看到麴文泰的書信，帶著遺憾去世。

咀度設又詢問麴文泰的情況，玄奘和麴智盛面面相覷，好半晌，麴智盛才硬著頭皮把高昌發生的慘事說了一番。咀度設當場驚呆了，他怎麼也沒想到，一個宦官策劃的內亂，竟然讓兩位王子斃命，連麴文泰也雙腿癱瘓。

麴仁恕和麴德勇是可賀敦一母同胞的親兄弟，都是突厥王妃所生，咀度設哀嘆不已，但對他們的到來還是很高興，當晚在王宮中宴請二人，還讓可賀敦的兩個孩子來參見舅父。兩個孩子大的不過十一二歲，小的才七八歲，都文雅懂禮，眉目間竟然跟麴智盛頗有些相像。麴智盛忍不住又抱著孩子哭了起來。

席間，咀度設告訴玄奘：「法師，您遠道而來，不如在阿緩城多待上幾日，等我病體痊癒，就親自陪同您到天竺去。」

玄奘合十感謝，問：「陛下，您何時開始患病的？」

「一個月前吧。」咀度設道，「自從可賀敦病故後，我日夜思念，鬱鬱寡歡，身體日漸虛弱。」

「哦。」玄奘鬆了口氣，一個月前的話，想來就不是阿術使然了。

咀度設極為聰明，見了玄奘的表情，忍不住問：「法師，您好像對我生病的時間頗為關心。」

玄奘遲疑了一下：「陛下，能不能屏退左右？貧僧有些話想跟您講。」

咀度設一怔：「有什麼大事嗎？」

「姐夫，」麴智盛神情凝重，「的確有一樁大事，我們此來，關乎您的安危。」

咀度設雖然病重，仍極為警醒，當即命令左右退出宮殿，讓人帶著兩位王子也回了後宮，大殿內只餘三人對坐。

「法師，您有什麼要事，但說無妨。」呾度設道。

「陛下，您可知道突厥王庭發生的大亂？」玄奘問。

呾度設的臉色頓時陰沉了下來，咬牙道：「法師，您說的可是莫賀咄弒殺我父親的事情？我早就得到消息了，正打算盡起大軍，北出鐵門關，為父親復仇！可是，一則我此時病重，二則我的大軍若是出了鐵門關，恐怕會引起泥孰的警惕。因此我先派使者去弩失畢部找泥孰，哪怕他不幫我，也要中立才行。此時我的使者還沒回來，我先讓大軍備戰。」

玄奘見他都知道了，便直截了當：「陛下，您出兵攻打莫賀咄，泥孰只會高興，不會阻攔，但您卻要小心咥力。泥孰原本想親自來吐火羅找您出兵，尊奉您為大可汗，共同消滅莫賀咄。可是咥力卻嫉恨泥孰不尊他為可汗，暗中破壞，泥孰才沒能過來。」

「咥力？」呾度設陷入沉思，最終嘆了口氣，「我已經十年沒有見到他了。那時候他還是個孩子，沒想到如今卻為了大汗的位置，連父親的仇恨也不顧了，父親真是白白寵愛他了。罷了，我來到吐火羅二十多年，早已習慣這裡，也不願去做那大可汗。等我出兵殺了莫賀咄，便還回吐火羅，咥力想做大汗，就讓他去做吧！」

玄奘見呾度設如此淡泊權位，不禁欽佩：「陛下，您想出兵，可有人不想讓您出兵。」

「哦？」呾度設詫異，「誰？」

「莫賀咄。」

呾度設哈哈大笑：「法師，他是我的仇敵，憑什麼阻止我？」

「大衛王瓶。」玄奘輕輕地道。

呾度設愣住了：「那個薩珊波斯的寶物？」

吐火羅西面與薩珊波斯接壤，他自然知道這東西。

玄奘見他聽說過大衛王瓶，倒也省了一番口舌，就將莫賀咄得到大衛王瓶，假借獻寶為名，殺了統葉護和整個王庭中樞官員的經過說了一遍，又道：「莫賀咄最懼怕的，便是您與泥孰聯手對付他，因此他對大衛王瓶許下的第三個心願，便是讓大衛王瓶殺了您。」

呾度設將信將疑：「那我為何不死？」

「不知為何，大衛王瓶必須來到吐火羅才能殺您。」玄奘道，「貧僧聽說後，便一路追蹤著它，來到阿緩城。它與貧僧差不多一前一後，估計此時也剛剛到了王城。」

呾度設雖然懷疑大衛王瓶的威力，卻也知道這和尚歷盡艱辛要保護自己，心中感動：「法師放心，在阿緩城，沒有人殺得了我。」

麴智盛領教過大衛王瓶的威力，心有餘悸：「姐夫，大衛王瓶的魔力極為可怖，乃是我和師父親眼所見。您這段時間一定要加強護衛，任何瓶瓶罐罐一律不得接近您。」

「明白。」呾度設點點頭，「我的安全不用擔心。智盛啊，這段時間你就陪著法師在城裡好好休息，我要新娶一個可賀敦，三日後就是成婚之日，到時候賓客眾多，大衛王瓶要殺我，恐怕那才是最好的時機。」

「姐夫要娶可賀敦？」麴智盛不禁愣住了。他自從見到呾度設，就覺得此人對姐姐情深義重，並非偽飾，沒想到姐姐才過世一個月，他就要新娶。

呾度設臉一紅，低聲道：「智盛，我本無意娶妻，只是這個可賀敦像極了你姐姐。我長子特勤前些日子偶然遇到，帶來給我看。我恍惚覺得你姐姐又活生生地站在我的眼前，而且年輕了二十歲。我看見她就想流淚，當時還想著，娶一個與你姐姐一模一樣的人，或許我的兩個孩子也會喜歡吧！」

「哦？」麴智盛有些驚訝，「世上竟然有與我姐姐長相如此相似的人？」

他還要再說，玄奘拉了他一把，笑著合十祝福：「那就恭喜陛下了。」

玄奘臉上笑著，但心中卻隱約覺得不安，一股極為驚懼的感覺，彷彿蓮花在心底綻放。

呾度設本想將玄奘二人留宿在宮中，但玄奘婉言謝絕，他是一個僧人，居住在王宮之中很是不便。呾度設也不勉強，就命人在距離王宮最近的一座佛寺內，給他們騰了一座院落，又安排人伺候。

呾度設病體還未康復，送他們住下之後，身體支持不住，便告辭回宮。麴智盛送他出門，剛送走人，便急匆匆地跑回來：「師父，師父！」

玄奘正在洗漱，轉頭道：「什麼事？」

「在宮中您為何拉著我不讓我問？」麴智盛有些不服，「姐姐新喪，姐夫就要再娶，我氣不過，師父您為何不讓我落落他的顏面？」

「智盛，」玄奘想了想，「今日來迎接咱們的特勤，你熟悉嗎？」

「不熟，但知道他。」麴智盛道，「他是姐夫的長子，但不是姐姐所生，是姐夫上一任可賀敦生的。姐夫生性平和，特勤卻熱衷征戰，殘忍好殺，不得姐夫喜歡。前兩年我在高昌時，父親收到姐姐的書信，說姐夫有意立我大外甥為繼承人，可後來好像沒有定下來，也不知為何。」

玄奘撚著佛珠沉默片刻：「為何特勤熱心給呾度設尋這門親？兒子給父親張羅婚事，這在大唐倒是少見。」

「哈哈，」麴智盛笑了，「突厥人可沒有大唐那般繁文縟節，他想討好姐夫，獲得寵愛，自然要竭盡所能。」

「那麼他如何找來與你姐姐長相相似的人呢？」玄奘繼續問，「你姐姐是漢人血統，想在吐火羅找個這般相貌的人，恐怕極為困難吧？」

「這倒是。」麴智盛撓撓頭皮，「師父，您覺得這裡面有問題？」

「不好說，」玄奘搖頭，「咱們初來乍到，不了解情況，這兩天好好打聽打聽吧，我總覺得心裡有些亂。」

麴智盛低聲問：「師父是在憂心阿術嗎？」

玄奘望著窗外長嘆：「算算時間，他該來了。或許，他早來了。」

麴智盛的心情也沉重起來。

這一夜，兩人睡得都不安穩，第二日早早就起來，在朝陽映照的吐火羅城內漫步。吐火羅城是西突厥、天竺和薩珊波斯三大帝國的交通樞紐，異常繁華，僅僅建築就薈萃了三種不同文明的精華，街上廟宇繁多，各種宗教僧侶的誦經聲從廟宇內傳來，整座城市顯得神祕無比。

兩人在狹窄的街道上走著，身後達摩支帶著幾名突厥兵配著彎刀保護，玄奘凝望著繁華的街市，卻一直心不在焉。

「師父，想什麼呢？」麴智盛問。

「我在想，阿術如果到了這裡，他會住在什麼地方。」玄奘道。

麴智盛苦笑：「吐火羅城這麼大，您要找起來，可是大海撈針了。」

「不，」玄奘搖搖頭，「吐火羅國雖然信奉佛教，但拜火教徒眾多，阿術是虔誠的拜火教徒，他遠離家鄉，思念親人，來到這個距離波斯僅一步之遙的地方，一定會惦念自己的父親。他此生最敬畏的人便是拜火教尊奉的霍爾莫茲德神，因為他覺得自己與霍爾莫茲德身世相同，都是為了父親的一個承諾而苦苦等候。他會虔誠地祈禱，懇求霍爾莫茲德保佑自己回到波斯的陽光下。」

麴智盛眼睛一亮：「那麼，他會住的地方就是……拜火教的祆祠！」

「沒錯，」玄奘點頭，「就是祆祠！」

麴智盛想了想，又頹唐起來：「可這座城裡，祆祠不下一百座，咱們怎麼找？」

「沒辦法，」玄奘也苦笑，「有時候就得下笨功夫。阿術若要來，必定是蠱惑了商人攜帶大衛王瓶入城，你先去吐火羅的官署打聽最近半個月從北面進入吐火羅的商隊，查問每一支領隊的姓名，然後去每一座祆祠打聽，看看他們是不是在裡面住宿。商賈一般會住客棧，倘若住進祆祠，那必定攜帶著大衛王瓶！」

「這個法子好！」麴智盛高興起來，「師父，不如我讓姐夫派人協助，這樣很快就能打聽出來。」

「不可，不可。」玄奘急忙擺手，「阿術極為警醒，你這樣大動干戈，勢必會驚動他。事實上，他或許一直在盯著咱們，說不定此時此刻就有一雙眼睛在人群中注視著。」

麴智盛嚇了一跳，左右亂看，自然看不出什麼。

「智盛，」玄奘又叮囑，「被大衛王瓶蠱惑的人有多狂熱，你是親眼見過的，一定不可掉以輕心，也不可逼迫太甚，如今他已是一個真正無所不能的人，輕而易舉就能在這個國家掀起動亂。」

麴智盛打了個寒顫，默默地點頭，當即去了城內的官署。

他是呾度設的妻弟，輕而易舉就拿到了呾度設的手諭，命令各級官員無條件配合，很容易就從稅官那裡拿到了入城商人的資料。麴智盛不敢用吐火羅人，就帶著達摩支的突厥兵挨個去詢問商隊。

與此同時，呾度設則忙著籌備自己的婚禮。一國國王大婚，頭緒繁多，幾乎全城動員，連附近各國都派了使者前來道賀；吐火羅城內更加繁忙。

麴智盛找了三日，問了數十支商隊，都沒有發現阿術的蹤跡，但他仍鍥而不捨地追查。到了呾度設的婚禮當日，呾度設親自邀請玄奘為他主持祝禱儀式，玄奘也擔憂他的安全，便來到王宮；麴智盛本來就不大樂意去參加他姐夫的婚禮，便繼續尋找阿術。

這場婚禮盛大無比，玄奘親自檢查了呾度設周圍的護衛，又詢問呾度設的心腹，也就是那位侍衛總管，特勤能否在護衛裡安插人手？

侍衛總管笑了：「法師，您放心，特勤多年不得寵愛，最近幾年連王宮裡也難得進來一次，他有什麼本事收買我的手下？」

玄奘見他如此有信心，這才略微放心。

侍衛總管又道：「法師，陛下命令我無條件遵守您的命令，王宮之內的軍隊，您可以隨意調動。法師有什麼指令，請下達無妨。」

玄奘沒想到呾度設對自己信任到了這種地步，更覺得肩上擔子太重：「貧僧也沒什麼指令，只有一點，任何一只瓶子、罐子，但凡能裝東西的，都不准接近陛下。」侍衛總管雖然不解，卻凜然奉行，玄奘想了想，又道，「除了兩位王子，其他十歲左右的男童，也一概不准接近陛下。」

「是，」侍衛總管慨然道，「請法師放心。」

主持祝禱儀式時，呾度設偕新可賀敦在玄奘的猊座下拜謝，玄奘特意看了這位新可賀敦幾眼。他沒見過高昌公主，但這位可賀敦一看就帶有漢人血統，美貌如花，不可方物。

剛主持完儀式，就見麴智盛滿頭大汗地從人群中跑了過來，一到玄奘面前，連口氣也來不及喘：「師父！師父！大衛王瓶找到了！」

玄奘大吃一驚：「在哪裡？」

「城西北的一座祆祠內！」麴智盛崇拜地望著玄奘，「師父果然神算，弟子從稅官那裡打聽到，這半個月從北方進城的商隊，足有二十一家。弟子到商隊裡逐一查問，他們大多居住在客棧，但其中有一個粟特商人，名叫阿里布，去祆祠禮拜後，就住宿在那裡，一直沒有回來。弟子便尋找這個阿里布，果然，在城西北一座極為荒僻的祆祠找到了他。弟子不敢驚動他，就趕來找您。」

玄奘深深吸了一口氣：「好，咱們這就去會會這個阿里布！」

此時新婚大典已經接近尾聲，倒也平靜無比，沒有任何事情發生。玄奘又向那位侍衛總管交代了幾句，便帶著麴智盛前往那座祆祠。

黃昏時分，蒼茫的落日照耀著古老的吐火羅城。

集市正要散去，經營一天的商人愉快地盤點著今日的收穫，回家的行人則步履匆匆。狹窄的街道上，充滿了人世間平凡而使人迷戀的生活氣息。

玄奘和麴智盛帶著達摩支的突厥騎兵在街道上疾馳，艱難地通過集市，朝著西北而行。吐火羅城北高南低，往西北走是一路上坡，走得不快。

祆祠位在一座土丘上，周圍荒涼無比，只有這座寺廟靜靜聳立，有種被世界遺棄的淒涼。夕陽餘暉映照在廟宇的屋簷上，閃耀著金黃的色彩。

距離祆祠還有一里，玄奘便讓麴智盛和達摩支停下，自己也跳下馬，獨自慢慢地向祆祠走去。附近路過的行人詫異地望著他，一個和尚，走進拜火教的寺廟，的確有些讓人不解。玄奘並不在意，平靜地走上廟宇的臺階。

這座祆祠很小，只有一座大殿，也有些荒廢了，或許是距離人煙比較遠，香火並不旺盛，牆壁上的彩繪有些剝落，透著一股淒涼的感覺。

祆祠的門關著，玄奘走到門前，正要拍，門卻吱呀一聲開了，一名祭司頭戴高高的白帽子走了出來，身後還跟著一個商人，想來便是阿里布。兩人用拜火教的禮節向玄奘施禮。

「請問您是大唐來的玄奘法師嗎？」那祭司道。

「阿彌陀佛，貧僧正是。」玄奘並不驚異，平靜地合十施禮。

祭司沒有說什麼，將身子讓到一邊：「神已經等待您多時了，法師請。」

玄奘沉默地走進去，祭司和商人並沒有跟進來，而是走到門外，輕輕地關上門，跪在門前，面朝太陽的方向，口中誦念著晦澀的經文。

門一關，祠內便有些昏黑，僅正中間燃燒著一團聖火，那聖火也不知燃燒了多少年，跳躍的火焰映照著大殿，光與影斑駁迷離。大殿的正中，是霍爾莫茲德的神像，他的面目和上身是莊嚴的人像，腰部有一個巨大光環，兩側是巨大的羽翼，下身是張開的鳥尾。他左手持有光環，那是承諾之環；右手平展，是指引去往天堂的路徑。腰部的光環下，垂著兩條綬帶。拜火教是善惡二元論，這是在告訴信徒，要麼行善，要麼行惡。

在霍爾莫茲德神像的下方，聖火的映照下，靜靜地放著那只大衛王瓶。

玄奘沒有說話，沉默地走過去，趺坐在大衛王瓶對面，用悲哀的眼神凝視著瓶子。

「師父，您終於還是來了。」大衛王瓶發出長長的嘆息，似乎傷感無比。

「我來帶你回家。」玄奘說。

「師父，我回家後，真的能行走在波斯的陽光下嗎？」大衛王瓶問。

「能的。陽光照耀著一切眾生，也會照耀著你。」

「師父，我真的能去馬戲團做一個小丑，每天快樂嗎？」

「能的。那裡是你的家鄉，有你的親人，你看見他們快樂，自己就會快樂。」

「師父，做個小丑，能給我愛的人帶來快樂嗎？」

「能的。一切眾生都會歡笑，他們之所以悲傷，是忘記了如何歡笑，他們在你的臉上看見歡樂，自己就會歡樂。」

「可是，師父，我害怕。」大衛王瓶說，「這三十年來，我藏身在這個狹小的瓶子裡，這銅瓶包裹著我，雖然冰冷，但也讓我覺得安全，就像父親冰冷的擁抱。而外面的世界那麼大，我會覺得寂寞，孤單，恐懼，無依無靠。」

「你想知道觀世音菩薩是怎麼祝福你的嗎？」

「師父，我想聽聽。」

「在人世間，感受著一切恐怖病苦的孩子與眾生啊，我發下過誓願，要讓你的人生圓滿無礙，遠離悲苦，要讓你看破生死煩惱，了悟真實光明。我祈求你一切圓滿，不受一切鬼卒的侵害……」

玄奘低聲誦念著。他閉著眼睛，撚著佛珠，眼眶裡湧滿了淚水，似乎將這些年的修行，這些年的情感，這些年的虔誠，盡數融入這篇改頭換面的《大悲咒》裡。

「師父……」大衛王瓶裡發出嗚嗚的哭聲，瓶身的花紋詭異地變幻，朝兩側無聲無息地滑開。那個令人悲傷的肉球滾了出來，在地上慢慢攤開，化作人形。

阿術赤身裸體地站著，滿臉淚水，他嗚咽著抱住玄奘，放聲痛哭。

玄奘慢慢睜開眼睛，他沒有說什麼，從隨身帶的包袱裡取出一套衣服：「阿術，這是我特意為你做的衣服。我知道，總有一天，你會穿上這身衣服，自由地行走在陽光和人群裡。來，試試合不合身。」

阿術哭著穿上了衣服，看了看腳下的鞋子，喃喃道：「師父，我懷念您包裹我雙腳的那塊羊皮。」

玄奘笑了，牽著阿術的手：「走，阿術，我帶你看看這個世界是什麼樣子。」

阿術順從地拉著他的手，走出昏暗的大殿。身後，裂開的大衛王瓶又無聲無息地合攏。

走到大殿外，夜幕已經降臨，祭司和商人還跪在門口，他們抬起頭，滿臉淚痕地凝視著阿術：「神子啊，您要離開我們了嗎？」

阿術抬起頭，眺望著山丘下吐火羅城的燈火：「我想尋找屬於人的歡樂。」

然後，他牽著玄奘的手，慢慢走下臺階。身後的兩人失聲痛哭。

玄奘陪著他走下山丘，麴智盛和達摩支還等候在遠處，但兩人都沒有靠近，只是默默地跟隨。

玄奘就這樣帶著阿術走上吐火羅的街道：「阿術，你能想像嗎？此時夜幕籠罩著這座城池，我們什麼也看不見，可是幾個時辰後，在東面，會有一輪燦爛的太陽，升到城市的上空，那時候，這座城池就會變得透亮，甚至能看見每一個角落的灰塵。」

阿術眺望著，一臉迷醉。

「阿術，你能想像嗎？這個時候，街上空無一人，所有的建築都像死亡了一般。可是當太陽升起，在你兩側的牆壁裡，會有孩子開始啼哭，大人也慢慢甦醒。他們會洗去臉上的疲憊，精神煥發地迎接一天的生活。街上會擠滿人群，他們的身軀不停地碰著你，挨著你，就像和善的父親用雙手環抱著你，與大衛王瓶冰冷的擁抱完全不同。」

「還有汗臭味、叫嚷聲，地上還有擠掉的鞋子。」阿術閉著眼，慢慢地想像著。

「那就是眾生的生活，」玄奘說，「普通，平凡。每個人都會有悲傷和不幸，正因如此，等悲傷和不幸過去後，他們才會快樂。阿術，為什麼人會快樂？因為悲傷過去了。」

阿術睜開眼睛，凝望古老的吐火羅城，神情裡充滿了悲傷：「師父，對不起，我想我還是讓你失望了。」

「為什麼？」玄奘問。

「因為，呾度設將於今夜死去。」

玄奘吃了一驚，阿術喃喃道：「半個月前，我就來到了吐火羅城，我讓阿里布把我獻給特勤。特勤是呾度設的長子，可是多年不受寵愛。我施展神通，輕而易舉就征服了他。我告訴他，莫賀咄叛亂，殺了統葉護可汗，咥力也死了。阿史那家族如今能夠繼承大可汗之位的，只有呾度設，泥孰不久後就會來迎接他去王庭即位。倘若呾度設死了，他就是唯一的繼承人。特勤一直想方設法要討好呾度設，高昌公主死了沒多久，他就找了個與公主長相相似的人，打算獻給呾度設，求得寵愛。但經過我的蠱惑，求寵之心，變成了殺心。」

玄奘慌了：「難道……新任的可賀敦，便是刺殺呾度設的人？」

「是啊，師父。」阿術喃喃地道，「再嚴密的防衛，又怎麼能阻擋新婚之夜的毒酒？」

「阿術，」玄奘頓時一頭冷汗，「你先回祆祠，我去救呾度設。」

「嗯。」阿術點了點頭，神情悲傷，「師父，倘若呾度設已死，您還會如此待我嗎？」

「阿術，我發下過誓願，要讓你的人生圓滿無礙，遠離悲苦。」玄奘嚴肅地道，「不管你身上犯錯，還是內心恐懼，我都會讓你重見光明，心無罣礙。」

說完，玄奘急忙喊來麴智盛和達摩支等人，跟兩人一說，他們也慌了，急忙上馬，在夜晚的街道上潑剌剌地朝著王宮方向奔去。

阿術默默地凝望著玄奘遠去的背影，淚眼迷濛。

玄奘等人趕到王宮門前，只見城樓上燈火通明，城內軍隊調動，一撥一撥地朝著王城趕來。玄奘心裡一沉，他知道，已經晚了。

特勤的弒君之舉計畫周詳。

新婚之夜，呾度設見新可賀敦與高昌公主一般無二，忍不住神思恍惚，迷醉不已。可賀敦舉起金杯向呾度設敬酒，呾度設一飲而盡，當場暴斃。隨後，可賀敦取出呾度設的印鑑，寫了封手諭，命人召特勤入宮。

特勤拿到呾度設調動大軍的印鑑，立刻調動軍隊，封鎖王宮與吐火羅城，直到第二日黎明時分，澈底控制全城之後，才宣布呾度設駕崩，傳位於他。根據突厥的收繼婚制，他將納王后為自己的可賀敦。

玄奘和麴智盛悲痛不已，麴智盛更牽掛兩個外甥，告訴玄奘，這兩個孩子父母雙亡，若是留在特勤手裡，勢必會被殺害。玄奘也憂心不已，第二日提出入宮弔唁的請求，特勤允准。兩人在侍衛總管的幫助下，祕密將高昌公主生的兩個兒子帶出王宮，藏於寺廟內。

特勤果然有毒殺二子的心思，一聽說兩位王子失蹤，立刻就猜到是玄奘和麴智盛動得手腳，勃然大怒，率領騎兵包圍寺廟，打算搶奪二人。雙方正對峙間，忽然聽得城門方向悶雷滾滾，不知道有多少人馬突入城內。

特勤大駭，剛要派人打聽到底發生了什麼事，就見一股黑色的鐵流席捲而來，為首的騎士正是泥孰！

特勤見過泥孰，他到底心虛，見這位威震突厥的大設率兵前來，心中忐忑，急忙過來見禮。泥孰不理他，跳下馬，進入寺院，先拜見玄奘。特勤也訕訕地跟了進來。

玄奘和麴智盛等人見到泥孰，才鬆了口氣：「阿彌陀佛，泥孰，你怎麼會突然到了吐火羅？」

「法師，我在碎葉城擊敗莫賀咄之後，一路追殺，直到他逃往金山，我才撤兵，並急忙率人來迎接咀度設回去即位。沒想到剛進鐵門關，就聽說咀度設暴斃。這才疾馳一夜，趕到吐火羅城。」泥孰說完，又回頭盯著特勤，冷冷地道，「特勤，你該叫我什麼？」

「叔……叔父……」特勤戰戰兢兢地道。

「很好，既然我是你叔父，那麼你老老實實告訴我，你父親是怎麼死的！」泥孰怒目大喝。

「叔父！」特勤頓時哭了起來，「父親的死因我也不知道。昨夜，父親新婚，我喝多了，正在府裡睡覺，忽然宮中的人拿著父親的手諭來見我，召我入宮。我入宮時父親已經暴斃，一問可賀敦，可賀敦說，他們正要就寢，忽然屋裡颳起一陣旋風，那旋風中冒出一個漆黑的魔鬼。魔鬼手拿長戟，大叫一聲說，莫賀咄派我來殺你，然後一戟刺下。父親渾身無傷，卻面孔黑紫，當場暴斃；魔鬼也消失無蹤。我當時驚恐不已，生怕是妖魔作祟，於是拿著父親的印鑑，調動大軍，控制王城。」

「魔鬼？」泥孰冷笑，「這說法你信嗎？」

「姪兒不得不信。」特勤正色道，「今日弟子挨門挨戶搜索，尋找凶手，終於得到消息，原來莫賀咄得到一個大衛王瓶，他對王瓶許下心願，讓瓶中的魔鬼殺掉我父親。據說此事在突厥人盡皆知。叔父，我父親、爺爺都被莫賀咄所害，您一定要替我做主啊！我當盡起大軍，追隨在您的旗下，一定要殺了莫賀咄。」

泥孰表情變幻，沉思良久，才擺了擺手：「罷了，你既然有復仇之心，那就不必待在這裡了。馬上去整頓你的軍隊，到時候隨我北上報仇吧！至於你的國王之位，等到平定了莫賀咄，新的大可汗即位，再進行冊封。」

「多謝叔父。」特勤鬆了口氣，連連鞠躬，帶著人走了。

他一走，麴智盛氣炸了：「泥孰，你這個白痴，明明是特勤害了我姐夫，你為何不殺了他？」

「麴智盛，你他媽才是個白痴！」泥孰破口大罵，「他雖然是編造，但這個理由你戳得破嗎？再說了，我只帶了一千人來，要在吐火羅跟特勤開戰，你想讓我的人全死在這裡嗎？」

「哼，你終於承認自己怕死了。」麴智盛冷笑。

「放屁！」泥孰被他氣得暴跳如雷，「老子是怕死之人嗎？你知不知道老子和莫賀咄開戰，死了多少勇士？老子為何來吐火羅？因為我和莫賀咄都已經撐不下去了，只要吐火羅的軍隊北上，立刻就能改變戰局！」他不想搭理麴智盛，轉而向玄奘訴苦，「法師，呾度設已經死了，死者不能復活，難道我要冒著讓西突厥、吐火羅都覆滅的危險，為一個人報仇嗎？特勤也說了，只要他做國王，就會盡起大軍，隨我征戰莫賀咄。為了讓西突厥盡快穩定，不陷入長久戰亂，我忍一時之氣又算得了什麼？」

「阿彌陀佛。」玄奘合十，「貧僧習的是佛法，不懂政治與戰爭。」

泥孰點了點頭：「多謝法師諒解。」他臉上現出憤怒之色，「但這件事也不能善罷甘休，這大衛王瓶到了哪裡，哪裡就災禍連天，高昌、西突厥、吐火羅，全都被它害得苦不堪言，國破人亡，我今日一定要燒毀這個禍害！」

玄奘嚇了一跳：「泥孰，不可莽撞。」

「法師，我意已決。」泥孰說完，翻身上馬，率領手下的騎兵轟隆隆地遠去。

玄奘頓時急了，叫上麴智盛，急急忙忙朝那座祆祠趕去。等他們到了那裡，泥孰和特勤的人已經包圍了祆祠，他們砸開廟宇的大門，將大衛王瓶抬了出來，一起呼喝著朝大衛王瓶怒罵，吐口水，簇擁著朝王宮前的廣場趕去。

「泥孰，不要——」玄奘拚命往裡擠，但街上的人太多了，經過特勤的宣揚，吐火羅城的人都以為是大衛王瓶殺害了呾度設，群情洶湧，憤怒不已，更有拜火教徒高舉著火把，叫嚷著燒毀王瓶。

人群塞滿長街。

玄奘在人群裡擠動著，忽然有人扯了扯他的袖子。玄奘回頭一看，頓時驚呆了，竟是阿術朝著他微笑。

「阿術！」玄奘一把將阿術抱了起來，「你沒在瓶子裡？」

「師父，」阿術一臉快樂的樣子，「我想走在陽光下，永遠不做那瓶中人了。」

「好好好。」玄奘喜不自勝，「那大衛王瓶……」

「泥孰想燒，就讓他燒吧。」阿術看著人群簇擁下的大衛王瓶，有些淒涼，「它到底犯下了那麼多罪惡。就當那是我的軀殼吧，如今燒掉這個軀殼，我就永遠留在人世間了。」

人群喧囂著朝王宮廣場而去，泥孰和特勤騎在馬上，蓄意鼓動百姓的憤怒，他們需要把這股憤怒轉嫁，轉嫁給大衛王瓶，轉嫁給莫賀咄。

人群從玄奘和阿術身邊流過，正如大海退潮，很快，整條街上都空蕩蕩了，只有麴智盛陪在他們身邊。三個人沉默地在吐火羅城中走著，街市上有來自世界各國的商賈操著各種口音叫賣，商品琳琅滿目。

阿術指著一個高鼻深目、滿臉大鬍子的老年商人道：「師父，他說的是波斯語，口音靠近泰西封。」

「那算是你的家鄉人了呀！」玄奘笑道。

「是啊，」阿術感慨，「兩年了，我第一次聽到家鄉的口音。」

阿術走上前，朝那個老年商人鞠躬，用波斯語問候：「長者。」

那老者聽見他的口音也有些意外：「你是泰西封人？」

「是的，我來自泰西封。」阿術愉快地笑道，「我離家兩年了，第一次見到家鄉人。」

「唔，孩子，願霍爾莫茲德的榮光永遠照耀著你。」老者祝福他。

「長者，我能打聽一下嗎？庫斯魯二世陛下，如今身體如何了？」阿術惦念著父親，

「我離開泰西封的時候，聽說皇帝得了痾疾，一直臥病。」

「庫斯魯二世嗎？」那老者愣了，「他早就駕崩了。」

「什麼？」阿術臉色劇變。

玄奘雖然不懂波斯語，但也聽出來有些不對，急忙摸著阿術的頭，問那長者：「發生了什麼事？」

他用的是吐火羅語，那老者自然能聽懂，於是告訴玄奘：「這位僧人，我剛才告訴這個孩子，兩年前，庫斯魯二世就駕崩了。前年二月，他的長子希魯耶謀害了他，先是用香炭燒毀了他的嗓子，然後絞死了他。」

阿術整個人呆住了。他在瓶子裡等待了三十年，終於等來父親最後一個心願，萬里迢

迢前往大唐，唯一的夢想就是完成父親的心願後，不再做那瓶中人，每天行走在波斯的陽光下。一路艱辛掙扎，經歷了莫賀延磧的截殺，經歷了王瓶失落的曲折，經歷了高昌內亂的生死危機，終於另闢蹊徑，藉由莫賀咄將西突厥攪得四分五裂、血流成河，讓西突厥再也無力與希拉克略合作，入侵波斯。

可就在他滿懷期待要回家的時候，父親死了。在他剛剛離開波斯的時候，父親就死了。在他奮鬥的時候，他為之奮鬥的人已經離開了這個世界，他這兩年的曲折與奮鬥，竟然全無意義。

「然後呢？」玄奘急忙問，「現在波斯怎麼樣了？」

「亂世末日啊！希魯耶即位後將他的十七個兄弟全部殺光，但這個遭了天譴的人，六個月後就被瘟疫奪走性命。」老者說，「隨後七歲的王子阿爾達希爾三世即位，今年四月，又被將軍沙赫．貝拉茲廢黜。一個月前，聽說沙赫．貝拉茲被對手吊死在泰西封，庫斯魯二世的小兒子賈旺希爾即位。不過前幾天從波斯來了一群商人，說賈旺希爾又被殺了，現在是庫斯魯二世的女兒布朗執政。」

三人沉默無語，誰也沒想到波斯竟然亂成了這般模樣，完全是王朝的末世了。

「師父，」阿術似哭似笑，「我還能回家嗎？」

玄奘心裡難受，拉著他的手，不知道該說什麼：「阿術……」

「師父，波斯還有陽光嗎？」阿術問。

玄奘無法回答。

阿術慢慢掙脫了他的手，獨自一人落寞而去。陽光照耀在吐火羅城，照耀在他的身上，但他似乎不是行走在陽光下，而是仍舊行走在大衛王瓶的黑暗中。

王宮的廣場上，擠滿了憤怒的百姓。廣場中央架起了一座高臺，大衛王瓶放在高臺上，下面燃燒著熊熊的火焰。

人群爆發出山呼海嘯般憤怒的呼喊：「燒毀它！燒毀它！魔鬼！妖怪！為咀度設復仇！為大可汗復仇！」

高臺下，泥孰和特勤請來的僧侶端坐在一旁，高聲誦念著佛經，以佛法鎮壓這只邪惡的瓶子。

就在這個時候，一個孩子從人群中走出來，他爬上高臺，踩著高臺上的橫木，朝大衛王瓶走去。人群頓時寂靜下來，詫異地望著那個孩子。

腳下是燃燒的火焰，前面是被烤灼的大衛王瓶，四周是粗大的鐵索，那孩子沉默地走在橫木上，走在火焰中，走向大衛王瓶。底下的人群沉默地望著，上萬人的王宮廣場上一片寂靜，沒有人知道這個孩子從哪裡來，要到哪裡去。

那個孩子走到大衛王瓶的旁邊，伸手在王瓶上撫摸著，大衛王瓶忽然緩緩地分裂成兩片，露出裡面的內膽，有如一個子宮。底下烈火烤灼著，這個時候，它不是冰冷的，而是溫暖的；也不是黑暗的，有陽光與烈火照耀著它。

玄奘和麴智盛也奔到了高臺下，玄奘仰面凝望著，眼睛裡充滿淚水，喃喃地說著：「回來，孩子，回來……」

那個孩子似乎聽見了他的呼喊，低下頭，向他笑了笑，他的身子隨即收縮成了一團，舒服地躺進了大衛王瓶的子宮裡，然後，王瓶慢慢地閉合了。

在拜火教的傳說中，宇宙原本一無所有，只有時間與空間的神祇扎爾萬孤獨地存在著。直到有一天，神寂寞了，他想做一個父親，於是祈禱了一千年。當他所愛的孩子降生後，他卻無法讓他活在這個世界上，只能滿懷歉意地說，我的孩子，我為你的降生等待了一千年，今後卻需要你為我等待九千年了。然後他消失在時間與空間之中，再也沒有回來。而那個孩子，則在黑暗與寂寞中永恆地等待著。

玄奘兩眼淚水，低聲嗚咽著，他凝視著大衛王瓶慢慢變得灼熱，變得通紅，最終燒化成一滴一滴的銅汁，滴落在火焰中。他知道，那個被父親遺棄的孩子，再也回不了家了。波斯的陽光哪怕千年萬年照耀著那片土地，也無法驅散那孩子身上的寒冷與黑暗。

「師父，我想家了，」麴智盛哭泣著，「想我的父王了。」

「智盛，你的西遊可以終結了，因為你已經找到了佛法要告訴你的東西。」玄奘在淚水迷濛中，凝望著東南的天竺國，「而貧僧，還要繼續走那漫漫的西遊之路。」

——西遊八十一案（二）西域列王紀　完

在那之後……

◎西突厥可汗

泥孰率領大軍回到西突厥，為迅速安定，立阿史那．咥力為可汗，是為肆葉護可汗。隨即泥孰與莫賀咄全面開戰，雙方在大草原上鏖戰不休。

西元六三〇年，莫賀咄兵敗，逃往阿爾泰山，最終被泥孰所殺。之後泥孰威望大增，肆葉護可汗急於建立威信，北征鐵勒，卻被薛延陀打敗。肆葉護為人多疑狠毒，濫殺功臣，最終對泥孰舉起屠刀，泥孰逃往焉耆。

西元六三二年，肆葉護的殘暴引起弩失畢部的一致反叛，肆葉護無力抵抗，逃往康居，不久死亡。弩失畢部迎立泥孰為大可汗，是為咄陸可汗。泥孰立為可汗後，派使者前往長安，表示願意依附大唐，李世民冊封泥孰為「吞阿婁拔利邲咄陸可汗」，他是唐朝第一個冊封的西突厥可汗，大唐的勢力開始進入西域。

西元六三四年，泥孰病逝。

◎高昌二王

麴智盛在西遊路上目睹阿術之死，最終領悟了自己今生的職責，隨後回到高昌，被麴文泰封為世子。麴智盛用心治理國家，經營高昌。

他此生從未忘記龍霜月支，做了世子之後，幾乎找遍了整個西域，也沒有她的消息。西元六三〇年，伊吾國王石萬年主動歸附大唐，李世民大喜，成立伊吾郡。這讓麴文泰無比恐慌，在麴智盛的提議下，父子倆訪問長安，受到李世民的盛大歡迎。第二年，麴文泰返國，而麴智盛留在大唐，一路尋找他此生的信仰，龍霜月支。

麴文泰在長安被日漸興盛的大唐所震驚，他意識到，大唐最終一定會謀取西域，從此與大唐貌合神離。西元六三八年，麴文泰和龍突騎支又起矛盾，他出兵攻打焉耆，攻陷五座城池，甚至與西突厥聯手攻打伊吾郡，企圖封鎖磧口，隔絕中原與西域。李世民震怒，下詔命令他入朝覲見，遭到麴文泰拒絕，只派了官員向皇帝致歉。李世民退一步，命他將東突厥潰滅時流落到高昌的漢人送回，麴文泰拒絕，言道：「鷹飛於天，雉伏於蒿，貓遊於堂，鼠噍於穴；各得其所，豈不能自生邪？」

麴智盛聽說之後，急忙趕回高昌，但時局已不可挽回。李世民吞併西域的雄心日益明朗，麴文泰保持獨立的願望日益強烈。

最終，李世民派侯君集率領大軍征討高昌。麴文泰誓死不降，要捍衛高昌的獨立。然而，莫賀延磧最終沒能阻攔大唐的腳步。西元六四〇年秋，侯君集率大軍越過沙漠，抵達高昌國境。麴文泰心力交瘁，憂懼而死。

麴文泰臨死前，麴智盛告訴他：「父王，我回到高昌，就是不想讓您承受亡國的屈辱。」

麴智盛即位高昌王，是為麴氏高昌第九代、第十王。辦完麴文泰的喪事後，麴智盛出城向侯君集投降，高昌滅亡。

來到長安後，李世民冊封麴智盛為左武衛將軍、金城郡公，麴智盛辭謝，願意隱居江南，做一個普通的百姓。李世民於是在廣陵為其建府，麴智盛從此常住江南。他相信，龍霜月支必定會念著兩人曾經的夢想，來江南看他。

很多年後，某一日，麴智盛在大運河邊漫步，無意間朝河上一望，流水扁舟，一個白衣女子盈盈站在舟上。麴智盛頓時淚如泉湧，搗著臉放聲痛哭。

◎焉耆王

龍突騎支自從失去龍霜月支的輔助後，除了保持與大唐的友誼外，國政日益潰亂，他為人暴躁，屢屢與麴文泰衝突，喪師失地。

西元六四〇年，高昌滅亡後，龍突騎支起初興奮，後在西突厥的挑唆下，意識到大唐這個龐然大物的可怕。於是他將次女嫁給西突厥將軍阿史那．屈利，以換取西突厥的支持，從此焉耆國策徹底更改，倒向西突厥。貞觀十八年，西元六四四年，龍突騎支的弟弟龍栗婆準投降大唐，李世民命郭孝恪突襲焉耆。郭孝恪在龍栗婆準的帶領下，穿過焉耆王城四周的水域，第二日上午便攻占了王城，俘虜龍突騎支。

貞觀二十三年，西元六四九年，李世民去世後，龍突騎支的石像與麴智盛的石像一起豎立在唐太宗的昭陵旁。永徽二年，西元六五一年，龍突騎支的弟弟龍先那準去世，唐高宗放回龍突騎支，讓他重新當上焉耆王。

◎波斯列王

西元五九〇年，時任波斯皇帝的霍爾莫茲德四世做了一樁極其愚蠢之事。波斯一代名將巴赫拉姆．楚賓正在前線與拜占庭對峙，偶有小敗，霍爾莫茲德四世便派使者到軍營傳旨解除兵權，同時賜給他一身婦人衣衫和紡紗桿，譏笑他只配做女人的活計。

楚賓勃然大怒，戰場反叛，攻打泰西封。

內外交困下，霍爾莫茲德四世的兒子庫斯魯二世趁機弒君奪位，將父親雙眼挖掉，囚禁於監牢，隨即殘酷地處死。庫斯魯二世即位後，抵擋不住楚賓的大軍，逃出泰西封，投奔拜占庭。

拜占庭皇帝莫里斯收庫斯魯二世為義子，出動大軍幫他復國。西元五九一年，楚賓戰敗，逃出泰西封，投奔西突厥。庫斯魯二世以重金收買達頭可汗的寵妃，讓達頭可汗殺了楚賓。隨後，庫斯魯二世用十年的時間平定波斯，波斯國勢蒸蒸日上。

西元六〇二年，拜占庭低級軍官福卡斯殺死莫里斯，篡奪大位。庫斯魯二世借著幫義父復仇的名義揮軍攻打拜占庭。波斯軍隊勢如破竹，拜占庭國勢崩頹。西元六一〇年，福卡斯的女婿克里斯普斯建議召迦太基總督希拉克略率兵勤王，福卡斯當即允准，不料希拉克略一進入君士坦丁堡，就發動政變，斬掉了福卡斯的腦袋，自立為皇帝。

希拉克略稱帝後，提出與波斯議和。庫斯魯二世不允，繼續進兵，西元六一三年，打下大馬士革，洗劫安提阿，西元六一四年攻陷聖城耶路撒冷，大肆燒殺搶掠。連基督教的鎮教之寶——釘死耶穌的十字架真品，也被他擄走。

西元六一五年，波斯軍進抵博斯普魯斯海峽，西元六一九年，波斯軍隊又征服了埃及。至此薩珊波斯的輝煌達到了前所未有的頂峰，然而，西元六二〇年，希拉克略十年生聚，擊敗了波斯的海陸大軍，開始反攻。同時西突厥的統葉護可汗也與希拉克略會盟，率軍攻入波斯。西元六二七年，希拉克略攻入波斯本土，一路勢如破竹，直抵泰西封。

西元六二八年，庫斯魯二世的長子希魯耶發動政變，廢黜了庫斯魯二世，將其祕密處死。希魯耶繼任波斯皇帝，史稱卡瓦德二世。卡瓦德二世請求與拜占庭議和，賠款割地，希拉克略退兵。

拜占庭退兵後，卡瓦德二世對皇室發動大屠殺，幾乎將所有的王子與公主斬盡殺絕，但他僅僅當了半年皇帝就身患惡疾，一命嗚呼。權臣沙赫．貝拉茲扶持其七歲的兒子繼任皇帝，史稱阿達希爾三世，但不久後又廢黜。

沙赫．貝拉茲風光沒幾天，庫斯魯二世的女兒布朗公主就設計絞死了他，自己繼任女王，但不久後又被廢，俾路支二世、霍爾莫茲德五世、霍爾莫茲德六世……在庫斯魯二世死後的三年內，九位短命帝王接連上臺，又接連斷頭，整個波斯陷入末世的混亂中，直到二十一歲的伊嗣侯上臺，史稱伊嗣侯三世，波斯才漸漸安定。

但這只是薩珊波斯的迴光返照，因為它最可怕的敵人，阿拉伯人從沙漠中崛起了。

西元六三六年，阿拉伯軍隊在卡迪西亞會戰中澈底擊潰波斯軍隊，第二年攻入泰西封，伊嗣侯三世出逃。在其率領下，薩珊波斯又頑強抵抗了十五年。

西元六四七年，伊嗣侯三世寫信向大唐求援，李世民拒絕出兵，回覆說：「國君相救，理固然已。然朕自貴大使之口，得聞阿剌伯族為何等人，其風俗，其信仰，其首領之品格，皆甚詳盡。人民如斯之忠信，首領如斯之才能，焉有不勝之理。爾其慎修德謹行，以博彼等之歡。」

西元六五一年，伊嗣侯三世在木鹿城的一個磨坊內被殺，薩珊波斯滅亡。

他的兒子卑路斯向西逃到吐火羅，又向大唐求援，此時是唐高宗在位，依然拒絕出兵。卑路斯依靠吐火羅人與阿拉伯人展開拉鋸戰，西元六六一年，卑路斯戰敗，再次向大唐求援，唐高宗成立波斯都督府，冊封卑路斯為波斯王。隨著阿拉伯軍隊不斷打擊，卑路斯支撐不住，西元六七五年，經由絲綢之路逃到長安，唐高宗授予他右威衛將軍。

西元六七七年，卑路斯在長安去世。薩珊波斯的最後一抹榮光，終於消失在大唐的塵埃中。

註釋

1 小亞細亞、敘利亞、大馬士革、耶路撒冷均為現代譯名。因南北朝至隋唐，中國對西域諸國的名稱翻譯混亂，玄奘翻譯的名稱又過於艱澀，故本文採用便於讀者理解的稱謂。

2 泰西封，薩珊波斯帝國都城，今伊拉克首都巴格達東南四十公里處，現僅存遺址。

3 訪牒，即通緝令。

4 伊吾國，西域古國之一，今新疆哈密。

5 莫賀延磧，即位於今哈密和敦煌之間的哈順沙漠。

6 石蜜，古時的蔗糖。

7 昭武十國，在南北朝、隋、唐時期，泛指中亞的十多個小國，例如康國、石國等，因其王均以「昭武」為姓。

8 雅利安人，今多稱印歐人。

9 菖蒲海，羅布泊的古稱。

10 尺，唐代一大尺為三十六公分。

11 吐屯，突厥王廷派駐到各國的監察徵稅官，同時承擔監控該國職能。

12 焉耆文字屬印歐語系的吐火羅語，是梵語的分支。

13 張雄（西元五八三~六三三年），字太歡，祖籍河南南陽，世居高昌，祖父張務，曾任左衛將軍、綰曹郎中，總理政務。父親張端，曾任建議將軍、綰曹郎中。他的姑母是高昌王麴伯雅的王妃，高昌王麴文泰是張雄的姑表兄弟。

高昌出土的張雄墓誌銘上說其「天資孝友，神假聰明，不以地望高人，不以才優傲物。白面知兵，神機俊爽」，是名文武雙全的將才。

張雄深明大義，具有政治遠見，百般勸告麴文泰不要投靠西突厥，內附大唐才是立國之本，但是得不到採納，還失去了信任。志文記載他「規諫莫用，殷憂起疾」，遂鬱鬱死去，年僅五十歲。

一九七三年，在吐魯番阿斯塔那第二〇六號墓中，張雄夫婦的合葬墓出土。張雄的屍體完整地保留了下來，變成了乾屍。他身材魁梧，身高一九〇以上，雙腿因長期騎馬而變形。

14 王玄策，河南洛陽人，曾任融州黃水縣令，右衛率府長史。於貞觀十七年至龍朔元年間（西元六四三～六六一年）三次出使印度。其事蹟新舊唐書均有記錄，但生卒年月不詳。其年齡應該比玄奘小十歲以上，因此貞觀四年，玄奘於西突厥王庭遇見的唐使不可能是王玄策，其人到底是誰，作者未能查出。

以下為《舊唐書》所錄：

貞觀十年，沙門玄奘至其國，將梵本經論六百餘部而歸。先是遣右率府長史王玄策使天竺，其四天竺國王咸遣使朝貢。會中天竺王尸羅逸多死，國中大亂，其臣那伏帝阿羅順那篡立，乃盡發胡兵以拒玄策。玄策從騎三十人與胡禦戰，不敵，矢盡，悉被擒。胡並掠諸國貢獻之物。玄策乃挺身宵遁，走至吐蕃，發精銳一千二百人，並泥婆羅國七千餘騎，以從玄策。玄策與副使蔣師仁率二國兵進至中天竺國城，連戰三日，大破之，斬首三千餘級，赴水溺死者且萬人，阿羅那順棄城而遁，師仁進擒獲之。擄男女萬二千人，牛馬三萬餘頭匹。

於是天竺震懼，俘阿羅那順以歸。二十二年至京師，太宗大悅，命有司告宗廟，而謂群臣曰：「夫人耳目玩於聲色，口鼻耽於臭味，此乃敗德之源。若婆羅門不劫掠我使人，豈為俘虜耶？昔中山以貪寶取弊，蜀侯以金牛致滅，莫不由之。」拜玄策朝散大夫。

15 設，突厥汗國的官號，僅次於大可汗，可領兵別部，建立牙帳，專制一方。

16 石炭，即煤炭。在西域使用得比較早，東晉道安法師所著《西域記》記載：屈茨（即龜茲）北二百里，有山。夜則火光，晝日但煙，取此山石炭，冶此山鐵，恆充三十六國用。

17 伊邏盧城，今新疆庫車東郊皮朗古城。

18 碎葉城，唐朝在西域的重鎮，位於今中亞吉爾吉斯斯坦境內。

19 可賀敦，《舊唐書．突厥傳上》云：「可汗者，猶古之單于，妻號可賀敦，猶古之閼氏也。」呾度設官位為設，統治吐火羅，轄制一方，一般而言就是小可汗，因此其妻稱可賀敦。

高寶書版集團
gobooks.com.tw

DN 234
西遊八十一案（二）：西域列王紀

作　　者　陳漸
特約編輯　余純菁
助理編輯　陳柔含
封面設計　張閔涵
內頁排版　賴姵均
企　　劃　何嘉雯

發 行 人　朱凱蕾
出　　版　英屬維京群島商高寶國際有限公司台灣分公司
Global Group Holdings, Ltd.
地　　址　台北市內湖區洲子街88號3樓
網　　址　gobooks.com.tw
電　　話　(02) 27992788
電　　郵　readers@gobooks.com.tw（讀者服務部）
pr@gobooks.com.tw（公關諮詢部）
傳　　真　出版部　(02) 27990909　行銷部 (02) 27993088
郵政劃撥　19394552
戶　　名　英屬維京群島商高寶國際有限公司台灣分公司
發　　行　英屬維京群島商高寶國際有限公司台灣分公司
初版日期　2020年 4 月

本書繁體中文版通過重慶出版社&上海紫焰文化傳媒有限公司授權出版

國家圖書館出版品預行編目(CIP)資料

西游八十一案（二）：西域列王紀／陳漸作
-- 初版. -- 臺北市：
高寶國際出版：高寶國際發行, 2020.04
面；　公分. --（戲非戲；DN234）

ISBN 978-986-361-808-9（第二冊：平裝）

857.7　　109001285